Soltando o suspiro profundo de uma mulher que está sendo seriamente explorada, Alexia Maccon saiu da cama e pegou a camisola, um amontoado de rendas e babados no piso de pedra.

Fora um dos presentes de casamento que ganhara do marido. Mais parecia, porém, que ele presenteara a *si mesmo*, já que a seda francesa tinha, escandalosamente, pouquíssimas pregas. Era um modelo bastante avançado, uma ousadia da moda na França, muito apreciada por Lady Maccon. Seu marido, por sinal, gostava muito de tirá-la, motivo pelo qual a camisola tinha ido parar no chão. Os dois haviam desenvolvido uma relação profana com a peça, uma vez que ela só conseguia usá-la fora da cama. Lorde Maccon sabia ser muito persuasivo quando empregava o intelecto — e outras partes de sua anatomia — com esse intuito. A esposa já concluíra que teria de se acostumar com a ideia de dormir como viera ao mundo, apesar da pontinha de preocupação com a possibilidade de a casa pegar fogo e ela precisar sair correndo nua, na frente de todo mundo. Com o passar do tempo, porém, vinha relaxando cada vez mais — uma questão mesmo de necessidade, não de opção —, pois convivia com uma alcateia de lobisomens e já começara a se habituar à nudez constante dos licantropos. Com efeito, a cota mensal de corpanzis másculos e peludos em sua vida era muito superior ao que uma dama inglesa deveria ter de aturar. De todo modo, como metade da alcateia partira para lutar na Índia, algum dia ela teria que tolerar uma quantidade bem maior de demonstrações de masculinidade na lua cheia. Pensou no marido; com ele sim, tinha que lidar *diariamente*.

GAIL CARRIGER
Metamorfose?

Um romance sobre vampiros, lobisomens e dirigíveis

O PROTETORADO DA SOMBRINHA — 2

Tradução
Flávia Carneiro Anderson

Rio de Janeiro, 2014

2ª Edição

Copyright © 2010 by Tofa Borregaard
Publicado mediante contrato com Little, Brown and Company, Nova York.

TÍTULO ORIGINAL
Changeless

ADAPTAÇÃO DE CAPA
Diana Cordeiro

FOTO DA AUTORA
Vanessa Applegate

Foto da modelo gentilmente cedida por
DONNA RICCI, CLOCKWORK COUTURE

DIAGRAMAÇÃO
editoriarte

Impresso no Brasil
Printed in Brazil
2014

CATALOGAÇÃO NA PUBLICAÇÃO
BIBLIOTECÁRIA: FERNANDA PINHEIRO DE S. LANDIN CRB-7: 6304

C316m
2. ed.

Carriger, Gail
    Metamorfose? / Gail Carriger; tradução de Flávia Carneiro Anderson. - 2. ed. - Rio de Janeiro: Valentina, 2014.
    320p. ; 23 cm. (O protetorado da sombrinha; 2)

    Tradução de: Changeless

    ISBN 978-85-65859-16-5

    1. Ficção fantástica inglesa. I. Anderson, Flávia Carneiro. II. Título. III. Série.

CDD: 823

Todos os livros da Editora Valentina estão em conformidade com
o novo Acordo Ortográfico da Língua Portuguesa.

Todos os direitos desta edição reservados à

EDITORA VALENTINA
Rua Santa Clara 50/1107 – Copacabana
Rio de Janeiro – 22041-012
Tel/Fax: (21) 3208-8777
www.editoravalentina.com.br

Agradecimentos

Meus sinceros agradecimentos aos três proselitistas menos populares e mais trabalhadores do mundo das letras: os livreiros independentes, os bibliotecários e os professores.

Metamorfose?

Capítulo 1

Em que objetos desaparecem, Alexia se irrita com barracas... e Ivy tem um anúncio a fazer

— Eles estão o quê?

Lorde Conall Maccon, conde de Woolsey, gritava. E muito. O que era de esperar, já que tanto pela incrível capacidade pulmonar quanto pelo tórax proeminente tinha um vozeirão.

Alexia Maccon, esposa do conde de Woolsey, muhjah da rainha e extraordinária arma secreta preternatural da Grã-Bretanha, arregalou os olhos ao ser arrancada do sono agradável e profundo.

— Não fui eu — disse ela na mesma hora, sem nem imaginar a que o marido se referia. Claro que, na maioria das vezes *era* ela, mas não valia a pena reconhecer de uma vez a culpa, independentemente do que o tivesse irritado tanto. Lady Maccon fechou os olhos e se enroscou ainda mais nos edredons de pena quentinhos. Será que não poderiam tratar do assunto mais tarde?

— Como assim, *foram embora*? — A cama estremeceu um pouco com a reverberação da voz de Lorde Maccon. O mais impressionante era que ele ainda nem estava usando a capacidade máxima de seus pulmões.

— Bom, com certeza não fui eu que mandei que fossem — Lady Maccon foi logo se defendendo, a cabeça afundada no travesseiro. Ficou imaginando quem seriam "eles". Só então percebeu, envolta em toda aquela maciez, que ele não gritava com ela e sim com alguém. Dentro do quarto.

Minha nossa!

A menos que estivesse gritando consigo mesmo.

Minha *nossa*!

— Como assim, *todos* eles?

O lado científico de Lady Maccon pôs-se a considerar, distraidamente, o potencial das ondas sonoras — não ouvira falar num panfleto da Real Sociedade que tratava do assunto?

— Todos de uma vez?

Ela soltou um suspiro, virou-se na direção da gritaria e abriu um dos olhos. O dorso enorme e desnudo do marido preenchia seu campo de visão. Para ver mais, Lady Maccon teria que se erguer. Mas, como assim se exporia à friagem, desistiu de fazê-lo. Porém, conseguiu perceber que o sol acabara de se pôr. O que Conall fazia acordado, exaltado daquela forma, tão cedo daquele jeito? Embora fosse comum vê-lo vociferar, isso raramente ocorria à noitinha. A decência inumana rezava que até mesmo o lobisomem Alfa do Castelo de Woolsey deveria respeitar o silêncio àquela hora do dia.

— Qual foi a abrangência? Não pode ter se alastrado tanto.

Puxa, o sotaque escocês dele estava particularmente forte, o que nunca era bom sinal.

— Por toda Londres? Não? *Só* no aterro do Tâmisa e no centro da cidade. Simplesmente impossível.

Naquele momento Lady Maccon conseguiu entreouvir uma resposta sussurrada ao brado do marido. Bom, ao menos já era um consolo constatar que ele não enlouquecera de vez. Mas quem ousaria incomodá-lo em seus aposentos privados num horário tão inapropriado? Ela tentou dar outra espiada por sobre as costas dele. *Por que* tinha que ser tão grandalhão?

Lady Maccon ergueu um pouco o dorso.

Era conhecida como uma dama de porte nobre, mas não muito além disso, pois, apesar do prestígio de que desfrutava, a alta sociedade considerava seu tom de pele moreno demais. Não obstante, a condessa sempre considerara sua boa postura um trunfo e se orgulhava do epíteto "dama de porte nobre". Porém, naquela tarde, com tantos edredons e travesseiros ao redor, mal conseguiu se apoiar nos cotovelos, toda desajeitada, a coluna tão molenga quanto um macarrão.

Apesar do esforço hercúleo, só vislumbrou uma imagem de um tom prateado diáfano, uma figura vagamente humana: Outrora Merriway.

— Murmúrios dos mímicos — informou ela, esforçando-se para aparecer por completo naquela penumbra. Era um fantasma educado, relativamente jovem, bem conservado e ainda completamente são.

— Ah, pela madrugada! — Lorde Maccon parecia cada vez mais irritado. Sua esposa conhecia muito bem aquele tom de voz, em geral, dirigido a ela. — Mas nada na Terra pode *fazer* isso.

Outrora Merriway sussurrou algo mais.

— Bom, e eles chegaram a consultar todos os agentes mortais?

Lady Maccon aguçou os ouvidos. Com o tom de voz já baixo e melodioso, era difícil entender o que o fantasma dizia quando sussurrava ainda mais. Pode ser que tenha respondido:

— Chegaram, mas eles também não fazem a menor ideia.

Outrora Merriway parecia assustada, o que deixou Lady Maccon mais preocupada que o exaspero de Lorde Maccon (algo que ocorria, infelizmente, com frequência). Não havia muito que assustasse os já mortos, com a possível exceção de uma preternatural. Mas mesmo Alexia, a sem alma, só era perigosa em circunstâncias muito específicas.

— Como é que é, não fazem a menor ideia? Está bom. — O conde empurrou os edredons para o lado e saiu da cama.

Outrora Merriway ficou boquiaberta, tremeluziu um pouco e, então, virou as costas transparentes para o homem completamente nu.

Lady Maccon gostou do gesto delicado, embora o marido nem tenha se dado conta dele. O coitado do fantasma tinha um espírito — ou o que quer que lhe restasse — admiravelmente educado. Já a esposa de Lorde Maccon nunca fora muito reticente. Sem dúvida alguma o marido tinha um belo traseiro, se é que já o mencionara antes. E o fizera sim, para a amiga escandalizada, a srta. Ivy Hisselpenny, em mais de uma ocasião. Podia até estar acordando muito antes do normal, mas nunca era cedo demais para se admirar algo daquele calibre. A parte corporal esteticamente agradável saiu do campo de visão de Lady Maccon, quando o marido se dirigiu ao toucador.

— Cadê o Lyall? — vociferou ele.

Lady Maccon tentou reconciliar o sono.

— Como é que é? Lyall também partiu? Será que *todo mundo* vai sumir de vista desse jeito? Não, eu não mandei que fosse... — Ele fez uma pausa. — Ah, sim, tem toda razão, mandei. A alcateia ia — *chuá chuá chuá* — chegar à — *chuá chuá* — estação. — *Splash*. — Ele já não deveria ter voltado a essa altura?

Não restava dúvida de que se lavava, pois, de vez em quando, seu vozeirão era interrompido pelo barulho da água. Alexia se esforçou para ouvir a voz de Tunstell. Sem o criado pessoal, sua ruidosa cara-metade acabava ficando totalmente enxovalhada. Deixar o conde se vestir sozinho nunca dava lá muito certo.

— Está bom, então, mande um zelador atrás dele agora mesmo.

A forma espectral de Outrora Merriway sumiu de vista.

Conall voltou a entrar no campo de visão de Alexia e pegou o relógio de bolso de ouro na mesinha de cabeceira.

— Claro que eles vão considerar isso um insulto, mas não há outro jeito.

Ah-ha, ela acertara em cheio. Seu marido cobrira o corpo nu apenas com um sobretudo. *Nada de Tunstell, portanto*.

O conde se lembrou da esposa pela primeira vez.

Lady Maccon fingiu estar dormindo.

Ele a sacudiu com suavidade, enquanto admirava os cabelos negros cheios e assanhados, bem como sua simulada falta de interesse. Sacudiu-a mais, e ela, então, olhou para ele, pestanejando.

— Ah, boa noite, minha querida.

Lady Maccon encarou o marido com os olhos castanho-avermelhados. Aguentaria melhor todo aquele rebuliço no comecinho da noite se ele não a tivesse mantido acordada durante metade do dia. Não que a atividade exercida tivesse sido desagradável, só longa e animada.

— O que está acontecendo, marido? — perguntou ela, entremeando o tom suave com desconfiança.

— Sinto muitíssimo, minha querida.

Lady Maccon detestava quando o marido a chamava de sua "querida", o que sempre queria dizer que ele tramava algo, embora não fosse lhe contar nada.

— Tenho que ir correndo para o escritório, mais cedo hoje. Preciso tratar de um assunto importante do DAS, que surgiu inesperadamente.

Alexia concluiu, pela capa e os caninos à mostra, que ele quisera dizer literalmente correr, e na forma de lobo. O que quer que estivesse acontecendo devia requerer mesmo atenção imediata. Lorde Maccon gostava de chegar ao Departamento de Arquivos Sobrenaturais de carruagem, com conforto e estilo, e não em pelo.

— É mesmo? — murmurou ela.

O conde começou a envolvê-la com os edredons. Suas manzorras eram de uma delicadeza surpreendente. Assim que tocou na esposa preternatural, seus caninos se retraíram. Naquele breve momento, tornou-se mortal.

— Você vai se reunir com o Conselho Paralelo hoje à noite? — indagou ele.

Lady Maccon parou para pensar. Já era quinta-feira?

— Vou.

— Então vai participar de uma reunião muito interessante — profetizou ele, provocando-a.

A preternatural se sentou, desfazendo todo o esforço do marido.

— É mesmo? E por quê? — Os cobertores caíram, mostrando que os atributos de Lady Maccon eram autênticos e não frutos de artifícios da moda, como corpetes com enchimento e espartilhos apertadíssimos. Apesar da convivência noturna com aquela realidade, Lorde Maccon costumava levar a esposa a varandas isoladas dos salões de baile para dar uma conferida e "se certificar" de que os artifícios continuavam ausentes.

— Lamento muito tê-la acordado tão cedo, minha querida. — Lá vinha ele de novo com a danada da expressão. — Prometo compensá-la por isso amanhã de manhã. — Ele agitou as sobrancelhas de um jeito lascivo e se inclinou para lhe dar um beijo longo e profundo.

Lady Maccon perguntou depressa, tentando, em vão, empurrar o peito dele:

— Conall, *o que é que* está acontecendo?

Mas seu irritante marido lobisomem já se afastara e saíra do recinto.

— Alcateia! — Seu grito ecoou no corredor. Ao menos daquela vez ele fingira se preocupar com o bem-estar da esposa e fechara a porta primeiro.

O quarto de Alexia e Conall Maccon ocupava todo o espaço de uma das torres mais altas de Woolsey e, ainda assim, não passava de um digníssimo ponto no topo de uma das muralhas. Apesar do relativo isolamento, o brado do conde podia ser ouvido em quase todo o gigantesco castelo, até mesmo no saguão dos fundos, onde seus zeladores estavam tomando chá.

Os zeladores de Woolsey tinham muito trabalho a fazer durante o dia, cuidando das incumbências dos lobisomens em repouso e resolvendo os assuntos diurnos da alcateia. A maioria considerava a hora do chá um descanso necessário, antes de se dedicar às tarefas externas. Como as alcateias preferiam contar com companheiros criativos e ousados e o Castelo de Woolsey ficava perto de Londres, muitos dos zeladores participavam de companhias teatrais no West End. E, apesar da tentação dos bolinhos de Aldershot, do pão de ló e do chá-preto da China, todos se levantaram e começaram a se mover assim que ouviram o falsete do conde.

De súbito, um rebuliço tomou conta de toda a casa: carruagens e homens a cavalo entravam e saíam, provocando estrépito nas pedras do átrio, portas batiam, chamados em todas as partes. Aquele tumulto até lembrava a área de desembarque de dirigíveis no Hyde Park.

Soltando o suspiro profundo de uma mulher que está sendo seriamente explorada, Alexia Maccon saiu da cama e pegou a camisola, um amontoado de rendas e babados no piso de pedra. Fora um dos presentes de casamento que ganhara do marido. Mais parecia, porém, que ele presenteara a *si mesmo*, já que a seda francesa tinha, escandalosamente, pouquíssimas pregas. Era um modelo bastante avançado, uma ousadia da moda na França, muito apreciada por Lady Maccon. Seu marido, por sinal, gostava muito de tirá-la, motivo pelo qual a camisola tinha ido parar no chão. Os dois haviam desenvolvido uma relação profana com a peça, uma vez que ela só conseguia usá-la fora da cama. Lorde Maccon sabia ser muito persuasivo quando empregava o intelecto — e outras partes de sua anatomia — com esse intuito. A esposa já concluíra que teria de se acostumar com a ideia de dormir como viera ao mundo, apesar da pontinha de preocupação com a possibilidade de a casa pegar fogo e ela precisar sair correndo nua, na frente de todo mundo. Com o passar do tempo, porém, vinha relaxando cada vez mais — uma questão mesmo de necessidade, não de opção —, pois convivia com uma alcateia de lobisomens e já começara a se habituar à nudez constante dos licantropos. Com efeito, a cota mensal de corpanzis másculos e peludos em sua vida era muito superior ao que uma dama inglesa devia ter de aturar. De todo modo, como metade da alcateia partira para lutar na Índia, algum dia ela teria que tolerar uma quantidade bem maior de demonstrações de masculinidade na lua cheia. Pensou no marido; com ele sim, tinha que lidar *diariamente*.

Alguém bateu de leve à entrada dos aposentos e, em seguida, fez uma longa pausa. Então, a porta foi sendo aberta lentamente, e um rosto em forma de coração, de uma jovem de cabelos loiro-escuros e olhos cor de violeta enormes deu uma espiada. Sua expressão se mostrava apreensiva. A criada aprendera, após um terrível constrangimento, que precisava dar um tempo extra aos senhores antes de incomodá-los no quarto. Se, por um lado, não se podia prever a disposição amorosa de Lorde Maccon, por outro, podia-se prever com certeza seu mau humor se ele e a esposa fossem interrompidos.

Notando com visível alívio que o senhor não estava, a criada entrou com uma bacia de água quente e uma toalha branca aquecida pendurada num dos braços. Fez uma reverência graciosa para Lady Maccon. Usava um vestido cinzento, elegante, porém sombrio, e um avental branco e impecável por cima. Muitos não sabiam, mas Lady Maccon descobrira que a gola branca alta, que protegia o pescoço delgado da criada, escondia inúmeras marcas de mordidas. Como se um ex-zangão de vampiro trabalhando na residência de um lobisomem já não fosse chocante o bastante, a criada ainda abrira a boca e demonstrara que, além de tudo, era também, e muito censuravelmente, francesa.

— Boa noite, madame.

Lady Maccon sorriu.

— Boa noite, Angelique.

Apesar de nem bem ter completado três meses ali, a nova Lady Maccon já demonstrara um gosto bastante arrojado, um estilo ditador de tendências e um talento incomparável para a boa mesa. E, embora a alta sociedade não soubesse que ela fazia parte do Conselho Paralelo, tinha ciência de sua amizade com a rainha. Junte-se a isso um marido lobisomem de temperamento forte, dono de vastas propriedades e considerável prestígio social, e suas excentricidades — como usar sombrinhas à noite e contratar uma empregada francesa de beleza extraordinária — foram ignoradas pela elite.

A criada colocou a bacia e a toalha na penteadeira de Lady Maccon e sumiu de novo. Reapareceu convenientemente dali a dez minutos com uma xícara de chá, em seguida retirou a toalha usada e a água suja e voltou com olhar determinado e discreta expressão autoritária. Em geral ocorria um pequeno conflito de interesses na hora de Lady Maccon se vestir; porém, os recentes elogios na coluna social do *Lady's Pictorial* aumentaram a confiança da senhora quanto às decisões de vestimenta da criada.

— Vamos lá, sua megera — disse Lady Maccon para a jovem, que estava calada. — Que roupa devo usar hoje?

Angelique escolheu uma no guarda-roupa: um vistoso vestido cor de chá, de inspiração militar, com botões grandes, de bronze, e arremate em veludo marrom. Era muito elegante e apropriado para uma reunião de negócios no Conselho Paralelo.

— Vai ter que abrir mão do lenço de seda — observou Lady Maccon, em sinal de protesto. — Preciso deixar meu pescoço à mostra hoje. — Ela não explicou que as marcas de mordidas eram monitoradas pela guarda do palácio. Angelique não sabia que Alexia Maccon ocupava o cargo de muhjah. A moça até podia ser sua camareira, mas, ainda assim, era francesa e, apesar da opinião de Floote a esse respeito, os domésticos não precisavam saber *de tudo*.

Angelique aquiesceu sem protestar e prendeu os cabelos de sua senhora, fazendo um penteado simples, condizente com a austeridade do vestido. Só alguns cachos e anéis ficaram fora da pequena touca de renda. A preternatural tratou de sair do quarto, intrigada com a partida prematura do marido.

Não havia com quem pudesse se informar. Ninguém a aguardava na sala de jantar; tanto os zeladores quanto a alcateia tinham partido com o conde. A casa estava vazia, com exceção dos criados. Lady Maccon concentrou a atenção neles, mas os serventes iam de um lado para outro, cuidando dos afazeres com a naturalidade adquirida nos três meses de prática.

Rumpet, o mordomo de Woolsey, recusou-se, com ar de dignidade ofendida, a responder às perguntas da senhora. Até mesmo Floote alegara ter passado a tarde na biblioteca e não ter ouvido nada.

— Ora vamos, Floote, com certeza *deve* saber o que houve. Dependo de você para ficar a par do que está acontecendo! Sempre sabe de algo.

Floote a encarou como se ela fosse uma criança de sete anos de idade. Apesar de ter sido promovido a secretário particular, ele nunca perdera a aura de seriedade dos mordomos.

Entregou a Lady Maccon a pasta de documentos dela.

— Dei uma olhada nos papéis da reunião de domingo passado.

— Bom, e o que achou? — Floote trabalhara com o pai de Lady Maccon antes de ir lhe prestar serviços e, apesar da reputação infame de Alessandro Tarabotti (ou talvez por causa dela), o mordomo tomara conhecimento de *diversos assuntos*. Alexia percebera que, desde que se tornara muhjah, passara a confiar cada vez mais nas opiniões dele, que acabavam corroborando as suas.

Floote refletiu.

— A cláusula de liberalização me preocupa, madame. Acho muito prematuro conceder liberdade provisória aos cientistas.

— Hum, concordo plenamente. Vou recomendar que essa cláusula não seja aprovada. Obrigada.

O idoso se virou para sair.

— Ah, e Floote...

Ele deu a volta, resignado.

— Deve ter acontecido algo bastante significativo, para meu marido ficar tão alterado. Acho que eu talvez tenha que fazer uma pesquisa na biblioteca quando regressar, mais tarde. É melhor deixar seu horário livre.

— De acordo, madame — disse Floote, fazendo uma leve reverência. Ele saiu discretamente para providenciar a carruagem dela.

Lady Maccon ceou, pegou a pasta de documentos, a nova sombrinha, o sobretudo de lã e saiu pela porta da frente.

E foi então que descobriu exatamente onde todos estavam — do lado de fora, no imponente jardim frontal, que dava para o pátio calçado com pedras do castelo. Eles tinham conseguido se multiplicar, usando uniformes em estilo militar e, por algum motivo — conhecido apenas por suas massinhas cinzentas de lobisomens —, haviam começado a montar uma quantidade considerável de barracas de lona grandes. O que envolvia a última novidade do governo em matéria de varetas autoexpansíveis a vapor, que eram fervidas em caldeirões de cobre como se fossem macarrões metálicos. Cada uma iniciava o processo do tamanho de uma luneta, para então se expandir repentinamente, com um estalido, após a ação do calor. Como ocorria em geral nos procedimentos militares, mais soldados que o necessário estavam ali a postos, acompanhando a fervura das varetas e, assim que uma se expandia, eles comemoravam. Em seguida, um deles a pegava com luvas de couro e a levava para uma barraca.

Lady Maccon perdeu a paciência.

— O que é que *estão fazendo* aqui fora?

Ninguém lhe deu ouvidos nem demonstrou ter notado sua presença.

Lady Maccon inclinou a cabeça para trás e gritou:

— *Tunstell!*

Embora não tivesse a capacidade pulmonar do marido corpulento, não podia ser incluída na esfera superfrágil e delicada do espectro feminino. Os antepassados do pai de Lady Maccon tinham conquistado um império, um dia, e, quando ela gritava, as pessoas se conscientizavam de como eles haviam feito isso.

Tunstell se aproximou, ruivo, bonito e robusto, porém desengonçado, com seu eterno sorriso nos lábios e o jeito meio despreocupado, que muitos consideravam encantador e outros, irritante.

— Tunstell — repetiu Lady Maccon, julgando falar com calma e moderação. — *Por que é que* essas barracas estão no meu jardim frontal?

O criado pessoal do conde e chefe dos zeladores olhou ao redor, com aquela sua alegria, como se não tivesse notado nada fora do comum e estivesse feliz da vida por contar com mais companhia. Achava graça em tudo, seu maior defeito de caráter. Também era um dos únicos residentes do Castelo de Woolsey que não se impressionava com a ira do casal Maccon ou que não se dava conta dela. O que podia ser considerado seu segundo maior defeito.

— Ele não avisou a senhora? — O rosto sardento do zelador estava corado em virtude do esforço que fizera para ajudar a montar uma das barracas.

— Não, *ele* certamente não me disse nada. — A preternatural bateu de leve com a ponteira de prata da sombrinha na sacada da frente da residência.

Tunstell sorriu.

— Bom, milady, o restante da alcateia voltou. — Ele ergueu ambos os braços na direção do aglomerado caótico de barracas à frente dela, agitando os dedos de forma teatral. Era um ator de certa reputação e todos os seus gestos eram dramáticos.

— Tunstell — começou a falar Lady Maccon com cautela, como se conversasse com uma criança tola —, se fosse esse o caso, a alcateia de meu marido seria enorme. Nenhum lobisomem Alfa da Inglaterra pode se dar ao luxo de ter um bando tão grande assim.

— Bom, o restante da alcateia trouxe o restante do regimento junto — explicou o criado em tom conspiratório, como se ele e Lady Maccon fossem cúmplices de uma divertida traquinagem.

— Pelo que sei, a alcateia e os oficiais de um regimento se separam quando voltam para casa. Para que... bom... ninguém se levante da cama e depare com centenas de soldados acampados no jardim frontal da residência.

— Acontece que Woolsey sempre foi diferente. Como temos a maior alcateia da Inglaterra, somos os únicos a dividir o bando e enviar parte dele ao serviço militar, e, então, mantemos a Guarda Coldsteam reunida durante algumas semanas na volta para casa. Uma forma de estimular a solidariedade. — Tunstell voltou a se expressar com gestos enfáticos, agitando as mãos diante de si, e balançou a cabeça, cheio de entusiasmo.

— Mas esse incentivo à solidariedade tem que ocorrer justo no jardim frontal de Woolsey? — *Toc toc toc*, fez a sombrinha. O DAS andava testando armamentos ultimamente. Na época do fechamento do Clube Hypocras, alguns meses atrás, um pequeno compressor movido a vapor fora encontrado. Pelo visto, a máquina esquentara aos poucos, até explodir. Lorde Maccon chegara a mostrá-la para a esposa. Antes de voar pelos ares, a geringonça emitira um tique-taque bem parecido com o provocado pela sombrinha de Lady Maccon naquele exato momento. Tunstell, por sinal, não devia estar ciente dessa correlação, de outro modo teria começado a agir com mais cautela. Mas, em se tratando dele, talvez nem nesse caso.

— Tem, não é ótimo? — exultou o criado.

— Mas por quê? — *Toc toc toc.*

— Sempre acampamos aqui — informou alguém, ao que tudo indicava tampouco familiarizado com o tique-taque do compressor a vapor prestes a explodir.

Lady Maccon se virou para encarar o homem que ousara interrompê-la. Um cavalheiro alto e corpulento, embora não tanto quanto seu marido. Lorde Maccon era um escocês grandalhão, mas aquele ali não passava de um inglês grandalhão — o que fazia uma enorme diferença. Além do mais, ao contrário do conde, que de vez em quando esbarrava em objetos como se o corpo fosse maior que imaginava, o outro parecia bem à vontade com seu tamanho. Trajava o uniforme completo de oficial e tinha plena consciência de sua elegância. O corte dos cabelos loiros deixara um topete no alto, as botas haviam sido polidas com saliva, e ele falava com um sotaque cuidadosamente trabalhado para se tornar praticamente imperceptível. Alexia conhecia o tipo: instruído, abastado e aristocrata.

Ela rangeu os dentes.

— Ah, é mesmo? Bom, agora, não mais. — Virou-se para Tunstell. — Vamos oferecer um banquete depois de amanhã. Providencie a retirada dessas barracas imediatamente.

— Isso é inaceitável — retrucou o loiro grandalhão, aproximando-se. Lady Maccon começou a achar que não era um cavalheiro, apesar do sotaque e da aparência impecável. Ela também reparou nos olhos penetrantes, de um azul frio e profundo.

Tunstell, com expressão tensa por trás do sorriso, parecia não saber a quem obedecer.

Alexia ignorou o recém-chegado.

— Se precisam acampar aqui, transfira-os para os fundos do castelo.

O criado deu as costas, fazendo menção de obedecer à senhora, mas foi impedido pelo desconhecido, que colocou a manzorra com uma luva branca no seu ombro.

— Mas isso é um absurdo — vociferou o homem, mostrando os dentes perfeitos para Lady Maccon. — O regimento sempre se instalou no jardim frontal. É bem mais conveniente que os fundos do castelo.

— Agora, Tunstell! — insistiu Alexia, continuando a ignorar o intruso. Imagine só, dirigir-se a ela naquele tom de voz, embora os dois nem tivessem sido apresentados ainda.

Tunstell, bem menos animado que o normal, olhava ora para ela, ora para o desconhecido. A qualquer momento levaria a mão à cabeça e fingiria ter um troço.

— Não se mexa, Tunstell — ordenou o desconhecido.

— Quem diabos é o senhor? — perguntou Lady Maccon, apelando para a imprecação, de tanto que a interferência do cavalheiro a irritara.

— Major Channing Channing, dos Channings de Chesterfield.

Alexia ficou pasma. Não era de admirar que ele fosse tão cheio de si. Qualquer um seria, depois de ter que lidar a vida inteira com um nome daqueles.

— Bom, major Channing, devo lhe pedir que não interfira na administração das questões domésticas. Este é o *meu* domínio.

— Ah, a senhora é a nova governanta? Não me contaram que Lady Maccon tinha feito mudanças tão drásticas.

Ela não se surpreendeu com aquela suposição. Tinha plena consciência de que sua aparência não correspondia ao que muitos esperavam de uma Lady Maccon, por sua idade já mais avançada e pelo aspecto por demais italiano e exuberante. Estava disposta a desfazer o mal-entendido para evitar mais constrangimentos, mas ele não lhe deu a oportunidade. Era óbvio que Channing Channing, dos Channings de Chesterfield gostava da cadência da própria voz.

— Não esquente sua linda cabecinha com a organização do acampamento. Eu lhe garanto que seus patrões não vão repreendê-la por isso. — A patroa em questão enrubesceu ante a suposição dele. — Melhor ir cuidar dos seus afazeres e nos deixar cuidar dos nossos.

— Eu posso lhe garantir — ressaltou Alexia — que tudo o que acontece dentro ou nos arredores do Castelo de Woolsey é assunto meu.

Channing Channing dos Channings de Chesterfield deu seu belo sorriso e pestanejou de um jeito que levou a condessa a supor que ele devia se achar irresistível.

— Olhe, na verdade ninguém aqui tem tempo para isso, não é mesmo? Dê o fora daqui e vá tomar conta das suas tarefas diárias, que depois daremos um jeito de conseguir uma recompensazinha por sua obediência.

Será que estava se insinuando para ela? Lady Maccon achou que sim.

— O senhor está flertando comigo? — perguntou ela, imprudentemente, de tão pasma que ficara.

— Gostaria que eu estivesse? — quis saber ele, com um largo sorriso.

Bom, não restavam dúvidas, então. *Aquele* ali não era um cavalheiro.

— Hum-hum — interrompeu Tunstell, com suavidade.

— Que pensamento mais nauseante — rebateu Lady Maccon.

— Não sei, não — insistiu o major Channing, aproximando-se mais. — Uma belezinha italiana fogosa como você, de boa compleição física e não tão velha assim, ainda tem algumas noites animadas pela frente. Sempre tive certa atração por estrangeiras.

Lady Maccon, que era apenas metade italiana e só de nascimento, por ter sido criada inteiramente na Inglaterra, ficou sem saber que parte da frase a ofendera mais. Estava espumando de raiva.

O repugnante major Channing parecia ter a intenção de tocá-la de verdade.

Ela se afastou e o atingiu com a sombrinha, com toda a força, bem no alto da cabeça.

Todos que estavam no pátio interromperam as tarefas e olharam para a dama imponente que golpeava, com um para-sol, seu terceiro em comando, o Gama da Alcateia de Woolsey, comandante da Guarda Coldsteam no exterior.

Os olhos do major adquiriram um tom azul ainda mais frio, o contorno da íris escureceu, e dois de seus dentes impecavelmente brancos ficaram pontudos.

Quer dizer então que era um lobisomem? Bom, não era à toa que a sombrinha tinha ponteira de prata. Ela o atacou de novo, certificando-se, daquela vez, de que a peça de metal tocasse sua pele. Ao mesmo tempo, recuperou a fala.

— Como ousa! Seu vira-lata miserável — *tum* — sem-vergonha — *tum* — arrogante — *tum* — e presunçoso! — *Tum, tum.*

Lady Maccon não costumava apelar para aquele tipo de linguagem nem partir para a ignorância, mas não conseguira evitar, diante daquelas circunstâncias. Ele era um lobisomem e, se ela não o tocasse, neutralizando seus poderes sobrenaturais, o licantropo ficaria praticamente invencível. Assim sendo, a condessa se achou no direito de lhe dar uns bons golpes e discipliná-lo um pouco.

O major Channing, surpreso com aquela agressão física, vinda de uma governanta indefesa, protegeu a cabeça e, em seguida, agarrou a sombrinha e usou-a para puxar Lady Maccon na sua direção. Ela acabou afrouxando a mão e soltando o cabo, o que permitiu que o oficial tomasse o para-sol. Ele pareceu querer usá-lo para golpeá-la também, o que realmente machucaria a condessa, já que ela não tinha o poder sobrenatural da cura. Mas, então, o major jogou a sombrinha para o lado e fez menção de esbofeteá-la.

Naquele momento, Tunstell se jogou nas costas dele. Envolveu Channing com as pernas e os braços, conseguindo imobilizá-lo.

Os recém-chegados observavam, horrorizados. Um zelador atacar alguém da alcateia era inaudito e motivo de expulsão imediata. Mas os membros do bando e seus respectivos zeladores que sabiam quem era Lady Maccon deixaram de lado o que estavam fazendo para socorrê-la.

O major Channing se livrou de Tunstell e o golpeou no rosto, com as costas da mão. A forte pancada nocauteou com facilidade o criado, que deu um gemido alto e desmaiou.

Lady Maccon encarou enfurecida o patife loiro e se inclinou para examinar o criado nocauteado. Embora ele estivesse de olhos fechados, parecia respirar. Ela se levantou e falou com toda a calma:

— Sr. Channing, se eu fosse o senhor, pararia imediatamente. — Dispensou o "major" por puro desprezo.

— De jeito nenhum — retrucou o homem, enquanto desabotoava o uniforme e tirava as luvas brancas. — Agora vocês dois têm que aprender a lição.

Num piscar de olhos ele começou a se transmutar. Algo que teria sido considerado chocante num ambiente refinado, mas que, ali, era uma cena já presenciada anteriormente por quase todos. Com o passar dos decênios, desde a integração das alcateias, os militares passaram a encarar a transformação dos lobisomens com a mesma naturalidade com que aceitavam imprecações. Mas se transmutar na frente de uma dama, mesmo supondo que ela fosse uma governanta? Sussurros sobressaltados correram pelo agrupamento.

Lady Maccon também fora pega de surpresa. Ainda anoitecia, e não estavam em época de lua cheia. O que significava que aquele homem era bem mais velho e experiente que o comportamento impetuoso levava a crer. Além disso, mudava de forma muito bem, transformando-se com elegância, apesar de Lorde Maccon ter dito à esposa que naquele momento se sentia a dor mais terrível que um homem podia suportar sem sucumbir. Ela vira jovens da alcateia gemerem e se contorcerem, mas o major Channing passara de homem a lobisomem com a maior tranquilidade. A pele, os ossos e os pelos tinham se rearranjado, revelando um dos lobos mais lindos que Lady Maccon já vira: enorme, de um branco quase puro e frígidos olhos azuis. Ele se livrou do que restara das roupas e a circundou devagar.

Lady Maccon se preparou. Bastava um toque seu, e ele voltaria à forma humana — o que não significava que estaria segura. Mesmo como mortal ele ainda era maior e mais forte, e ela estava sem a sombrinha.

No exato momento em que o enorme lobo branco partiu para o ataque, outro pulou na frente da preternatural e de Tunstell, com os dentes à mostra. O recém-chegado era bem menor que o major Channing, dono de pelagem cor de areia, com matizes pretos na face e no pescoço, olhos de tom amarelo-claro e uma aparência quase vulpina.

Com um terrível baque surdo de corpos peludos se debatendo, os dois se engalfinharam, dilacerando um ao outro com garras e presas. Embora o lobisomem branco fosse maior, logo foi ficando óbvio que o menor era

mais ágil e astuto. Usava o tamanho do outro contra ele mesmo. Em questão de segundos, o lobo menor girou e aplicou um mata-leão no major Channing.

Tão rápido quanto começou, a luta terminou. O lobisomem branco caiu pesadamente e se virou para mostrar a barriga, em submissão ao diminuto oponente.

Lady Maccon ouviu um gemido e desviou os olhos da contenda, para então deparar com Tunstell já sentado, batendo as pálpebras pesadas. Excetuando o nariz, que sangrava muito, só aparentava estar atordoado. Ela lhe deu um lenço e se inclinou para procurar a sombrinha. O que lhe serviu de desculpa para não ficar observando os dois lobisomens reassumirem a forma humana.

Mas acabou dando uma espiadinha. Afinal, que mulher de sangue quente não faria isso? O major Channing, cujo corpo extremamente musculoso era mais longilíneo e delgado que o do marido de Lady Maccon, não era de se jogar fora — ela se vira obrigada a admitir. O que mais a surpreendera, no entanto, fora o baixinho de cabelos cor de areia e idade indeterminada, que estava de pé, perto do outro. Nunca teria imaginado que o *professor Lyall* fosse naturalmente dotado de músculos. Mas lá estava ele, sem dúvida alguma em ótima forma. "Qual teria sido a profissão dele antes de se tornar lobisomem?", perguntou-se Lady Maccon, e não pela primeira vez. Dois zeladores trouxeram sobretudos e encobriram os objetos de especulação da condessa.

— Mas que diabos está acontecendo aqui? — esbravejou o major Channing, assim que sua mandíbula retomou por completo a forma humana. Ele se virou para olhar o homem refinado, que continuava, tranquilo, ao seu lado.

— Eu não *os* desafiei. Sabe que nunca faria isso. Essa regra já foi estabelecida há anos. Tratou-se de uma questão legítima de disciplina da alcateia. Os zeladores malcomportados precisam saber qual é o seu lugar.

— A não ser, é claro, que um deles não seja um — salientou o professor Randolph Lyall, o sofrido Beta da Alcateia de Woolsey.

O major se mostrou nervoso. Já perdera a empáfia de antes. Lady Maccon o achou bem mais atraente daquele jeito.

O professor Lyall soltou um suspiro.

— Major Channing, Gama da Alcateia de Woolsey, permita-me apresentar-lhe Lady Alexia Maccon, quebradora de maldição e nova fêmea Alfa.

Ela não gostava nem um pouco do termo *quebradora de maldição*, pois parecia um palavreado rústico de jogadores de críquete, como se ela estivesse prestes a dar início a uma partida interminável. Como alguns lobisomens ainda consideravam a própria imortalidade uma maldição, ela achava estranho ser enaltecida por ter o poder de impedir a bestialidade das noites de lua cheia. Claro que ser tachada de quebradora de maldição era mais lisonjeiro que *sugadora de almas*. Nada como os vampiros para cunhar um termo que denotava um esporte ainda mais rudimentar que o críquete, se é que era possível.

Lady Maccon encontrou a sombrinha e se levantou.

— Eu poderia dizer que foi um prazer conhecê-lo, major Channing, mas não gostaria de prestar falso testemunho tão cedo...

— Com os diabos! — disse ele olhando furioso para Lyall e, em seguida, para todos os outros à sua volta. — Por que não me *disseram* antes?

Lady Maccon se sentiu meio culpada. Tinha se deixado levar pelo temperamento. Mas o homem nem lhe dera tempo de se apresentar.

— Posso concluir, então, que não fazia ideia do meu biotipo? — indagou ela, já disposta a registrar mais um equívoco daquela noite no quadro de avisos do marido. Ele ia ouvir poucas e boas quando voltasse.

— Bom, não exatamente — respondeu o Gama. — Quer dizer, sim. Recebemos um comunicado alguns meses atrás, mas a descrição não era... entende... e eu pensei que a senhora fosse...

Lady Maccon, previdente, ergueu a sombrinha.

Channing recuou depressa.

— ... Menos italiana — concluiu.

— E o meu querido marido não lhe contou nada quando o senhor chegou? — Ela parecia mais cautelosa do que brava. Talvez o major Channing não fosse tão terrível assim. Afinal, ela mesma se surpreendera quando Lorde Maccon escolhera *a ela* para ser sua esposa.

O homem se mostrou irritado com a pergunta.

— Nós ainda não o encontramos, milady. Se isso tivesse acontecido, essa gafe teria sido evitada.

— Não sei, não. — Lady Maccon encolheu os ombros. — Ele tende a exagerar minhas virtudes. Costuma me descrever de um jeito meio fantasioso.

O major voltou a esbanjar charme, acionando-o à máxima potência — Lady Maccon quase pôde ver as engrenagens rangerem e o vapor sair em espiral do corpo dele.

— Ah, duvido muito, milady. — Infelizmente para o Gama, que de fato apreciara os atrativos da condessa, ela optou por considerar o comentário ofensivo.

Lady Maccon passou a agir com frieza, endurecendo o olhar e comprimindo os lábios carnudos.

O oficial tentou mudar de assunto depressa e se dirigiu ao professor Lyall.

— Por que o nosso venerável líder não foi nos receber na estação? Eu tinha uma questão meio urgente para tratar com ele.

O professor Lyall encolheu os ombros. Seu semblante pareceu indicar ao outro que não tocasse naquele assunto específico. Criticar o Alfa fazia parte da natureza do Gama, mas, da mesma forma, o Beta devia apoiar o número um, tivesse Lorde Maccon sido rude ou não.

— Assuntos de máxima urgência do DAS — explicou ele, lacônico.

— Ah, bom, mas o que eu tinha a dizer também podia ser premente — retrucou o major Channing. — Difícil saber, principalmente quando ele não está presente para atender às necessidades da alcateia.

— O que foi que aconteceu? — indagou o professor, num tom de voz que insinuava que, qualquer que fosse a questão urgente do major Channing, o próprio Gama seria culpado.

— Eu e a alcateia enfrentamos algo fora do comum a bordo do navio. — Era óbvio que o major Channing se sentia no direito de prosseguir com a mesma cautela que o Beta. Dirigiu a atenção, propositalmente, à preternatural. — Um prazer conhecê-la, Lady Maccon. Sinto muito pelo mal-entendido. Minha ignorância não deve servir de justificativa, e lhe garanto que tenho plena consciência disso. Seja como for, vou me empenhar ao máximo para compensar o meu erro.

— Deve pedir desculpas a Tunstell — ordenou Lady Maccon.

Aquele foi um duro golpe: o Gama da alcateia, o terceiro em comando, ter que se retratar do que fizera a um humilde zelador. Ele engoliu em seco e fez exatamente o que lhe fora ordenado. Acabou fazendo um belo discurso para Tunstell, que ficou bastante constrangido com a tagarelice do Gama, bastante ciente de sua humilhação. Já no final, Tunstell enrubescera a ponto de suas sardas desaparecerem por completo sob a vermelhidão do rosto. Depois disso, o major Channing foi embora, mal-humorado.

— Aonde é que ele vai? — quis saber Lady Maccon.

— É bem possível que tenha ido transferir o acampamento para os fundos da residência. Mas isso ainda vai demorar um pouco, milady, pois as varetas das barracas precisam esfriar.

— Ah — exclamou Alexia com um sorriso. — Eu venci.

O professor Lyall soltou um suspiro, olhando para a lua por um instante, como quem apela para uma entidade superior, e comentou:

— Alfas!

— E, então — começou Lady Maccon, com olhar inquisidor —, será que poderia me dar uma explicação sobre Channing Channing dos Channings de Chesterfield? Ele não me parece o tipo de homem que o meu marido escolheria para ajudar a conduzir a alcateia.

O Beta inclinou a cabeça para o lado.

— Eu não sei o que Lorde Maccon pensa desse cavalheiro, mas, independentemente das preferências do Alfa, Channing foi herdado, junto comigo, da alcateia. Ele não teve escolha. E, para ser sincero, até que o major não é tão mau assim. Trata-se de um bom soldado para se ter de respaldo numa batalha, e é a mais pura verdade. Tente não ficar muito chateada com sua atitude. Sempre agiu bem como terceiro em comando e Gama, apesar de não gostar nem de Lorde Maccon nem de mim.

— Mas por quê? Quero dizer, por que o senhor? Posso entender muito bem que ele antipatize com o meu marido. *Eu mesma* não gosto dele boa parte do tempo.

O professor Lyall conteve o riso.

— Disseram-me que ele não gosta de nomes escritos com dois *eles*. Acha terrivelmente galês. Mas tive a impressão de que gostou muito da senhora.

Lady Maccon girou a sombrinha, constrangida.

— Puxa vida, então ele estava sendo sincero, apesar do jeito tão meloso? — Ela se perguntou o que havia de tão especial no seu físico ou na sua personalidade que, pelo visto, só atraía os grandes lobisomens. Seria possível mudar tal atributo?

O Beta deu de ombros.

— Se eu fosse a senhora, ficaria bem longe dele nessa área.

— Por quê?

Ele tentou encontrar uma forma polida de explicar seu pensamento e acabou optando por desembuchar a verdade nua e crua.

— O major Channing adora mulheres brigonas, mas isso somente porque gosta — fez uma pausa educada — de domá-las.

Lady Maccon torceu o nariz. Detectou uma ponta de malícia no comentário do Beta. Resolveu que faria uma pesquisa depois, certa de que encontraria respostas na biblioteca de seu pai. O preternatural Alessandro Tarabotti levara uma vida licenciosa e deixara para a filha sua coleção de livros, alguns com esboços indecorosíssimos, que comprovavam sua libidinagem. Era graças àquelas obras que os desejos mais inusitados de Lorde Maccon não faziam a esposa desmaiar o tempo todo.

O professor Lyall se limitou a encolher os ombros.

— Há mulheres que gostam dessas coisas.

— Assim como há umas que gostam de bordar — rebateu Lady Maccon, decidida a não se preocupar mais com o problemático Gama do marido. — E outras que adoram chapéus totalmente abomináveis. — Ela fez o comentário assim que viu a querida amiga Ivy Hisselpenny descer da carruagem de aluguel, no final da longa entrada do Castelo de Woolsey.

Embora a srta. Hisselpenny ainda estivesse longe, não restava dúvida de que era ela, pois ninguém mais ousaria usar um chapéu daqueles — de um tom roxo medonho, adornado de verde-claro, com três penas longas saindo do que parecia ser uma cesta completa de frutas decorando a copa. Uvas artificiais caíam em cascata por um dos lados, chegando quase à altura do queixo empinado da moça.

— Essa não — exclamou Lady Maccon. — Será que vou conseguir ir para a reunião?

O Beta considerou o comentário uma indireta e se virou para sair. A menos que estivesse fugindo por causa do chapéu. Mas a preternatural o deteve.

— Muito obrigada pela intervenção inesperada de há pouco. Não achei que ele me atacaria de verdade.

O Beta olhou pensativo para a companheira do Alfa. Foi um raro olhar a descoberto, com o rosto livre dos habituais lunóticos, os olhos cor de avelã intrigados.

— Inesperada por quê? Não achou que eu poderia defendê-la no lugar de Conall?

Lady Maccon meneou a cabeça. Com efeito, jamais confiara muito nas habilidades físicas do Beta, um sujeito com ar professoral, bem menor que o marido. Se, por um lado, Lorde Maccon era enorme, forte como uma tora, por outro, o professor Lyall mais lembrava um arbusto. De todo modo, não fora isso que ela insinuara.

— De forma alguma, inesperada porque presumi que estaria com o meu marido esta noite, já que o tal problema no DAS é tão terrível.

O Beta anuiu.

Lady Maccon tentou uma última vez:

— Não foi a chegada do regimento que deixou o meu marido tão nervoso, foi?

— Não. Lorde Maccon sabia que os militares estavam para chegar e até pediu que eu fosse recebê-los na estação.

— Ah, é? E ele não achou que deveria me contar isso?

Notando que poderia ter metido o Alfa numa enrascada, o professor Lyall desconversou:

— Talvez ele achasse que a senhora sabia. Foi o próprio primeiro-ministro regional que ordenou a retirada das tropas. Esses documentos passaram pelo Conselho Paralelo alguns meses atrás.

Alexia franziu o cenho. Lembrou-se vagamente de uma acalorada discussão a respeito desse assunto entre o potentado e o primeiro-ministro regional, assim que assumira a função de muhjah. O primeiro-ministro regional vencera, já que o poder dos regimentos da Rainha Vitória e a construção do império dependiam da aliança dela com as alcateias. Embora os vampiros participassem ativamente da Companhia das Índias Orientais e suas tropas de mercenários, aquela situação envolvia as forças regulares e, portanto, os lobisomens. Ainda assim, Lady Maccon não imaginara que o fruto daquela decisão iria parar à sua porta, na forma de um acampamento.

— E não tem algum quartel por aí onde eles possam se acomodar?

— Tem, sim. Mas, segundo a tradição, todos eles ficam aqui algumas semanas até a alcateia se reestruturar, antes de os soldados mortais voltarem para casa.

Lady Maccon observou a srta. Hisselpenny avançar em meio ao caos de barracas e equipamentos militares. Andava de um jeito tão decidido, que ela já podia imaginar os pontos de exclamação do seu diálogo. Motores hidráulicos soltavam, de vez em quando, vapores de um tom amarelado conforme a jovem passava, e as varetas autoexpansíveis a vapor das tendas sibilavam ao serem arrancadas do solo prematuramente. Os soldados as estavam tirando e carregando pela lateral da residência até a vasta área dos fundos do Castelo de Woolsey.

— Já comentei nos últimos tempos como não gosto de tradições? — questionou Alexia, para logo depois entrar em pânico: — Somos nós que vamos ter que alimentar essa gente toda?

Os cachos de uva balançavam ao ritmo rápido do andar afetado de Ivy. Ela não parou nem para dar uma olhada naquela movimentação. Era óbvio que estava *com pressa*, o que significava que tinha *novidades importantes*.

— Rumpet sabe o que fazer. Não se preocupe — informou o professor Lyall.

— Não pode mesmo me contar o que é que está acontecendo? Ele se levantou muito cedo, e Outrora Merriway com certeza teve a ver com isso.

— Quem se levantou cedo, Rumpet?

Lady Maccon olhou para o Beta, aborrecida.

— Lorde Maccon não me contou os pormenores — reconheceu o professor Lyall.

Ela franziu o cenho.

— E Outrora Merriway tampouco abrirá a boca. Sabe como ela fica, toda nervosinha e flutuante.

A srta. Hisselpenny chegou à escadaria da porta da frente.

Assim que se aproximou, o professor Lyall disse depressa:

— Com licença, milady, mas preciso me retirar.

Ele fez uma reverência para a srta. Hisselpenny e sumiu de vista após contornar a lateral do castelo, em busca do major Channing.

A srta. Hisselpenny chegara a fazer uma mesura para o lobisomem em retirada, um morango pendurado num longo talo de seda oscilou diante da orelha esquerda. Não ficou ofendida com a saída precipitada do professor Lyall. Em vez disso subiu rápido a escadaria, ignorando solenemente a pasta de documentos de Lady Maccon e a carruagem à sua espera, certa de que a notícia que trazia era muito mais importante que qualquer assunto que exigisse a partida imediata da amiga.

— Alexia, você sabia que tem um regimento inteirinho acampado no seu jardim frontal?

Lady Maccon soltou um suspiro.

— Sério, Ivy? Eu nunca teria notado.

A srta. Hisselpenny ignorou o sarcasmo da amiga.

— Tenho uma ótima *notícia*. Vamos entrar e tomar um chá?

— Ivy, tenho assuntos a tratar na cidade e já estou atrasada. — Lady Maccon evitou revelar que tinha negócios pendentes com a Rainha Vitória. A amiga não sabia nem da sua condição de preternatural, nem da sua função política, e Alexia achava melhor mantê-la na obscuridade. Ivy gostava de se manter ignorante, e podia provocar um tremendo estrago com a mais simples informação.

— Mas, *Alexia*, é uma fofoca importantíssima! — As uvas vibraram.

— Ah, os xales de inverno parisienses chegaram às lojas?

Ivy sacudiu a cabeça, frustrada.

— Alexia, por que tem que ser tão enfadonha assim, hein? Lady Maccon mal conseguia desgrudar os olhos do chapéu.

— Então, faça-me o favor de não ficar aí parada, mantendo o segredo. Fale logo, vamos! — Tudo para que a querida amiga fosse embora o mais breve possível. Francamente, Ivy podia ser muito inconveniente.

— Por que este regimento está no seu jardim? — insistiu em saber a srta. Hisselpenny.

— Negócios de lobisomens. — Alexia quis dar um basta no assunto para despistar Ivy da melhor forma possível. A srta. Hisselpenny nunca se acostumara com lobisomens, nem depois de sua melhor amiga ter tido a audácia de se casar com um. Não eram exatamente indivíduos comuns, e Ivy nunca precisara lidar com o jeito brusco e a nudez repentina deles. Simplesmente não se acostumara com eles como Alexia. Optara, então, numa atitude tipicamente sua, por ignorar a existência deles.

— Ivy, por que *exatamente* veio aqui?

— Ah, Alexia, mil perdões por aparecer sem avisar! Nem tive tempo de lhe enviar um cartão, pois não podia deixar de vir lhe contar assim que tudo foi confirmado. — Ela arregalou os olhos e levou as mãos ao rosto. — *Eu* fiquei noiva.

Capítulo 2

Uma praga de humanização

Lorde Conall Maccon era um homem grandalhão, que virava um lobisomem imenso, maior que qualquer lobo natural podia esperar ser e menos longilíneo e magro, por causa da grande quantidade de músculos. Nenhum transeunte que deparasse com ele teria dúvidas de que se tratava de uma criatura sobrenatural. Não obstante, os poucos viajantes que passaram pela estrada naquela noitinha de inverno gelada não o viram. Lorde Maccon se movia depressa, e a pelagem de tom castanho-escuro um tanto tigrada praticamente o ocultava em meio às sombras, exceto pelos olhos amarelados. Em várias ocasiões, a esposa o chamara de bonitão quando ele se apresentara transformado em lobisomem, mas nunca o elogiara assim na forma humana. Ele teria que conversar com ela a esse respeito. Pensando bem, melhor não.

Esses eram os pensamentos mundanos que cruzavam a mente de um lobisomem a caminho de Londres pelas estradas vicinais. O Castelo de Woolsey ficava a certa distância da metrópole, logo ao norte de Barking, umas duas horas de carruagem ou dirigível e um pouco menos a quatro patas. Conforme o tempo ia passando, relvas úmidas, elegantes cercas vivas e coelhos assustados davam lugar a vias lamacentas, muros de pedra e gatos de rua desinteressados.

A jornada se tornou bem menos interessante para o conde assim que ele entrou na cidade propriamente dita, nas cercanias de Fairfoot Road, quando reassumiu a forma humana inesperadamente. Foi para lá de

impressionante — num momento corria com as quatro patas e, no outro, os ossos começaram a estalar, a pelagem a retroceder, e os joelhos acabaram batendo com toda força nas pedras da rua. Quando deu por si, Lorde Maccon estava trêmulo, ofegante e nu, no meio da rua.

— Maldição! — exclamou, aflito.

Ele nunca vivenciara algo parecido. Nem mesmo quando sua esposa incrivelmente desalentadora usava o toque sobrenatural para obrigá-lo a voltar à forma humana a transformação era tão súbita. Em geral, ela dava algum sinal. Bom, um sinalzinho. Certo, um ou dois gritos.

Olhou ao redor, consternado. Alexia, no entanto, não estava por perto, e ele tinha certeza absoluta de que a deixara sã e salva, apesar de furiosa, no castelo. E não havia nenhum outro preternatural registrado na grande Londres. O que tinha acabado de lhe acontecer, então?

Lorde Maccon se concentrou nos joelhos, que sangravam um pouco e não mostravam sinais de cicatrização. Os lobisomens eram seres sobrenaturais: ferimentos superficiais como aqueles deviam cicatrizar quase que num piscar de olhos. Em vez disso, o sangue velho e lento do conde continuava a pingar nas pedras lamacentas.

Ele tentou voltar à forma de lobo, buscando no âmago a força que levava ao rompimento de sua natureza biológica. E nada. Tentou passar para sua Forma de Anúbis, a especialidade do Alfa, com a cabeça de lobo e o corpo de homem. Nada, de novo. O que o deixou ali, sentado em Fairfoot Road, completamente nu e confuso.

Tomado pelo espírito investigativo, retrocedeu um pouco no caminho. Tentou assumir a Forma de Anúbis, transformando apenas a cabeça na de um lobo, um truque de Alfa mais rápido que uma mudança completa. Deu certo, mas o deixou num dilema: devia perambular como lobo ou seguir pelado para o escritório? Ele preferiu transmutar a cabeça de novo.

Em geral, quando havia alguma possibilidade de ele ter que mudar de forma em público, o conde carregava um sobretudo na boca. No entanto, imaginara que conseguiria chegar incólume ao escritório e ao vestiário do DAS antes de precisar se mostrar apresentável. Naquele momento, arrependeu-se do excesso de confiança. Outrora Merriway tinha razão, havia algo muito estranho acontecendo em Londres, afora o fato de ele estar perambulando pela cidade nu em pelo. E, pelo visto, não só os fantasmas haviam sido afetados. Os lobisomens, também, estavam sofrendo alterações. Lorde Maccon deu um sorriso tenso e se escondeu rápido atrás de uma pilha de engradados. Podia até apostar, e muito dinheiro, que os vampiros também não estavam conseguindo mostrar as presas naquela noite, pelo menos não os que viviam nos arredores do Tâmisa. A Condessa Nadasdy, rainha da Colmeia de Westminster, devia estar histérica. O conde se deu conta, com uma careta, de que, por esse motivo, muito provavelmente receberia a prazerosa visita de Lorde Ambrose mais tarde. Seria uma longa noite.

O Departamento de Arquivos Sobrenaturais não ficava, como imaginavam alguns turistas desavisados, perto de Whitehall. Situava-se num modesto prédio em estilo georgiano junto a Fleet Street, próximo ao escritório do *Times*. Lorde Maccon fizera a mudança dez anos atrás, quando concluíra que a imprensa, não o governo, tinha mais ciência do que de fato ocorria — politicamente ou não — na cidade. Naquela noite em especial, tinha motivos para se arrepender de sua decisão, já que teria que passar pela região comercial e por várias ruas movimentadas para chegar ao escritório.

Ele quase conseguiu passar despercebido, esquivando-se por ruas sujas e esquinas lamacentas — os labirintos clandestinos da cidade. Um feito e tanto, considerando a quantidade de soldados circulando pelos bairros. Felizmente, eles estavam mais preocupados com a comemoração da volta recente a Londres que com a figura alva e corpulenta do conde. Não obstante, perto de St. Bride, ele acabou sendo avistado por quem menos esperava, em meio ao cheiro repugnante de Fleet Street, que pairava no ar.

Por um figurão da mais alta estirpe, impecavelmente vestido, em seu elegante fraque e sua deslumbrante gravata plastrom amarelo-limão, com nó ao estilo de Osbaldeston. O dândi surgiu em meio à escuridão, detrás de uma cervejaria, onde nenhum almofadinha deveria estar. Saudou o lobisomem desnudo tirando a cartola com cordialidade.

— Ora, ora, se não é Lorde Maccon! Como *tem passado*? Me diga uma coisa, não estamos meio informais demais para um passeio noturno? — Era um tom de voz divertido e vagamente familiar.

— Biffy — resmungou o conde.

— E como vai sua adorável esposa? — Biffy era um zangão de renome, e seu mestre vampiro, Lorde Akeldama, um grande amigo de Alexia, muito a contragosto de Lorde Maccon. Biffy, por sinal, também era adorado pela esposa do conde. Na última vez que o zangão levara uma mensagem do mestre ao Castelo de Woolsey, ele e a preternatural passaram horas tagarelando sobre os penteados da última moda em Paris. Alexia tinha uma queda por cavalheiros frívolos. Lorde Maccon ficou imaginando o que aquilo dizia de sua própria personalidade.

— Deixemos de lado minha adorável esposa — retrucou o conde. — Entre naquela cervejaria ali e pegue um casaco qualquer para mim, está bem?

Biffy arqueou a sobrancelha.

— Eu poderia oferecer o meu, sabe, mas além de ser um fraque, muito pouco prático, não caberia de jeito nenhum nessa sua estrutura colossal. — Ele lançou um olhar longo e apreciativo ao conde. — Ora ora, não é que o meu mestre ficará arrasado por ter perdido essa visão?

— Seu patrão insuportável já me viu nu.

Biffy tamborilou os dedos nos lábios, meio intrigado.

— Ah, pela madrugada, você estava lá — disse Lorde Maccon, irritado.

O zangão se limitou a sorrir.

— Um casaco — pediu o conde. Após uma pausa, resmungou: — Por favor!

Biffy foi e voltou depressa, trazendo um sobretudo impermeável de gosto duvidoso e cheiro de maresia, mas, pelo menos, grande o bastante para cobrir as partes do conde.

O Alfa o vestiu e, então, fuzilou com os olhos o zangão, que ainda sorria.

— Estou com cheiro de alga afervendada.

— A Marinha está na cidade.

— Conte para mim, o que é que sabe desta loucura toda? — Biffy podia ser homossexual, e seu mestre vampiro ainda mais afeminado que ele, mas Lorde Akeldama também era o maior bisbilhoteiro de Londres, que administrava um grupo de informantes anônimos com uma eficiência que suplantava qualquer ação do governo naquela área.

— Oito regimentos aportaram ontem, os dos Black Scotts, de Northumberland e da Guarda Coldsteam. — Biffy foi vago, de propósito.

Lorde Maccon o interrompeu:

— Não me referi a isso, mas ao exorcismo em massa.

— Ah, *exato*. É por isso que eu estava esperando o senhor.

— Claro que estava — suspirou Lorde Maccon.

Biffy parou de sorrir.

— Vamos caminhar, milorde? — Ele se posicionou ao lado do lobisomem, que não tinha mais qualquer vestígio de lobo, e ambos andaram rumo a Fleet Street. Os pés descalços do conde não faziam qualquer barulho nas pedras arredondadas.

— O quê?! — exclamaram Alexia *e* o temporariamente esquecido Tunstell ao mesmo tempo. O zelador se sentara atrás do canto da escadaria, para se recompor das consequências da disciplina aplicada pelo major Channing.

No entanto, assim que ouviu a novidade da srta. Hisselpenny, o ator desengonçado reaparecera. Estava com uma grande mancha avermelhada perto do olho direito, que na certa escureceria até uma tonalidade exuberante, e pressionava o nariz para estancar o sangue que escorria. Tanto o lenço de Lady Maccon quanto o plastrom do zelador se mostravam em péssimo estado, depois do incidente.

— Ficou noiva, srta. Hisselpenny? — Afora o costumeiro aspecto desalinhado, Tunstell estava com um semblante bastante trágico, lembrando um personagem de comédia shakespeariana. Por detrás do lenço, arregalara os olhos, atormentado. Apaixonara-se pela srta. Hisselpenny desde que dançaram juntos no casamento de Conall e Alexia, mas, depois disso, não tinham tido a oportunidade de se relacionar. Ela era uma dama de prestígio, e ele não passava de um humilde zelador, que, para completar, trabalhava como ator. Lady Maccon não tinha notado o quanto ele se enamorara. Ou então, a paixão do rapaz se aprofundara agora que se tornara impossível.

— De quem? — Lady Maccon fez a pergunta mais óbvia.

A srta. Hisselpenny ignorou a amiga e se aproximou de Tunstell.

— Está ferido! — disse ela, ofegante, os cachos de uvas e os morangos de seda balançando no ar. Então, a moça pegou o próprio lenço minúsculo, com bordados de raminhos de cereja e o pressionou, inutilmente, no rosto do rapaz.

— Foi só um arranhão, srta. Hisselpenny, nada mais que isso — ressaltou Tunstell, satisfeito com os cuidados dela, por mais ineficazes que fossem.

— Mas continua a sangrar, uma gota após a outra — insistiu ela.

— Não precisa se preocupar, de forma alguma, quem leva socos fica assim mesmo.

Ivy ficou pasma.

— Socos! Ah, *puxa vida*, que horror! Coitadinho do sr. Tunstell. — Ela afagou com a mão enluvada de branco o lado não ensanguentado do rosto dele.

Desfrutando de toda aquela atenção, o coitadinho do sr. Tunstell nem se importou mais com os golpes.

— Ah, por favor, não fique tão aflita — disse ele, inclinando a cabeça na direção da mão da jovem. — Nossa, mas que chapéu encantador, srta. Hisselpenny, tão — ele hesitou, procurando a palavra certa — frutuoso.

Ela ficou vermelha feito um pimentão.

— Quer dizer que gostou? Eu mesma o escolhi.

Aquilo já era demais.

— Ivy — chamou Alexia, com rispidez, fazendo a amiga voltar a se concentrar nos assuntos mais prementes. — De quem exatamente você ficou noiva?

A amiga voltou à realidade, deixando de lado o atraente sr. Tunstell.

— Do capitão Featherstonehaugh, que acabou de voltar da longínqua Inja, com os Fusilli de Northumberling.

— Você quis dizer com os Fuzileiros de Northumberland.

— Mas não foi exatamente o que eu disse? — perguntou Ivy, animada, com os olhos arregalados.

O reposicionamento das Forças Armadas do primeiro-ministro regional envolvia mais, muito mais regimentos do que Alexia imaginara. Ela precisava descobrir o que a rainha e seus comandantes estavam planejando na reunião do Conselho Paralelo.

Reunião para a qual já estava imperdoavelmente atrasada.

A srta. Hisselpenny prosseguiu:

— Não é um mau partido, embora mamãe tivesse preferido, no mínimo, um major. Mas sabe como é — ela baixou a voz, quase sussurrando —, na minha idade, não posso me dar ao luxo de escolher.

Tunstell ficou indignado ao ouvir aquilo. Considerava a srta. Hisselpenny um grande partido. Tudo bem que fosse mais velha que ele, mas, imagine só, ter que se contentar com um mero capitão. Abriu a boca para dar sua opinião, mas se conteve ao ser encarado duramente pela patroa.

— Tunstell — ordenou Lady Maccon —, vá procurar algo útil para fazer. Ivy, parabéns pelas núpcias vindouras, mas eu realmente preciso ir. Tenho uma reunião importante e já estou bastante atrasada.

A srta. Hisselpenny acompanhou Tunstell com os olhos, enquanto ele se afastava.

— Claro que o capitão Featherstonehaugh não é exatamente o que eu esperava. É o típico militar, sabe, muito estoico. Acho que o estilo dele combinaria com você, Alexia, mas *eu* sempre sonhei com um homem que tivesse alma de bardo.

Alexia lançou as mãos para o alto.

— *Ele* é um zelador. Sabe o que isso significa? Algum dia, não muito distante, ele vai solicitar sua própria metamorfose e, na certa, morrerá durante o processo. E, mesmo que saia incólume, virará, então, lobisomem. Você nem *gosta* deles.

A srta. Hisselpenny encarou a amiga com olhos ainda mais arregalados e expressão ingênua. As uvas balançaram.

— Ele pode desistir antes disso.

— Para se tornar o quê? Um ator profissional? E viver com alguns trocados por dia, dependendo da aprovação de um público inconstante?

Ivy bufou de desprezo.

— Quem foi que disse que eu me referia ao sr. Tunstell?

Lady Maccon acabou perdendo a paciência.

— Entre na carruagem, Ivy. Vou levá-la de volta para a cidade.

★ ★ ★

A srta. Hisselpenny ficou tagarelando sobre o iminente casamento e as necessárias providências, o vestido de noiva, a lista de convidados e o bufê, durante as duas horas inteirinhas de viagem até Londres. Mas pouco falou do futuro noivo. Lady Maccon se deu conta, ao longo do trajeto, de que ele parecia não ter muita importância para a cerimônia. Observou a amiga descer e andar depressa rumo à sua modesta residência com uma ponta de preocupação. O que Ivy estava fazendo? Mas, sem tempo no momento de se preocupar com a *atitude* da amiga, mandou o cocheiro seguir até Buckingham.

Os guardas já a esperavam. Lady Maccon sempre chegava ao Palácio duas horas após o anoitecer, aos domingos e às quintas, sem falta. Dentre as visitas regulares da rainha era uma das menos problemáticas, por ser a menos arrogante, apesar do jeito franco e das opiniões contundentes. Passadas as duas semanas iniciais, ela fizera questão de decorar os nomes de todos os funcionários. Eram pequenos detalhes como esses que distinguiam as pessoas. A alta sociedade desconfiava da escolha de Lorde Maccon, mas as Forças Armadas se mostravam satisfeitas com ela. Apreciavam um discurso objetivo, mesmo da parte de uma mulher.

— Está atrasada, Lady Maccon — disse um dos guardas, verificando se havia marcas de mordida no pescoço dela ou aparelhos a vapor ilegais na pasta de documentos.

— Como se eu não soubesse, tenente Funtington, como se eu não soubesse — retrucou ela.

Lady Maccon deu um sorrisinho tenso e seguiu adiante.

O primeiro-ministro regional e o potentado já a aguardavam. A Rainha Vitória ainda não. Só chegava em torno de meia-noite, após supervisionar a família e o jantar, e ficava apenas para ouvir os resultados do debate e tomar quaisquer decisões finais.

— Mil perdões por tê-los feito esperar — disse Lady Maccon. — Tive que lidar com alguns invasores inesperados no meu jardim frontal e com um noivado igualmente inesperado à noitinha. Não há desculpas, eu sei, mas foi isso o que aconteceu.

— Bom, aí está — observou com rispidez o primeiro-ministro regional. — Os assuntos do Império britânico devem esperar por causa de invasores e de suas amizades. — Proprietário de terras, conhecido como

Conde de Upper Slaughter, mas sem solar, o primeiro-ministro regional podia ser incluído entre os poucos lobisomens na Inglaterra a poder lutar contra o Conde de Woolsey, e já o provara. Era quase tão grande quanto Conall Maccon, só que com aparência mais envelhecida, cabelos escuros, rosto largo e olhos fundos. Devia ter sido bem-apessoado quando mais jovem, embora tivesse os lábios um tanto cheios demais, a cova no queixo muito profunda, e o bigode e as costeletas incrivelmente pronunciados.

Lady Maccon passara longas horas encasquetada com aquele bigode. Os lobisomens não envelheciam, e seus cabelos tampouco cresciam. De onde é que aquele teria vindo? Será que ele sempre o tivera? Por quantos séculos o pobre buço do sujeito tivera de aguentar o fardo de tamanho matagal?

Naquela noite, porém, ela ignorou tanto o primeiro-ministro regional quanto suas protuberâncias faciais.

— Então — disse, sentando-se e colocando a pasta de documentos na mesa ao seu lado —, vamos tratar de negócios?

— Naturalmente — retrucou o potentado, a voz a um só tempo melíflua e fria. — Está se sentindo bem esta noite, muhjah?

A pergunta surpreendeu Lady Maccon.

— Muito bem.

O integrante vampiro do Conselho Paralelo era o mais perigoso dos dois. Tinha a idade a seu favor e muito menos a provar que o primeiro-ministro regional. Além disso, se o representante dos lobisomens demonstrava não gostar de Lady Maccon por pura formalidade, ela não tinha a menor dúvida de que o potentado o fazia porque de fato a odiava. Queixara-se oficialmente, por escrito, tanto quando ela se casara com o Alfa da Alcateia de Woolsey como quando a Rainha Vitória a convidara para integrar o Conselho Paralelo. Lady Maccon nunca soube exatamente o motivo. Mas o potentado contava com o apoio das colmeias não só nesse como na maioria dos aspectos, o que o tornava bem mais poderoso que o primeiro-ministro regional, para quem a lealdade das alcateias se mostrava vacilante.

— Nenhum problema estomacal?

Lady Maccon olhou desconfiada para o vampiro.

— Não, nenhum. Podemos começar?

Em geral, o Conselho Paralelo se encarregava de tratar das questões sobrenaturais com a Coroa. Enquanto o DAS ficava a cargo do cumprimento das leis, o Conselho Paralelo cuidava dos assuntos legislativos, do assessoramento político-militar e das ocasionais situações caóticas e delicadas. Ao longo dos poucos meses em que Lady Maccon vinha participando do conselho, os debates abarcaram desde a autorização de colmeias nas províncias africanas, passando por normas militares relacionadas à morte de um Alfa no exterior, até ordens de exposição de pescoço nos museus públicos. Ainda não tinham tido que lidar com uma verdadeira crise. Isto, sentiu ela, vai ser interessante.

Ela abriu a pasta de documentos e pegou o interruptor de ressonância auditiva harmônica, um pequeno dispositivo pontudo, que nada mais era que dois diapasões fixados num cristal. Lady Maccon tocou com o dedo no primeiro diapasão, esperou um pouco e, em seguida, no segundo. Os dois emitiram um zumbido grave e dissonante, amplificado pelo cristal para impedir que se entreouvisse a conversa. A condessa colocou o aparelho com cuidado no meio da mesa de reunião. O som era irritante, mas todos já haviam se acostumado. Mesmo no interior seguro do Palácio de Buckingham, melhor prevenir que remediar.

— O que aconteceu exatamente em Londres, à noitinha? Seja o que for, fez meu marido se levantar muito cedo, logo após o pôr do sol, e deixou meu informante fantasma regional em polvorosa. — Ela tirou da pasta a pequena agenda e a caneta estilográfica importada das Américas.

— Quer dizer que não sabe, muhjah?

— Claro que sei. Só estou desperdiçando o tempo de todo mundo, para me divertir — respondeu, sarcástica até não poder mais.

— Notou alguma diferença em nós esta noite? — O potentado juntou as pontas dos dedos longilíneos na mesa, brancos e serpentinos em contraste com o mogno escuro, e observou Lady Maccon com os belos e fundos olhos verdes.

— Por que está dando corda para a muhjah? É óbvio que ela *deve* ter algo a ver com o ocorrido. — O potentado se levantou e começou a andar de um lado para outro da sala, seu costumeiro jeito irrequieto durante a maior parte das reuniões.

Lady Maccon pegou os lunóticos favoritos e os colocou. A denominação mais adequada para eles era *lentes monoculares de ampliação cruzada, com dispositivo modificador de espectro*, mas todos os vinham chamando de *lunóticos* ultimamente, até mesmo o professor Lyall. Os dela eram de ouro, incrustados de ônix na lateral, em que não havia lentes múltiplas nem suspensão líquida. Embora os inúmeros e diminutos botões e mostradores tivessem sido feitos de ônix também, os diversos toques caros não impediam o dispositivo de parecer ridículo. Todos os lunóticos eram cafonas: o fruto infeliz de uma união proibida entre um par de binóculos e lunetas de ópera.

O olho direito dela se ampliou terrivelmente, ficando desproporcional, conforme a condessa girava um dos botões, mirando o rosto do potentado. Traços refinados e simétricos, sobrancelhas escuras, olhos verdes — a face parecia normal, até natural. A tez saudável, não pálida. O vampiro deu um sorrisinho, os dentes na mais perfeita ordem, bem retos. Incrível.

Aí estava o problema. Nada de presas.

Lady Maccon se levantou e parou diante do primeiro-ministro regional, impedindo sua movimentação irrequieta. Examinou o rosto dele com os lunóticos, focando nos olhos: um simples tom castanho. Nenhum toque amarelado perto da íris, nenhum traço velado de instinto de caçador nem de uso em campos abertos.

Em silêncio, refletindo muito, ela voltou a se sentar. Então, tirou com cuidado os lunóticos e os guardou.

— E então?

— Devo supor, então, que ambos estão enfrentando um estado afetado por... — ela buscou a melhor forma de se expressar — ... infectado pela... normalidade?

O primeiro-ministro regional olhou-a, aborrecido. Lady Maccon fez uma anotação na agenda.

— Impressionante. E quantos dos grupos sobrenaturais foram contaminados com a mortalidade? — quis saber a muhjah, a estilográfica a postos.

— Todos os vampiros e os lobisomens no centro de Londres. — O potentado se mostrava, como sempre, calmo.

Lady Maccon ficou pasma. Se nenhum deles continuava sobrenatural, agora poderiam ser mortos. Ela se perguntou, como preternatural, se também fora afetada. Continuou pensativa por alguns instantes. Não sentia diferença alguma, mas era difícil dizer.

— Qual a extensão geográfica dos neutralizados? — perguntou ela.

— Parece estar concentrada em torno do aterro do Tâmisa e da zona portuária.

— E quando os senhores saem da área afetada, voltam ao estado sobrenatural? — O lado científico dela entrava em ação.

— Excelente pergunta. — O primeiro-ministro regional saiu da sala, ao que tudo indicava para enviar um mensageiro e descobrir a resposta. Em geral deixariam a tarefa a cargo de uma agente fantasma. Onde é que ela estava?

— E os fantasmas? — indagou Lady Maccon, franzindo o cenho.

— É por isso que sabemos da extensão da área atingida. Nem um único fantasma arrastando correntes naquela região apareceu desde o pôr do sol. Todos sumiram. Exorcizados. — O potentado observava atentamente a muhjah. Só uma criatura tinha o poder inerente de exorcizar fantasmas, por mais desagradável que fosse o processo, e lá estava ela: a única preternatural em toda Londres.

— Minha nossa! — exclamou Lady Maccon. — Quantos fantasmas perdidos prestavam serviço para a Coroa?

— Seis trabalhavam para nós, quatro para o DAS. Dos espectros restantes, oito estavam no estágio de abantesma, então ninguém sente falta deles, e dezoito se encontravam nos estágios finais de disanimus. — O potentado jogou uma pilha de documentos na direção dela. A muhjah folheou-os, observando os detalhes.

O primeiro-ministro regional voltou à sala.

— Teremos sua resposta daqui a uma hora. — E recomeçou a andar de um lado para outro.

— Caso estejam curiosos, senhores, saibam que passei o dia dormindo no Castelo de Woolsey. Meu marido pode confirmar, pois não dormimos em quartos separados. — Lady Maccon corou um pouco, mas sentiu que sua honra exigia que se defendesse.

— Claro que pode — disse o vampiro que, naquele momento, deixara de sê-lo e se tornara um ser humano comum. Pela primeira vez em séculos. Devia estar se tremendo todo sobre aquelas botas caríssimas de cano longo. Enfrentar sua própria mortalidade depois de tanto tempo. Isso sem considerar que uma das colmeias estava na área atingida, o que significava que havia uma rainha em perigo. Vampiros, mesmo os errantes como o potentado, fariam de tudo para proteger uma soberana.

— Está se referindo ao seu marido lobisomem que dorme feito uma pedra durante o dia? E em quem duvido seriamente que toque durante o sono?

— Claro que não o toco quando dormimos. — Lady Maccon ficou surpresa com a pergunta. Se mantivesse contato com Conall a noite inteira, todas as noites, acabaria por provocar o envelhecimento do marido e, embora odiasse a ideia de envelhecer sem ele, não lhe importa a mortalidade. Além do mais, o conde passaria também a ter mais pelos na face e ficaria ainda mais desgrenhado de manhã.

— Então admite que poderia ter saído furtivamente da casa? — O primeiro-ministro regional parou de andar de um lado para outro e lhe lançou um olhar ferino.

Lady Maccon deu um muxoxo, negando.

— Já conheceu meus empregados? Se Rumpet não me impedisse, Floote o faria, sem falar em Angelique, que vive circulando pela casa, sempre preocupada com os meus cabelos. Sair furtivamente, lamento dizer, é coisa do passado. Mas podem jogar a culpa em mim, se estão com preguiça demais para tentar descobrir o que realmente está acontecendo aqui.

O potentado — logo ele — pareceu ter se convencido um pouco mais. Talvez por não querer acreditar que ela tivesse tamanho poder.

Lady Maccon prosseguiu:

— Francamente, como uma preternatural, por mais poderosa que fosse, poderia afetar uma região inteira da cidade? Preciso tocar nos senhores para obrigá-los a se tornar humanos. Tenho que tocar num cadáver para poder exorcizar seu fantasma. Não poderia estar em todos esses lugares ao mesmo tempo. Além do mais, por acaso estou tocando nos senhores agora? E ambos estão mortais.

— Então, com o que estamos lidando? Com um bando inteiro de preternaturais? — perguntou o primeiro-ministro regional. Tendia a pensar em termos de quantidade, uma consequência do excesso de treinamento militar.

O potentado balançou a cabeça.

— Já chequei os registros do DAS. Não há suficientes preternaturais em toda a Inglaterra para exorcizar tantos fantasmas ao mesmo tempo. Por sinal, não há quantidade suficiente deles em todo o mundo civilizado.

Ela se perguntou *como* ele vira esses registros. Teria que contar isso para o marido. Mas voltou a se concentrar no atual problema.

— Há algo mais poderoso que um preternatural?

O não vampiro meneou a cabeça de novo.

— Não nesse caso. O estatuto dos vampiros afirma que os sugadores de alma são as segundas criaturas mais letais do planeta. Mas também diz que a mais letal não é uma sanguessuga, mas outro tipo de parasita. Isso não pode ser obra de um deles.

Lady Maccon escrevinhava na agenda. Mostrava-se intrigada e um pouco irritada.

— Pior que nós, sugadores de alma? É possível? E eu que pensava ser uma integrante do grupo mais odiado. E que nome dá a *eles*?

O potentado ignorou a pergunta.

— Isso só a deixará mais cheia de si.

A muhjah teria insistido no assunto, mas suspeitou que suas indagações seriam ignoradas.

— Então, o que está acontecendo deve ser o efeito de uma arma ou de algum dispositivo científico. É a única explicação possível — disse ela.

— Ou poderíamos levar a sério as teorias daquele absurdo Darwin e sugerir uma espécie recém-evoluída de preternaturais.

Lady Maccon anuiu. Tinha lá suas ressalvas em relação a Darwin e sua conversa fiada sobre as origens, mas talvez suas ideias tivessem algum mérito.

O primeiro-ministro regional descartou a ideia. Os lobisomens tinham, em sua maioria, muito menos inclinação científica que os vampiros, exceto no que dizia respeito ao desenvolvimento de armas modernas.

— Apoio a muhjah nesse ponto, se não em outros. Se não é ela que está agindo, então deve ser algum dispositivo moderno, construído com conhecimento tecnológico.

— *Nós* estamos vivendo na Era da Invenção — concordou o potentado.

O primeiro-ministro regional ficou pensativo.

— Os templários conseguiram, por fim, unificar a Itália e se declarar infalíveis; será que voltaram a se preocupar com outras regiões?

— Acha que isto pode ser um prenúncio de uma segunda Inquisição? — quis saber o potentado, empalidecendo: algo que podia ocorrer com ele, agora.

O primeiro-ministro regional deu de ombros.

— Não adianta ficarmos fazendo suposições mirabolantes — comentou a sempre prática Lady Maccon. — Nada sugere que os templários estejam envolvidos.

— A senhora é italiana — resmungou o lobisomem.

— Ora essa, será que tudo nesta reunião girará em torno de eu ser filha do meu pai? Meus cabelos são cacheados também, será que isso tem a ver? Sou o fruto da minha descendência, e não posso fazer nada para mudar isso, do contrário, podem ter certeza de que eu teria optado por um nariz menor. Vamos ao menos concordar que a explicação mais plausível para esse tipo de efeito preternatural em larga escala é algum tipo de arma. — Ela se virou para o potentado. — Tem *certeza* de que nunca ouviu falar numa ocorrência desse tipo?

Ele franziu o cenho e friccionou a ruga entre os olhos verdes com a ponta do dedo branco. Era um gesto incrivelmente humano.

— Vou consultar os guardiães do estatuto quanto a isso, mas, sim, tenho certeza.

Lady Maccon olhou para o primeiro-ministro regional. Ele meneou a cabeça.

— Então, a questão é: o que alguém espera ganhar com isto?

Seus colegas sobrenaturais a fitaram sem expressão.

Alguém bateu à porta fechada. O primeiro-ministro regional foi abri-la. Conversou baixinho pela fresta e voltou com uma expressão já não mais assustada, mas perplexa.

— Ao que tudo indica, os efeitos se neutralizam logo após a área atingida da qual falamos antes. Os lobisomens, pelo menos, voltam a ser totalmente sobrenaturais. É claro que os fantasmas não podem se deslocar para tirar proveito desse fato. E não posso falar pelos vampiros.

Ele não chegou a dizer que o que levava os lobisomens a mudarem na certa faria o mesmo com os vampiros — eles eram mais parecidos do que gostavam de admitir.

— Eu vou averiguar pessoalmente, assim que esta reunião acabar — informou o potentado, muito aliviado. Só podia ser um efeito de sua condição humana, pois em geral suas emoções não eram tão evidentes.

O primeiro-ministro regional comentou, em tom sarcástico:

— Você conseguirá tirar dali sua rainha em perigo, caso julgue necessário.

O potentado, então, perguntou, ignorando a observação:

— Temos algo mais a tratar?

Lady Maccon se inclinou para frente e, com o topo da caneta estilográfica, bateu de leve no interruptor de ressonância auditiva harmônica, para que voltasse a vibrar. Em seguida, olhou para o primeiro-ministro regional.

— Por que tantos regimentos voltaram para casa ultimamente?

— É verdade, notei mesmo uma grande quantidade de militares percorrendo as ruas quando saí de casa esta noite. — O potentado pareceu curioso.

O lobisomem deu de ombros, tentando, sem sucesso, falar de um jeito casual.

— Podem culpar o Ministro da Guerra, Cardwell, e suas malditas reformas.

Lady Maccon torceu o nariz, de maneira ostensiva. Apoiava essas mudanças, considerando, por questões humanitárias, que o açoite devia acabar e as regras de alistamento precisavam mudar. Mas o primeiro-ministro regional era antiquado: gostava dos soldados disciplinados, pobres e ligeiramente ensanguentados.

Ele prosseguiu, como se ela não tivesse torcido o nariz:

— Os marinheiros de um navio a vapor chegaram da África Ocidental há alguns meses reclamando que os axântis estavam infernizando a nossa vida. O Ministro da Guerra tirou todos os que podia do Oriente e os mandou para cá, para um revezamento.

— Ainda temos tantas tropas assim na Índia? Achei que a região tinha sido pacificada.

— De jeito nenhum. Mas temos uma quantidade suficiente para tirar diversos regimentos e deixar que a Companhia das Índias Orientais e seus mercenários aguentem o tranco. É preciso zelar pela segurança do Império. O duque quer regimentos aptos, com apoio de lobisomens, na África Ocidental, e não posso culpá-lo. A situação é péssima por lá. Esses regimentos recém-chegados, que estão sendo vistos nas cercanias de Londres, vão se reorganizar, formar dois batalhões distintos e reembarcar em navios daqui a um mês. Isso está provocando uma imensa confusão. A maioria teve que vir pelo Egito, para chegar mais rápido aqui, e ainda não sei como vamos fazer para atender a todos os pedidos. Seja como for, eles estão aqui agora, lotando as estalagens londrinas. Melhor reenviá-los para o combate o mais rápido possível. — Ele resolveu dar uma alfinetada em Lady Macon. — O que me fez lembrar de algo. Peça ao seu marido para que mantenha suas malditas alcateias sob controle, está bom?

— Alcateias? Só havia uma na última vez que verifiquei, e eu gostaria de deixar claro que não é o meu marido que tem de discipliná-las. O tempo todo.

O primeiro-ministro regional deu um largo sorriso, levando o gigantesco bigode a oscilar.

— Suponho então que já conheceu o major Channing? — Havia tão poucos lobisomens na Inglaterra que, como a muhjah viria a descobrir, todos pareciam se conhecer. E, puxa vida, como gostavam de uma fofoca.

— Já sim — respondeu ela, com expressão azeda.

— Bom, eu estava me referido à outra alcateia do conde, a da região montanhosa, Kingair — prosseguiu o lobisomem. — Esse bando andava acompanhando o regimento Black Watch, mas houve certa altercação. Pensei que seu marido poderia meter as patas.

A muhjah franziu o cenho.

— Duvido.

— Sabia que a Alcateia de Kingair perdeu o Alfa? Niall não-sei-das-quantas, um coronel, de um jeito bem desagradável. O bando foi atacado de surpresa, ao meio-dia, quando eles estavam mais enfraquecidos e não podiam se transformar. Todo o regimento ficou abalado. Perder um oficial de alta patente daquele jeito, sendo ele lobisomem Alfa ou não, causou um pandemônio.

Ela franziu mais ainda a testa.

— Não, eu não sabia. — E se perguntou se o marido estava a par disso. Ficou batendo a ponta da caneta nos lábios. Era bastante raro um ex-Alfa sobreviver à perda da alcateia, e ela jamais conseguira arrancar de Conall os verdadeiros motivos que o levaram a abandonar a Região Montanhosa. Mas tinha toda certeza de que a ausência de liderança o fazia sentir uma espécie de obrigação para com o ex-bando, embora ele tivesse partido havia décadas.

Os integrantes do Conselho Paralelo passaram a considerar, durante o debate, quem seriam os responsáveis pela arma: diversas sociedades não tão secretas quanto gostariam de ser, países estrangeiros ou facções do governo. Lady Maccon estava convencida de que se tratava de cientistas ao estilo dos participantes do Clube Hypocras, e manteve a firme posição de que o lugar deveria ser desregulamentado. Isso frustrou o potentado, que queria que os integrantes sobreviventes do clube fossem soltos, ficando à sua disposição. O primeiro-ministro regional apoiou a muhjah. Não tinha muito interesse naquele tipo de pesquisa científica, mas não queria deixar que caísse por completo nas mãos do vampiro. O que desviou a conversa para o destino a ser dado aos bens do clube. Lady Maccon sugeriu que fossem para o DAS e, embora seu marido chefiasse a instituição, o potentado concordou, desde que um agente vampiro fosse junto.

Quando por fim a Rainha Vitória chegou para se reunir com o conselho, os integrantes já haviam tomado várias decisões. Eles lhe passaram as informações sobre a praga de humanização e revelaram sua teoria de que se tratava de algum tipo de arma secreta. A rainha ficou, como seria de esperar, preocupada. Sabia muito bem que o poder do império recaía nas costas dos vampiros conselheiros e dos lobisomens combatentes. Se eles corriam risco,

a Grã-Bretanha também. Insistiu muito para que Lady Maccon investigasse o mistério. Afinal de contas, o exorcismo, supostamente, era da sua alçada.

Como, de qualquer forma, a preternatural teria feito todo o possível para entender o que estava acontecendo, ficou feliz com a autorização oficial. Saiu da reunião do Conselho Paralelo sentindo-se, inesperadamente, realizada. Queria muito questionar o marido no gabinete do DAS, mas, sabendo que isso acabaria em discussão, dirigiu-se, em vez disso, para casa, para Floote e a biblioteca.

A coleção de livros do pai de Lady Maccon, em geral uma fonte de informações excelente, ou, no mínimo, desconcertante, acabou se mostrando decepcionante no que dizia respeito à anulação do sobrenatural em larga escala. Tampouco mencionava qualquer detalhe que pudesse ser relacionado ao comentário provocador do potentado quanto a uma ameaça para os vampiros pior que os sugadores de alma. Depois de horas folheando os livros com capa de couro desbotada, pergaminhos antigos e diários pessoais, ela e Floote não encontraram nada. Não foram incluídas mais observações na sua pequena agenda de couro, nem surgiram novas teorias sobre o mistério.

O silêncio de Floote era eloquente.

Lady Maccon apenas beliscou o café da manhã leve, que incluía torradas com patê de presunto e salmão defumado, e foi se deitar um pouco antes do alvorecer, sentindo-se derrotada e frustrada.

Foi acordada de manhã cedo, pelo marido, num estado de frustração bem diferente. As manzorras toscas dele se mostravam insistentes, e ela não estava de todo avessa à ideia de ser acordada daquele jeito, pois tinha perguntas deveras urgentes, que precisavam de respostas. Ainda assim, estavam em plena luz do dia, e a maioria dos sobrenaturais respeitáveis devia estar dormindo. Felizmente, Conall Maccon era um Alfa forte o bastante para ficar acordado durante dias, sem sentir os efeitos adversos que os lobisomens mais jovens da alcateia sentiam quando se expunham demais a esse tipo de contaminação solar.

Lorde Maccon começou a se aproximar de um jeito peculiar, daquela vez. Foi serpenteando sob as cobertas, do pé da cama em direção ao ponto em que ela estava. Quando abriu os olhos, Lady Maccon deparou com a visão ridícula de uma enorme montanha de edredons e lençóis oscilando de um lado para outro como uma espécie de medusa num caminho atravancado, esforçando para seguir rumo a ela. A esposa estava deitada de lado, e os pelos do peito do marido lhe faziam cócegas na parte posterior das pernas. O conde ia levantando a camisola da esposa à medida que prosseguia. Deu um beijo logo abaixo de um dos joelhos dela, o que a levou a mover a perna abruptamente. Os pelos do rosto lhe faziam cócegas de um jeito desconfortável.

Ela levantou os edredons e olhou furiosa para o marido.

— O que está fazendo, seu danado?

— Agindo furtivamente, sua sapeca. Não *pareço* disfarçado? — perguntou, zombeteiro.

— Por quê?

Lorde Maccon se mostrou meio acanhado, uma expressão definitivamente absurda para um grandalhão escocês.

— Eu buscava o romantismo de uma aproximação secreta, esposa. A atmosfera de mistério de um agente do DAS. Mesmo que este aqui esteja voltando muito tarde para casa.

Ela se apoiou no cotovelo e ergueu as sobrancelhas, tentando conter o riso, mas ainda parecendo intimidante.

— Não pareço?

As sobrancelhas ergueram-se mais, se é que era possível.

— Ora, me dê uma colher de chá!

Lady Maccon conteve a onda de alegria e fingiu uma seriedade digna de condessa.

— Se insiste, marido. — Ela pôs a mão no coração e se recostou de novo no travesseiro, deixando escapar um suspiro do tipo que só imaginava soltado pela heroína de um romance de Rosa Carey.

Os olhos de Lorde Maccon estavam de um tom entre o caramelo e o amarelo, e ele cheirava a campos abertos. A esposa se perguntou se ele tinha voltado para casa na forma de lobo.

— Marido, precisamos conversar.

— A-hã, mas depois — sussurrou ele, começando a subir mais ainda a camisola dela, passando a se concentrar nas áreas não tão sensíveis a cócegas, porém não menos sensíveis do corpo da esposa.

— Eu odeio esta peça de roupa. — O conde tirou o incômodo artigo e jogou-o no lugar de sempre, no chão.

Lady Maccon quase ficou vesga ao tentar observá-lo à medida que ele se movia de modo predatório ao longo do seu corpo.

— Foi você que a comprou. — Ela se contorceu para descer mais na cama e aumentar o contato com o corpo dele, dando a desculpa de que estava frio e ele não repusera suas cobertas.

— É verdade. De agora em diante, faça o favor de me lembrar de só comprar sombrinhas.

Os olhos castanho-amarelados ficaram de um tom quase totalmente amarelo, o que costumava acontecer naquela altura da atividade. A esposa adorava. Antes que pudesse protestar — mesmo que quisesse —, ele a arrebatou com um beijo profundo e apaixonado, do tipo que, quando ambos estavam em pé, deixava as pernas dela bambas.

Mas os dois estavam deitados, e Lady Maccon, totalmente desperta, porém sem querer ceder à persuasão dos seus joelhos, da boca do conde e de qualquer outra área do corpo, por sinal.

— Marido, estou muito brava com você. — Ela o acusou, um pouco ofegante, e tentou lembrar o motivo.

Ele mordiscou com suavidade o ponto carnudo entre o pescoço e o ombro. A esposa deixou escapar um gemido.

— O que foi que eu fiz desta vez? — quis saber o conde, fazendo uma pausa antes de dar continuidade à exploração oral do corpo: Lorde Maccon, o explorador intrépido.

Lady Maccon se contorceu, tentando se afastar.

Mas seu movimento só o fez gemer e insistir mais.

— Você foi embora e me deixou com um regimento inteirinho acampado no jardim frontal — recordou-se, por fim, de acusar.

— Hum. — Os beijos cálidos continuavam a percorrer seu pescoço.

— E, para completar, ainda apareceu um tal major Channing Channing, dos Channings de Chesterfield.

Lorde Maccon parou de mordiscá-la para comentar:

— Do jeito que se refere a ele, parece até que é uma doença.

— Você *já* o conheceu, certo?

O conde deixou escapar uma risadinha e, em seguida, começou a beijá-la de novo, rumando para a barriga dela.

— Sabia que eles estavam vindo, e não achou que devia me informar. Ele suspirou, uma lufada no abdômen nu da esposa.

— Lyall.

Lady Maccon beliscou o ombro do marido. O conde passou a concentrar as atenções amorosas nas partes baixas do corpo dela.

— Isso mesmo! O professor Lyall teve que me apresentar para a minha própria alcateia. Eu não conhecia os soldados antes, lembra?

— Pelo que soube do meu Beta, você demonstrou firmeza ao lidar com uma situação bem complicada — prosseguiu ele, em meio a beijos e lambidinhas. — Quer lidar com outra coisa firme?

Lady Maccon julgou que sim. Afinal de contas, por que deveria ser a única com respiração ofegante? Ela o puxou para lhe dar um beijo mais profundo e levou a mão para baixo.

— E esse exorcismo em massa em Londres? Tampouco achou necessário me falar disso? — queixou-se a esposa, apertando-o com suavidade.

— Hum, bom, isso... — ela sentiu a respiração nos seus cabelos, a boca persuasiva, murmúrios, murmúrios — ... acabou. — Lorde Maccon mordiscou seu pescoço, as atenções cada vez mais insistentes.

— Espere — gritou Lady Maccon. — Nós não estávamos conversando?

— Acho que *você* estava — respondeu ele, antes de se lembrar de que só havia um jeito infalível de calar a esposa. Então, se inclinou e selou a boca dela com a sua.

Capítulo 3

Compra de chapéu e algumas dificuldades

Lady Maccon continuou deitada, pensativa, olhando para o teto, sentindo-se tão úmida e mole como uma omelete parcialmente cozida. De repente, ficou rígida.

— O *que* você disse que tinha acabado?

Um ronco suave foi a resposta. Ao contrário dos vampiros, os lobisomens não pareciam estar mortos durante o dia. Simplesmente dormiam profundamente.

Bom, não *aquele ali*. Não se ela tivesse algo a dizer. Então, cutucou o marido com força, nas costelas, usando o polegar.

Quer pela cutucada, quer pelo contato preternatural, ele acordou e respirou fundo.

— O que acabou? — insistiu ela.

Com a esposa de rosto altivo olhando para ele, o conde se perguntou por que ansiara por uma mulher como aquela em sua vida. Ela se inclinou e mordiscou seu peito. Ah, sim, iniciativa e ingenuidade.

— E então?

Bem como manipulação.

Lorde Maccon estreitou os olhos castanho-amarelados.

— Essa sua massa cinzenta para de funcionar em algum momento?

Lady Maccon arqueou a sobrancelha.

— É claro, ora. — Ela observou o raio oblíquo de sol penetrando pela fresta de uma das pesadas cortinas de veludo. — E, pelo visto,

você conseguiu fazer uma pausa de umas boas duas horas ou algo assim.

— Só isso? Que tal, Lady Maccon, tentarmos chegar a três?

A esposa pestanejou para ele, sem estar de fato aborrecida.

— Você já não está velho demais para esse tipo de exercício contínuo?

— Mas que comentário é esse, minha querida — queixou-se ele, ofendido. — Só tenho duzentos e poucos anos, um verdadeiro filhote inocente.

Acontece que Lady Maccon não se deixaria distrair pela segunda vez.

— O que acabou?

O lobisomem soltou um suspiro.

— Aquele estranho efeito preternatural em massa terminou às três da madrugada. Todos que deveriam ter voltado ao estado sobrenatural o fizeram, menos os fantasmas. Os acorrentados na área do aterro do Tâmisa parecem haver sido exorcizados em caráter permanente. Levamos um fantasma voluntário com seu cadáver mais ou menos uma hora depois de tudo ter voltado ao normal. Como ele continuou em perfeito estado, acorrentado, novos fantasmas poderão se instalar naquela região sem problemas, mas os velhos, partiram para sempre.

— Então, pronto? A crise foi evitada? — Ela ficou decepcionada. Devia se lembrar de anotar tudo isso na sua agenda.

— Ah, não acho. Não se trata de algo que possa ser varrido para baixo do famoso tapete. Precisamos descobrir o que aconteceu, exatamente. Todos estão a par do ocorrido, até os mortais. Embora estejam, sem dúvida, muito menos preocupados com a história que os sobrenaturais. Mas todo mundo quer saber o que houve.

— Inclusive a Rainha Vitória — ressaltou Lady Maccon.

— Eu perdi diversos agentes fantasmas excelentes nesse exorcismo em massa. A Coroa também. O *Times*, o *Nightly Aethograph*, o *Evening Leader* e até Lorde Ambrose, aborrecidíssimo, foram ao meu gabinete.

— Coitadinho de você, querido. — Ela afagou a cabeça dele, compassiva. O marido odiava lidar com a imprensa, e mal conseguia ficar no mesmo ambiente que Lorde Ambrose. — Imagino que a Condessa Nadasdy tenha ficado bastante nervosa com essa situação.

— Sem falar no resto da colmeia dela. Afinal de contas, há milhares de anos uma rainha não corria tamanho perigo.

A esposa torceu o nariz.

— Até que deve ter tido seu lado bom para eles. — Não era segredo que Lady Maccon não gostava muito da rainha da Colmeia de Westminster, nem confiava nela. Mas ambas eram cuidadosamente educadas uma com a outra. A Condessa Nadasdy *sempre* convidava o casal Maccon para os bailes raros e cobiçados que dava, e os dois *sempre* faziam questão de comparecer.

— Sabia que Lorde Ambrose teve a audácia de me ameaçar? Ameaçar a minha pessoa! — Ele quase rosnava. — Como se tivesse sido minha culpa!

— E eu que imaginei que achasse que fosse minha — disse a esposa.

O conde ficou mais bravo ainda.

— Hum, bom, ele e toda a colmeia não passam de uns bostas ignorantes, portanto, a opinião deles não faz diferença.

— Marido, sem palavrões, por favor. Além do mais, o potentado e o primeiro-ministro regional acharam o mesmo.

— Eles ameaçaram você? — O conde se endireitou e resmungou diversas frases de baixo calão.

A esposa interrompeu a invectiva ao comentar:

— Entendo perfeitamente o lado deles.

— Como assim?

— Seja razoável, Conall. Sou a única preternatural desta área e, até onde todos sabem, só nós exercemos esse tipo de efeito nos sobrenaturais. É a conclusão lógica a se tirar.

— Mas nós dois sabemos que não foi você.

— Exatamente! Então, quem ou o que provocou isso? O que realmente aconteceu? Tenho certeza de que você tem alguma teoria.

Ele deu uma risadinha. Tinha, afinal, se unido a uma mulher sem alma. Não devia se surpreender com seu eterno pragmatismo. Impressionado com a forma como sua esposa conseguia melhorar seu estado de ânimo com sua personalidade, ele disse:

— Você primeiro, esposa.

Lady Maccon o puxou, fazendo com que se deitasse ao seu lado, e apoiou a cabeça na curva entre o peito e o ombro dele.

— O Conselho Paralelo informou à rainha que acredita se tratar de algum tipo de arma científica recém-desenvolvida.

— E você concorda com isso? — Sua voz retumbou sob a orelha dela.

— É uma possibilidade, nos tempos de hoje, mas não passa disso, de uma hipótese com que trabalhar. Pode ser que Darwin esteja certo e que tenhamos chegado a uma nova era de evolução preternatural. Pode ser que os templários estejam envolvidos. Pode ser que estejamos deixando escapar algum detalhe importante. — Ela fitou o marido, que continuava calado. — E então, o que foi que o DAS descobriu?

No fundo, Lady Maccon achava que aquilo fazia parte de seu papel de muhjah. Por incrível que parecesse, a Rainha Vitória vira com bons olhos o casamento de Alexia Tarabotti com Conall Maccon, que antecedera a cerimônia de posse da preternatural. Esta muitas vezes se perguntava se fora apontada para o cargo justamente pela vontade da rainha de estabelecer uma melhor comunicação entre o DAS e o Conselho Paralelo. Mas na certa a soberana não imaginara que a troca de informações ocorreria de um jeito tão carnal.

— Quanto sabe a respeito do Egito Antigo? — O conde a tirou do lugar e se apoiou num dos braços, acariciando distraidamente a curva da sua cintura com a mão livre.

Ela colocou um travesseiro atrás da cabeça e deu de ombros. A biblioteca do pai incluía uma grande coleção de rolos de papiros. Ele gostava um pouco do Egito, mas a filha sempre se interessara mais pelo mundo clássico. Havia algo excessivamente selvagem e impetuoso no Nilo e arredores. Lady Maccon era prática demais para o árabe e sua escrita floreada, ao passo que o latim, com sua precisão matemática, podia ser considerado uma alternativa bem mais atraente.

Lorde Maccon fez um beicinho.

— Era nosso, sabia? Dos lobisomens. Há muito tempo, quatro mil anos ou mais, com calendário lunar e tudo. Muito antes de os mortais construírem a Grécia e dos vampiros saírem de Roma, nós já tínhamos o

Egito. Você já viu como consigo manter o corpo de ser humano e transformar apenas a cabeça na forma de lobo?

— O que só os verdadeiros Alfas conseguem fazer? — Ela se lembrava bem da vez em que o vira fazê-lo. Fora perturbador e meio repulsivo.

Ele anuiu.

— Até hoje, ainda chamamos esse estado de Forma de Anúbis. Segundo os uivadores, o povo nos adorava como deuses, no Egito Antigo. E isso foi a nossa derrocada. Há lendas de ocorrência de uma doença, de uma grande epidemia, que atingiu apenas os sobrenaturais: a Peste Antidivindade, a praga da reversão. Dizem que assolou o Nilo eliminando sangue e mordidas, lobisomens e vampiros, que acabaram perecendo como mortais naquela geração, impedindo a realização de metamorfoses na região por um milênio.

— E agora?

— Em todo o Egito existe apenas uma colmeia, perto de Alexandria, no extremo norte do delta. É o que restou da Colmeia Ptolomeu. Só há ela, que ingressou com os gregos, e conta com apenas seis vampiros. Algumas alcateias sarnentas ainda vagueiam pelo deserto nas cercanias do sul do Nilo. Mas dizem que a peste perdura no Vale dos Reis, e nenhum sobrenatural chegou a fazer uma busca arqueológica. Essa é a nossa única ciência proibida, até agora.

Lady Maccon ponderou a respeito do que acabara de ouvir.

— Acha que estamos diante de uma epidemia? Uma doença como a tal Peste Antidivindade?

— Talvez.

— Então por que ela simplesmente iria embora?

Lorde Maccon esfregou o próprio rosto com a manzorra calosa.

— Não sei. As lendas são transmitidas oralmente, de uivador para uivador. Não temos estatutos escritos. Assim sendo, elas mudam no decorrer do tempo. É possível que a peste daquele período não tenha sido tão devastadora quanto se fala ou que eles não tenham percebido que deveriam evacuar a área. E é possível também que tenhamos à nossa frente uma versão totalmente nova da doença.

A esposa deu de ombros.

— É uma teoria no mínimo tão boa quanto a nossa, da arma. Acho que só há um jeito de descobrir.

— A rainha a encarregou do caso? — O conde jamais gostava da ideia de a esposa conduzir trabalhos de campo. Quando a recomendara para o cargo de muhjah, achou que seria uma posição política boa e segura, cheia de serviços administrativos e debates à mesa de reunião. Fazia tanto tempo que a Inglaterra não contava com um muhjah, que poucos se lembravam das atividades a serem exercidas pela conselheira preternatural da rainha. Mas ela devia equilibrar no âmbito legislativo os planos do potentado e a obsessão militar do primeiro-ministro regional. Além disso, devia se encarregar da obtenção de informações, já que os preternaturais não tinham os movimentos tolhidos por lugares nem alcateias. Lorde Maccon ficara furioso quando descobrira a verdadeira extensão do cargo. Lobisomens, de modo geral, eram avessos à espionagem, considerando-a uma atividade desonrosa — típica dos vampiros. O conde chegara até a acusar a esposa de atuar como uma espécie de zangão da Rainha Vitória. Ela lhe dera o troco usando a camisola mais volumosa uma semana inteirinha.

— Acha que haveria alguém mais apropriado?

— Mas, esposa, isso pode se tornar muito perigoso, se for uma arma. E se for uma ação premeditada.

Lady Maccon soltou um suspiro, exasperada.

— Perigoso para todos, menos para *mim*. Eu seria a única a não sofrer efeitos adversos, pois, pelo menos até agora, não creio ter mudado. Bom, nem eu nem os mortais. O que me fez lembrar de que o potentado teceu um comentário interessante esta noite.

— É mesmo? Que fato mais fora do normal.

— Ele disse que, de acordo com os estatutos dos vampiros, há uma criatura pior que um sugador de almas. Ou, ao menos, *havia*. Sabe algo a respeito, marido? — Ela o observou com atenção.

Ele pestanejou, seus olhos castanho-amarelados deixaram transparecer sua genuína surpresa. No que dizia respeito a isso, pelo visto, ele não parecia ter uma resposta cuidadosamente preparada.

— Nunca ouvi falar nela. Mas nós e os vampiros temos conceitos diferentes. Encaramos vocês como quebradores de maldição, não como sugadores de alma e, como tal, não tão ruins. Assim sendo, para os lobisomens, há criaturas muito piores que vocês. Já para os vampiros? Existem mitos antigos, do início dos tempos, que citam um monstro que atuava tanto de dia quanto de noite. Os lobisomens o chamam de usurpadores de peles. Mas é só um mito.

A esposa assentiu.

O marido acariciou com suavidade a curva de sua lateral.

— O assunto está encerrado, agora? — perguntou o conde, em tom queixoso.

Lady Maccon cedeu ao seu toque exigente, mas somente, claro, porque ele pareceu tão patético. Sua ação nada tivera a ver com as batidas aceleradas do próprio coração.

E ela acabou não se lembrando de contar a Lorde Maccon do falecimento do Alfa de sua antiga alcateia.

Lady Maccon acordou um pouco mais tarde que o normal, e se deu conta de que o marido partira. Como esperava vê-lo à mesa de jantar, não se preocupou muito. Com a mente já concentrada nas linhas de investigação, ela nem se deu ao trabalho de protestar contra a roupa escolhida pela criada, dizendo apenas "este está bom, minha cara" ao receber a sugestão de Angelique do vestido de passeio em seda azul-clara, com acabamento em renda branca.

Embora impressionada com a sua aquiescência sem protestos, a criada continuou se dedicando ao serviço com a eficiência de sempre. Trabalhou para que Lady Maccon já estivesse vestida com elegância, apesar de um pouquinho fora de moda para o gosto da senhora, e sentada à mesa de jantar, em apenas meia hora — um feito digno de nota para os padrões de qualquer um.

Todos os demais já estavam também sentados à mesa. Nesse caso, "todos os demais" incluía a alcateia, tanto os residentes quanto os recém-chegados, metade dos zeladores e o intolerável major Channing — uns trinta convidados. Porém, "todos os demais" não incluía, pelo visto, o dono da casa. A ausência de Lorde Maccon era gritante, mesmo em meio a tanta gente.

Sem o marido, Lady Maccon se sentou ao lado do professor Lyall. Deu-lhe um meio sorriso como saudação afetuosa. O Beta ainda não começara a comer, preferindo iniciar a ceia com uma xícara de chá quente e o jornal vespertino.

Sobressaltados com a chegada repentina da preternatural, os demais tinham se levantado apressada e educadamente assim que ela se unira a eles. Lady Maccon fez um gesto para que voltassem a se sentar, o que fizeram com grande alarido. Somente o professor Lyall se levantou com delicadeza, fez uma leve reverência e tornou a se sentar com a graça perfeita de um dançarino. E tudo isso sem perder de vista o trecho que lia no jornal.

A preternatural se serviu de vitela com feijão rajado e diversos bolinhos fritos de maçã e começou a comer para que os demais convidados interrompessem o alvoroço e continuassem a se alimentar. Francamente, às vezes era por demais irritante ser uma dama convivendo com duas dúzias de homens. Sem falar nas centenas agora acampadas na área do Castelo de Woolsey.

Depois de permitir por apenas um momento que o Beta do marido se acostumasse com sua presença, Lady Maccon atacou:

— Pois bem, professor Lyall, preciso perguntar: aonde é que ele foi agora?

O refinado lobisomem se limitou a perguntar:

— Couve-de-bruxelas?

Ela recusou, enojada. Gostava de quase todos os alimentos, mas aquela verdura não passava de um repolho subdesenvolvido.

O professor Lyall disse, amarfanhando o jornal:

— A *Shersky & Droop* está vendendo um artefato muito interessante, aqui. Uma chaleira de chá bem moderna, para voos, projetada para ser instalada nas laterais dos dirigíveis. Ela usa o vento por meio de uma pequena ventoinha, que gera suficiente energia para ferver água. — Ele mostrou a propaganda para Lady Maccon, que se interessou, embora não quisesse fazê-lo.

— É mesmo? Impressionante. E tão útil para quem viaja de dirigível com frequência. Eu me pergunto se... — Parou de falar e lhe lançou um olhar desconfiado. — Professor Lyall, está tentando me distrair. Aonde é que o meu marido foi?

O Beta colocou na mesa o jornal agora inútil e pegou um belo pedaço de linguado frito, servido numa bandeja de prata.

— Lorde Maccon saiu no crepúsculo.

— Não foi isso que eu perguntei.

Além do professor Lyall, o major Channing deu uma risadinha, enquanto tomava sopa.

A preternatural o fuzilou com os olhos e, em seguida, concentrou o olhar penetrante no indefeso Tunstell, sentado do outro lado da mesa, junto dos zeladores. Se o professor Lyall não queria contar, talvez Tunstell o fizesse. O ruivo arregalou os olhos ao sentir sua mirada e meteu depressa na boca um pedaço enorme de vitela, tentando dar a entender que não sabia de nada.

— Pelo menos me diga se estava vestido adequadamente?

Tunstell mastigou devagar. Muito devagar.

Lady Maccon se virou para o professor Lyall, que cortava com tranquilidade o linguado. Ele era um dos poucos lobisomens que ela conhecia que preferia peixe a carne.

— Meu marido foi até o Claret's? — indagou ela, pensando que o conde poderia ter ido ao clube antes do trabalho.

O professor Lyall balançou a cabeça.

— Entendo. Quer dizer que é para ficarmos brincando de adivinhação?

O Beta suspirou com suavidade e terminou a porção de linguado. Colocou o garfo e a faca com grande precisão nas laterais do prato e, então, levou a ponta do guardanapo à boca e a limpou com toques leves.

Ela esperou pacientemente, mordiscando o próprio jantar. Depois que o Beta voltou a colocar o guardanapo no colo e pôs os óculos, a preternatural perguntou:

— E então?

— Ele recebeu uma mensagem esta manhã. Não sei dos detalhes. Então praguejou por um bom tempo e partiu para o Norte.

— O Norte? Para onde, exatamente?

O professor Lyall suspirou de novo.

— Acho que foi para a Escócia.

— Ele fez *o quê*?

— E não levou Tunstell junto. — O Beta disse o óbvio, claramente irritado, apontando para o ruivo, que parecia se sentir cada vez mais culpado e ansioso para mastigar que para participar da conversa.

Lady Maccon se preocupou com essa informação. Por que Conall deveria ter levado Tunstell?

— Ele está em perigo? O senhor não deveria ter ido junto, então?

O Beta resfolegou.

— Deveria. Imagine só o estado em que ficará o plastrom dele sem um criado para amarrá-la. — O professor Lyall, sempre no auge da elegância despretensiosa, fez uma careta ante a terrível imagem.

No íntimo, ela concordou com ele.

— Lorde Maccon não pôde me levar — sussurrou, por fim, Tunstell. — Teve que ir na forma de lobisomem. Não há trens, por causa da greve dos maquinistas. Não que eu me importasse de ir, minha peça já não está sendo apresentada, e eu nunca fui à Escócia. — Havia um certo toque de petulância no seu tom de voz.

Um dos membros da alcateia, que ali residia, pigarreou e deu um tapa no ombro do zelador.

— Respeito — resmungou, sem desgrudar os olhos da comida.

— E a que parte exatamente da Escócia o meu marido conduziu o próprio corpo? — Ela continuou fazendo pressão, para obter detalhes.

— Ao sul da região montanhosa, pelo que sei — respondeu o Beta.

Lady Maccon recuperou a compostura. A pouca que restava. Que, por sinal, não era considerada seu forte. A área meridional dessa região ficava nas cercanias da antiga moradia do esposo. Ela julgou ter entendido, por fim.

— Suponho que ele descobriu que o Alfa da ex-alcateia foi assassinado?

Foi a vez de o major Channing ficar surpreso. O loiro quase cuspiu o bocado de bolinho frito de maçã.

— Como *sabia* disso?

A preternatural ergueu os olhos da xícara de chá.

— Sei de muita coisa.

O major contorceu a boca bonita ao ouvir isso.

— Sua Senhoria mencionou mesmo algo sobre lidar com uma emergência familiar constrangedora — comentou o professor Lyall.

— E eu não sou família? — quis saber Lady Maccon.

Ao que o Beta murmurou por entre os dentes:

— E com frequência constrangedora.

— Cuidado lá, professor Lyall. Só uma pessoa pode fazer comentários insultantes na minha frente, e o senhor sem sombra de dúvida não é grande o bastante para ser ela.

O Beta enrubesceu.

— Mil perdões, *senhora*. Deixei os modos de lado. — Ele enfatizou seu título e puxou o plastrom para baixo, para lhe mostrar um pouco o pescoço.

— *Nós* é que somos a família dele! O Alfa simplesmente nos abandonou. — O major Channing parecia mais aborrecido com a partida do marido de Lady Maccon que ela. — Pena ele não ter falado comigo antes. Eu poderia ter lhe dado um motivo para ficar.

Lady Maccon dirigiu os olhos castanhos para o Gama de Woolsey.

— Ah, sim?

Mas o major Channing estava intrigado com outro fato.

— Claro, ele devia ter sabido, ou ao menos adivinhado. *O que* eles andaram aprontando durante os meses sem o Alfa para guiá-los?

— Não sei — respondeu Lady Maccon, embora fosse evidente que não dirigira a pergunta a ela. — Por que não conta *para mim* o que ia dizer *para ele*?

O Gama se surpreendeu, demonstrando estar se sentindo a um só tempo culpado e aborrecido. Todos concentraram a atenção nele.

— Isso mesmo, por que não faz isso? — pediu o professor Lyall, com voz suave. Havia um tom endurecido por trás da indiferença estudada.

— Ah, não é nada tão importante assim. Só que, quando estávamos no navio, durante toda a jornada pelo Mediterrâneo e pelos estreitos, nenhum de nós conseguiu assumir a forma de lobo. Seis regimentos formados por quatro alcateias, e todos ficaram barbudos. Na verdade, mantivemos o tempo todo a condição de mortais. Assim que desembarcamos do navio e viajamos um pouco rumo a Woolsey, voltamos, de repente, a nos tornar sobrenaturais.

— Isso é muito interessante, considerando os acontecimentos recentes, e o senhor não chegou a contar para o meu marido?

— Ele não teve tempo para mim. — Channing parecia estar ainda mais bravo que ela.

— Sentiu-se ofendido e, por isso, não tentou fazer com que ele o escutasse? Foi uma atitude não só tola como potencialmente perigosa. — A preternatural começava a se enfurecer. — Alguém está com um pouquinho de ciúmes?

O major Channing bateu a mão com força na mesa, fazendo a louça trepidar.

— Nós *acabamos* de chegar, depois de seis anos no exterior, e o *nosso* nobre Alfa parte, abandonando sua alcateia para cuidar dos problemas de outro bando! — Ele praticamente cuspiu as palavras, com petulância.

— Hum-hum — confirmou Hemming, ali perto. — Enciumado, sem dúvida alguma.

O major Channing colocou o dedo em riste de um jeito ameaçador. Tinha mãos largas e elegantes, porém toscas e calosas, o que levou Lady Maccon a se perguntar em que zona rural ele trabalhara antes de se tornar lobisomem.

— Tome mais cuidado com o que diz, tampinha. Minha posição é mais alta que a sua.

Hemming inclinou a cabeça, expondo o pescoço em reconhecimento à legitimidade da ameaça e, em seguida, continuou a comer, guardando as opiniões para si.

Tunstell e os demais zeladores acompanhavam a conversa com grande interesse. Ver toda a alcateia de volta a casa era uma experiência nova para eles. A Guarda Coldsteam realizara missões na Índia por tanto tempo, que a maioria dos zeladores de Woolsey nunca chegara a conhecer todos os seus integrantes.

Lady Maccon concluiu que já se fartara do major Channing naquela noite. Como a nova informação deixava claro que precisava ir com urgência à cidade, ela se levantou e pediu a carruagem.

— Vai a Londres agora à noite outra vez, milady? — quis saber Floote, surgindo no corredor com seu sobretudo e chapéu.

— Infelizmente, vou. — Seu semblante se mostrava apreensivo.

— Vai precisar da pasta de documentos?

— Hoje não, Floote. Não vou como muhjah. Melhor agir com a maior discrição possível.

O silêncio do criado foi eloquente, como lhe era peculiar. O que sua adorada senhora tinha de sagacidade lhe faltava em sutileza, pois ela era tão discreta quanto um dos chapéus da srta. Ivy Hisselpenny.

Lady Maccon revirou os olhos.

— Está bom, já entendi, mas estou deixando escapar algum detalhe no que diz respeito ao que aconteceu ontem à noite. E agora sabemos que, seja lá o que tenha sido, chegou à cidade junto com os regimentos. Preciso tentar me encontrar com Lorde Akeldama. O que o DAS não descobriu, certamente os rapazes dele descobriram.

Floote ficou um pouco apreensivo ao saber disso. Uma das suas pálpebras tremulou quase imperceptivelmente. Ela nem teria notado, se já não conhecesse aquele homem havia vinte e seis anos. O movimento significava que ele não aprovava de todo sua associação com o vampiro errante mais excêntrico de Londres.

— Não precisa se preocupar, Floote. Vou tomar muito cuidado. Uma pena eu não ter uma desculpa adequada para ir à cidade hoje. As pessoas vão comentar minha saída da rotina.

Alguém com tom de voz tímido e feminino comentou:

— Milady, posso ajudá-la com relação a isso.

Lady Maccon ergueu os olhos, sorrindo. Vozes femininas eram raras no Castelo de Woolsey, mas aquela podia ser considerada uma das poucas ouvidas com frequência. No que dizia respeito a fantasmas, Outrora Merriway se incluía na categoria afável, e a preternatural vinha gostando cada vez mais dela, apesar de sua timidez.

— Boa noite, Outrora Merriway. Como vai?

— Ainda segurando as pontas, senhora — respondeu o fantasma, parecendo não mais que uma névoa acinzentada e tremeluzente no corredor iluminado por candeeiros. A entrada ficava na extremidade de sua corrente, o que dificultava sua materialização. Isso também demonstrava que seu corpo devia ficar em algum lugar na parte superior do Castelo de Woolsey, na certa emparedado em algum canto, um fato em que Lady Maccon preferia não pensar e definitivamente nunca cheirar.

— Tenho uma mensagem pessoal para lhe dar, milady.

— Do meu marido impossível? — Tratava-se de uma suposição plausível, pois Lorde Maccon era o único que poderia utilizar os serviços de um fantasma em vez de outros meios de comunicação mais práticos, como, para variar um pouco, acordar a esposa e conversar com ela antes de partir.

A figura fantasmagórica oscilou ligeiramente para cima e para baixo. A versão de Outrora Merriway de uma resposta positiva.

— Sim, de Sua Senhoria.

— E então? — vociferou Lady Maccon.

O fantasma recuou ligeiramente. Apesar de a esposa de Lorde Maccon ter prometido diversas vezes para Outrora Merriway que não ia perambular pelo castelo com o intuito de pôr as mãos no seu cadáver, ela não conseguia superar o temor da preternatural. Continuava a ver um exorcismo iminente em cada gesto ameaçador de Lady Maccon, o que, levando-se em conta a personalidade efusiva da mulher do conde, deixava-a sempre nervosa.

A preternatural suspirou e mudou o tom de voz.

— Por favor, qual era a mensagem para mim, Outrora Merriway? — Ela se olhou no espelho da entrada para pôr o chapéu, tomando o cuidado de não desmanchar o penteado feito por Angelique. A peça ficou inclinada na parte de trás da cabeça, de um jeito inútil, mas, como o sol já se pusera mesmo, Lady Maccon não precisava se preocupar com a falta de proteção.

— A senhora deveria ir comprar um chapéu — sugeriu o fantasma, de forma inesperada.

A preternatural franziu o cenho e colocou as luvas.

— Ah, é mesmo?

Outrora Merriway deu outra balançada, em sinal afirmativo.

— Lorde Maccon lhe recomenda uma chapelaria recém-inaugurada em Regent Street, chamada Chapeau de Poupée. Salientou que devia ir o mais breve possível.

Como o marido mal se preocupava com a própria roupa, a esposa duvidava de que passara a se interessar, de uma hora para outra, pela sua.

Ela se limitou a dizer:

— Ah, bom, eu estava justamente pensando que não gostava muito deste. Não que precise mesmo de outro.

— Mas eu sei de alguém que precisa — acrescentou Floote, com um entusiasmo fora do comum, por trás do ombro dela.

— Está bom, Floote, *sinto muito* por você ter tido de ver aquelas uvas ontem — desculpou-se Lady Maccon. O pobre mordomo era por demais suscetível.

— Todos nós sofremos — comentou Floote, sabiamente. Em seguida, entregou a ela uma sombrinha azul e branca, ajudou-a a descer a escada e a subir na carruagem, que já a aguardava.

— Vamos à residência urbana da srta. Hisselpenny — ordenou Lady Maccon ao cocheiro —, a toda velocidade. — Ela colocou a cabeça para fora da janela, quando o veículo começou a se afastar. — Ah, e Floote, por favor, cancele o jantar de amanhã, está bom? Como meu marido optou por viajar, não faz mais sentido.

O mordomo inclinou a cabeça, anuindo, e foi se encarregar dos detalhes.

Lady Maccon sentia estar no direito de aparecer na casa da srta. Hisselpenny sem avisar, pois a amiga agira assim na noite anterior.

A srta. Ivy Hisselpenny estava sentada com ar apático na sala da frente de sua residência na cidade, recebendo visitantes. Ficou feliz em ver Lady Maccon, embora ela não tivesse avisado que viria. Por sinal, todos os de sua casa recebiam com empolgação a amiga de Ivy — nunca imaginaram que a estranha amizade de Ivy com a solteirona intelectual Alexia Tarabotti acabaria resultando num golpe de misericórdia social.

Quando Lady Maccon entrou, a sra. Hisselpenny estava tricotando, as agulhas batendo com estrépito, mantendo uma vigília silenciosa ante a tagarelice interminável da filha.

— Ah, Alexia! Que ótimo!

— E boa noite para você também, Ivy. Tudo bom?

Era sem dúvida alguma uma pergunta imprudente a se fazer à amiga, uma vez que ela tendia a responder de um jeito intoleravelmente minucioso.

— Dá para acreditar? O anúncio do meu noivado foi publicado hoje de manhã no *Times*, e quase *ninguém* veio me visitar. Só recebi vinte e quatro visitantes, mas, quando a Bernice ficou noiva no mês passado, recebeu vinte e sete! Uma injustiça, pura e simplesmente, uma injustiça. Embora, com você, minha querida Alexia, já sejam vinte e cinco.

— Ivy — começou a amiga, sem mais delongas —, por que se dar ao trabalho de ficar aqui, remoendo a atitude das pessoas? Melhor ir se divertir um pouco. E estou justamente com vontade de fazer isso. Acho que está precisando urgentemente de um chapéu novo. Nós duas devíamos ir fazer compras, por exemplo.

— Neste exato instante?

— Hum-hum, agora mesmo. Fiquei sabendo que acabou de abrir uma chapelaria nova, maravilhosa, em Regent Street. Vamos lá dar uma conferida?

— Ah. — Ivy ficou com as maçãs do rosto rubras de satisfação. — A Chapeau de Poupée? Dizem que é mesmo bastante ousada. Algumas damas que conheço chegaram a defini-la como *avançada*. — A mãe eternamente calada soltou um suspiro ao ouvir tal palavra e, como não fez comentário algum para acompanhar a inalação, a filha prosseguiu: — Sabe, só as damas mais modernas vão a essa chapelaria. Parece que a atriz Mabel Dair vai sempre. E, pelo que disseram, a própria dona é o escândalo em pessoa.

O tom de voz ultrajado de Ivy indicava a Alexia que ela estava louca para conhecer a loja.

— Bom, parece ser o lugar certo para encontrar uma peça bem inusitada para o inverno e, como moça que acabou de noivar, sabe que tem que comprar um chapéu novo.

— Tenho mesmo?

— Com certeza, minha querida.

— Então, Ivy — interveio a sra. Hisselpenny, com suavidade, apoiando o tricô no colo e erguendo os olhos —, vá lá se trocar. Melhor não ficar fazendo Lady Maccon esperar, com uma oferta tão generosa dessas.

A filha, pressionada com firmeza a fazer o que, de qualquer forma, queria mais que tudo, subiu depressa, deixando escapar só mais alguns protestos simbólicos.

— Vai tentar ajudá-la, não vai? — Os olhos da sra. Hisselpenny se mostravam ansiosos por sobre as agulhas, que haviam voltado a tinir.

Lady Maccon julgou ter entendido a pergunta.

— A senhora está preocupada com o noivado repentino?

— Não, não, o capitão Featherstonehaugh é um pretendente muito adequado. Eu me referia ao gosto de Ivy para chapéus.

A preternatural conteve o sorriso, ficando totalmente séria.

— Claro. Farei o que puder, em nome da rainha e do país.

O criado dos Hisselpenny apareceu com uma oportuna bandeja de chá. Lady Maccon tomou a sua erva, recém-feita, com profundo alívio. Afinal de contas, vinha tendo uma noite particularmente extenuante. E com Ivy e chapéus dali a pouco, a situação tendia a piorar. Num momento crítico como aquele, o chá chegava a exercer um papel medicinal. Ainda bem que a sra. Hisselpenny resolvera oferecê-lo.

A preternatural pôs-se a travar uma penosa conversa sobre o clima por quinze minutos. Felizmente, Ivy reapareceu com um vestido de passeio de tafetá laranja, cheio de babados, um casaco de brocado creme e um chapelete com flores bastante digno de nota, decorado, como era de esperar, com ramos de crisântemos de seda espalhados e penas imitando abelhas em pontas de arame.

Lady Maccon evitou olhar para o chapelete, agradeceu à sra. Hisselpenny e conduziu Ivy depressa até a carruagem de Woolsey. Ao redor delas, as atividades noturnas da sociedade se iniciavam, os candeeiros começavam a ser acendidos, casais vestidos com elegância chamavam carruagens de aluguel e grupos barulhentos de jovens arruaceiros se formavam aqui e ali. A preternatural pediu que o cocheiro as levasse até Regent Street, e elas chegaram rápido ao Chapeau de Poupée.

No início, Lady Maccon não entendera por que o marido queria que fosse até a chapelaria. Então, fez o que qualquer jovem de boa família faria. Entrou para fazer compras.

— Tem certeza de que quer ir a uma chapelaria comigo, Alexia? — perguntou Ivy, quando empurravam a porta de ferro forjado. — O seu gosto é diferente do meu, no que diz respeito a chapéus.

— Espero sinceramente que não seja esse o caso — declarou a amiga, com franqueza, observando a aberração florida sobre o amável rostinho arredondado e os cachos negros brilhantes.

A chapelaria era como tinham escutado. Decoração bastante moderna, cortinas diáfanas de musselina, papel de parede listrado, em tons de pêssego-claro e verde, móveis de bronze com linhas harmoniosas e almofadas combinando.

— Puxa — começou a dizer Ivy, contemplando tudo de olhos arregalados —, não é francesa demais?

Havia alguns chapéus nas mesas e em ganchos nas paredes, mas a maioria era exposta em correntinhas douradas, fixadas no teto. As correntes tinham tamanhos variados, de maneira que as clientes roçavam nos chapéus ao se deslocar na loja, e eles oscilavam um pouco, como uma vegetação exótica. E esses chapéus — os de cambraia enfeitada com renda malina; os de palha italiano, em estilo camponês; os chapeletes de raiom; os toques de veludo, que sobrepujavam o usado por Ivy; e os escandalosos, de feltro, em estilo flautista — estavam pendurados por toda parte.

Ivy ficou fascinada, de imediato, pelo mais horrendo de todos: um toque de feltro amarelo-claro, enfeitado com groselhas pretas, um laço de veludo da mesma cor e uns penachos verdes que mais pareciam antenas, na lateral.

— Oh, não, esse não! — exclamaram ao mesmo tempo Alexia e outra pessoa quando Ivy estendeu a mão para pegá-lo da parede.

A amiga abaixou a mão, e ela e a preternatural se viraram para observar a mulher de aparência incrível que surgia de uma área cortinada nos fundos da loja.

Lady Maccon pensou, sem inveja, que na certa era a mulher mais linda que já vira. Dona de uma boquinha delicada e adorável, olhos verdes grandes, maçãs do rosto salientes, covinhas que apareciam quando sorria, o que fazia justo naquele momento. Em geral a preternatural não gostava de covinhas, mas ficavam muito bem naquela beldade. Talvez porque contrastassem com a sua estrutura delgada e angulosa e com o fato de ela ter os cabelos cortados de um jeito fora de moda, curtos, como os de um homem.

Ivy ficou pasma ao vê-la.

E não por causa dos cabelos. Ou, não de todo em virtude deles. Acontece que a mulher também estava vestida da cabeça aos pés, onde se viam botas reluzentes, num estilo perfeito e impecável — para um homem. Paletó, colete e calça da última moda. Uma cartola inclinada sobre aqueles cabelos escandalosamente curtos, o plastrom vinho amarrado de maneira a formar uma delicada cascata. Ainda assim, não havia a menor tentativa de esconder sua feminidade. Sua voz, quando falava, era baixa e melodiosa, sem dúvida alguma a de uma mulher.

Lady Maccon pegou umas luvas de pelica marrom-escuras de uma cesta no mostruário. Assim que as tocou notou o quanto eram macias, como manteiga, e ficou olhando para elas com o intuito de evitar olhar fixamente para a recém-chegada.

— Sou Madame Lefoux. Bem-vindas à Chapeau de Poupée. Posso ajudá-las em algo? — Tinha um leve sotaque francês, pouquíssimo mesmo, diferentemente de Angelique, que jamais conseguia pronunciar alguns sons do idioma.

A srta. Hisselpenny e Lady Maccon fizeram uma reverência, inclinando de leve as cabeças, o que estava agora em voga, pois se mostrava que o pescoço não havia sido mordido. Ninguém queria ser confundido com zangão, sem o benefício da proteção dos vampiros. Madame Lefoux fez o mesmo, embora houvesse sido impossível notar se o pescoço dela fora mordido, sob aquele plastrom amarrado com tanta habilidade. A preternatural notou com interesse que ela usava dois alfinetes de gravata, um de prata e outro de madeira. Podia abrir a loja à noite, mas tomava suas precauções.

Lady Maccon disse:

— Minha amiga srta. Hisselpenny acabou de ficar noiva e está precisando muito de um chapéu.

Ela evitou se apresentar — ainda não. Lady Maccon era um nome que devia ser mantido em segredo.

Madame Lefoux observou as inúmeras flores e as penas à guisa de abelhas do chapéu de Ivy.

— Hum-hum, é bem evidente. Venha cá, srta. Hisselpenny. Acho que tenho algo aqui que cairá muito bem com esse vestido.

A solteirona seguiu obedientemente a mulher de indumentária bizarra. Madame Lefoux lançou para Lady Maccon por sobre o ombro um olhar que questionava, tão claro como se falasse em voz alta, *que diabo é isso que ela está usando?*

Lady Maccon caminhou até o abominável toque amarelo, aquele que levara a preternatural e a dona da loja a dizerem ao mesmo tempo que Ivy nem deveria considerá-lo. Contrastava gritantemente com o ar sofisticado dos demais chapéus. Quase como se não estivesse ali para ser comprado.

Como a extravagante chapeleira parecia completamente distraída por Ivy (bom, quem não ficaria?), Lady Maccon usou o cabo da sombrinha para levantar um pouco o toque e dar uma espiada embaixo. Foi naquele exato momento que ela percebeu por que o marido a mandara até lá.

Havia um botão escondido, disfarçado de gancho, ocultado sob o chapéu medonho. A preternatural colocou depressa o chapéu no lugar e se virou para começar a perambular pela chapelaria como quem não quer nada, fingindo interesse em diversos acessórios. Notou que havia outras pistas da segunda natureza do Chapeau de Poupée: marcas de arranhões no chão, perto de uma parede, que *não* parecia ter uma porta, e inúmeros candeeiros que não tinham sido acesos. Ela podia apostar que não eram luminárias.

Lady Maccon não teria agido com tanta curiosidade, se o marido não houvesse insistido que fosse até lá. O restante da chapelaria se mostrava pouco suspeito, exibindo tudo no auge da moda, com chapéus bonitos o bastante para chamar a *sua* atenção, que não ligava para o que estava em voga. Mas sem dúvida alguma os arranhões e o botão escondido despertaram o seu interesse em relação à loja e à sua dona. A preternatural podia ser sem alma, mas a agilidade de sua mente era indiscutível.

Ela foi até o ponto em que Madame Lefoux convencera Ivy a provar um charmoso chapelete de palha com aba frontal dobrada, copa decorada com flores elegantes, de tom creme, e uma graciosa pena azul.

— Ivy, esse está lindo em você! — elogiou Alexia.

— Obrigada, mas não acha que é meio sem graça? Não sei se é o mais adequado.

Lady Maccon e Madame Lefoux se *entreolharam*.

— Não, não acho. Não tem nada a ver com aquele troço amarelo horroroso lá de trás, de que tanto gostou. Fui olhá-lo de perto, sabe, e é mesmo medonho.

Madame Lefoux deu outra espiada em Lady Maccon, o rosto bonito de súbito atento, sem mostrar as covinhas.

A preternatural deu um largo sorriso, nada sutil. Não dava para conviver com lobisomens sem adquirir alguns de seus maneirismos.

— Aquele não pode ser obra da senhora, pode? — perguntou com delicadeza Lady Maccon à dona do lugar.

— Obra de uma aprendiz, eu lhe asseguro — respondeu Madame Lefoux, com um discreto dar de ombros tipicamente francês. Em seguida, ela colocou outro chapéu, com muito mais flores, em Ivy.

A srta. Hisselpenny se empertigou.

— E tem mais algum... como aquele? — quis saber Lady Maccon, ainda se referindo ao chapéu amarelo pavoroso.

— Bem, tem aquele de montaria. — O tom de voz da dona se mostrava desconfiado.

Lady Maccon anuiu. Madame Lefoux se referira ao chapéu perto das marcas de arranhões que a preternatural observara no chão. As duas se entendiam.

Houve uma pausa na conversa, enquanto Ivy demonstrava interesse por uma peça cor-de-rosa fosca, com pinos de penas. Lady Maccon girou a sombrinha fechada entre as mãos enluvadas.

— Pelo visto, a senhora está tendo problemas com alguns dos seus candeeiros — comentou a preternatural, com muita delicadeza.

— É verdade. — Uma expressão de firme aquiescência perpassou o rosto de Madame Lefoux. — E com a maçaneta da porta. Mas, sabe como é, sempre surgem problemas assim que se abre um estabelecimento.

Lady Maccon se amaldiçoou. A maçaneta da porta — como deixara de perceber? Foi até lá com discrição e se inclinou, apoiando-se na sombrinha, para observá-la.

Ivy, totalmente alheia às entrelinhas da conversa, foi provar o chapéu seguinte.

A maçaneta da parte interna da porta frontal era bem mais longa que deveria, e consistia numa série intrincada de rodinhas dentadas e botões, muito mais segurança que a requerida por uma simples chapelaria.

Lady Maccon se perguntou se a dona era uma espiã francesa.

— Bom — dizia Ivy animadamente a Madame Lefoux, quando a amiga voltou a se unir a elas —, Alexia sempre diz que tenho um péssimo gosto, mas veja só quem fala. Ela escolhe umas peças muitíssimo sem graça.

— Não tenho imaginação — reconheceu Alexia. — É por isso que conto com uma criada francesa bastante criativa.

Madame Lefoux a observou com certo interesse. As covinhas sobressaíram em um meio sorriso.

— E a excentricidade de carregar uma sombrinha mesmo à noite? Suponho que estou sendo honrada com a visita de Lady Maccon?

— Alexia — começou Ivy, escandalizada —, você ainda não se apresentou?

— Bom, eu... — A preternatural tentava encontrar uma desculpa, quando...

Bum!

E o mundo ao seu redor ficou escuro.

Capítulo 4

O uso correto de sombrinhas

Um grande estrondo fez a estrutura em torno delas oscilar. Todos os chapéus nas pontas das longas correntes balançaram violentamente. Ivy deu o grito mais horripilante. Alguém mais gritou, de um jeito bem mais moderado, em comparação. A iluminação a gás apagou, e a chapelaria ficou no escuro.

Lady Maccon levou alguns instantes para se dar conta de que a explosão não tivera o objetivo de matá-*la*. Considerando as experiências ao longo do ano anterior, era uma mudança bem-vinda. Mas ela também ficou imaginando se a explosão tivera como propósito a eliminação de outra pessoa.

— Ivy? — perguntou Alexia, em meio ao breu.

Silêncio.

— Madame Lefoux?

Mais silêncio.

Lady Maccon se agachou, tanto quanto o corpete permitia e ficou tateando, deixando que os olhos se acostumassem com a escuridão. Sentiu a textura do tafetá: os babados do vestido de Ivy, que estava de bruços.

A preternatural ficou de coração partido.

Pôs-se a apalpar todo o corpo da amiga, em busca de ferimentos, mas ela parecia ilesa. Sentiu leves sopros de respiração nas costas da mão ao colocá-la sob o nariz e também sua pulsação — lenta, porém firme. Ao que tudo indicava, a amiga apenas desmaiara.

— Ivy! — sussurrou.

Nada.

— Ivy, por favor!

A srta. Hisselpenny se moveu ligeiramente e murmurou baixinho:

— Sim, sr. Tunstell?

Minha nossa, pensou Alexia. Que casal tão inapropriado, e Ivy já estava noiva de outro. A preternatural não imaginava que a situação chegara ao ponto de envolver *murmúrios* em situações perigosas. Então, sentiu um pouco de pena. Melhor deixar a amiga sonhar, enquanto podia.

Lady Maccon manteve a amiga no mesmo lugar, sem pegar os sais aromáticos.

Madame Lefoux, por sua vez, sumira dali. Pelo visto, desaparecera em meio ao breu. Talvez tivesse ido investigar a origem da explosão. Ou talvez fosse ela mesma a fonte do estrondo.

Lady Maccon já fazia ideia do paradeiro da francesa. Com os olhos parcialmente acostumados com a penumbra, seguiu caminho ao lado da parede, rumo aos fundos da loja, na parte em que vira as marcas de arranhões.

Ficou tateando o papel de parede, em busca de um botão ou algum tipo de puxador e, por fim, encontrou uma alavanca escondida sob um mostruário de luvas. Ela a pressionou com força para baixo, e uma porta se abriu à sua frente, quase batendo no seu nariz.

Lady Maccon concluiu que não era nem uma sala nem um corredor, mas um fosso grande, com vários cabos no meio e dois trilhos de guia na lateral. Ela inclinou a cabeça para dentro e olhou para cima, segurando-se na ombreira da porta. Ao que tudo indicava, um sarilho movido a vapor ocupava toda a parte de cima da área. Ela achou uma corda ao lado da entrada, que, quando puxada, acionava o sarilho. Após algumas lufadas de vapor e uns rangidos e chiados, uma gaiola quadrada surgiu das profundezas do fosso. A preternatural tinha familiaridade com o conceito — uma cabine de ascensão. Ela fora obrigada a lidar com uma versão menos sofisticada no Clube Hypocras. Embora já houvesse descoberto que a geringonça lhe dava náuseas, entrou assim mesmo, fechando a porta gradeada ao fazê-lo e puxando a manivela para o lado, para que a cabine descesse.

A gaiola deu um solavanco ao atingir o solo, levando Lady Maccon a topar com violência numa das laterais. Segurando a sombrinha de maneira defensiva, diante de si, como se fosse um taco de críquete, ela abriu a porta gradeada e ingressou num corredor subterrâneo iluminado.

O sistema de iluminação era diferente de tudo o que já vira. Devia ser algum tipo de gás, mas se via uma névoa de matiz alaranjado dentro de uns tubos de vidro fixados ao longo do teto. A bruma rodopiava em seus confins, tornando a luz irregular e débil, mudando de padrão. *Luz emitida como nuvens*, pensou Lady Maccon, poética.

No final do corredor, havia uma entrada aberta, de onde vinha uma iluminação alaranjada mais intensa e três pessoas vociferavam. Conforme a preternatural foi se aproximando, percebeu que a passagem devia atravessar a Regent Street, pelo subsolo. Também notou que discutiam em francês.

Como tinha boa noção dos idiomas modernos, conseguiu acompanhar o que diziam, sem dificuldades.

— O que foi que deu em você? — perguntava Madame Lefoux, a voz ainda controlada, apesar do aborrecimento.

Ao que tudo indicava, aquela entrada conduzia a algum tipo de laboratório, nada parecido com os que Lady Maccon vira no Clube Hypocras e na Real Sociedade. Mais lembrava uma fábrica de equipamentos, com gigantescos componentes de máquinas e outras parafernálias.

— Bom, sabe, é que não consegui de jeito nenhum fazer a caldeira funcionar.

Lady Maccon deu uma espiada na sala. Era imensa, e estava totalmente bagunçada. Recipientes tinham caído das mesas, vidros se estilhaçado, e milhares de aparelhos diminutos espalhavam-se pelo chão imundo. Havia um emaranhado de cordas e bobinas de arame no piso, juntamente com um porta-chapéus em que as peças estavam antes. Via-se uma fuligem preta por toda parte, cobrindo tanto os tubos, os aparelhos e as molas que tinham caído, quanto as grandes maquinarias. Fora da área de explosão, tudo também se mostrava desbaratado. Havia uns lunóticos numa pilha de livros de pesquisa. Diagramas enormes, traçados com lápis preto num papel amarelo rígido, tinham sido alfinetados desordenadamente nas

paredes. Era óbvio, por um lado, que algum acidente afetara o lugar e, por outro, que o local já estava desarrumado antes do acontecimento infeliz.

Havia muito barulho, pois várias máquinas e engenhocas que não tinham sido afetadas pela explosão continuavam funcionando. Vapores eram emitidos em pequenas baforadas e assobios, engrenagens faziam estrépito, elos de correntes metálicas tiniam, válvulas chiavam. Uma cacofonia de ruídos que só mesmo as grandes fábricas do norte faziam. Não chegava a ser ensurdecedor, mas uma sinfonia da engenharia.

Meio escondida atrás das pilhas estava Madame Lefoux, com as mãos nos quadris angulosos que a calça delineava, as pernas abertas como as de um homem, fitando aborrecida uma espécie de criança imunda. O moleque estava a caráter: rosto sujo de graxa, mãos encardidas e boina inclinada com petulância. Não restavam dúvidas de que estava em maus lençóis, embora parecesse pouco compungido e mais empolgado com a pirotecnia involuntária.

— E então, o que foi que aprontou, Quesnel?

— Só umedeci um farrapo em éter e o joguei na chama. O éter pega fogo, né?

— Ah, pelo amor de Deus, Quesnel. Será que nunca me escuta? — Daquela vez foi um fantasma, que fazia um show extra, montado de lado num barril virado. Era um espectro feminino de aparência bastante sólida, o que significava que seu cadáver devia estar relativamente perto e bem conservado. Como Regent Street ficava muito mais ao norte da região exorcizada, ela devia ter escapado morta-viva do incidente da noite passada. A julgar pelo que o fantasma dissera, seu corpo devia ter vindo da França, ou ela morrera em Londres como imigrante. O rosto tinha traços marcantes, o semblante era o de uma senhora bem-apessoada, parecida com Madame Lefoux. Estava com os braços cruzados sobre o peito, aborrecida.

— Éter! — gritou a chapeleira.

— Isso mesmo — admitiu o traquinas.

— Éter é inflamável, seu pequeno... — E seguiu-se uma torrente de palavras inapropriadas, que mesmo assim se mostravam agradáveis na voz doce de Madame Lefoux.

— Puxa — continuou o garoto, com um sorriso descarado —, mas o estouro foi incrível.

Lady Maccon não se conteve e deixou escapar uma risadinha.

Todos os três ficaram pasmos e olharam para ela.

A preternatural se endireitou, ajeitou com as mãos o vestido de passeio de seda azul e entrou na sala cavernosa, balançando a sombrinha para frente e para trás.

— Ah — começou a dizer Madame Lefoux, voltando a falar o idioma da preternatural de forma impecável. — Bem-vinda à minha câmara de invenções, Lady Maccon.

— É uma mulher de muitos talentos. Inventora, além de chapeleira?

A dona do Chapeau de Poupée inclinou a cabeça.

— Como pode ver, as duas atividades se inter-relacionam mais do que se pode imaginar. Eu deveria ter adivinhado que descobriria a função do sarilho e a localização do meu laboratório.

— Ah, e por que deveria ter adivinhado? — quis saber Lady Maccon.

A francesa sorriu, mostrando as covinhas, e se inclinou para pegar um frasquinho com líquido prateado, que caíra e escapara da explosão sem quebrar.

— Seu marido me disse que era inteligente. E que tendia a interferir demais.

— Parece mesmo um comentário que ele faria. — Lady Maccon andou com cuidado, erguendo as saias com delicadeza para evitar que prendessem nos cacos de vidro. Agora que os via de perto, os equipamentos da câmara de invenções daquela mulher eram impressionantes. Parecia haver uma linha de montagem de lunóticos parcialmente construída, e uma geringonça enorme, pelo visto montada com as partes internas de diversas máquinas a vapor, ligadas por soldadura a um galvanômetro, uma roda de carruagem e uma galinha de vime.

A preternatural, tropeçando apenas uma vez numa válvula grande, terminou de cruzar a câmara e cumprimentou educadamente, inclinando a cabeça, a criança e o fantasma.

— Como vão? Lady Maccon, ao seu dispor.

O garoto imundo lhe deu um largo sorriso, fazendo uma reverência acentuada, e disse:

— Quesnel Lefoux.

A preternatural lhe perguntou, com olhar inexpressivo:

— E, então, *conseguiu* acionar a caldeira?

O menino enrubesceu.

— Na verdade, não. Mas consegui iniciar o fogo. Devia contar para alguma coisa, não acha? — Ele dominava o idioma com perfeição.

Madame Lefoux ergueu as mãos.

— Sem dúvida alguma — concordou Lady Maccon, caindo nas boas graças da criança para sempre.

O fantasma se apresentou como Outrora Beatrice Lefoux.

Lady Maccon anuiu educadamente, o que surpreendeu o espectro. Os mortos-vivos costumavam ser tratados de forma grosseira pelos completamente vivos. Mas a preternatural sempre era cortês.

— Meu filho endiabrado e minha tia incorpórea — explicou Madame Lefoux, observando a preternatural como se aguardasse algo.

Lady Maccon memorizou com cuidado a informação de que todos tinham o mesmo sobrenome. Será que Madame Lefoux não se casara com o pai da criança? Que atitude indecorosa! Pois Quesnel não se parecia nem um pouco com a mãe. Ela não deveria tê-lo assumido. O menino era uma criaturinha de cabelos loiro-claros, queixo grande, olhos enormes, cor de violeta, e nenhuma covinha à vista.

A inventora apresentou-a para a família:

— Esta é Alexia Maccon, Lady Woolsey. Também exerce o cargo de muhjah da rainha.

— Ah, meu marido achou apropriado lhe revelar esse pequeno detalhe, não é mesmo? — Lady Maccon ficou surpresa. Não muitas pessoas sabiam de sua posição política e, tal qual seu estado preternatural, ela e o esposo prefeririam que continuasse assim: Lorde Maccon, para manter a mulher fora de perigo; ela, porque a maioria dos indivíduos, sobrenatural ou não, começava a agir de um jeito estranho no que dizia respeito à questão da ausência de alma.

O espectro de Beatrice Lefoux os interrompeu.

— A senhorra é a muhjah? Sobrrinha, perrmite que uma exorrcista chegue tão perrto assim do meu cadáverr? Mas quanto descuido e quanta falta de considerração, menina! É piorr que seu filho. — Seu sotaque era bem mais acentuado que o da sobrinha. Ela se afastou com brusquidão de Lady Maccon, flutuando para trás e para cima e saindo do barril em que fingia se sentar. Como se a preternatural pudesse *fazer algum mal* a seu espírito. Criatura tola.

Lady Maccon franziu o cenho, dando-se conta de que a presença da tia eliminava Madame Lefoux como suspeita no caso do exorcismo em massa. A chapeleira não teria inventado uma arma que exercia o papel de uma preternatural, não aqui, não se o espírito da tia assombrava a câmara de invenções.

— Tia, não precisa se exaltar. Lady Maccon só pode matá-la se tocar no seu cadáver, e eu sou a única que sei onde ele está.

A preternatural franziu o nariz.

— Por favor, não fique tão consternada, Outrora Lefoux. Prefiro não fazer exorcismos em nenhuma circunstância: a carne em decomposição é mole demais. — Ela estremeceu um pouco.

— Ah, muito obrigada, então — agradeceu com desdém o fantasma.

— Eca! — exclamou Quesnel, fascinado. — Quer dizer que já fez um montão deles?

Lady Maccon semicerrou os olhos de um jeito que esperava ser misterioso e sagaz e, em seguida, virou-se para a mãe dele.

— Foi na condição de quê, que o meu marido julgou apropriado lhe revelar minha natureza e posição?

Madame Lefoux se inclinou um pouco para trás, com um olhar ligeiramente divertido no rosto bonito.

— O que Vossa Senhoria quer dizer?

— Ele estava com a senhora na condição de Alfa, conde ou chefe de investigação do DAS?

A chapeleira mostrou as covinhas mais uma vez.

— Ah, sim, as diversas facetas de Conall Maccon.

A preternatural se ressentiu ao ouvir a francesa usar o primeiro nome de seu marido.

— E há quanto tempo exatamente conhece meu marido? — A vestimenta incomum era uma coisa, mas a falta de decoro, outra bem diferente.

— Calma, milady. O meu interesse em seu marido é meramente profissional. Nós nos conhecemos em virtude de operações do DAS, mas ele me visitou aqui há um mês como conde e seu marido. Queria que eu lhe fizesse um presente especial.

— Um presente?

— Isso mesmo.

— Então, onde ele está?

Madame Lefoux olhou para o filho.

— Dê o fora, você. Vá procurar o material de limpeza, água quente e sabão. Escute a sua outrora-tia-avó, que vai lhe explicar o que pode ficar de molho em água e o que deverá ser limpo e consertado de outra forma. Tem uma longa noite pela frente.

— Mas, *maman*, eu só queria ver o que ia acontecer!

— Bom, então já viu. O que aconteceu foi que enfureceu sua mãe, e agora, como castigo, vai passar noites a fio limpando o que fez.

— Ah, *maman*!

— Agora mesmo, Quesnel.

Ele soltou um suspiro sonoro e saiu rápido, com um "prazer em conhecer a senhora" por sobre o ombro, para Lady Maccon.

— Isso vai ensiná-lo a não conduzir experimentos sem hipóteses válidas. Acompanhe Quesnel, por favor, Beatrice, e mantenha-o longe por pelo menos quinze minutos, enquanto termino de conversar com Lady Maccon.

— Confraternizando com uma preternatural! Leva adiante um jogo bem mais perigoso que eu nos meus tempos, sobrinha — queixou-se o fantasma, que desvaneceu com facilidade, supostamente atrás do garoto.

— Um prazer conhecê-la, Outrora Lefoux — disse a preternatural para o ar agora vazio, de modo provocativo.

— Por favor, não dê atenção a ela. Até mesmo quando estava viva, era uma pessoa complicada. Genial, mas complicada. Inventora como eu, sabe, mas, infelizmente, menos versada no âmbito social.

A preternatural sorriu.

— Já conheci muitos cientistas assim, e a maioria nem podia dar a desculpa da genialidade. Não que não alegassem ser brilhantes, claro, mas... — Ela se interrompeu. Estava falando demais. Não sabia bem por quê, mas algo na francesa linda, de indumentária insólita, deixava-a nervosa.

— Muito bem — a inventora se aproximou dela. Madame Lefoux cheirava a baunilha e óleo de máquina —, estamos a sós. É um verdadeiro prazer conhecê-la, Lady Maccon. Na última vez que estive na companhia de um preternatural, eu era bem pequena. E, claro, ele não era tão notável quanto a senhora.

— Bom, hã, obrigada. — Lady Maccon ficou um tanto surpresa com o elogio.

A inventora pegou sua mão com suavidade.

— De nada.

A pele na palma da mão de Madame Lefoux se mostrava calosa. A preternatural sentiu a aspereza, apesar das luvas. Na hora do contato, Lady Maccon sentiu umas ligeiras palpitações que, até aquele momento, tinham sido associadas apenas ao sexo oposto e, mais especificamente, ao marido. Não havia muito que chocasse a preternatural. Mas, aquilo, sim.

Assim que lhe pareceu apropriado, ela tirou a mão, enrubescendo bastante sob a tez morena e considerando o sucedido uma tremenda traição do próprio corpo. Ignorou o fenômeno e, por um instante, ficou se debatendo mentalmente, de forma infrutífera, tentando se lembrar da razão pela qual se encontravam a sós. Qual fora mesmo? Ah, sim, por insistência de seu *marido*.

— Creio que tem algo para mim? — perguntou Lady Maccon, por fim.

Madame Lefoux tirou a cartola, em resposta.

— Tenho sim. Um momento, por favor. — Com um sorriso tímido, foi até a lateral do laboratório e pôs-se a remexer por alguns momentos

num baú enorme, de barco a vapor. Dali a pouco, voltou com uma caixa de madeira longa e estreita.

Lady Maccon prendeu a respiração, em expectativa.

A inventora foi até ela e abriu a tampa.

Dentro havia uma sombrinha não muito charmosa, com formato esquisito e estilo incomum. A tela era cinza-escuro, debruada com um galão largo de renda creme. Sua ponta, bem longa, decorada com dois ornatos metálicos do tamanho de um ovo, que pareciam vagens: um ficava perto do tecido e outro, na extremidade oposta. As varetas se mostravam grandes demais, o que lhe aumentava o volume, tornando-a parecida com um guarda-chuva; o cabo, igualmente longo demais, terminava numa ponteira arredondada, semelhante a uma maçaneta, ricamente trabalhada — lembrava algo saído do alto de uma coluna egípcia ancestral, com flores de lótus cinzeladas ou, talvez, um abacaxi bastante chamativo. As partes da sombrinha tinham sido feitas em bronze, porém de ligas diferentes, o que a deixava com matizes variados.

— Pelo visto, o gosto de Conall atacou de novo — comentou Lady Maccon, cuja própria preferência, embora nem sempre imaginativa e sofisticada, não costumava tender à bizarrice.

Madame Lefoux sorriu.

— Fiz o que pude, dada a capacidade de carga.

A preternatural ficou intrigada.

— Posso?

A inventora lhe ofereceu a caixa.

Lady Maccon ergueu a monstruosidade.

— É mais pesada do que parece.

— Um dos motivos que me levaram a fazê-la tão longa. Achei que poderia ter dupla utilidade, também como bengala. Aí não seria necessário ficar carregando-a para todos os lados.

A preternatural a testou. A altura era ideal justamente para essa função.

— E ela é algo que eu deveria ficar carregando para todos os lados?

— Acho que o seu querido marido preferiria que o fizesse.

Lady Maccon tinha lá suas objeções. O artefato pendia para o lado feio no quesito sombrinhas. Vários de seus vestidos diurnos não combinariam nem um pouco com todo aquele bronze e cinza, sem falar nos enfeites.

— E é óbvio que precisava ser resistente o bastante para atuar como arma de defesa.

— Uma precaução sensata, levando-se em conta as minhas tendências.

— Ela quebrara mais de uma sombrinha ao golpear o crânio de alguém.

— Gostaria de conhecer sua artroscopia? — Madame Lefoux se mostrou animada ao fazer a pergunta.

— Tem artroscopia? E isso é saudável?

— Ora, claro. Por acaso acha que eu projetaria um objeto tão feio sem justa causa?

A preternatural lhe entregou o acessório pesado.

— Por favor.

A inventora pegou a ponteira, permitindo que Lady Maccon continuasse a segurar a sombrinha pela ponta superior. Ao examiná-la de perto, a preternatural se deu conta de que nessa parte havia uma diminuta dobradiça hidráulica, fixada num dos lados.

— Se pressionar aqui — Madame Lefoux apontou para uma das pétalas de lótus no cabo, logo abaixo da ponteira grossa —, essa ponta abre e lança um dardo envenenado, com uma substância sonífera. E, se girar a ponteira dessa forma...

Lady Maccon ficou boquiaberta quando, no alto da ponta superior, que ela segurava, surgiram dois pinos bem pontiagudos, um de prata, outro de madeira.

— Eu tinha mesmo reparado nos alfinetes do seu plastrom — comentou a preternatural.

A inventora deu uma risadinha, tocando-os com delicadeza com a mão livre.

— Ah, eles são mais que isso.

— Não tenho a menor dúvida. A sombrinha faz algo mais?

Madame Lefoux piscou para ela.

— Este é só o começo. Nesse aspecto, Lady Maccon, sou uma artista.

A preternatural umedeceu o lábio inferior.

— Com certeza estou começando a ver isso. E eu que pensava que apenas seus chapéus eram extraordinários.

A francesa enrubesceu um pouco, a cor visível até naquela luz alaranjada.

— Puxe essa pétala de lótus e, então...

Fez-se silêncio no laboratório. Todos os chiados, os tinidos e as bafuradas de vapor que tinham virado ruído de fundo em meio ao som ambiente se fizeram notar justamente por terem cessado.

— Como? — Lady Maccon olhou ao redor. Tudo ficara imóvel.

E, então, alguns minutos depois, todos os mecanismos voltaram a funcionar.

— O que foi que aconteceu? — perguntou ela, observando maravilhada a sombrinha.

— Este ornato ovalado aqui — a inventora apontou para o acessório perto da tela da sombrinha — gerou um campo de interferência magnética. Ele afetará qualquer metal da família do ferro, níquel e cobalto, inclusive aço. Se a senhora precisar deter uma máquina a vapor por algum motivo, isso aqui deve bastar, mas só por um breve período.

— Impressionante!

Mais uma vez, a francesa enrubesceu.

— Não fui eu que inventei o campo de interferência, mas consegui reduzi-lo bem mais que o projetado originalmente por Babbage. O galão contém inúmeros bolsinhos secretos, com espaço suficiente para ocultar pequenos objetos. — Ela meteu a mão no interior do babado largo e tirou uma pequena ampola.

— Veneno? — quis saber a preternatural, inclinando a cabeça para o lado.

— Claro que não. Algo bem mais importante: perfume. Não podemos esperar que combata o crime sem cheirar bem, né?

— Oh. — Ela anuiu, séria. Afinal de contas, Madame Lefoux *era* francesa. — Claro que não.

A inventora abriu a sombrinha, mostrando que tinha um formato antiquado de pagode.

— Pode também virá-la assim — ela a moveu de maneira a deixá-la de cabeça para baixo —, girar e mover aqui. — Apontou para um pequeno ornato ovalado, logo acima do emissor de interferência magnética, em que havia sido instalado um diminuto botão. — Eu o projetei para que fosse difícil de acionar, com o intuito de evitar acidentes desastrosos. As pontas das varetas da sombrinha vão abrir e lançar um vapor suave. Se clicar uma vez, essas três vão soltar uma mistura de *lapis lunearis* e água. Se clicar duas, o outro trio borrifará *lapis solaris* dissolvido em ácido sulfúrico. Certifique-se de que tanto a senhora quanto qualquer pessoa que preze fiquem bem longe da área atingida e contra o vento. Embora o *lunearis* provoque apenas uma leve irritação na pele, o *solaris* é tóxico e pode matar seres humanos, bem como incapacitar vampiros. — Sorrindo de repente, a inventora acrescentou: — Só os lobisomens são resistentes. O *lunearis* é, claro, para eles. Um borrifo direto deve deixar os licantropos indefesos e bastante adoentados por diversos dias. Se clicar três vezes, ambos vão soltar as misturas.

— Extraordinário, madame. — Lady Maccon ficou mesmo impressionada. — Eu nem sabia que havia venenos capazes de neutralizar as duas espécies.

Madame Lefoux explicou, com delicadeza:

— Certa ocasião tive acesso a uma cópia parcial da Norma Revista do Templário.

A preternatural ficou boquiaberta.

— A senhora o quê?

A francesa não deu mais explicações.

Lady Maccon pegou a sombrinha e a examinou com reverência, girando-a.

— Vou ter que mudar o meu guarda-roupa para fazer com que combine. Mas acho que valerá a pena.

Madame Lefoux sorriu, mostrando as covinhas, satisfeita.

— Também vai protegê-la dos raios solares.

A preternatural deu um muxoxo, divertida.

— E quanto ao custo, meu marido já acertou com a senhora?

A inventora ergueu a mãozinha.

— Ah, eu sei bem que Woolsey poderá arcar com os custos. E já fiz negócios com sua alcateia antes.

Ela sorriu.

— Com o professor Lyall?

— Principalmente. É um homem interessante. Às vezes me pergunto quais são suas motivações.

— Ele não é homem.

— Exatamente.

— E no seu caso?

— Eu também não sou. Só gosto de me vestir como um — explicou Madame Lefoux, optando de propósito por interpretar mal a pergunta da preternatural.

— Se assim diz — disse Lady Maccon. Em seguida, ela franziu o cenho, lembrando-se de algo que Ivy dissera sobre a nova chapelaria: que atrizes como Mabel Dair a frequentavam. — Está lidando com as colmeias e com as alcateias.

— E por que diria isso?

— A srta. Hisselpenny mencionou que a srta. Dair frequentava sua loja. Ela é um zangão da Colmeia de Westminster.

A inventora se virou, concentrando-se na arrumação do laboratório.

— Presto serviços para os que podem pagar por eles.

— E isso inclui lobos solitários e vampiros errantes? Já atendeu, por exemplo, ao gosto de Lorde Akeldama?

— Ainda não tive o prazer.

Lady Maccon notou que Madame Lefoux não chegou a dizer que *não* ouvira falar nele. Resolveu se intrometer.

— Ah, que grande lapso! Precisamos corrigi-lo de imediato. Teria tempo de tomar um chá esta noite, digamos, em torno de meia-noite? Vou contatar Lorde Akeldama e ver se ele estará disponível.

A inventora se mostrou interessada, mas cautelosa.

— Acho que poderia dar um jeito de sair. Quanta gentileza de sua parte, Lady Maccon.

A preternatural inclinou a cabeça, ao estilo de uma dama, sentindo-se tola.

— Vou lhe enviar um cartão com o endereço, ele é bem receptivo.

— Ela queria se encontrar com o vampiro a sós antes.

Naquele instante, um novo ruído ressoou em meio à zoeira da maquinaria, um estridente e lamuriante "Alexia?".

Lady Maccon se moveu depressa.

— Ah, puxa vida, Ivy! Ela não conseguiu vir até aqui, conseguiu? Acho que fechei a porta da cabine de ascensão.

Madame Lefoux manteve a calma.

— Não se preocupe. É só a voz dela. Tenho um amplificador de dispersão e captação auditiva canalizando os sons da loja. — Ela apontou para o ponto em que um objeto no formato de trombeta estava ligado por um cabo ao teto. A preternatural julgara que se tratava de uma espécie de gramofone. Mas a voz de Ivy emanava dele, tão clara como se a amiga estivesse no laboratório com elas. Impressionante.

— Melhor voltarmos à chapelaria para atender à sua amiga — sugeriu a inventora.

Lady Maccon, carregando a nova sombrinha junto aos seios fartos como um bebê recém-nascido, anuiu.

E assim fizeram, descobrindo que a iluminação a gás voltara a funcionar. E também que, sob as luzes brilhantes da loja vazia, a srta. Hisselpenny continuava descansando no chão, só que agora sentada reta, parecendo pálida e confusa.

— O que foi que houve? — perguntou, assim que Lady Maccon e Madame Lefoux se aproximaram.

— Houve um estrondo e você desmaiou — respondeu Alexia. — Francamente, Ivy, se não apertasse tanto o corpete, não ia desmaiar com tanta facilidade! Dizem que não é nada bom para a saúde.

A amiga ficou pasma com a menção de roupas íntimas numa chapelaria.

— Faça-me o favor, Alexia, não me venha com essas baboseiras radicais. Daqui a pouco, vai querer que eu adote o novo código de vestimenta!

Lady Maccon revirou os olhos. Imagine só: *Ivy* de calçolas!

— O que é isso? — quis saber a srta. Hisselpenny, notando a sombrinha que a amiga abraçava contra o peito.

A preternatural se agachou para lhe mostrar.

— Uau, Alexia, é muito bonita. Mas não tem nada a ver com o seu gosto — aprovou Ivy, com satisfação.

Só mesmo ela para gostar daquele troço pavoroso por causa de sua aparência. Então, a moça olhou sofregamente para a chapeleira.

— Eu gostaria de uma igualzinha a essa, mas talvez num belo tom de amarelo-limão com listras em preto e branco. A senhora teria uma disponível?

Alexia riu ao ver a expressão chocada de Madame Lefoux.

— Não — respondeu com a voz rouca, por fim, a francesa, depois de pigarrear duas vezes. — Devo lhe encomendar uma? — perguntou, com uma ligeira careta.

— Por favor.

A preternatural se levantou e comentou com suavidade, em francês:

— Talvez sem aqueles acréscimos.

— Hum-hum — respondeu Madame Lefoux.

Um sininho tocou ruidosamente quando alguém entrou na loja. A srta. Hisselpenny fez menção de sair da posição humilhante no chão.

O recém-chegado caminhou na direção delas, desbravando a floresta de chapéus dependurados e, ao ver o estado da amiga da preternatural, apressou-se em ajudá-la.

— Puxa, srta. Hisselpenny, não está passando bem? Permita que eu lhe ofereça meus humildes préstimos.

— Tunstell — intrometeu-se Lady Maccon, fuzilando-o com os olhos. — O que está fazendo *aqui*?

O zelador ruivo a ignorou e continuou a falar suavemente com Ivy.

A amiga de Lady Maccon se levantou e agarrou o braço dele, apoiando-se em seu corpo, fraca, e fitando-o com os grandes olhos escuros.

Tunstell pareceu nadar longamente naqueles olhos, como uma espécie de peixinho lerdo.

Os atores são todos iguais. A preternatural usou a ponta da sombrinha para dar uma cutucada no traseiro dele, muito bem envolto em um justíssimo calção que lhe ia até os joelhos.

— Tunstell, explique sua presença, agora mesmo.

Ele se sobressaltou um pouco e olhou para ela a contragosto.

— Trago uma mensagem do professor Lyall — disse, como se a preternatural tivesse alguma culpa pelo ocorrido.

Lady Maccon não perguntou como o Beta sabia que ela estaria na Chapeau de Poupée. Os métodos do professor muitas vezes se mostravam misteriosos, e era melhor mesmo nem contestá-los.

— E então?

O zelador fitava, de novo, os olhos da srta. Hisselpenny.

A preternatural bateu a sombrinha no assoalho, apreciando o clique metálico que fizera.

— A mensagem.

— Ele quer que a senhora vá se encontrar com ele no DAS, para tratar de um assunto meio urgente — informou Tunstell sem olhar para ela.

Um assunto urgente era o código secreto da alcateia para a requisição de Lady Maccon como muhjah. O professor Lyall devia ter alguma informação para a Coroa. A preternatural anuiu.

— Nesse caso, Ivy, não se importa se eu a deixar aos cuidados de Tunstell, enquanto termina as suas compras? Ele se certificará de que chegue em casa em segurança, não é mesmo?

— Com imenso prazer — disse ele, dando um sorriso radiante.

— Ah, sim, é uma alternativa adequada — acrescentou a srta. Hisselpenny, retribuindo o sorriso.

Lady Maccon se perguntou se tinha agido daquele jeito tão abobalhado diante de Lorde Maccon. Então, lembrou-se de que geralmente demonstrava sua paixão por meio de ameaças e farpas verbais. Felicitou-se intimamente por evitar o sentimentalismo.

A inventora e chapeleira acompanhou-a até a porta.

— Vou lhe enviar um cartão em breve, tão logo consiga averiguar se Lorde Akeldama está disponível. Ele deve estar em casa, porém, nunca se sabe ao certo, no caso dos errantes. Esse encontro com o professor Lyall não haverá de demorar muito. — A preternatural voltou a olhar para Tunstell e Ivy, que trocavam ideias com demasiada intimidade. — Por favor, tente evitar que a srta. Hisselpenny compre algo horrendo demais, e certifique-se de que ele a coloque numa carruagem de aluguel, mas não vá junto.

— Farei o melhor que puder, Lady Maccon — garantiu Madame Lefoux, fazendo uma leve reverência: tão leve, que foi quase grosseira.

Em seguida, com um movimento ágil, ela pegou uma das mãos da preternatural. — Foi um prazer finalmente conhecê-la, milady. — E a segurou com segurança e firmeza. Claro, carregar e construir toda aquela maquinaria no subsolo daria a qualquer um certa musculatura, até mesmo àquela mulher magra feito um palito diante de si. Os dedos da inventora acariciaram o pulso da preternatural logo acima da luva, que se ajustava com perfeição, tão rápido que Lady Maccon ficou na dúvida se a ação ocorrera ou não. Mais uma vez, a esposa de Lorde Maccon sentiu um vago aroma de baunilha misturado com óleo de máquina. Então, Madame Lefoux sorriu, soltou a mão dela e foi para o interior da loja, desaparecendo em meio à floresta oscilante de acessórios modernos.

O professor Lyall e Lorde Maccon compartilhavam um gabinete na sede do DAS, em Fleet Street, que ficava muito mais organizado quando o conde não estava por perto. Lady Maccon entrou, animada, balançando a sombrinha com orgulho e esperando que o professor Lyall lhe fizesse perguntas sobre o objeto. Mas ele estava totalmente distraído, atrás de uma pilha de documentos e de rolos de metal contendo textos gravados com água-forte. Levantou-se, fez uma reverência e se sentou de novo, mais por costume que cortesia. Era óbvio que, fosse lá o que houvesse ocorrido, ocupava toda a sua atenção. Os lunóticos estavam no alto de sua cabeça, assanhando-lhe os cabelos. Seria possível que seu plastrom estivesse infinitesimalmente torto?

— Está bem, professor Lyall? — perguntou ela, preocupada com a gravata.

— Em perfeita saúde, obrigado por perguntar, Lady Maccon. Estou preocupado é com o seu marido, e não tenho como fazer com que receba minhas mensagens neste momento.

— Entendo perfeitamente — disse ela, impassível. — Lido diariamente com um dilema parecido, em geral quando eu e ele estamos conversando. O que foi que ele fez agora?

O professor Lyall deu um leve sorriso.

— Não, não. Nada disso. É que a praga de humanização voltou a atacar, chegando tão ao norte quanto Farthinghoe.

Lady Maccon franziu o cenho ante essa nova informação.

— Curioso. Está se alastrando, né?

— E rumando na mesma direção que Lorde Maccon. Talvez até um pouco à frente dele.

— Que, por sinal, não sabe disso, certo?

O Beta meneou a cabeça.

— Aquele assunto de família... era o Alfa morto, não era?

O professor Lyall ignorou a pergunta e disse:

— Não sei como está se movendo tão rápido. Os trens não estão funcionando desde ontem: greve. Bem típico dos mortais se tornarem inaptos num momento destes.

— Em carruagem, talvez?

— Pode ser. Mas, pelo visto, está indo depressa. Eu gostaria que o conde soubesse disso, mas só vou poder entrar em contato quando ele chegar aos escritórios de Glasgow. E queria que ficasse a par também do relato de Channing sobre a viagem de navio até aqui. Esse troço é móvel, e ele não sabe disso.

— Acha que Conall vai conseguir ir mais rápido que essa praga?

O Beta balançou a cabeça de novo.

— Não na velocidade em que ela está se movendo. Ele é rápido, mas disse que não ia forçar muito a corrida. Se o troço continuar rumando para o norte na velocidade que calculo, vai chegar à Escócia vários dias antes dele. Mandei uma mensagem para os nossos agentes lá, mas achei que a senhora deveria ficar a par disso também, como muhjah.

Lady Maccon anuiu.

— Vai passar a informação para os demais integrantes do Conselho Paralelo? — quis saber ele.

Ela franziu o cenho.

— Não creio que seja prudente, ainda. Acho que isso pode esperar até a nossa próxima reunião. O senhor deve fazer um relatório, claro, mas não vou sair do meu caminho para contar ao potentado e ao primeiro-ministro regional.

O Beta assentiu, sem lhe perguntar o motivo.

— Pois bem, professor Lyall, se isso é tudo, já vou indo. Preciso me encontrar com Lorde Akeldama.

O professor Lyall a olhou de um jeito imperscrutável.

— Bom, alguém tem que fazer isso. Boa noite, Lady Maccon.

Ela saiu sem nem lhe mostrar a nova sombrinha.

Capítulo 5

A última novidade de Lorde Akeldama

Lorde Akeldama estava, com efeito, em casa e disposto a receber Lady Maccon. Apesar da grosseria da visita dela sem aviso prévio, ele se mostrou bastante satisfeito em vê-la. Era difícil dizer em meio aos gestos deliberadamente frívolos, mas ela julgou ter detectado um calor genuíno sob as lisonjas e a agitação.

O vampiro vetusto caminhou com afetação até ela, com ambos os braços estendidos, vestindo o que devia ser seu conceito de 'cavalheiro em traje informal, em casa'. Para a maioria dos homens abastados, de bom gosto, isso significava um paletó típico de sala de fumo, lenço de pescoço, calça comprida e sapato derbie de solado macio. Para Lorde Akeldama, isso significava um paletó de seda branca impecável, com bordados de pássaros negros de estilo levemente oriental aqui e ali, um lenço de tom azul-petróleo com estampa de pavão, a última moda em termos de calça jacquard preta justa, e um sapato social com biqueira pontuda espalhafatosa, nos tons preto e branco típicos de um escarpim, considerado por muitos bastante vulgar.

— Minha *querida* Alexia. Que oportuna sua visita! Acabei de receber um *brinquedinho* novo divino. *Precisa* ver e me dar sua sábia opinião! — Ele se dirigiu a ela pelo primeiro nome, tal como fizera desde a noite em que se conheceram. Não obstante, ela se deu conta pela primeira vez de que não fazia ideia de qual era o dele.

Com o contato da preternatural, Lorde Akeldama foi do vampiro sobrenaturalmente belo — a tez de tom branco como a neve e os cabelos loiros de um dourado reluzente — ao reles jovem charmoso que fora antes da metamorfose.

Lady Maccon lhe deu dois beijinhos suaves, em ambos os lados do rosto, como se ele fosse uma criança.

— E como está hoje, milorde?

Ele se inclinou na direção dela, a tranquilidade durando apenas alguns instantes em sua forma humana, para então voltar ao bate-papo animado.

— Simplesmente *maravilhoso*, meu biscoitinho de chá, simplesmente *maravilhoso*. Tem um mistério acontecendo em Londres, e estou bastante concentrado nele. Sabe que eu *adoro* um mistério, não é mesmo? — O vampiro também lhe deu um beijo, mas um ruidoso na testa e, em seguida, soltou as mãos de Alexia para entrelaçar o braço dela de um jeito afetuoso no seu.

— E com certeza aqui na minha humilde residência o alvoroço tem sido enorme, desde a comoção de ontem. — Ele a conduziu ao interior da referida moradia, que era tudo, menos humilde. Nela havia um corredor abobadado com afrescos e bustos de mármore de deuses pagãos. — Mas creio que já está a par de *tudo*, meu *narciso* de grande influência política.

Lady Maccon adorava a sala de estar de Lorde Akeldama — não que quisesse ter uma igual —, mas era um lugar interessante de visitar. Com decoração bastante antiquada, tons brancos e dourados que pareciam saídos de um quadro francês da era pré-napoleônica.

O vampiro expulsou sem cerimônia uma gata gorda e malhada do sofá de brocado dourado, enfeitado com borlas, do qual ela se apossara para dormir, e se acomodou com graciosidade no lugar dela. A preternatural se sentou numa poltrona ali perto, que mais parecia um trono agradável.

— Bom, meu *flãzinho cremoso*, Biffy me contou uma historinha para lá de fascinante ontem à noite. — O rosto etéreo do vampiro se mostrava decidido, sob a desnecessária camada de pó de arroz branco e ruge cor-de-rosa. — Um verdadeiro romance daqueles da hora de dormir.

Lady Maccon não sabia ao certo se queria escutar aquela história.

— Ah, hum, sei, foi mesmo? E cadê ele, por sinal? Está por aqui?

Lorde Akeldama remexeu no monóculo de ouro. A lente era, claro, desprovida de grau. Como todos os vampiros, ele enxergava perfeitamente bem.

— Ora, esse danadinho deve estar aprontando alguma não muito longe daqui, tenho certeza. É do tipo que pode fazer a maior confusão por causa de uma gravata, mas deixemos isso para lá; permita que lhe conte o que ele viu ontem à noite.

Ela se antecipou:

— Antes, milorde, se importa se mandarmos um convite para alguém que conheci há pouco? Gostaria que vocês dois se conhecessem.

Isso despertou o interesse dele.

— *Sério*, minha querida *laranjinha*, quão atencioso de sua parte. Quem é ele?

— *Ela* é Madame Lefoux.

Ele deu um sorrisinho ao ouvir o nome.

— Fiquei mesmo sabendo que você esteve fazendo compras.

Lady Maccon ficou pasma.

— Mas como? Puxa, que pena! Quer dizer que já conhece a dama? Ela não me deu a entender que o conhecia.

— Não espera que *eu* lhe revele *minhas* fontes, minha *campainha-de-inverno*, espera? E não, não a conheço, simplesmente sei de *sua existência* e, sem sombra de dúvida, será um prazer conhecê-la. Ouvi dizer que gosta de trajes masculinos! Vou lhe mandar um convite diretamente. — Ele estendeu o braço para puxar a corda de uma campainha. — Conte-me, por favor, *o que* foi que comprou da francesa *escandalosa*, minha pequena mandarina?

A preternatural lhe mostrou a sombrinha.

Ele ficou chocado com a aparência do objeto.

— Puxa vida, é bem — o vampiro pigarreou — *espalhafatosa*, não é mesmo?

Lady Maccon achou o comentário irônico, vindo de um vampiro com sapato social preto e branco de biqueira pontuda e lenço azul-petróleo. Disse apenas:

— É, mas tem aplicações muito interessantes.

Ela ia dar mais detalhes, quando uma batida educada os interrompeu e Biffy entrou rápido na sala.

— Precisa de mim? — Biffy era um jovem franco, com jeito elegante e incrível charme físico, que sempre parecia surgir quando menos esperado e mais necessitado. Se não tivesse tanto status e dinheiro, seria um ótimo mordomo. Era o zangão favorito de Lorde Akeldama, embora o vampiro jamais pudesse admitir abertamente ter seus favoritos, da mesma forma como nunca podia usar o mesmo colete dois dias seguidos. A preternatural era obrigada a admitir que Biffy tinha algo especial. Com certeza levava muito jeito para frisar cabelos com ferro quente, fazendo penteados melhores até que a, sob todos os outros aspectos, incomparável Angelique.

— Biffy, meu *pombinho*, vá correndo até aquela chapelaria nova e lindíssima e traga a dona para trocarmos umas ideias, está bem, querido? Bom rapaz. Ela deve estar esperando um convite desse tipo.

O outro vampiro sorriu.

— Claro, milorde. Boa noite, Lady Maccon. Este encontro foi organizado pela senhora? Sabe que meu mestre aqui andava louco para conhecer Madame Lefoux, desde que ela abriu a loja, mas estava há séculos sem uma desculpa para ir até lá.

— Biffy! — protestou Lorde Akeldama.

— Mas é verdade — insistiu o outro, desafiador.

— Vá logo, seu danadinho, e mantenha essa sua boquinha *adorável* fechada.

O outro fez uma leve reverência e saiu com passinhos curtos e leves, pegando o chapéu e as luvas numa mesinha, no caminho.

— Esse jovem presunçoso acabará sendo minha derrocada. Seja como for, tem o *admirável* talento de estar no lugar certo, na hora certa. Ontem à noite, por exemplo, estava na frente do Pickled Crumpet, aquele pub *horroroso* perto de St. Bride, conhecido por ter como maior clientela prostitutas de sangue e militares. *De forma alguma* o tipo de lugar que ele costuma frequentar. E você nunca vai adivinhar quem Biffy encontrou à espreita na ruela dos fundos, logo atrás do pub.

Lady Maccon suspirou.

— O meu marido?

O vampiro ficou desapontado.

— Ele lhe contou.

— Não, mas parece ser o tipo de lugar em que o meu marido ficaria à espreita.

— Bom, permita-*me* que *lhe* conte, meu *botão de petúnia*! Biffy revelou que ele estava em estado deveras indecoroso, tentando ir até Fleet Street.

— Embriagado? — Ela duvidava disso. Em geral, os lobisomens não gostavam de beber. Sua constituição não o permitia. Além do mais, *não* era do feitio de seu marido agir assim.

— De jeito nenhum. O coitado tinha sido afetado por aquela enfermidade *desastrosa* que assolou o centro da cidade e, então, quando deu por si, estava na forma totalmente humana e nu, no coração de Londres.

Os olhos do vampiro cintilavam.

A preternatural não resistiu e começou a rir.

— Não é à toa que ele não me contou. Coitadinho.

— E Biffy não reclamou do espetáculo.

— Bem, e quem faria isso? — Lady Maccon tinha que dar o devido crédito ao marido, que tinha mesmo um corpo lindo. — Mas esse detalhe é interessante. Significa que a pessoa não precisa estar presente quando essa praga antissobrenatural ataca. Basta alguém entrar na área infectada para ser atingido.

— Acha então que é algum tipo de *doença*, meu *pãozinho de centeio*?

Ela inclinou a cabeça para o lado.

— Não tenho certeza do que é. Qual é a sua opinião?

Lorde Akeldama puxou uma campainha diferente, para pedir chá.

— Creio que se trata de alguma arma — respondeu, sem rodeios, o que não era comum.

— Já tinha ouvido falar em algo parecido antes? — Ela estava empertigada, atenta ao amigo. Ele era um vampiro muito antigo. Segundo os boatos, até mais velho que a Condessa Nadasdy, que, como todos sabiam, tinha mais de quinhentos anos.

Lorde Akeldama jogou a longa trança loura para trás.

— Não, nunca. Mas, por um lado, minha *intuição* me diz que não é uma enfermidade e, por outro, minha experiência no Clube Hypocras demonstrou que não devemos subestimar os cientistas modernos e suas *brincadeiras* vulgares no âmbito tecnológico.

A preternatural anuiu.

— Concordo, bem como todos os integrantes do Conselho Paralelo. O DAS tem afirmado que é uma doença, mas também acho que se trata de uma arma recém-construída. Os seus rapazes conseguiram descobrir algum detalhe importante?

O vampiro inflou as maçãs do rosto. Não gostava de admitir abertamente que sua série de zangões, à primeira vista frívolos e inconsequentes, com boas conexões familiares e escasso bom-senso, era formada, na verdade, por espiões habilidosos. Mas já havia se conformado com o fato de Lady Maccon e, por meio dela, Lorde Maccon e o DAS terem ciência de suas atividades, embora ainda assim não apreciasse que fossem mencionadas em público.

— Não como eu esperava. Embora se tenha mencionado que um dos navios, o *Spanker*, que transportava inúmeros regimentos e alcateias associadas, fora afligido por uma *afecção humana* durante *toda* a viagem para casa.

— É verdade, o major Channing contou que ocorreu mesmo algo assim. Mas a Alcateia de Woolsey voltou à normalidade sobrenatural quando chegou ao castelo.

— E o que *nós* achamos do major Channing?

— *Nós* tentamos *nem* pensar naquele sujeitinho repugnante.

O vampiro riu, e um mordomo bem-apessoado entrou com a bandeja de chá.

— Sabe, uma vez tentei recrutá-lo, décadas atrás.

— É mesmo? — Lady Maccon não conseguia nem imaginar; não acreditava que o major tivesse as mesmas tendências que Lorde Akeldama, apesar dos rumores sobre os militares.

— Ele era um escultor *maravilhoso* antes da transformação, sabia? Todos nós sabíamos que tinha boas chances de ter alma de sobra, e tanto os vampiros quanto os lobisomens competiam para se tornarem seus patronos. Que coisinha mais agradável e talentosa.

— Nós estamos falando do *mesmo* major Channing, não estamos?

— Ele *me* rejeitou e se alistou, por achar mais *romântico*. Por fim, acabou se convertendo para o lado indefinido do sobrenatural durante a guerra napoleônica.

Como ela não sabia ao certo o que pensar dessa informação, voltou ao tema original.

— Se é uma arma, preciso saber aonde foi levada. O professor Lyall disse que estava sendo levada para o norte, e achamos que por carruagem. A questão é: para que lugar e quem a está levando?

— E *o que é*, exatamente? — acrescentou o vampiro, servindo chá. A preternatural solicitou que o dela fosse servido com leite e um pouco de açúcar. Já o vampiro, com umas gotas de sangue e um toque de limão. — Bom, se o professor Lyall diz que ela está sendo levada para o norte, então está. O Beta de seu marido *nunca* erra. — Havia um tom estranho na voz dele. Lady Maccon o observou atentamente. — Quando?

— Um pouco antes de eu vir para cá.

— Não, não, minha *prímula*. Eu quis dizer quando *a tal arma* começou a rumar para o Norte? — Ele passou uma bandejinha com biscoitos divinos, recusando ele próprio as guloseimas.

A preternatural fez cálculos rápidos.

— Ao que tudo indica, saiu de Londres ontem à noite ou hoje cedo.

— Assim que a humanização londrina cessou?

— Exatamente.

— Então, precisamos descobrir quais regimentos ou alcateias ou indivíduos chegaram com o *Spanker* e se dirigiram ao Norte ontem.

Lady Maccon tinha a triste sensação de que tudo apontava para uma direção específica.

— Tenho certeza de que o professor Lyall já está tentando obter essa informação.

— Mas já tem uma boa ideia de quem podem ser os autores, não é mesmo, minha *murtinha*? — Ele deixou de se recostar no sofá e se inclinou para frente, perscrutando-a com o monóculo.

Ela soltou um suspiro.

— Pode chamar de instinto — respondeu.

O vampiro sorriu, mostrando as duas presas longas, pontudas e incrivelmente letais.

— Ah, sim, os seus antepassados preternaturais foram caçadores durante gerações, *torrão de açúcar*. — A discrição não lhe permitiu lembrar a ela que eles caçavam vampiros.

— Puxa, não esse tipo de instinto.

— Não?

— Talvez eu devesse dizer "intuição de esposa".

— Ah. — Lorde Akeldama deu um sorriso ainda mais largo. — Acha que seu marido grandalhão tem algo a ver com a arma?

Ela franziu o cenho e deu uma mordiscada no biscoito.

— Não, não exatamente, mas o local para o qual meu querido marido se dirige... — Lady Maccon parou de falar.

— Acha que tudo isso tem alguma ligação com a viagem dele à Escócia?

A preternatural tomou um gole de chá e ficou calada.

— Crê que tem algo a ver com o fato de a Alcateia de Kingair ter perdido o Alfa?

Ela se sobressaltou. Não tinha se dado conta de que aquela informação era de conhecimento público. *Como* ele a obtivera tão rápido? Impressionante, mesmo. Se ao menos a Coroa fosse tão eficiente assim. Ou até mesmo o DAS, por sinal.

— Uma alcateia sem Alfa pode se comportar mal, mas a esse ponto? Crê...

A preternatural interrompeu o amigo.

— *Creio* que Lady Maccon se sentirá mal, de repente, com o ar poluído de Londres. Creio que Lady Maccon precisará de umas férias. Talvez no Norte? Ouvi dizer que a Escócia é ótima, nesta época do ano.

— Enlouqueceu? A Escócia é *terrível* neste período.

— Com efeito, por que alguém iria querer ir até lá, sobretudo com os trens parados? — Aquela fora uma nova voz, com um levíssimo sotaque francês.

Madame Lefoux não tirara a vestimenta masculina, embora a houvesse formalizado, trocando o plastrom colorido por um de linho branco e a cartola marrom por uma preta.

— Lady Maccon acha que precisa de um pouco de ar fresco — explicou o vampiro, levantando-se e caminhando rumo à nova convidada. — Madame Lefoux, suponho?

A preternatural enrubesceu por não ter se apressado em apresentá-la, mas os dois contornaram a situação.

— Como vai? Lorde Akeldama? Um prazer conhecê-lo por fim. Já ouvi muito a respeito de seus encantos. — A inventora observou com atenção os sapatos de tom preto e branco e o paletó de sala de fumo do anfitrião.

— E eu, idem — disse o vampiro, observando criticamente o traje masculino elegante da francesa.

A preternatural captou certa vigilância subjacente, como se eles fossem dois abutres adejando sobre a mesma carcaça.

— Bem, gosto não se discute — comentou com suavidade a recém-chegada. Lorde Akeldama pareceu ter se ofendido, mas a francesa acrescentou, virando-se um pouco de lado: — Escócia, Lady Maccon, tem certeza?

Um lampejo de aprovação cautelosa perpassou o semblante do vampiro ao ouvir isso.

— Sente-se, por favor — pediu ele. — Sua fragrância é divina, diga-se de passagem. Baunilha? Que aroma adorável. E tão *feminino*.

Será que lhe dava o troco com essa zombaria?, perguntou-se Lady Maccon.

Madame Lefoux aceitou uma xícara de chá e se acomodou em outro canapé pequeno, perto de onde a gata malhada se reinstalara. Era óbvio que o felino julgara que a francesa se sentara ali para afagá-lo sob o queixo, e foi o que ela fez.

— Escócia — repetiu a preternatural, com firmeza. — De dirigível, acho. Eu mesma vou tomar as providências e partir amanhã.

— Não será tarefa fácil. O Giffard não abre para a clientela noturna.

Lady Maccon anuiu. Os dirigíveis prestavam serviços para os mortais, não para os círculos sobrenaturais. Os vampiros não podiam andar neles, pois os aeróstatos voavam alto, fora dos limites territoriais. Os fantasmas não o faziam por estarem, em geral, inconvenientemente acorrentados. E os lobisomens não gostavam de pairar no ar — a tendência a abomináveis enjoos fora a explicação de Lorde Maccon quando a esposa manifestara seu interesse por esse meio de transporte.

— Amanhã à tarde — corrigiu a preternatural. — Mas tratemos de temas mais agradáveis. Lorde Akeldama, gostaria de se pôr a par de algumas das invenções de Madame Lefoux?

— Claro.

A inventora descreveu vários de seus dispositivos mais recentes. Apesar da casa antiquada, o vampiro era fascinado pelas criações da tecnologia moderna.

— Alexia me mostrou sua nova sombrinha. Seu trabalho é *espetacular*. Está procurando um patrono? — perguntou Lorde Akeldama depois de uns quinze minutos de conversa, bastante impressionado, no mínimo, com a inteligência da francesa.

Entendendo perfeitamente o que ficava subentendido, a inventora balançou a cabeça. Considerando a aparência e a habilidade dela, a preternatural não tinha dúvidas de que já recebera ofertas semelhantes no passado.

— Muito obrigada, milorde. Está sendo amável comigo, pois sei que prefere zangões machos. Mas estou em boa situação, tenho recursos financeiros independentes e não pretendo me tornar imortal.

Lady Maccon acompanhou o interlóquio com interesse. Quer dizer então que Lorde Akeldama achava que Madame Lefoux tinha alma em excesso, hum? Estava prestes a fazer uma pergunta imprudente quando o vampiro se levantou e esfregou as mãos brancas e longas.

— Bom, meus *ranúnculos*.

Epa, a preternatural fez uma careta, em solidariedade. Madame Lefoux fora contemplada na esfera das alcunhas de Lorde Akeldama. Ambas agora teriam que sofrer juntas.

— Minhas *charmosas* flores, gostariam de ver minha mais nova aquisição? Uma beleza!

Madame Lefoux e Lady Maccon se entreolharam, colocaram as xícaras de chá na mesinha e se levantaram sem discutir para segui-lo.

O vampiro as conduziu pelo corredor abobadado, com afrescos, para cima, por diversos lanços de escada cada vez mais intrincados. Por fim, chegaram ao alto da residência e entraram no que devia ter sido o sótão, mas que acabou se revelando mais que um ambiente intrincado, com tapeçarias medievais penduradas e uma caixa enorme, grande o bastante para abrigar dois cavalos. Fora colocada acima do chão, por meio de um sistema complexo de molas, e forrada com um tecido grosso, para impedir que os ruídos de fundo penetrassem no interior. A caixa, em si, consistia em dois ambientes pequenos, cheios de maquinaria. O primeiro Lorde Akeldama descreveu como câmara de transmissão, o segundo, de recepção.

Lady Maccon nunca vira algo parecido.

Madame Lefoux, sim.

— Nossa, Lorde Akeldama, que investimento! Comprou um transmissor etereográfico! — Ela observou com entusiasmo e admiração o interior repleto de aparatos da primeira câmara. As covinhas em breve ressurgiriam. — É lindo. — A inventora passou as mãos com reverência pelos inúmeros botões e interruptores que controlavam a parafernália emaranhada da sala de transmissão.

Lady Maccon franziu o cenho.

— Dizem que a rainha tem um. Pelo que soube, encorajaram-na a adquiri-lo para substituir o telégrafo, assim que esse aparelho se mostrou um método de comunicação totalmente inviável.

Lorde Akeldama balançou a cabeça loira com tristeza.

— Fiquei *por demais* decepcionado ao ler as informações sobre o fracasso desse sistema. Eu depositava muita esperança no telégrafo. — Isso ocasionara uma visível lacuna na comunicação de longa distância desde então, com a comunidade científica lutando para inventar algo que fosse mais compatível com os gases etéreo e ultramagnéticos.

— O etereógrafo é um dispositivo de comunicação sem fio, o que evita a ocorrência de interrupções graves por causa das correntes eletromagnéticas, como no caso do telégrafo — explicou o vampiro.

A preternatural fitou-o, semicerrando os olhos.

— Eu *tinha lido* algo sobre essa nova tecnologia, mas não imaginava *vê*-la tão cedo. — Ela inclusive vinha ansiando receber um convite para ver o etereógrafo fazia mais de quinze dias, sem sucesso. Havia um lado frágil em seu funcionamento, que não permitia sua interrupção durante a operação. Lady Maccon também tentara, igualmente sem conseguir, conhecer o do DAS. Sabia que eles tinham um na sede londrina, porque vira os rolos de metal com texto gravado espalhados. Seu marido não satisfizera sua vontade. "Esposa, não posso interromper o funcionamento só para matar sua curiosidade", dissera ele, por fim, frustrado. Infelizmente para

ela, desde que se tornaram propriedade do governo, ambos os etereógrafos ficavam ligados o tempo todo.

Lorde Akeldama pegou um rolo de metal gravado, abriu-o e encaixou-o numa moldura especial.

— Colocamos a mensagem a ser transmitida assim e acionamos o convector etéreo.

Madame Lefoux, que observava tudo com bastante interesse, interrompeu a explicação do vampiro.

— Teria, claro, que colocar bem aqui uma válvula frequensora cristalina de saída. — A inventora apontou para o painel de controle e, em seguida, quis saber: — Onde está a base do ressonador?

— Ah-ha! — exultou o vampiro, ao que tudo indica empolgado por ela ter notado aquela falha. — Este design é o mais moderno e notável, *flor de abóbora*. Não funciona por protocolo de compatibilidade *cristalina*.

Madame Lefoux olhou para Lady Maccon.

"Flor de abóbora?", ela moveu os lábios, em silêncio, a expressão entre ofendida e divertida.

A preternatural deu de ombros.

— Em geral — explicou Lorde Akeldama para Alexia, interpretando mal o movimento dos ombros dela —, o componente de transmissão do etereógrafo requer a instalação de uma válvula específica, dependendo do destino da mensagem. Sabe, uma válvula adicional também deve ser instalada na câmara de recepção da outra pessoa. Somente com ambas no lugar a mensagem pode passar do ponto A ao ponto B. O problema é que, claro, os horários têm que ser combinados previamente entre as duas pessoas, e cada uma deve contar com a válvula adequada. A rainha conta com uma coleção de válvulas conectadas com diversos etereógrafos, espalhados por todo o império.

A inventora franziu o cenho.

— E o seu não tem nenhum receptor? Não é muito útil, Lorde Akeldama, transmitir uma mensagem no meio etéreo sem ninguém do outro lado para recebê-la.

— Ah-ha! — Lorde Akeldama caminhou, todo empertigado, pela sala diminuta com os sapatos extravagantes, parecendo excessivamente envaidecido. — Acontece que o *meu* transponder etéreo não precisa de um! Mandei instalá-lo com a última tecnologia em termos de transmissores de frequência, de maneira que eu pudesse sintonizá-lo com qualquer receptor etereomagnético. Só preciso saber da posição da válvula cristalina no terminal receptor. E, para receber, só preciso do horário certo, um bom escaneamento e alguém que tenha as minhas senhas. Às vezes posso até captar mensagens dirigidas a *outros* etereógrafos. — Franziu o cenho, por um instante. — A história da minha vida, se pensarmos no assunto.

— Puxa vida! — A inventora se mostrou realmente impressionada. — Eu nem sabia que essa tecnologia existia. Tinha conhecimento de que já a estavam desenvolvendo, claro, mas não que tinha sido construída. Incrível. Podemos vê-la em funcionamento?

Lorde Akeldama meneou a cabeça.

— Não tenho mensagens para mandar no momento e tampouco estou aguardando uma.

A inventora ficou desapontada.

— Então, o que acontece, exatamente? — perguntou Lady Maccon, que ainda examinava de perto o equipamento.

O vampiro explicou com a maior satisfação:

— Já notou que a chapa de metal tem um leve padrão quadriculado em cima?

A preternatural observou o rolo de metal que o amigo lhe passou. A superfície se mostrava, com efeito, uniformemente quadriculada.

— Uma letra por quadrado? — supôs ela.

Lorde Akeldama anuiu e deu mais detalhes:

— O metal é submetido a uma água-forte, que grava as letras. Então, duas agulhas passam por cada quadrícula, uma em cima, a outra, embaixo. Elas soltam faíscas quando expostas uma à outra pelas letras. *Isso* provoca uma onda etérea que ricocheteia na alta etereosfera e, na ausência de interferência solar, é *transmitida globalmente*. — Sua gesticulação foi ficando cada vez mais frenética durante a explicação e, na última frase, ele deu uma pequena pirueta.

— Fantástico. — Lady Maccon ficou pasma, tanto com a tecnologia quanto com o entusiasmo do vampiro.

Ele fez uma pausa, acalmando-se e, então, deu continuidade à explicação:

— Só uma câmara de recepção sintonizada na frequência certa conseguirá receber a mensagem. Venham comigo.

O vampiro as conduziu até a área de recepção do etereógrafo.

— Receptores instalados no teto *diretamente* acima de nós captam os sinais. É preciso um operador habilidoso para eliminar o ruído de fundo e amplificar o sinal. A mensagem aparece aqui — ele fez um gesto, as mãos movendo-se como nadadeiras, indicando duas peças de vidro com uma matéria escura granulosa entre ambas e um ímã fixado a um braço hidráulico pairando em cima —, uma letra de cada vez.

— Então alguém precisa estar presente para ler e registrar cada letra?

— E isso deve ser feito no mais absoluto silêncio — acrescentou Madame Lefoux, examinando a delicadeza das incrustações.

— E devem ser lidas num instante, pois a mensagem vai se destruindo à medida que é transmitida — disse o vampiro.

— Agora entendo o porquê do ambiente à prova de som e a instalação no sótão. — Lady Maccon se perguntou se *ela* mesma conseguiria manejar essa máquina. — Você realmente fez uma compra incrível.

Lorde Akeldama deu um largo sorriso.

A preternatural lançou um olhar astuto para ele.

— Então, qual exatamente é o seu protocolo de compatibilidade?

O vampiro fingiu ter se ofendido, fitando com ar melindroso o teto da cabina.

— Francamente, Alexia, que pergunta para se fazer na *primeira* vez que o vê.

Ela se limitou a sorrir.

Lorde Akeldama moveu-se para o lado e lhe passou um pedaço de papel em que fora anotada uma série de números.

— Reservei o horário de onze horas só para você, minha querida, e, daqui a uma semana, vou começar a monitorar todas as frequências nesse período. — O vampiro se retirou depressa e voltou com uma válvula cristalina facetada. — E aqui está, sintonizada com a minha frequência, caso o aparelho que utilize não seja tão moderno quanto o meu.

Lady Maccon guardou o pedacinho de papel e a válvula cristalina num dos bolsinhos secretos da nova sombrinha.

— Existe outra residência privada com um desses dispositivos?

— É difícil saber — respondeu ele. — Como o receptor *tem* que ser montado no telhado, seria possível contratar um dirigível para fazer um reconhecimento aéreo e dar uma volta em busca deles, mas acho que não valeria muito a pena. Os aparelhos são muito preciosos, e poucos indivíduos conseguiriam arcar com os custos. A Coroa, por exemplo, tem dois, mas outros? Tenho apenas a lista de protocolos de compatibilidade oficial: ou seja, um pouco menos de cem etereógrafos distribuídos pelo império.

Com relutância, a preternatural se deu conta de que o tempo estava passando e de que, se pretendia ir à Escócia, tinha muito o que fazer naquela noite. Antes de mais nada, precisaria mandar uma mensagem à rainha avisando-a de que sua muhjah não compareceria às reuniões do Conselho Paralelo nas próximas semanas.

Apresentou suas escusas a Lorde Akeldama. Madame Lefoux fez o mesmo, e as duas saíram da residência na mesma hora. Elas pararam para se despedirem na entrada.

— Ainda pretende ir à Escócia amanhã? — quis saber a inventora, abotoando as delicadas luvas de pelica, de tom cinza.

— Melhor eu ir atrás do meu marido.

— Vai viajar sozinha?

— Não, vou levar Angelique.

Madame Lefoux ficou um pouco surpresa ao ouvir o nome.

— Uma francesa? Quem é?

— Minha criada, que veio da Colmeia de Westminster. Sabe manejar um ferro quente como ninguém.

— Com certeza, se prestava serviços para a Condessa Nadasdy — disse a inventora com uma espécie de tom casual estudado.

Lady Maccon teve a impressão de que havia algum duplo sentido no comentário.

Madame Lefoux não lhe deu a oportunidade de investigar mais, ao que acenou com a cabeça para se despedir, subiu na carruagem de aluguel que a aguardava e partiu, antes que a preternatural tivesse tempo de dizer algo além de um educado boa noite.

★ ★ ★

O professor Randolph Lyall estava impaciente, embora ninguém pudesse notar só de olhar para ele. Em parte porque, claro, naquele momento parecia um vira-lata peludo meio decrépito, escondido atrás de latas de lixo numa aleia perto da residência urbana de Lorde Akeldama.

Quanto tempo seria necessário para tomar chá com um vampiro?, perguntava-se ele. Muito, pelo visto, em se tratando de Lorde Akeldama e Lady Maccon. Os dois juntos podiam falar pelos cotovelos por horas a fio. Ele se encontrara com ambos quando estiveram tagarelando sem parar numa única ocasião memorável, e desde então evitara a todo custo repetir a experiência. Madame Lefoux fora uma adição surpreendente à reunião, embora não devesse ter acrescentado muito à conversa. Parecia estranho vê-la fora da chapelaria, fazendo uma visita social. Ele fez a anotação mental: tratava-se de um fato de que seu Alfa deveria saber. Não que tivesse ordens de vigiar a inventora. Mas Madame Lefoux *era* uma pessoa perigosa.

O professor Lyall se remexeu, erguendo o focinho na direção do vento. Havia um cheiro novo esquisito no ar.

Em seguida, ele notou os vampiros. Dois, escondidos entre as sombras, longe da casa de Lorde Akeldama. Se se aproximassem mais, o vampiro afeminado sentiria sua presença estranha, larvas que não eram da linhagem dele, em seu território. Então, por que estariam ali? O que queriam?

O professor Lyall pôs o rabo entre as pernas e circulou de forma sigilosa atrás deles, aproximando-se a favor do vento. Claro que os vampiros não contavam com o excelente olfato dos lobisomens, mas, por outro lado, sua audição era bem melhor.

Ele foi chegando perto, sorrateiramente, da forma mais silenciosa possível.

De uma coisa não restava dúvida: nenhum deles era agente do DAS. Salvo engano, deviam ser cria de Westminster.

Não pareciam estar fazendo nada além de observar.

— Com mil presas! — disse um deles, por fim. — Quanto tempo se pode demorar para tomar chá? Ainda mais se um deles não está tomando?

O professor Lyall desejou ter levado a arma. Mas seria difícil carregá-la na boca.

— Lembre que ele quer que façamos tudo em segredo; estamos apenas observando. Não podemos agredir os lobisomens por nada. Sabe...

O Beta *não* sabia, e estava louco para saber, mas o vampiro, infelizmente, não prosseguiu.

— Para mim, ele está sendo paranoico.

— Não cabe a nós questionar, mas acho que a soberana concorda com você. O que não a impede de condescender.

O outro vampiro ergueu a mão de repente, interrompendo o companheiro.

Lady Maccon e Madame Lefoux saíram da residência urbana de Lorde Akeldama e se despediram na entrada. A chapeleira entrou numa carruagem de aluguel e a preternatural ficou sozinha, parecendo pensativa, nos degraus frontais.

Os dois vampiros se moveram na direção dela. O professor Lyall não sabia quais eram suas intenções, porém supôs que não seriam boas. Com certeza não valia a pena correr o risco de enfrentar a ira do Alfa para descobrir. Rápido como um raio, ele passou debaixo de um dos vampiros, levando-o a tropeçar e, então, partiu para cima do outro, mordendo com força o osso do tarso. O primeiro vampiro, reagindo depressa, deu início a um salto incrivelmente rápido para o lado, quase impossível de ser seguido, pelo menos para os que tinham visões normais. Mas o professor Lyall, claro, não era normal.

Ele deu um salto, atingiu o primeiro vampiro na metade do caminho, o corpo lupino batendo na lateral do sujeito, aturdindo-o. O segundo vampiro se lançou contra o lobisomem, agarrando seu rabo.

Toda a batalha ocorreu no mais absoluto silêncio, exceto pelos ruídos de mandíbulas batendo.

Foi o tempo de que Lady Maccon precisou, embora ela não soubesse, para entrar na carruagem de Woolsey e partir rua afora.

Os dois vampiros se aquietaram assim que o veículo sumiu de vista.

— Puxa, que situação — comentou um deles.

— Lobisomens — disse o outro, enojado. Em seguida, cuspiu na direção do professor Lyall, que seguia devagar entre os dois, com os pelos das costas eriçados, impedindo qualquer intenção que tivessem de seguir Lady Maccon. O Beta parou para cheirar com cuidado o cuspe no chão... eau de Colmeia de Westminster.

— Francamente — disse o primeiro vampiro ao professor Lyall —, nós não íamos encostar num fio de cabelo daquela italiana morena. Só íamos conduzir um teste. Ninguém ia nem saber.

O outro o cutucou com força.

— Cale a boca, esse aí é o professor Lyall. O Beta de Lorde Maccon. Quanto menos ele souber, melhor.

Com isso, os dois cumprimentaram, tirando o chapéu, o lobo que ainda rosnava, eriçado, à frente deles, viraram-se e seguiram sem pressa rumo a Bond Street.

O professor Lyall os teria seguido, mas optou por ser precavido e saiu em trote rápido para seguir Lady Maccon e se assegurar de que chegaria em casa em segurança.

A preternatural se encontrou com o professor Lyall quando ele voltou, um pouco antes do crepúsculo. Parecia exausto, a face já magra tensa e estressada.

— Ah, Lady Maccon, ficou esperando acordada por mim? Quanta gentileza.

Ela tentou encontrar um sinal de sarcasmo nas palavras dele, mas, se houvesse, fora bem disfarçado. Ele era bom naquilo. A preternatural se perguntava com frequência se o professor Lyall tinha sido ator antes da metamorfose e conseguira manter a criatividade apesar de ter sacrificado quase toda a alma em prol da imortalidade. Tinha especial talento para ser e agir tal como esperado.

O Beta confirmou as suspeitas de Lady Maccon. O que quer que tivesse provocado a ausência de sobrenaturalidade em larga escala sem dúvida se dirigia ao norte. O DAS concluíra que o horário em que os sobrenaturais londrinos deixaram de ser mortais coincidia com a partida da Alcateia de Kingair para a Escócia. O professor Lyall não se surpreendera ao ficar sabendo que Lady Maccon chegara à mesma conclusão.

Ele, no entanto, era totalmente contra a ideia de ela ir atrás do marido.

— Bom, e quem mais deveria ir? Eu, pelo menos, não vou ser afetada pela enfermidade.

O professor Lyall a fuzilou com os olhos.

— *Ninguém* deveria seguir o rastro. O conde é perfeitamente capaz de lidar com a situação, embora ainda não saiba que terá que enfrentar dois problemas. A senhora não parece ter percebido que todos estamos circulando há séculos ilesos, muito antes que começasse a fazer parte de nossas vidas.

— Sim, mas observe que confusão os senhores andaram aprontando antes da minha chegada. — Ela não seria dissuadida facilmente da atitude que resolvera tomar. — Alguém precisa contar a Conall que a culpa recai sobre Kingair.

— Se nenhum deles estiver se transformando, ele vai descobrir assim que chegar. Sua Senhoria não gostaria que o seguisse.

— Sua Senhoria pode ir para o... — Lady Maccon fez uma pausa, pensou melhor antes de recorrer a uma impropério e prosseguiu: — Não precisa gostar. Nem o senhor. Floote comprará uma passagem para o dirigível desta tarde rumo a Glasgow. Meu marido pode discutir comigo quando eu chegar.

O professor Lyall não tinha a menor dúvida de que o coitado do Alfa faria isso mesmo e acabaria aquiescendo. Não obstante, o Beta não desistiria tão facilmente.

— Deve levar Tunstell junto, no mínimo. O rapaz está louco para visitar o norte desde que Sua Senhoria partiu, e poderá ficar de olho na senhora.

Ela se mostrou desafiadora.

— Não preciso dele. Já viu minha sombrinha nova?

O professor Lyall vira o pedido de compra, e ficara devidamente impressionado, mas não era bobo.

— Uma mulher, mesmo casada, não pode voar sem a companhia adequada. É algo que simplesmente não se faz. Nós dois sabemos disso muito bem.

Lady Maccon franziu o cenho. Ele tinha razão, com os diabos! Ela suspirou e se deu conta de que, ao menos, Tunstell era fácil de dominar.

— Ah, está bem, então, já que insiste — aquiesceu, a contragosto.

O intrépido Beta, mais velho que a maior parte dos lobisomens que viviam nas imediações da área metropolitana de Londres — inclusive que Lorde Maccon e o primeiro-ministro regional —, fez a única coisa

que podia fazer diante daquelas circunstâncias: puxou o plastrom para o lado, a fim de expor o pescoço, fez uma leve reverência e foi se deitar sem dar mais nenhuma palavra, deixando o campo livre para ela.

A preternatural mandou Floote, que rondava por ali, acordar Tunstell e lhe dar a notícia inesperada de que viajaria para a Escócia. O zelador, que acabara de se deitar, depois de ter passado boa parte da noite vendo chapéus de damas, duvidou um pouco da sanidade da senhora.

Logo após o nascer do sol, tendo dormido pouquíssimo, Lady Maccon começou a fazer as malas. Ou, mais precisamente, começou a debater com Angelique o que deveria ser levado. Foi interrompida pela visita da única pessoa no planeta que sempre a metia em discussões.

Floote levou-lhe a mensagem.

— Puxa vida, o que diabos *ela* está fazendo aqui? E tão cedo assim! — Ela colocou o cartão de visita de volta na bandejinha de prata, deu uma examinada na própria aparência, a qual estava apenas passável para receber pessoas, o que a levou a ponderar se deveria perder tempo se trocando. Seria melhor correr o risco de deixar a visitante esperando ou enfrentar críticas por estar trajando roupas impróprias para uma dama de sua posição? Escolheu a segunda opção, resolvendo ir de uma vez por todas e terminar o encontro tão logo quanto possível.

A mulher que a esperava na sala de visitas da frente era uma loira pequenina, a tez rosada mais por truque que por natureza, com um vestido de visita listrado nos tons branco e rosa, mais adequado para uma dama com metade da sua idade.

— Mamãe — disse Lady Maccon, oferecendo a maçã do rosto para o beijo indiferente que a mãe soprou em sua direção.

— Oh, Alexia — exclamou a sra. Loontwill, como se não visse a filha mais velha há anos. — Estou bem transtornada com uma situação bastante desagradável, que tem provocado grande confusão. Preciso de sua ajuda agora mesmo.

Lady Maccon ficou atônita — algo que não lhe ocorria com frequência. Em primeiro lugar, a mãe não insultara sua aparência. Em segundo, a mãe fora lhe pedir ajuda para resolver um assunto. *Sua* ajuda.

— Mamãe, por favor, sente-se. A senhora está bastante desconcertada. Vou pedir um chazinho. — Ela fez um gesto indicando uma cadeira, e a sra. Loontwill se sentou nela, agradecida. — Rumpet — A preternatural se dirigiu ao mordomo, que estava ali perto —, chá, por gentileza. Ou talvez preferisse um xerez?

— Ah, não estou *tão* alterada assim.

— Chá, Rumpet.

— Não obstante, a situação *é* deveras terrível. Tenho tido umas popitações no coração, que nem *acreditaria*!

— Palpitações — corrigiu a filha, com delicadeza.

A sra. Loontwill relaxou um pouco e, de repente, sentou-se tão ereta quanto um atiçador, olhando de um jeito frenético ao redor.

— Alexia, nenhum dos *assistentes* do seu marido está aqui, está?

Essa era a forma delicada que encontrara de se referir à alcateia.

— Mamãe, estamos em plena luz do dia. Todos estão aqui, sim, mas deitados. Eu mesma fiquei acordada quase a noite inteira. — Ela passou essa última informação como uma indireta discreta, mas sua mãe vivia num mundo muito além da sutileza.

— Bom, você *se casou* com alguém do círculo sobrenatural. Não que eu reclame de quem fisgou, minha querida, longe de mim. — A sra. Loontwill encheu o peito como uma codorna listrada de rosa e branco. — Minha filha, Lady Maccon.

Alexia nunca deixava de se espantar com o fato de que a única coisa que fizera em toda a sua vida que agradara à mãe fora se casar com um lobisomem.

— Mamãe, tenho muito o que fazer esta manhã. E a senhora comentou que veio me visitar por causa de uma questão premente. O que foi que aconteceu?

— Bom, sabe, tem a ver com as suas irmãs.

— Finalmente se deu conta de que são duas cabeças de vento insuportáveis?

— Alexia!

— O que tem elas, mamãe? — Lady Maccon sentiu certo receio. Não que não amasse as irmãs, mas simplesmente não *gostava* muito delas.

A bem da verdade, eram suas meias-irmãs: ambas srtas. Loontwill, ao passo que Alexia fora srta. Tarabotti antes do casamento. As duas tão loiras, tolas e não preternaturais quanto sua mãe de listras rosadas e brancas.

— Estão discutindo terrivelmente, agora.
— Evylin e Felicity brigando? Que surpresa. — A ironia não passou despercebida para a sra. Loontwill.
— Eu sei! Mas é a mais pura verdade. Deve imaginar o quanto estou aflita com isso. Sabe, Evylin ficou noiva. Não um partido do nível do seu, claro, pois não se pode esperar que a sorte bata duas vezes na mesma porta, mas um jovem razoável. Ele não é sobrenatural, felizmente, pois um genro fora do normal já basta. Seja como for, Felicity não aceita o fato de a irmã mais nova se casar antes dela. Está agindo de um jeito muito inconveniente, por causa disso. Então Evylin sugeriu, e eu concordei, que talvez ela precisasse sair de Londres por um tempo. Assim sendo, dei a ideia, e o sr. Loontwill concordou, de que uma viagem ao campo a deixaria animada. Por isso, eu a trouxe aqui, até você.

Lady Maccon não entendeu bem.

— Trouxe Evylin?
— Não, querida, não. Preste atenção! Trouxe Felicity. — A sra. Loontwill abriu um leque plissado e o agitou com brusquidão.
— Como é que é? Até aqui?
— Agora está se fazendo de boba — acusou a mãe, dando-lhe uma cutucada com o leque.
— Estou? — Onde é que estava Rumpet e o chá? Lady Maccon precisava urgentemente tomar um. Sua mãe sempre lhe provocava essa reação.
— Eu a trouxe aqui para ficar com você, claro.
— O quê? Por quanto tempo?
— O quanto for necessário.
— Mas como assim?
— Tenho certeza de que a companhia de alguém da família lhe fará bem — insistiu a mãe. Ela fez uma pausa para dar uma olhada na sala, um ambiente apinhado de objetos, porém aconchegante, repleto de livros e de móveis de couro grandes. — E uma influência feminina adicional certamente faria bem a este lugar. Não se vê paninho de bandeja algum à vista.

— Espere...

— Felicity trouxe roupas para ficar por duas semanas, mas, sabe como é, tenho que organizar o casamento, e pode ser que ela tenha que ficar mais tempo aqui. E, nesse caso, vocês terão que ir comprar roupas.

— Mas espere um pouco aí — Lady Maccon elevou a voz, contrariada.

— Ótimo, estamos entendidas, então.

A preternatural ficou lá, abrindo e fechando a boca, como um peixe.

A sra. Loontwill se levantou, ao que tudo indicava já recuperada das palpitações.

— Então vou buscá-la na carruagem, está bem?

Lady Maccon foi atrás da mãe conforme ela saía da sala e descia os degraus da entrada, e viu Felicity, cercada de uma quantidade imensa de malas, no jardim frontal.

Sem mais delongas, a sra. Loontwill se despediu das duas filhas com um beijo no rosto, subiu na carruagem e partiu num turbilhão de água de alfazema e listras rosadas e brancas.

A preternatural observou a irmã, ainda chocada. Felicity usava a última moda em sobretudos de veludo branco, com a frente vermelha e centenas de diminutos botões pretos na parte superior, bem como uma saia branca longa com laços nos tons preto e vermelho. Os cabelos loiros estavam presos, e seu chapéu fora inclinado para trás, daquele jeito pouco firme que Angelique sem dúvida alguma aprovaria.

— Bom — disse Lady Maccon com brusquidão —, acho que é melhor você entrar.

Felicity observou a bagagem, em seguida contornou-as com delicadeza e subiu os degraus da entrada da residência.

— Rumpet, pode levá-las, por favor? — A preternatural, deixada para trás com as malas, apontou para elas com o queixo.

Ele anuiu.

Lady Maccon o parou quando passou por ela.

— Não se dê ao trabalho de desfazê-las agora, Rumpet. Ainda não. Vamos ver se conseguimos encontrar outra solução para isto.

O mordomo assentiu.

— Como quiser, milady.

Felicity já entrara na sala de visitas da frente e se servira de chá. Sem perguntar. Ergueu os olhos rapidamente quando Lady Maccon entrou.

— Devo dizer, irmã, que está com o rosto meio inchado. Andou engordando desde a última vez que a vi? Sabe, eu me preocupo com a sua saúde.

A preternatural evitou comentar que a única preocupação que Felicity tinha era a luva da próxima estação. Ela se sentou na frente dela, cruzou os braços de um jeito exagerado sobre os seios fartos e encarou-a.

— Pode desembuchar. Por que deixou que a empurrassem para cá?

Felicity inclinou a cabeça para o lado, sorveu o chá e ignorou a pergunta.

— A sua compleição parece ter melhorado. Pode até ser confundida com uma inglesa, agora. Que bom. Eu não teria acreditado se não tivesse visto com os meus próprios olhos.

A tez pálida se tornara popular na Inglaterra desde que os vampiros chegaram oficialmente e dominaram a maior parte das posições de destaque. Mas Lady Maccon herdara o tom de pele italiano do pai, e não tinha o menor interesse em lutar contra suas tendências só para ficar mais parecida com os mortos-vivos.

— Felicity — insistiu a irmã, com veemência.

A recém-chegada olhou para o lado e soltou um muxoxo, irritada.

— Bom, se quer mesmo que eu responda. Digamos, simplesmente, que minha saída temporária de Londres se fazia necessária. Evylin vem agindo com muita presunção. Sabe como ela fica quando tem algo que sabe que você quer.

— A verdade, Felicity.

A outra deu uma olhada ao redor, como se procurasse uma pista ou dica e, por fim, confessou:

— Achei que o regimento estava acampado aqui, em Woolsey.

Ah, então sua vinda tinha a ver com isso.

— Achou mesmo?

— Sim. E está?

Lady Maccon semicerrou os olhos.

— Os soldados estão acampados nos fundos.

Felicity se levantou na mesma hora, alisou as saias e ajeitou os cachos.

— Oh, não, não senhora. Pode voltar a se sentar, mocinha. — Lady Maccon adorou tratar a irmã como se fosse uma garotinha. — Não adianta nada. Você não pode ficar aqui comigo.

— E por que não?

— Porque não vou ficar aqui. Tenho negócios na Escócia, e estou indo para lá hoje à tarde. Não posso de jeito nenhum deixá-la em Woolsey sozinha e sem uma acompanhante, sobretudo porque o regimento *está* aqui. Imagine só o que pareceria.

— Mas por que a Escócia? Eu odiaria ter que ir para lá. Um lugar tão incivilizado. É *quase a Irlanda*! — Era óbvio que ela ficara bastante aborrecida com essa interrupção dos seus planos cuidadosamente elaborados.

A preternatural bolou a desculpa mais segura em termos de Felicity para viajar, pois não teve muito tempo para pensar.

— O meu marido está na Escócia para resolver umas questões da alcateia. Vou me encontrar com ele lá.

— Ora bolas! — exclamou a outra, sentando-se com um *baque surdo*. — Mas que baita chateação! Por que tem que ser sempre tão inconveniente, Alexia? Não poderia pensar em *mim* e nas minhas necessidades, para variar um pouco?

Lady Maccon interrompeu o que parecia ser o início de uma longa invectiva.

— Tenho certeza que não se pode nem descrever tamanho sofrimento. Posso chamar a carruagem de Woolsey para que ao menos volte em grande estilo?

Felicity estava mal-humorada.

— Essa opção é inadmissível, Alexia. Mamãe ia querer cortar a sua cabeça se me mandasse de volta agora. Sabe como ela é irredutível nessas situações.

Lady Maccon sabia, sim. Mas o que poderia fazer?

A outra deu um muxoxo.

— Acho que simplesmente vou ter que ir junto com você para a Escócia. Vai ser um verdadeiro tédio, claro, e sabe como odeio viajar, mas vou fazer o sacrifício com dignidade. — Ela pareceu estranhamente animada com a ideia.

A preternatural ficou pálida.

— Não, de jeito nenhum. — Mais de uma semana na companhia da irmã e ela enlouqueceria de vez.

— Creio que é uma boa sugestão. — Felicity sorriu. — Eu podia até lhe dar aulas sobre como cuidar da aparência. — Ela examinou a irmã de alto a baixo. — É óbvio que precisa da orientação de quem entende do assunto. Veja, se eu fosse Lady Maccon, não usaria uma roupa tão sombria.

Lady Maccon esfregou o rosto. Seria um bom disfarce, tirar a irmã demente de Londres para um passeio ao ar livre, muito necessitado por ela. Felicity era egocêntrica o bastante para não notar as atividades de muhjah de Alexia nem se intrometer nelas. Além disso, seria mais alguém em quem Angelique poderia se concentrar, para variar um pouco.

Assunto resolvido.

— Muito bem. Espero que esteja preparada para viajar de dirigível. Vamos pegar um esta tarde.

Felicity se mostrou atipicamente insegura.

— Bom, se é o que é preciso fazer, que assim seja. Mas tenho certeza que não trouxe o chapéu de feltro adequado para voos.

— Ô de casa! — Uma voz reverberou do corredor diante da porta aberta da sala. — Tem alguém aqui? — continuou a entoar.

— O que é agora? — perguntou-se Lady Maccon, torcendo muito para não perder a decolagem. Não queria adiar a viagem, ainda mais àquela altura, em que devia manter o regimento e Felicity separados.

Uma cabeça apareceu à ombreira da porta. E nela havia um chapéu que consistia quase que inteiramente em plumas vermelhas, todas eretas, e algumas pluminhas brancas e cheias, o que a levava a parecer um ostentoso espanador com catapora.

— Ivy — exclamou a preternatural, perguntando-se se a amiga era, secretamente, a líder da Sociedade pró-Liberação de Chapéus Ridículos.

— Ah, Alexia! Tive que acabar entrando. Não sei aonde Rumpet foi, mas, como vi a porta da sala de visitas aberta, supus que você estaria acordada, e pensei que devia lhe contar... — Ela parou de falar ao se dar conta de que Alexia não estava sozinha.

— Nossa, srta. Hisselpenny — murmurou Felicity —, o que está fazendo *aqui*?

— Srta. Loontwill! Como vai? — Ivy olhou com perplexidade para a irmã de Alexia. — Eu lhe faço a mesma pergunta.
— Alexia e eu vamos para a Escócia hoje à tarde.
O espanador de penas tremulou, confuso.
— Vão?
A expressão da srta. Hisselpenny deixou claro que ela ficara magoada pelo fato de a amiga não lhe ter informado da viagem antes e por ter escolhido Felicity como acompanhante, quando Ivy sabia o quanto ela abominava a irmã.
— De dirigível.
A srta. Hisselpenny anuiu, sabiamente.
— Muito mais sensato. Viajar de trem é bastante inadequado. Todo aquele sacolejo em alta velocidade. Ir de dirigível é muito mais apropriado.
— Tudo foi decidido na última hora — ressaltou a preternatural —, tanto a viagem quanto a ida de Felicity. Ocorreram umas dificuldades domésticas na casa dos Loontwill. Para ser sincera, Felicity está com ciúmes porque Evy vai se casar. — De forma alguma Lady Maccon deixaria a irmã controlar a conversa à custa dos sentimentos de sua querida amiga. Uma coisa era ela aguentar o escárnio da irmã, outra era vê-lo ser usado contra a indefesa srta. Hisselpenny.
— Que chapéu lindo — comentou Felicity para Ivy, ironicamente.
Lady Maccon ignorou a irmã.
— Sinto muito, Ivy. Eu a teria convidado. Sabe que teria, mas a minha mãe insistiu, e você já viu como *ela* pode ser totalmente impossível.
A srta. Hisselpenny anuiu, o semblante tristonho. Em seguida, entrou na sala e se sentou. Usava um vestido discreto para seus padrões: um modelo de passeio branco, com bolinhas vermelhas, com apenas uma camada de babados vermelhos e menos de seis laços — embora o remate pregueado fosse bem chamativo e os laços, enormes.
— Seja como for, disseram-me que os voos nos dirigíveis não são nem um pouco seguros — disse Felicity. — Duas mulheres como nós viajando sozinhas... Não acha melhor pedir que vários soldados do regimento nos acompanhem?

— Não, não vou pedir de jeito nenhum! — interrompeu a irmã, com brusquidão. — Mas creio que o professor Lyall insistirá para que Tunstell nos acompanhe.

Felicity fez um beicinho.

— Não aquele terrível ator ruivo, não é? Ele é tão irritantemente jovial. Tem mesmo que ir? Não poderíamos convidar um soldado simpático?

A srta. Hisselpenny ficou indignada ao ouvi-la fazer pouco de Tunstell.

— Francamente, srta. Loontwill, está sendo ousada demais nas suas opiniões sobre jovens a respeito dos quais nada sabe. Agradeceria muito se não difonasse nem atacasse a refutação de ninguém.

— Ao menos sou inteligente o bastante para ter uma opinião — retrucou Felicity.

Ai, ai, ai, pensou Alexia, *lá vamos nós*. Ela se perguntou o que diabos era "difonasse".

— Oh! — A srta. Hisselpenny ficou boquiaberta. — Pois saiba que eu tenho uma opinião sobre o sr. Tunstell. É um cavalheiro corajoso e amável, sob todos os aspectos.

Felicity observou Ivy com atenção.

— E cá estou, srta. Hisselpenny, pensando que é a *senhorita* que, pelo que vejo, trata com excessiva intimidade o cavalheiro em questão.

Ivy ficou tão rubra quanto o chapéu.

Lady Maccon pigarreou. Ivy não deveria ter ousado revelar seus sentimentos tão abertamente para alguém como Felicity, mas a irmã de Alexia estava se comportando como uma verdadeira megera. Se aquele era um exemplo de sua atitude nos últimos tempos, não fora por acaso que a sra. Loontwill a quisera longe de casa.

— Parem, vocês duas.

A srta. Hisselpenny dirigiu os olhos grandes e suplicantes para a amiga.

— Alexia, tem certeza de que não pode dar um jeito de permitir que eu vá junto também? Nunca viajei de dirigível, e adoraria conhecer a Escócia.

Na verdade, Ivy sempre se mostrara temerosa de voar e nunca demonstrara nenhum interesse pela geografia fora de Londres. Até mesmo na cidade, seu interesse pela região se limitava, sobretudo, a Bond Street e Oxford Circus, por motivos financeiros óbvios. Lady Maccon não era tola para não ter notado que o interesse de Ivy se concentrava na presença de Tunstell.

— Só se achar que sua mãe e seu *noivo* podem ficar sem você — disse a preternatural, dando ênfase à palavra na esperança de relembrar-lhe seu comprometimento anterior e de obrigá-la a agir racionalmente.

Os olhos da srta. Hisselpenny brilharam.

— Ah, obrigada, Alexia!

E lá se foi o lado racional. Felicity fez cara de quem comeu e não gostou.

Lady Maccon suspirou. Bom, se era para ter a irmã como acompanhante, tiraria de letra levar a amiga junto.

— Minha nossa — exclamou. — Quer dizer que passei agora a organizar um Passeio de Dirigível para Damas?

Felicity a olhou sem expressão, e Ivy deu um largo sorriso.

— Vou para a cidade pedir permissão para mamãe e fazer as malas. A que horas partimos?

Lady Maccon lhe disse. E Ivy saiu pela porta da frente sem chegar a contar para Alexia por que percorrera todo o caminho até o Castelo de Woolsey.

— Sinto calafrios só de pensar no chapéu que essa mulher vai escolher para andar de dirigível — comentou Felicity.

Capítulo 6

Passeio de Dirigível para Damas

Alexia já podia até imaginar a notícia nas colunas sociais:
Lady Maccon embarcou, com uma quantidade incomum de acompanhantes, na classe econômica do Dirigível Giffard de Voos de Longa Distância e Transporte de Passageiros. Sua irmã Felicity Loontwill subiu a rampa logo atrás dela, trajando um vestido de viagem rosa, com mangas brancas de babados, juntamente com a srta. Ivy Hisselpenny — que usava um vestido de excursão amarelo com chapéu da mesma cor e véu demasiadamente grande, lembrando os modelos usados por desbravadores em selvas infestadas de insetos —, afora isso as duas jovens damas se revelaram acompanhantes bastante apresentáveis. Os equipamentos do grupo incluíam artefatos de última geração, tais como óculos de aviação, protetores de ouvido e outros acessórios mecânicos projetados para tornar a experiência no dirigível ainda mais agradável.

Uma criada francesa também acompanhou a esposa do conde, bem como um cavalheiro, um sujeito ruivo cuja presença ali poderia ser questionada, pois se comenta que teria trabalhado como ator em mais de uma ocasião. Causou estranheza o fato de ter sido o secretário pessoal de Lady Maccon, um antigo mordomo, a pessoa a ir se despedir dela, mas a presença da mãe compensou essa gafe. Como a moçoila é uma das pessoas mais excêntricas de Londres, esses fatos devem ser relevados.

Ela mesma usava um vestido solto, da última moda, com corpete justo, faixas para prender as saias e bainha reforçada, bem como, na altura das anquinhas, babados de tom ora preto ora azul-petróleo, feitos para esvoaçar graciosamente com as brisas etéreas. Levava óculos de aviação ao pescoço, atados a uma fita de veludo azul-petróleo, um chapéu do mesmo tom, com véu adequadamente discreto, além de protetores de ouvido presos na cabeça por uma fita, da mesma cor da dos óculos. Algumas das senhoras que passeavam pelo Hyde Park naquela tarde pararam para se perguntar de qual ateliê seria o vestido dela, e uma matrona inescrupulosa chegou a conspirar abertamente para tomar a excelente criada de Lady Maccon. Era verdade que a esposa do conde carregava uma sombrinha extravagante e uma pasta de documentos de couro vermelho, e que nenhum dos dois acessórios combinava com sua roupa, mas, em se tratando de uma viagem, não se podiam levar em conta as bagagens. Em suma, as pessoas que perambulavam pelo Hyde Park na ocasião reagiram de modo favorável ao embarque elegante de uma das noivas mais comentadas da temporada.

Lady Maccon teve a sensação de que deviam parecer um desfile de pombos recheados e concluiu que era típico da sociedade londrina gostar de tudo que lhe desagradava. Ivy e Felicity não paravam de brigar. O entusiasmo de Tunstell chegava a ser irritante, e Floote se recusara a acompanhá-los à Escócia, alegando que acabaria se sufocando em meio a tantas anquinhas. Lady Maccon já previa uma jornada longa e entediante, quando um cavalheiro impecavelmente vestido surgiu em seu campo de visão. O irritado comissário de bordo que guiava a fila, tentando direcionar os passageiros às suas respectivas cabines, parou no corredor estreito, para dar passagem ao tal cavalheiro.

Mas, em vez de prosseguir, o sujeito se deteve e cumprimentou os recém-chegados, tirando o chapéu. O cheiro de baunilha e de óleo de máquinas fez o nariz de Lady Maccon coçar.

— Ora essa — exclamou ela, com espanto. — Madame Lefoux! Mas o que diabos a senhora está fazendo por estas bandas?

Naquele momento, o potente motor a vapor do dirigível, que o impulsionaria pelo ar, deu sinal de vida, repuxando o cabo da aeronave. Madame Lefoux cambaleou, topou com Lady Maccon e, então, endireitou-se. Mas a preternatural achou que a francesa demorou bem mais que o necessário para fazê-lo.

— Pelo visto, não ficaremos "nestas bandas" por muito mais tempo, Lady Maccon — disse a inventora com um sorriso, as covinhas se formando no rosto. — Pensei, depois da nossa conversa, que também gostaria de visitar a Escócia.

Lady Maccon franziu o cenho. Viajar logo depois de inaugurar uma loja nova e ainda deixar de lado tanto o filho quanto a tia fantasmagórica não fazia sentido. Sem sombra de dúvida, a inventora devia ser uma espécie de espiã. A preternatural teria que ser cautelosa com a francesa, o que era uma pena, pois gostava muito da companhia dela. Eram raras as ocasiões em que encontrava uma mulher mais independente e excêntrica que ela.

Lady Maccon apresentou Madame Lefoux ao restante do grupo, e a francesa foi bastante educada com todos, apesar de ter se sobressaltado um pouco ao deparar com o traje espalhafatoso da srta. Hisselpenny.

A recíproca não foi verdadeira com o grupo de Alexia. Tunstell e Ivy fizeram uma reverência, mas já Felicity esnobou a mulher escancaradamente, chocada com sua vestimenta.

Angelique também ficou pouco à vontade, embora tivesse feito uma mesura, como seria de esperar de alguém em sua posição. É que tinha opiniões bastante definidas a respeito do que era adequado no que dizia respeito a trajes. Na certa não aprovava uma mulher vestida como um homem.

Madame Lefoux encarou Angelique com um olhar duro e penetrante, quase predatório. Lady Maccon concluiu que talvez agissem assim por serem ambas francesas, e suas suspeitas se confirmaram quando Madame Lefoux sussurrou algo depressa, em francês, para Angelique, rápido demais para a preternatural entender.

Angelique não respondeu e empinou o narizinho charmoso, enquanto fingia ajeitar os babados do vestido de Lady Maccon.

Madame Lefoux se despediu de todos.

— Angelique, o que foi que ela lhe disse? — quis saber a preternatural, dirigindo-se pensativamente à criada.

— Nada de mais, milady.

Lady Maccon achou melhor tratar do assunto em outro momento e seguiu o comissário de bordo até sua cabine.

Ela não ficou ali por muito tempo, já que pretendia explorar o aeróstato e ir até o convés para observar a decolagem. Esperara anos para flutuar no céu, acompanhando desde a mais tenra idade a evolução dos dirigíveis, descrita com detalhes nos documentos da Real Sociedade. Estar finalmente a bordo era uma fonte de satisfação que não poderia ser sabotada pelas idiossincrasias das francesas.

Depois que os últimos passageiros embarcaram e foram levados às suas respectivas cabines, a tripulação soltou as amarras, e o gigantesco balão foi subindo devagar.

Lady Maccon quase perdeu o fôlego ao ver o mundo encolher sob ela, as pessoas desaparecerem em meio à paisagem, o cenário virar uma colcha de retalhos e, por fim, constatar que a Terra era realmente redonda, sem sombra de dúvidas.

Assim que flutuaram no ar e chegaram ao éter, um rapaz perigosamente empoleirado detrás dos motores girou a hélice e, com o vapor emanando em grandes lufadas brancas nas laterais e na parte de trás do tanque, o dirigível rumou ao Norte. Houve um leve solavanco quando a aeronave entrou na corrente etereomagnética e ganhou velocidade, locomovendo-se com muito mais rapidez do que se imaginava no caso de um aeróstato, com os imponentes conveses de passageiros, similares aos de um navio, oscilando abaixo do impressionante balão de lona em forma de amêndoa.

A srta. Hisselpenny, que acompanhara Lady Maccon até o convés, recompôs-se do susto e começou a cantarolar. Sua voz era bonita e melodiosa, apesar de nunca ter tido aulas de canto.

— Tu pegas a rota fácil — cantou ela — e eu a difícil, para chegar à Escócia antes de ti.

Lady Maccon sorriu para a amiga, mas não se pôs a cantar. Conhecia a música. Quem não a conhecia? Fora usada nas campanhas de divulgação das viagens do dirigível Giffard. Seja como fosse, a voz da preternatural era mais adequada para dar comandos em batalhas que para entoar, como todos os que a ouviram cantar tinham feito questão de lhe ressaltar.

Toda aquela experiência lhe parecera revigorante. O ar lá em cima era mais frio e, por algum motivo, mais puro que o de Londres ou da região campestre. Ela se sentiu estranhamente à vontade ali, como se estivesse em seu elemento. Supôs que devia ser por causa do éter, com sua mistura gasosa de partículas etereomagnéticas.

Na manhã seguinte, entretanto, já não gostou tanto dele, pois quando acordou sentiu náusea e um mal-estar generalizado.

— As viagens aéreas afetam algumas pessoas desse jeito, milady — informou o comissário, acrescentando, para explicar melhor: — desequilíbrio do sistema digestivo. — Ele pediu que uma das aeromoças lhe trouxesse uma infusão de hortelã com gengibre. Lady Maccon nunca ficava inapetente e, graças ao remédio, ela conseguiu recuperar um pouco do apetite por volta do meio-dia. Imaginou que as náuseas podiam ter sido fruto de sua readaptação à rotina dos mortais, depois de haver passado meses desempenhando suas funções durante a noite.

Somente Felicity notou que a irmã estava adquirindo certa cor na face.

— Claro que nem todo mundo fica bem de chapéu de sol. Mas não tenho a menor dúvida, Alexia, de que você tem que fazer esse sacrifício. Se for inteligente, vai aceitar o meu conselho. Eu sei que hoje em dia eles estão meio fora de moda, mas acho que com essa sua tendência inconveniente, pode muito bem usar um acessório já ultrapassado. E por que fica perambulando para lá e para cá com essa sombrinha o dia inteiro, sem nunca usá-la?

— Você está ficando cada dia mais parecida com a mamãe — retrucou Lady Maccon.

Ivy, que ia de uma balaustrada para outra, maravilhada com a paisagem, soltou um suspiro ao ouvir o comentário sarcástico.

Felicity estava prestes a responder à altura, quando Tunstell apareceu e a distraiu por completo. Ela percebera a afeição entre Ivy e ele e resolvera conquistar o rapaz, só pelo simples prazer de provar à outra que podia fazê-lo.

— Ah, sr. Tunstell, quanta gentileza de sua parte nos fazer companhia — comentou Felicity, pestanejando.

Tunstell enrubesceu um pouco e fez uma mesura com a cabeça para as damas.

— Srta. Loontwill. Lady Maccon. — Uma pausa. — E como está se sentindo hoje, milady?

— O enjoo passa na hora do almoço.

— Muito conveniente — disse Felicity. — Seria bem melhor se demorasse um pouco mais a passar, considerando sua tendência à robustez e sua óbvia gula.

Lady Maccon não mordeu a isca.

— Seria bem melhor se o almoço não fosse tão medíocre. — A comida de bordo era insossa e cozida a vapor. Até mesmo o alardeado chá servido no aeróstato deixava a desejar.

Felicity derrubou, de propósito, as luvas da mesinha ao lado de sua espreguiçadeira.

— Ah, como sou descuidada. Importa-se, sr. Tunstell?

O zelador deu um passo à frente e se inclinou para pegar as luvas.

Felicity se mexeu, posicionando-se de modo a fazer com que Tunstell se inclinasse sobre suas pernas e quase encostasse o rosto nas barras do seu vestido verde. O gesto requeria bastante intimidade, e é óbvio que Ivy apareceu justo naquele momento, depois de contornar o canto do convés.

— Oh! — exclamou ela, perdendo um pouco o compasso.

Tunstell se endireitou e entregou as luvas a Felicity. Ela as pegou devagar, passando os dedos pela mão dele.

A expressão de Ivy lembrava a de um poodle mal-humorado.

Lady Maccon se perguntou como a irmã ainda não se metera em confusão até aquele momento, com aquele tipo de comportamento. Quando é que Felicity se transformara numa namoradeira inveterada?

Tunstell fez uma reverência para Ivy.

— Srta. Hisselpenny. Como vai?

— Sr. Tunstell, por favor, não se incomode com a minha presença.

Lady Maccon se levantou e colocou com brusquidão os protetores de ouvido da touca de aviador. Francamente, era irritante demais: Felicity cheia de ousadia, Ivy noiva de outro homem e o coitado do Tunstell dividido entre as duas, fazendo cara de cachorrinho pidão para ambas.

Tunstell foi fazer uma mesura para a srta. Hisselpenny, que estendera a mão. Naquele momento, o dirigível passou por uma zona de turbulência no éter e deu uma sacudida, jogando um contra o outro. O rapaz segurou a moça pelo braço, ajudando-a a se manter de pé, e ela olhou para baixo, mais vermelha que um morango maduro.

Lady Maccon concluiu que precisava dar uma caminhada e foi passear no convés de proa.

Ele geralmente ficava vazio, pois era ali que o vento soprava com mais força. Tanto as damas quanto os cavalheiros o evitavam, já que deixava

todos bastante assanhados, mas Lady Maccon não se incomodava, embora soubesse que Angelique lhe passaria uma reprimenda, com aquele sotaque forte dela, quando voltasse. Colocou os protetores de ouvido e os óculos de aviação, pegou a sombrinha e foi adiante.

No entanto, já havia gente lá.

Madame Lefoux, com traje impecável e inapropriado, como sempre, estava ao lado da própria Angelique diante de uma das balaustradas, e as duas admiravam os retalhos formados pelos campos britânicos, que se estendiam como uma espécie de colcha inacabada e assimétrica. As duas sussurravam.

Lady Maccon amaldiçoou a ventania das viagens aéreas, pois carregava as palavras para fora de seu alcance, e ela queria muito saber o que estavam dizendo. Lembrou-se da sua pasta de documentos. Será que Floote colocara nela algum aparato de escuta?

Percebendo que a única alternativa era confrontá-las, ela cruzou o convés o mais silenciosamente possível, na esperança de captar parte da conversa antes de notarem sua presença. Teve sorte.

— ... assuma a devida responsabilidade — dizia Madame Lefoux, em francês.

— Não dá, não agora. — Angelique se aproximou da inventora e tocou seu braço com as mãos pequenas e suplicantes. — Por favor, não peça que eu faça isso.

— É melhor que seja logo, senão vou contar. Sabe que eu conto mesmo. — Madame Lefoux lançou a cabeça para trás, e sua cartola se inclinou perigosamente, mas não caiu por estar amarrada para a viagem. Ela se livrou das mãos da outra.

— Em breve, eu prometo. — Angelique se aproximou da inventora e aninhou a cabeça no ombro dela.

Madame Lefoux afastou de novo a criada.

— Joguinhos, Angelique. Joguinhos e os penteados de uma dama. São as únicas preocupações que você tem agora, não são?

— Melhor que vender chapéus.

A inventora se virou para a criada, segurou-a pelo queixo e as duas mulheres ficaram cara a cara, os óculos de aviação voltados uns para os outros. — Ela realmente expulsou você? — O tom de voz da inventora era ao mesmo tempo ameaçador e desconfiado.

Lady Maccon já se aproximara o bastante para ver os grandes olhos de tom violeta da criada fixos nos dela, por trás dos óculos de bronze. Angelique se sobressaltou ao ver sua senhora, e seus olhos ficaram marejados. Com um leve soluço, foi ao encontro de Lady Maccon, que não teve outra alternativa a não ser apoiá-la.

A preternatural ficou aflita. Apesar de francesa, Angelique não costumava demonstrar suas emoções. A criada se recompôs e se afastou com rapidez dos braços da senhora, para em seguida fazer uma reverência e partir depressa.

Lady Maccon gostava de Madame Lefoux, mas não podia permitir que atormentasse seus empregados.

— Os vampiros a rejeitaram, entende? É um assunto bem delicado. Ela não gosta de falar da questão de a colmeia tê-la cedido para mim.

— Aposto que não.

Lady Maccon se irritou.

— Assim como a senhora se recusa a me dizer por que embarcou neste dirigível. — A inventora teria que aprender: a alcateia protegia os seus. A preternatural podia fazer parte do bando apenas pelos laços com Lorde Maccon, mas, ainda assim, Angelique lhe prestava serviços.

Os olhos verdes da francesa encararam os castanhos por um longo momento. Embora os dois pares de lentes não chegassem a ser um estorvo, Lady Maccon não conseguiu traduzir aquela expressão. Então Madame Lefoux se aproximou e alisou com as costas da mão o rosto da outra. A preternatural se perguntou por que os franceses eram muito mais chegados a contatos físicos que os ingleses.

— A senhora e a minha criada já tiveram algum tipo de *ligação* no passado, Madame Lefoux? — perguntou Lady Maccon, sem reagir ao toque, apesar da sensação de calor que sentiu na face, mesmo com o vento frio do éter.

A inventora sorriu, mostrando as covinhas.

— Uma vez, no passado, mas posso lhe assegurar que não tenho mais qualquer tipo de ligação. — Estaria sendo obtusa de propósito? Ela se aproximou mais.

Lady Maccon, sempre franca, inclinou a cabeça para o lado e indagou:

— Para quem está trabalhando, Madame Lefoux? Para o governo francês? Os Templários?

A inventora recuou de leve, parecendo incomodada com a pergunta.

— Interpretou mal a minha presença aqui, Lady Maccon. Garanto-lhe que trabalho sozinha.

— Se eu fosse a senhorra, não confiarria nela, milady — aconselhou Angelique, enquanto arrumava o cabelo da patroa para a ceia daquela noite. Estava alisando as madeixas com um ferro a vapor especialmente adaptado, para desgosto de ambas. Deixar o cabelo liso e solto fora ideia de Ivy. Ela insistira que Alexia estreasse o luxuoso ferro recém-inventado, já que a amiga era casada e poderia arcar com o prejuízo de um penteado arriscado.

— Há algo que eu deva saber, Angelique? — indagou Lady Maccon, com gentileza. A empregada dificilmente opinava sobre assuntos que não fossem ligados à moda.

Ela interrompeu o que fazia, a mão tremendo diante do rosto por um momento, num gesto tipicamente francês.

— Só que eu a conheci antes de me tornarr um zangão, em Parris.

— E?

— E já não érramos mais amigas quando nos separramos. Foi uma questão, digamos assim, pessoal.

— Então não vou insistir no assunto — prometeu a patroa, que no fundo, no fundo, desejava saber mais.

— Ela não disse nada a meu respeito parra a senhorra, disse? — quis saber a empregada, levando a mão à gola alta que lhe envolvia o pescoço.

— Nada de importante — respondeu Lady Maccon.

Angelique não pareceu ter se convencido.

— Não confia em mim, milady?

A patroa ergueu os olhos, surpresa, e encarou Angelique pelo espelho.

— Você foi zangão de um vampiro errante e trabalhou para a Colmeia de Westminster. Confiança é uma palavra muito forte, Angelique. Confio no seu talento de pentear meu cabelo segundo a última moda e no seu bom gosto, que compensa a minha falta de interesse nessas questões de vestimenta. Mas não pode exigir mais que isso de mim.

A criada assentiu.

— Entendo. Isso não tem nenhuma relação com o que Genevieve disse?

— Genevieve?

— Madame Lefoux.

— Não. Deveria ter?

Angelique olhou para baixo e balançou a cabeça.

— Não vai me contar nada sobre sua ligação com ela no passado?

A francesa ficou calada, mas sua fisionomia pareceu indicar que achava a pergunta pessoal demais.

Lady Maccon dispensou a criada e foi buscar sua agenda de couro, pois precisava parar para pensar e fazer umas anotações. Como suspeitava de que Madame Lefoux trabalhava como espiã, precisava deixar isso registrado, juntamente com sua linha de raciocínio. Gostava de usar uma agenda justamente para anotar dados importantes, para o caso de vir a sofrer alguma adversidade. Adquirira o hábito ao assumir a função de muhjah, embora a usasse para escrever impressões pessoais e não para tratar de segredos de estado. Os diários de seu pai lhe foram úteis em mais de uma ocasião. Gostava de pensar que a sua agenda poderia também servir às próximas gerações. Embora não da mesma forma que o diário de Alessandro Tarabotti. Registrar aquele tipo de informação não fazia o estilo de Lady Maccon.

A caneta estilográfica estava no mesmo lugar que deixara, na mesinha de cabeceira, mas sua agenda desaparecera. Ela procurou por toda parte — debaixo da cama, atrás dos móveis —, porém não a encontrou em lugar algum. Sentindo-se desalentada, tentou achar sua pasta de documentos.

Alguém bateu à porta e, antes que Lady Maccon pensasse numa desculpa para dispensar o visitante, Ivy entrou depressa na cabine. Estava rubra e nervosa, e o chapéu do dia consistia num rolo de renda preta drapeado sobre dois punhados laterais de cachos escuros, os protetores de ouvido só ficando à mostra porque Ivy não parava de puxá-los.

Alexia interrompeu a busca.

— Ivy, o que foi que aconteceu? Você parece um terrier atormentado por uma infestação de ácaro nos ouvidos.

A srta. Hisselpenny se jogou, dramática, no catre de Alexia, e era óbvio que estava angustiada. Murmurou algo com a cabeça metida no travesseiro. Sua voz se mostrava estranhamente fina.

— O que é que houve com a sua voz? Esteve na sala de máquinas, no Convés da Vozinha Fina? — Como o dirigível flutuava pelo uso de hélio, ele podia ser considerado a causa de qualquer alteração da fala.

— Não — respondeu Ivy, com a voz fininha. — Bom, acho que só um pouquinho.

Lady Maccon abafou um sorriso. Francamente, que timbre ridículo.

— Você estava lá com quem? — indagou, com malícia, embora já adivinhasse a resposta.

— Com ninguém. — A voz fininha, fininha. — Quer dizer, na verdade, eu estava com... hã... o sr. Tunstell.

Lady Maccon deu uma risadinha dissimulada.

— Aposto que a voz dele também estava bastante esquisita.

— Houve um pequeno vazamento enquanto estávamos lá. Mas precisávamos com urgência de um pouco de privacidade.

— Que romântico.

— Francamente, Alexia, não é hora para leviandades! Eu, aqui, passando por uma crise emocional, ainda abalada, e você aí parada, só fazendo brincadeiras importunas.

Lady Maccon se esforçou para mostrar que não estava se divertindo à custa da amiga nem contrariada com sua visita nem olhando de soslaio para o quarto, em busca da pasta de documentos.

— Deixe-me ver se adivinho. Tunstell revelou seu amor eterno por você?

— Isso mesmo — disse Ivy, gemendo —, e eu estou noiva de outro! — Assim que ela disse a palavra *noiva*, a vozinha fina sumiu.

— Ah, é verdade, o misterioso capitão Featherstonehaugh. E não podemos nos esquecer de que, mesmo que não estivesse noiva, Tunstell não seria nada apropriado para você. Ivy, ele ganha a vida como ator.

Ivy suspirou.

— Eu sei! E, para completar, é o *criado pessoal* do seu marido! Ah, tudo isso é tão vulgar. — Ivy ficou de costas e apoiou a parte posterior do punho na cabeça. Manteve os olhos fechados. Lady Maccon teve a ligeira impressão de que a própria amiga teria futuro como atriz.

— O que significa que ele também é zelador. Ora, ora, você se meteu numa bela enrascada. — Lady Maccon tentou parecer solidária.

— Mas, Alexia, eu estou morta de medo de estar também um tiquinho, um bocadinho apaixonada por ele.

— Não era para você ter mais certeza disso?

— Não sei. Você acha que eu deveria ter? Como sabemos que estamos apaixonadas?

Lady Maccon deu uma risada abafada.

— Sou a última pessoa a poder falar disso. Demorei séculos para perceber que o que sentia por Conall ia além da raiva e, para ser sincera, ainda não tenho tanta certeza de que esse sentimento tenha terminado de todo.

Ivy ficou surpresa.

— Está brincando, não está?

Alexia se lembrou da última vez que ela e o marido haviam passado um tempo longo juntos. Se não lhe falhava a memória, os dois tinham gemido um bocado.

— Bom, ele tem lá sua utilidade.

— Mas, Alexia, o que é que eu faço?

Naquele momento, Lady Maccon viu a pasta de documentos que tinha sumido. Alguém a metera entre o armário e a porta do banheiro. Ela tinha certeza de que não a deixara ali.

— Ah-ha, como você foi parar aí? — perguntou a preternatural, referindo-se ao acessório em questão, que foi buscar.

Ivy, ainda de olhos fechados, ponderava sobre a questão.

— Não sei como, mas acabei me metendo numa tremenda enrascada. Precisa me ajudar, Alexia. Isso é um *cataplasma* de proporções épicas!

— É verdade — concordou Lady Maccon, enquanto inspecionava o estado de sua estimada pasta de documentos. Alguém tentara forçar a lingueta. Quem quer que tivesse sido, na certa estivera muito nervoso, caso contrário a teria roubado junto com a agenda. O pequeno diário de couro caberia sob um colete ou uma saia, mas a pasta, não. Por isso o vilão a deixara para trás. Lady Maccon avaliou quais seriam os possíveis suspeitos. Os serviçais da aeronave tinham acesso à cabine, obviamente, além de Angelique. Entretanto, levando-se em conta o estado das fechaduras a bordo, poderia ter sido qualquer um.

— Ele me beijou — choramingou Ivy.

— Ah, isso já é alguma coisa. — Alexia se deu conta de que não poderia tirar mais nenhuma conclusão quanto à pasta, enquanto Ivy estivesse no recinto. Foi se sentar ao lado da figura prostrada da amiga. — Gostou de beijá-lo?

Ivy não respondeu.

— Gostou de beijar o capitão Featherstonehaugh?

— Imagine, Alexia. Nós só estamos noivos, não casados!

— Então nem beijou o estimado capitão?

Ivy balançou a cabeça, muito constrangida.

— Bom, e quanto a Tunstell?

Ivy ficou ainda mais rubra. Parecia um cocker spaniel com queimaduras de sol.

— Bom, acho que gostei um pouco.

— E?

Ivy abriu os olhos, ainda corando feito um pimentão, e fitou a amiga casada.

— É natural gostar de beijar alguém? — indagou ela, aos sussurros.

— Acho que, em geral, esse passatempo é considerado agradável. Você lê romances, não lê? — perguntou Lady Maccon, tentando, com todas as forças, manter um ar de seriedade.

— E você gosta de fazer... isso com Lorde Maccon?

Ela nem hesitou, reconhecendo-lhe o mérito.

— Sem restrições.

— Ah, bom, eu achei meio... — a amiga fez uma pausa — ... úmido.

Lady Maccon inclinou a cabeça para o lado.

— Bom, é que o meu marido tem bastante experiência nesse terreno. É centenas de anos mais velho do que eu.

— E isso não a incomoda?

— Minha querida, ele também vai viver uma centena de anos a mais do que eu. É preciso estar ciente desses detalhes, quando se lida com o círculo de sobrenaturais. Confesso que é difícil saber que não envelheceremos juntos. Mas, se você escolher Tunstell, é provável que tenha as mesmas preocupações. E, além disso, a duração da sua união pode ser ainda mais curta, caso ele não sobreviva à metamorfose.

— E ela vai ocorrer logo?

Como Lady Maccon não sabia muito a respeito da dinâmica das alcateias, limitou-se a encolher os ombros.

O suspiro de Ivy foi tão profundo, que pareceu conter todos os problemas do Império.

— É muito em que pensar. Minha cabeça está girando. Não tenho a menor ideia do que vou fazer. Você ainda não compreendeu? Não se deu conta dessa minha cacofonia?

— Você quis dizer catástrofe?

Ivy a ignorou.

— Devo trocar o capitão Featherstonehaugh e seu rendimento anual de quinhentos pelo sr. Tunstell e sua instável — ela estremeceu — situação na classe trabalhadora? Ou seria melhor manter o noivado?

— Você também poderia se casar com o capitão e continuar a flertar com Tunstell em segredo.

Ivy ficou boquiaberta e se empertigou, ultrajada com a proposição.

— Alexia, como pode conceber e ainda por cima sugerir isso em alto e bom tom?

— Bom, é claro que esses beijos molhados *teriam* que ser aperfeiçoados.

Ivy jogou um travesseiro na amiga.

— Francamente!

A bem da verdade, Lady Maccon não deu muita atenção ao dilema de sua querida amiga. Tirou da pasta de documentos os textos mais confidenciais e os aparelhos e artefatos menores, que julgava importantes, e os meteu nos bolsinhos da sombrinha. Como já era mesmo considerada excêntrica

por andar sempre com o para-sol, ninguém estranharia a presença constante do acessório ao seu lado, mesmo à noite.

O jantar se tornou um evento extenuante, cheio de tensão e desconfiança. E, para piorar, a comida estava abominável. É verdade que Lady Maccon costumava ser exigente, mas a alimentação a bordo deixava a desejar. Tudo — as carnes, os legumes e até mesmo as sobremesas — parecia ter sido cozido excessivamente até perder a cor e a consistência, sem molho nem sal para realçar o sabor. Era como comer lenços umedecidos.

Felicity, que, com seu paladar de cabra, atacava tudo o que visse pela frente sem parar, notou que Alexia estava apenas beliscando.

— É bom saber que finalmente está se controlando, irmã.

A outra, perdida em pensamentos, repetiu, sem qualquer malícia:

— "Estou me controlando"?

— Bom, ando muito preocupada com a sua saúde. Não se pode ter tanto peso na sua idade.

Lady Maccon espetou com o garfo uma cenoura molenga e se perguntou se alguém sentiria falta de sua querida irmã caso ela despencasse da balaustrada do convés superior.

Madame Lefoux ergueu os olhos e examinou Alexia.

— Na minha opinião, Lady Maccon goza de plena saúde.

— Acho que está se enganando por causa das formas roliças dela, tão fora de moda — rebateu Felicity.

A inventora prosseguiu como se não a tivesse ouvido:

— Já a sua aparência, srta. Loontwill, parece-me meio sem viço.

Felicity ficou embasbacada.

Lady Maccon desejou, mais uma vez, que a francesa não tivesse deixado tão claro que era uma espiã. Não fosse por isso, seria uma ótima pessoa. Quem sabe fora ela que tentara abrir a pasta de documentos?

Tunstell chegou de mansinho, cheio de desculpas pelo atraso, e se sentou entre Felicity e Ivy.

— É muita gentileza sua nos fazer companhia — comentou Felicity.

O rapaz ficou envergonhado.

— Perdi a entrada?

Lady Maccon observou os alimentos cozidos à sua frente.

— Pode ficar com a minha, se quiser. Ando sem apetite, ultimamente.

Ela passou a maçaroca acinzentada para Tunstell, que olhou desconfiado para a comida, mas logo começou a se alimentar.

Madame Lefoux deu continuidade à conversa com Felicity:

— Tenho uma invenção interessante nos meus aposentos, ideal para revigorar os músculos faciais e dar um tom rosado às maçãs do rosto, srta. Loontwill. Pode ir testá-la quando quiser. — O sorrisinho, que mostrava as covinhas, deu a entender que o procedimento poderia ser doloroso ou pegajoso.

— Não imaginava que a senhorita, com suas tendências, se interessasse pela aparência feminina — disse Felicity, fitando o colete e o smoking dela.

— Ah, mas posso lhe garantir que me interessam muito. — A francesa encarou Lady Maccon.

A preternatural concluiu que Madame Lefoux se parecia um pouco com o professor Lyall, sendo que mais bonita e menos vulpina. Ela olhou para a irmã.

— Felicity, não sei onde deixei a minha agenda de couro. Por acaso não a viu por aí?

O prato principal foi servido. Parecia ligeiramente mais apetitoso que o primeiro: uma carne cinzenta não identificada com molho branco, batatas cozidas e pãezinhos murchos. Lady Maccon, desgostosa, fez um gesto recusando a comida.

— Francamente, irmã, não está se dedicando a escrever, está? — Felicity fingiu estar chocada. — Como se não bastasse tanta leitura. Pensei que o casamento curaria essas suas tendências insensatas. Eu só leio quando não tem outro jeito. Faz muito mal à vista. Além de provocar rugas horríveis no rosto. — Ela apontou para a região entre as suas sobrancelhas e, em seguida, comentou em tom lastimoso para a irmã: — Ah, mas você não precisa mais se preocupar com isso, Alexia.

Lady Maccon soltou um suspiro.

— Felicity, já chega, está bem?

Madame Lefoux conteve um sorriso.

Sem mais nem menos, a srta. Hisselpenny quis saber, num tom de voz alto e aflito:

— Sr. Tunstell? Oh! Sr. Tunstell, está se sentindo bem?

Tunstell se inclinava sobre o prato, pálido e abatido.

— Terá sido a comida? — perguntou Lady Maccon. — Se for o caso, entendo perfeitamente por que está assim. Vou ter uma conversinha com o cozinheiro.

Tunstell a observou. Suas sardas sobressaíam, e seus olhos lacrimejavam.

— Estou me sentindo muito mal — disse ele, antes de se levantar e sair cambaleando porta afora.

Lady Maccon, boquiaberta, acompanhou-o com os olhos por alguns instantes e, então, observou desconfiada a comida à sua frente. Levantou-se.

— Com licença, acho melhor acompanhar Tunstell. Não, Ivy, fique aqui. — Ela pegou a sombrinha e foi atrás do zelador.

Encontrou-o no convés de observação mais próximo, debruçado na balaustrada mais afastada, agarrando o estômago.

Lady Maccon se aproximou dele.

— Começou a passar mal de repente?

Tunstell assentiu, obviamente incapaz de falar.

Um leve aroma de baunilha espalhou-se no ar. Por trás dos dois, Madame Lefoux comentou:

— Veneno.

Capítulo 7

Polvos problemáticos e alpinismo em aeróstato

O professor Randolph Lyall era velho para um lobisomem. Tinha bem uns trezentos anos. Já parara de contar fazia muito tempo. E, ao longo de todo esse tempo, levara a cabo um joguinho de xadrez com os vampiros locais: eles moviam seus peões, o professor, os dele. Como fora transformado um pouco antes de o Rei Henrique incorporar legalmente os sobrenaturais no governo inglês, não chegara a conhecer a Idade das Trevas, ao menos não pessoalmente. Mas, como todos os outros sobrenaturais das Ilhas Britânicas, esforçou-se muito para que ela não voltasse. Incrível como um objetivo tão simples podia ser facilmente adulterado por questões políticas e por novas tecnologias. Claro que o professor Lyall tinha a opção de simplesmente ir até a Colmeia de Westminster e lhes *perguntar* o que andavam fazendo. Mas os vampiros nada lhe diriam, da mesma forma que ele não revelaria que Lorde Maccon colocara agentes do DAS vigiando a colmeia vinte e quatro horas por dia.

Ele chegou ao seu destino em bem menos tempo que se houvesse ido de carruagem. Voltara para a forma humana numa aleia escura e cobrira o corpo nu com o sobretudo que carregara na boca. Não exatamente o traje ideal para uma visita social, mas ele tinha certeza de que seu anfitrião entenderia. *Tratava-se* de um encontro de negócios. De todo modo, nunca se sabia ao certo no que tangia aos vampiros. Afinal de contas, eles tinham dominado o mundo da moda por décadas, numa espécie de campanha indireta contra os lobisomens e os modelos requeridos pelo estado selvagem após a transformação.

Ele estendeu o braço e puxou o cordão da campainha na porta à sua frente.

Um lacaio bem-apessoado a abriu.

— Sou o professor Lyall e vim visitar Lorde Akeldama — informou o Beta.

O jovem olhou fixamente para o lobisomem, por um longo tempo.

— Ora, ora. Suponho que não se importará, senhor, se eu lhe pedir que aguarde à entrada enquanto comunico a sua presença ao mestre?

Os vampiros eram exigentes no que dizia respeito a convites. O professor Lyall balançou a cabeça.

O criado desapareceu e, instantes depois, Lorde Akeldama abriu a porta em seu lugar.

Os dois já se conheciam, claro, mas o Beta nunca chegara a ir visitá-lo em casa. A decoração era — notou ele, conforme observava o interior da residência — bastante chamativa.

— Professor Lyall — disse o vampiro, examinando-o pelo belo monóculo de ouro. Estava vestido para ir ao teatro e manteve o dedo mindinho esticado conforme abaixava a lente. — E veio *sozinho*. A que devo esta honra?

— Tenho uma proposta a lhe fazer.

Lorde Akeldama olhou o lobisomem de alto a baixo outra vez, as sobrancelhas loiras, escurecidas por tingimento, erguendo-se, em sinal de surpresa.

— Ora, professor Lyall, que *adorável*. Acho melhor que entre.

Sem olhar para Madame Lefoux, Lady Maccon perguntou:

— Há algo na minha sombrinha que possa neutralizar veneno?

A inventora balançou a cabeça.

— Ela foi projetada como um dispositivo de ataque. Se eu soubesse que precisaria de um kit de boticário, sem dúvida o teria incluído.

Lady Maccon se agachou ao lado de Tunstell, que estava deitado de costas.

— Vá correndo até o comissário e veja se ele tem um emético a bordo, xarope de ipecacuanha ou vitríolo branco.

— É para já — disse Madame Lefoux, indo depressa.

A preternatural invejou o traje masculino da inventora. Suas próprias saias prendiam nas pernas, à medida que ela tentava ajudar o zelador enfermo. A pele dele se mostrava pálida, as sardas destacando-se em contraste com ela, e uma camada de suor na testa umedecia os cabelos ruivos.

— Oh não, ele está sofrendo muito. Será que vai se recuperar logo? — Ivy desobedecera às ordens de Alexia e fora atrás deles no convés de observação. Ela também se agachou ao lado de Tunstell, as saias espalhando-se ao seu redor como um suspiro achatado. Deu umas batidinhas inúteis numa das mãos de Tunstell, que continuava a apertar a barriga.

Lady Maccon ignorou-a.

— Tunstell, precisa tentar se purgar. — Usou o tom mais autoritário possível, disfarçando a preocupação e o receio com aspereza.

— Alexia! — A srta. Hisselpenny ficou estarrecida. — Imagine sugerir isso. Não tem cabimento! Coitado do sr. Tunstell.

— Ele tem que se livrar do conteúdo do estômago antes que as toxinas penetrem ainda mais no seu organismo.

— Não seja boba, Alexia — disse Ivy, com uma risadinha forçada. — É só uma leve intoxicação alimentar.

O zelador gemeu, mas não se moveu.

— Ivy, vou dizer isso com a melhor das intenções: dê o fora daqui.

A srta. Hisselpenny ficou boquiaberta e se levantou, escandalizada. Mas, ao menos, saíra do caminho.

A preternatural ajudou Tunstell a se virar e a ficar de joelhos. Apontou de forma despótica o dedo para a lateral do dirigível. Falou o mais baixo e firme possível:

— Estou falando como sua Alfa. Faça o que estou mandando. Precisa regurgitar agora. — Ela jamais imaginou que um dia mandaria alguém vomitar o jantar.

Mas, pelo visto, seu tom autoritário surtiu efeito. Ele meteu a cabeça sob a grade, na lateral do aeróstato, e tentou fazê-lo.

— Não consigo — disse, por fim.

— Precisa tentar mais.

— A regurgitação é um ato involuntário. Não pode simplesmente me mandar fazer isso — observou Tunstell num fio de voz.

— Posso, sim senhor. Até porque, você é ator.

Ele fez uma careta.

— Nunca precisei vomitar no palco.

— Bem, se fizer isso agora, já vai saber como agir quando precisar, no futuro.

O zelador tentou de novo. Nada.

Madame Lefoux voltou com um frasco de ipecacuanha.

Lady Maccon obrigou Tunstell a tomar um bom gole.

— Ivy, vá buscar rápido um copo d'água — mandou a amiga, sobretudo para tirá-la dali.

Em instantes, o emético fez efeito. Por mais repugnante que estivesse o jantar, foi ainda mais desagradável testemunhar o outro caminho. A preternatural fez o possível para não olhar nem escutar.

Quando Ivy voltou com o copo d'água, o pior já havia passado.

Lady Maccon fez com que o zelador tomasse todo o copo. Elas esperaram mais quinze minutos, até a cor voltar ao rosto dele, e o zelador poder se sentar.

A srta. Hisselpenny ficou tão nervosa com todo o incidente, agitando-se perto de Tunstell, que ainda se recuperava, que Madame Lefoux resolveu tomar uma medida drástica. A inventora pegou um frasquinho do bolso do colete.

— Tome um golinho disto, minha querida. Vai ajudá-la a se acalmar. — E o entregou para ela.

Ivy sorveu um pouco, pestanejou, em seguida tomou outro gole e, então, foi passando de desnorteada a ébria.

— Puxa, isso *queima* até lá embaixo!

— Vamos levar Tunstell até a cabine dele. — A preternatural ajudou o zelador a se levantar.

Com Ivy à frente deles, mas andando cambaleante e se balançando como uma gelatina com ilusões de liderança, Lady Maccon e Madame Lefoux conseguiram levar o zelador até o catre de sua cabine.

Quando toda a comoção acabou, a preternatural se deu conta de que tinha perdido por completo o apetite. Não obstante, como precisava manter as aparências, dirigiu-se à cabine de jantar com Ivy e a inventora. Estava intrigada: por que diabos alguém tentaria matar Tunstell ali naquelas bandas, no éter?

Ivy se deparou com algumas paredes, no caminho de volta.

— O que foi que deu para ela? — Lady Maccon perguntou baixinho a Madame Lefoux.

— Só um pouco de conhaque. — A inventora exibiu as covinhas.

— Uma bebida bastante eficaz.

O restante da refeição transcorreu sem incidentes, afora a evidente embriaguez de Ivy, que derramou bebidas em duas ocasiões e caiu na gargalhada histérica noutra. Lady Maccon estava prestes a se levantar e se retirar quando Madame Lefoux, que ficara calada ao longo de toda a refeição pós-purgante, dirigiu-se a ela:

— Acha que pode dar uma caminhada comigo pelo dirigível antes de se deitar, Lady Maccon? Gostaria de dar uma palavrinha em particular com a senhora — pediu educadamente, sem mostrar as covinhas.

Não de todo surpresa, a preternatural anuiu, e as duas deixaram que Felicity resolvesse que atividades faria após o jantar.

Assim que ficaram a sós, a inventora foi direto ao assunto.

— Não acho que o veneno tenha sido dirigido a Tunstell.

— Não?

— Não. Creio que foi dirigido à senhora, colocado na entrada, que a senhora recusou e o zelador comeu em seu lugar.

— Ah, sim, eu me lembro. Pode ter razão.

— Que temperamento estranho o seu, Lady Maccon. Aceitar com tanta tranquilidade essa experiência em que poderia ter morrido. — Ela inclinou a cabeça para o lado.

— Bom, agora o ocorrido está fazendo muito mais sentido.

— Está?

— Sim. Não posso imaginar que Tunstell tenha muitos inimigos, mas há sempre alguém tentando me matar. — Lady Maccon ficou aliviada e estranhamente à vontade ao revelar esse fato, como se houvesse algo

errado no universo quando alguém não estava fazendo o possível para tirar sua vida.

— Tem algum suspeito?
— Além da senhorita? — retrucou a preternatural.
— Ah.

A inventora virou o rosto, mas não antes de Lady Maccon captar um traço de mágoa nos seus olhos. Ou era uma ótima atriz, ou não podia ser considerada culpada.

— Sinto muito se a ofendi — disse a preternatural, sem lamentar nem um pouco. Ela seguiu a inventora até a balaustrada e se debruçou nela, ao seu lado. As duas fitaram o éter noturno.

— Não estou zangada por ter achado que eu fosse capaz de envenenar alguém, Lady Maccon. Mas me sinto ofendida por ter julgado que eu agiria de um jeito tão desastrado. Se eu quisesse vê-la morta, já teria tido inúmeras oportunidades e recorrido a técnicas muito menos desajeitadas que a que foi empregada hoje. — Madame Lefoux tirou um relógio de ouro do bolso do colete e apertou um botão atrás. Uma pequena agulha de injeção surgiu na parte inferior do acessório.

A preternatural não perguntou qual era o seu conteúdo.

A inventora fechou o dispositivo e guardou o relógio.

Lady Maccon pôs-se a avaliar a quantidade e o tipo de joias usados pela outra. Os dois alfinetes de plastrom estavam lá, o primeiro de madeira, o segundo de prata. E havia uma corrente que levava a outro bolso do colete. Seria um relógio diferente ou algum aparelho distinto? O pino da abotoadeira lhe pareceu, de repente, suspeito, bem como a charuteira de metal encaixada na fita da cartola. Pensando bem, ela nunca vira Madame Lefoux fumar charuto.

— É verdade — admitiu a preternatural. — Mas a natureza primitiva da tentativa poderia ser justamente uma forma de despistar.

— É uma pessoa desconfiada, não é mesmo, Lady Maccon? — A inventora continuava a não olhar para ela, parecendo totalmente fascinada com o céu escuro e frio.

A preternatural deu uma resposta filosófica:

— Talvez tenha algo a ver com a questão de eu não ter alma. Prefiro considerar minha conduta pragmática, não paranoica.

Madame Lefoux riu e se virou para Lady Maccon, mostrando as covinhas.

E, do nada, algo sólido atingiu com força as costas da preternatural, no ângulo exato para fazê-la se inclinar para frente, sobre a balaustrada. Ela foi despencando, voltada para o aeróstato, bem na extremidade do convés. Sentiu-se tombar, gritando e tentando agarrar algo com ambas as mãos na lateral do dirigível. Por que diabos o troço tinha que ser tão liso? A área de transporte de passageiros do aeróstato tinha o formato de um pato imenso, e o convés de observação ficava na parte mais encorpada. Ao cair dali, ela corria o risco de despencar no nada.

Por um momento que lhe pareceu interminável, Lady Maccon *soube* que tudo estava perdido. Soube que o que o futuro lhe reservava era uma longa queda pelo éter e, em seguida, um baque triste e úmido. Mas, quando deu por si, parou com um movimento brusco, que a fez virar de cabeça para baixo, sua cabeça batendo com força na lateral da aeronave. A bainha de metal reforçado do vestido, projetada para evitar que as inúmeras saias esvoaçassem em meio à brisa do éter, havia enganchado num aguilhão, que sobressaía na lateral do aeróstato dois conveses abaixo, com parte do mecanismo de atracação.

Lady Maccon ficou pendurada, as costas contra a lateral do dirigível. Com muito cuidado, ela se virou, e, agarrando a roupa, foi escalando o próprio corpo, em busca do aguilhão de metal, até poder envolvê-lo com os braços. Pensou que era provavelmente a primeira e última vez na sua vida que tinha um bom motivo para valorizar a moda ridícula que a sociedade impunha ao sexo feminino. Quando se deu conta de que ainda gritava, parou, meio constrangida consigo mesma. Sua mente se anuviou, de tantas preocupações. Será que poderia confiar na segurança oferecida por aquele aguilhãozinho de metal, no qual estava pendurada naquele momento? Será que Madame Lefoux estava a salvo? E sua sombrinha, teria caído pela balaustrada junto com ela?

Começou a respirar fundo, para se acalmar, e avaliou a situação: *ainda não morrera, embora não estivesse exatamente em segurança.*

— Oláááá — gritou. — Tem alguém aí? Preciso de uma ajudinha, por gentileza.

O éter frio passava impetuosamente por ela, gelando agradavelmente suas pernas, as quais, protegidas apenas por sua roupa de baixo, não estavam acostumadas com tamanha exposição. Ninguém respondeu ao seu apelo.

Só então ela percebeu que, apesar de ter parado de berrar, os gritos não haviam cessado. Lá no alto, pôde ver a figura de Madame Lefoux lutando com um oponente de capote, nos fundos do dirigível. Quem quer que a tivesse empurrado, queria fazer o mesmo com a inventora. Só que a francesa estava resistindo. Lutava corajosamente, movendo os braços, a cartola inclinando-se rápido de um lado para outro.

— Socorro! — gritou a preternatural, esperando que a alguém a ouvisse sobre a balaustrada.

A luta continuou. Num primeiro momento, Madame Lefoux inclinou-se para trás, na balaustrada; num segundo, o inimigo velado, que, em seguida, jogou o corpo para o lado no último instante, e o combate prosseguiu. Daí a inventora fez um movimento brusco, manuseando algo, atrapalhadamente. Um estouro alto de ar comprimido ressoou. Todo o aeróstato se inclinou perigosamente para um lado.

Lady Maccon já não conseguia se segurar com tanta firmeza no aguilhão. Acabou deixando de lado a briga, no alto, para se concentrar no perigo premente por que passava, tentando agarrar direito o aguilhãozinho.

O barulho de ar comprimido ressoou de novo, e o vilão encapotado sumiu de vista, deixando Madame Lefoux largada e apoiada na balaustrada, acima de Lady Maccon. O dirigível oscilou bruscamente de novo, e a preternatural deixou escapar um *aaah* aflito.

— Oláááááá! Madame Lefoux, uma ajudinha, por favor! — bradou com toda força. Lady Maccon ficou grata com a capacidade de seus pulmões e a prática vocal que adquirira ao viver com um marido confrontador e uma alcateia de lobisomens indisciplinados.

A inventora se virou e olhou para baixo.

— Puxa vida, Lady Maccon! Achei que tinha despencado até lá embaixo! Que maravilha vê-la com vida.

A preternatural mal pôde discernir as palavras da outra. A voz em geral melodiosa da inventora se mostrava aguda e metálica, por causa do hélio. O balão do dirigível devia estar com um vazamento grande, para afetar vozes no convés de observação, muito abaixo dele.

— Bem, não vou conseguir ficar aqui muito tempo — gritou Lady Maccon.

A cartola balançou, mostrando que a inventora concordava.

— Aguente firme. Vou buscar um tripulante que possa ir buscá-la aí.

— Hein? — vociferou a preternatural. — Não consigo entendê-la. Sua voz está fina demais.

Madame Lefoux sumiu de vista, junto com a cartola.

Lady Maccon se entreteve concentrando-se em se segurar com força e gritar um pouco mais, por formalidade. Sentia-se grata pelas nuvens felpudas flutuando sob si, pois bloqueavam o solo lá embaixo. Ela não fazia a menor questão de saber a distância exata de sua queda.

Por fim, uma escotilha abriu perto de sua bota. Um chapéu feio, que lhe era familiar, apareceu à diminuta abertura. O rosto sob o chapéu se inclinou para cima e para baixo, examinando a posição indecorosa da preternatural.

— Pela madrugada, Alexia Maccon, *o que* está fazendo? Parece estar pendurada. — A voz se mostrava meio ininteligível. Pelo visto, Ivy continuava sob os efeitos do conhaque de Madame Lefoux. — Mas que falta de decoro! Pare já com isso!

— Ivy. Será que pode me ajudar?

— Não faço ideia do que posso fazer — respondeu ela. — Francamente, Alexia, o que foi que deu em você para se dependurar na lateral da aeronave dessa forma tão infantil? Está parecendo uma craca.

— Ah, faça-me o favor, Ivy, não foi minha intenção ficar deste jeito. — Não havia como negar que a amiga era um tanto obtusa, mas a bebida a fizera atingir níveis de estupidez incomparáveis.

— É mesmo? Está certo, então. Mas, sinceramente, Alexia, não quero ser grosseira, mas já percebeu que sua roupa de baixo está exposta ao ar noturno, sem falar à visão do público?

— Ivy, estou me agarrando com todas as forças à lateral de um dirigível em pleno voo, a quilômetros da terra. Até mesmo você tem que admitir que em algumas circunstâncias não dá para seguir à risca o protocolo.

— Mas por quê?
— Obviamente, porque caí.

A srta. Hisselpenny pestanejou, os olhos escuros parecendo confusos.

— Ah, minha nossa, Alexia. Está correndo perigo mesmo? Oh, não!
— Ela sumiu de vista.

Lady Maccon se perguntou que tipo de personalidade dava a impressão de ter, para Ivy achar que ela escalaria de propósito a lateral de um aeróstato em movimento.

Um material com tecido que parecia de seda surgiu na escotilha.

— O que é isso?
— Ora, o meu segundo melhor sobretudo.

A preternatural contraiu o maxilar.

— Ivy, você não entendeu a parte em que estou pendurada, correndo risco de vida? Vá pedir ajuda.

O sobretudo desapareceu e a cabeça da srta. Hisselpenny reapareceu.

— A coisa está feia mesmo, não é?

O dirigível deu uma guinada, e Lady Maccon balançou para um lado, com um grito de pavor.

A amiga desmaiou ou perdeu os sentidos por causa do álcool.

Como era de esperar, foi Madame Lefoux que finalmente providenciou o resgate. Instantes depois de Ivy sumir de vista, uma longa escada de corda foi lançada ao lado da preternatural. Lady Maccon conseguiu, com certa dificuldade, soltar o aguilhão para agarrar a corda e começar a subir. O comissário, diversos tripulantes consternados e a inventora ficaram aguardando com ansiedade que o fizesse.

Estranhamente, assim que ela chegou ao convés, suas pernas pararam de funcionar como deveriam. Ela foi deslizando com deselegância até o piso de madeira.

— Acho que vou ficar aqui por alguns momentos — comentou, depois de ter tentado se levantar três vezes e não conseguir fazê-lo, pois seus joelhos estavam bambos, os ossos parecendo tentáculos de medusa.

O comissário, um sujeito de porte impecável, embora corpulento, envergando um uniforme de linhão amarelo com detalhes em peliça, andava de um lado para outro ao lado dela, torcendo as mãos. Estava bastante transtornado por uma Dama Requintada como aquela ter quase caído do dirigível. O que a empresa diria se o incidente se espalhasse?

— Posso lhe trazer algo, Lady Maccon? Talvez chá ou uma bebida mais forte?

— Creio que chá seria bem revigorante — respondeu ela, sobretudo para fazer com que ele parasse de adejar por ali, como um canário preocupado.

Madame Lefoux se agachou ao seu lado. Mais um motivo para invejar a vestimenta da francesa.

— Tem certeza de que está bem, milady? — Já não estava com a voz fina, pois, pelo visto, o vazamento de hélio fora consertado enquanto resgatavam a preternatural.

— Já não estou tão maravilhada com as alturas e a ideia de voar quanto estava no início da viagem — comentou Lady Maccon. — Mas deixe para lá. Conte para mim depressa, antes que o comissário volte, o que aconteceu depois que caí? Viu o rosto do agressor, descobriu seu objetivo e sua intenção? — Ela não acrescentou a parte do "estava em conluio com ele?" da pergunta.

A inventora balançou a cabeça, com expressão séria.

— O canalha usava máscara e capote. Eu não saberia dizer com certeza se era homem ou mulher. Sinto muito. Nós lutamos por um tempo e, por fim, consegui me soltar e usar o lançador de dardos. Errei na primeira vez, e fiz um buraco num dos balões de hélio do dirigível, mas, na segunda, atingi de raspão a parte lateral do agressor. Ao que tudo indica, foi o bastante para assustá-lo, pois ele fugiu e conseguiu escapar praticamente ileso.

— Maldição — praguejou Lady Maccon de forma sucinta. Era uma das palavras favoritas do marido, e ela não costumava dizê-la, mas aquelas circunstâncias pareciam permitir seu uso. — E há tripulantes e passageiros demais a bordo para fazermos uma investigação, mesmo se eu não quisesse manter a minha condição de preternatural e o meu papel de muhjah em segredo.

A inventora anuiu.

— Bem, acho que vou conseguir me levantar agora.

Madame Lefoux se inclinou para ajudá-la a fazê-lo.

— Eu perdi a sombrinha, na queda?

A francesa mostrou as covinhas.

— Não, ela caiu no chão do convés de observação. Acho que ainda está lá. Quer que eu peça que um dos tripulantes a leve até a sua cabine?

— Por favor.

Madame Lefoux fez um gesto para um deles e mandou-o buscar o acessório que ficara para trás.

Lady Maccon, que se sentia um pouco tonta, ficou aborrecida consigo mesma por causa disso. Já havia enfrentado situações piores no verão anterior e não via motivos para ficar tão mole e fraca por causa de um reles encontro superficial com a gravidade. Permitiu que a inventora a ajudasse a ir até a cabine, mas se recusou a chamar Angelique.

Sentou-se agradecida no catre.

— Uma boa noite de sono e estarei novinha em folha amanhã.

Madame Lefoux assentiu e se inclinou de forma solícita.

— Tem certeza de que não precisa de ajuda para se despir? Seria um prazer ajudá-la, em lugar de sua criada.

Lady Maccon enrubesceu ante a oferta. Será que errara ao duvidar da inventora? Ela parecia mesmo a melhor aliada a ter. E, apesar da roupa masculina, exalava um aroma delicioso, semelhante a pudim de baunilha. Seria tão terrível assim se ela se tornasse sua amiga?

Então, notou que num dos lados da plastrom, que contornava o pescoço de Madame Lefoux, havia um pouco de sangue.

— Você se machucou enquanto lutava com o agressor e não disse nada! — acusou, preocupada. — Venha cá, deixe-me ver. — Antes que a outra pudesse impedi-la, Lady Maccon puxou-a, fazendo com que se sentasse no catre, e começou a desenrolar o plastrom de algodão egípcio do pescoço elegante dela.

— Não foi nada — declarou a inventora, corando.

Lady Maccon ignorou todos os protestos e jogou o plastrom no chão — estava arruinado, de qualquer forma. Em seguida, com dedos gentis, inclinou-se para observar de perto o pescoço da francesa. Ao que tudo indicava, a ferida não passava de um arranhão, já cicatrizado.

— Parece bem superficial — informou, aliviada.

— Pronto, está vendo? — Constrangida, Madame Lefoux se afastou.

Mas a preternatural vislumbrou algo mais no pescoço dela. Algo que o plastrom mantivera escondido: perto da nuca, parcialmente encoberto por uns cachos curtos de cabelo. Ela moveu a cabeça para tentar ver o que era.

Algum tipo de marca, escura em contraste com a tez branca da inventora, feita com tinta, em linhas pretas bem traçadas. Lady Maccon afastou o cabelo com delicadeza, surpreendendo Madame Lefoux, e se inclinou, totalmente curiosa.

Era a tatuagem de um polvo.

A preternatural franziu o cenho, sem se dar conta de que sua mão continuava apoiada na pele delicada da francesa. Onde é que vira aquela imagem antes? De repente, lembrou. Contraiu a mão e só por puro autocontrole evitou se afastar bruscamente, horrorizada. Vira aquele polvo gravado em bronze em diversos lugares no Clube Hypocras, logo depois de ter sido raptada pelo dr. Siemons.

Fez-se um silêncio constrangedor.

— Tem certeza de que está bem, Madame Lefoux? — perguntou, por fim, sem conseguir pensar em algo melhor para dizer.

Interpretando mal o contato físico mantido por Lady Maccon, a inventora voltou o rosto para ela, seus narizes quase se tocando. Em seguida, deslizou a mão pelo braço da preternatural.

Lady Maccon já lera que as francesas costumavam manter um contato físico bem mais íntimo em suas relações de amizade que as britânicas, mas havia algo insuportavelmente pessoal naquele toque. E, por mais que Madame Lefoux cheirasse bem e houvesse sido prestativa, a preternatural precisava levar em conta a tatuagem de polvo. Lady Maccon não podia confiar na inventora. Havia a possibilidade de a luta ter sido simulada. E era possível que Madame Lefoux contasse com um colaborador a bordo. Talvez fosse uma espiã, decidida a obter a pasta de documentos a qualquer custo. Lady Maccon se afastou da mão que a acariciava.

Ao vê-la se retrair, a inventora se levantou.

— Melhor eu ir embora. Nós duas precisamos descansar.

No café da manhã do dia seguinte, todos estavam de volta à rotina de sempre, com os machucados, os chapéus e tudo o mais. A srta. Hisselpenny evitou mencionar a tentativa desastrosa de Lady Maccon de escalar o Monte Dirigível, por demais envergonhada com a roupa de baixo exposta da amiga. Madame Lefoux se mostrou impecavelmente vestida — embora fora dos padrões — e, cortês como sempre, não fez comentário algum a respeito da aventura aérea da noite anterior. Indagou com cordialidade se Tunstell se sentia bem, ao que a preternatural lhe informou que sim. Felicity foi enfadonha e sarcástica, mas ela fora desagradável desde que aprendera a falar. Tudo transcorreu como se não nada fora do normal houvesse ocorrido.

Lady Maccon só beliscou a comida, não por achar que tentariam envenená-la de novo, mas porque o voo ainda a estava deixando enjoada. Ansiava sentir a terra firme e despretensiosa sob os pés novamente.

— Quais são os seus planos para hoje, Lady Maccon? — quis saber Madame Lefoux, quando os comentários polidos se esgotaram.

— Já imagino um dia exaustivo, sentada numa cadeira do convés, levantando-me de vez em quando para fazer uns passeios agradáveis pelo dirigível.

— Ótimos planos — comentou Felicity.

— Certo, irmã, mas planejo me sentar na referida cadeira com um livro, sem arrogância e sem espelhinho — retrucou a preternatural.

A irmã sorriu.

— Ao menos tenho um rosto que pode ser admirado por longas horas.

Madame Lefoux se virou para a srta. Hisselpenny.

— Elas sempre agem assim?

Ivy estivera sonhando acordada.

— Hein? Ah, sim, desde que eu as conheci. O que já faz muito tempo, agora. Quer dizer, Alexia e eu somos amigas há quatro anos. Imagine.

A inventora mordeu o ovo cozido e não fez comentário algum.

Lady Maccon se deu conta de que se expunha ao ridículo ao brigar com a irmã.

— Madame Lefoux, o que fazia antes de vir para Londres? Morava em Paris, não é mesmo? Tinha uma *chapelaria* lá também?

— Não, mas minha tia, sim. Eu trabalhava para ela, que me ensinou tudo o que sei.

— Tudo?

— Ah, sim, *tudo*.

— Uma mulher incrível, sua tia.

— Nem imagina.

— Deve ser o excesso de alma.

— Oh. — Ivy estava intrigada. — Sua tia voltou fantasmagórica após a morte?

Madame Lefoux anuiu.

— Que bom para a senhorita. — Ivy sorriu ao felicitá-la.

— Acho que *eu* vou virar fantasma no final — comentou Felicity, com presunção. — Sou do tipo que tem alma extra. Não concordam? Mamãe diz que sou muito criativa para quem não toca, nem canta, nem desenha.

Lady Maccon mordeu a língua. A possibilidade de a irmã ter alma em excesso era a mesma de um genuflexório. Ela dirigiu a conversa de novo à inventora.

— O que a levou a sair de seu país?

— Minha tia morreu, e vim aqui procurar por algo precioso que roubaram de mim.

— Ah, é mesmo? E o encontrou?

— Encontrei, mas só para descobrir que nunca chegou a ser meu.

— Que pena para a senhorita — compadeceu-se Ivy. — Isso aconteceu com um chapéu meu, uma vez.

— Não importa. O que procurei mudou a ponto de ficar irreconhecível, quando finalmente o achei.

— Como é misteriosa e enigmática. — Lady Maccon estava intrigada.

— Essa história não tem a ver somente comigo, e outros podem ser prejudicados se eu não tomar cuidado.

Felicity deu um bocejo exagerado. Pouco se interessava pelo que não estivesse relacionado com ela.

— Bom, tudo isso é deveras fascinante, mas vou trocar de roupa.

A srta. Hisselpenny se levantou também.

— Creio que vou ver como está o sr. Tunstell e me certificar de que lhe deram um café da manhã adequado.

— É pouco provável, nenhuma de nós está recebendo um — comentou a preternatural, cuja satisfação com o final iminente da viagem aumentara com a ideia de saborear alimentos que não fossem insípidos nem cozidos demais.

Elas se separaram, e Lady Maccon estava prestes a se dedicar aos planos bastante árduos para o dia, quando percebeu que, se Ivy fosse dar uma olhada em Tunstell, os dois ficariam a sós, o que *não era uma boa ideia*. Então, foi depressa atrás da amiga, rumo à cabine do zelador.

A preternatural encontrou a srta. Hisselpenny e Tunstell no que ambos devem ter considerado um abraço apaixonado. Os lábios de ambos, de fato, tocavam-se, mas, somente essa parte do corpo, e a maior preocupação de Ivy durante o beijo pareceu ser manter o chapéu no lugar. O que usava naquele dia tinha um formato masculino, mas fora decorado com um laço enorme xadrez, nos tons verde e roxo.

— Bom — começou a dizer Lady Maccon em voz alta, interrompendo o casal. — Pelo visto se recuperou com incrível rapidez do mal-estar, Tunstell.

Os dois se sobressaltaram e se afastaram. Ambos vermelhos de vergonha, embora fosse preciso admitir que o zelador, já ruivo, era bem mais eficiente nesse departamento.

— Minha nossa, Alexia — exclamou Ivy, dando um salto para trás. Foi até a porta o mais rápido que as bainhas presas das saias deixaram.

— Oh, não, srta. Hisselpenny, por favor, volte! — gritou Tunstell e, em seguida, escandalosamente: — Ivy!

Mas a dama em questão já fora embora.

Lady Maccon olhou com severidade para o zelador.

— O que está aprontando, Tunstell?

— Puxa, milady, estou perdidamente apaixonado por ela. Aqueles cabelos negros, aquele temperamento adorável, aqueles chapéus enormes.

Céus, pensou Lady Maccon, *ele deve mesmo estar louco por ela, se gosta deles*. Então, ela soltou um suspiro e disse:

— Mas, Tunstell, francamente, seja realista. O futuro da srta. Hisselpenny não pode ser bom, ao seu lado. Mesmo se não estivesse a ponto de passar pela metamorfose, é um *ator*, sem perspectivas concretas.

O zelador adotou a expressão de um herói trágico, que ela vira mais de uma vez quando ele atuara como Porccigliano, na peça *Morte na Banheira*, em West End.

— O verdadeiro amor supera todos os obstáculos.

— Balela! Seja razoável, Tunstell. Não se trata de um melodrama shakespeariano, estamos nos anos 1870. O casamento é uma questão prática. E deve ser tratado como tal.

— Mas a senhora e Lorde Maccon se casaram por amor.

Ela suspirou.

— E como é que sabe?

— Ninguém mais o aguentaria.

Lady Maccon deu um largo sorriso.

— Quer dizer, portanto, que ninguém me aguentaria?

O zelador ignorou, prudentemente, o comentário.

Ela explicou:

— Conall é o Conde de Woolsey e, portanto, pode se dar ao luxo de agir com excentricidade e escolher uma esposa bastante inadequada. Mas esse não é o seu caso. E *esta* é uma situação que não deve mudar no futuro.

Tunstell continuava com um olhar sonhador e irredutível.

A preternatural deixou escapar outro suspiro.

— Pois bem, vejo que continua inflexível. Vou ver como Ivy está lidando com isso.

A forma de a amiga lidar com a questão foi ter um longo ataque histérico num canto do convés de observação.

— Ah, Alexia, o que devo fazer? Estou abismada com a injustiça dessa situação.

Lady Maccon resolveu responder com uma sugestão:

— Procurar a ajuda de um especialista no vício dos chapéus horrendos agorinha mesmo?

— Você é terrível. Não é hora de brincar, Alexia. Admita, vá, que isso é o acúmulo da injustiça!

— Como assim? — A preternatural não acompanhou o raciocínio.

— Eu o amo muito. Como Romeu amou Jugurta, como Pirâmide amou Triste, como...

— Ah, por favor, nem precisa elucubrar... — interrompeu a amiga, fazendo uma careta.

— Mas o que a minha família diria de uma união dessas?

— Que seus chapéus se infiltraram na sua cabeça — sussurrou Lady Maccon, por entre os dentes.

Ivy continuou a se lamentar:

— O que é que eles podem *fazer*? Tenho que acabar o noivado com o capitão Featherstonehaugh. Ele ficará bastante abalado. — Fez uma pausa e, em seguida, deu uma arfada, horrorizada. — Teria que ser uma retratação publicada.

— Não creio que seja a melhor atitude a tomar dispensar o capitão. Veja bem, não que o tenha conhecido, mas, trocar um militar sensato, com bom soldo, por um *ator*? Receio, Ivy, que essa atitude será encarada como censurável e indicadora — ela fez uma pausa, buscando um efeito dramático — de *imoralidade*.

A amiga soltou uma exclamação e parou de chorar.

— Acha mesmo?

Lady Maccon resolveu dar o golpe final:

— E até mesmo de uma *rapidez* injustificável?

A amiga deixou escapar outra exclamação.

— Ah, não, Alexia, não diga isso. Sério? Pensarem isso de mim. Um verdadeiro pavor. Puxa, estou mesmo em apuros. Acho que vou ter que desistir mesmo do sr. Tunstell.

— Bom, justiça lhe seja feita: ele confessou que aprecia seu gosto em matéria de chapéus. É bem provável que você esteja desistindo do verdadeiro amor.

— Eu sei. Não é mesmo a pior coisa que *já* ouviu falar, na sua vida *inteirinha*?

A amiga anuiu, séria.
— É.
Ivy suspirou, com expressão desesperada. Para distraí-la, Alexia perguntou, casualmente:
— Você por acaso *ouviu* algo fora do comum ontem à noite, depois do jantar?
— Não ouvi não.
A preternatural ficou aliviada. Não queria ter que lhe explicar a briga no convés de observação.
— Espere aí, pensando bem, ouvi sim — corrigiu-se a amiga, enrolando com o dedo uma mecha dos cabelos negros.
Opa.
— E o que foi?
— Sabe, um detalhe peculiar: logo antes de eu pegar no sono, ouvi alguém gritando em francês.
Bom, era *mesmo* uma informação interessante.
— E o que foi que a pessoa disse?
— Não seja boba, Alexia. Sabe muito bem que eu não falo francês. Um idioma tão difícil de assimilar.
Lady Maccon pôs-se a pensar.
— Pode ser que Madame Lefoux estivesse falando enquanto dormia — sugeriu Ivy. — Sabe que a cabine dela fica do lado da minha?
— Talvez. — Mas Alexia não se convencera.
A amiga soltou um suspiro.
— Bom, melhor eu ir em frente, então.
— Como assim, ir em frente?
— Tenho que dispensar o coitado do sr. Tunstell, provavelmente o grande amor da minha vida. — A expressão se mostrava tão desolada quanto a dele, alguns instantes antes.
Alexia assentiu.
— É, melhor fazer isso mesmo.

Tunstell, à maneira de um ator dramático, não aceitou bem a rejeição da srta. Hisselpenny. Encenou um surto depressivo impressionante e, depois, ficou mal-humorado pelo resto de dia. Ivy foi ter com Alexia, os nervos em frangalhos.

— Ele está triste demais. E há três horas inteirinhas. Será que não posso condescender nem um pouquinho? Pode ser que ele nunca se recupere dessa desilusão.

Alexia aconselhou:

— Melhor lhe dar mais tempo, minha querida. Acho que vai ver que ele acabará se recuperando.

Madame Lefoux chegou naquele momento. Ao ver a expressão desanimada de Ivy, quis saber:

— Aconteceu alguma tragédia?

Ivy deixou escapar um soluço patético e enterrou o rosto num lenço de seda cor-de-rosa.

Alexia comentou, baixinho:

— A srta. Hisselpenny precisou dispensar o sr. Tunstell. Está bastante triste.

Madame Lefoux fez uma expressão adequadamente sombria.

— Ah, sinto muito. Que terrível para a senhorita!

Ivy agitou o lenço já úmido, como quem diz, *palavras mal podem expressar minha profunda angústia*. Em seguida, como ela nunca se satisfazia apenas com gestos significativos quando tinha a possibilidade de recorrer às explicações verbais, disse:

— Palavras mal podem expressar minha profunda angústia.

Alexia deu uns tapinhas no ombro da amiga. Então, virou-se para a francesa.

— Madame Lefoux, podemos ter uma conversinha em particular?

— Estou sempre à disposição, Lady Maccon. Para *o que for*. — Alexia não chegou a parar para pensar no significado desse "o que for".

As duas foram para um canto isolado na área de lazer do convés, fora do alcance do ouvido da srta. Hisselpenny e das brisas sempre presentes do éter. A preternatural as considerava meio pinicantes, quase como se fossem partículas eletrizadas, porém mais agradáveis. Ela imaginava os gases do éter como uma nuvem de vaga-lumes aproximando-se de sua pele e, em seguida, esvoaçando depressa, conforme o dirigível passava por correntes fortes ou inúmeras outras. Não chegava a ser insuportável, mas distraía.

— Soube que teve uma discussão ontem à noite, depois da nossa pequena escapulida. — Lady Maccon não açucarou as palavras.

Madame Lefoux fez um biquinho.

— Posso ter gritado com o comissário por sua negligência. O tempo que demorou para buscar a escada de corda foi imperdoável.

— A discussão foi em francês.

Ela não disse nada.

A preternatural mudou de tática.

— Por que está me seguindo até a Escócia?

— Está convencida de que é a senhora, minha cara Lady Maccon, que estou seguindo?

— Não creio que tenha se apaixonado de repente pelo criado do meu marido.

— Não, de fato não.

— E então?

— Então não represento perigo algum para a senhora e os seus. Gostaria que acreditasse nisso. Mas não posso lhe dizer mais nada.

— Isso não basta. Está me pedindo que confie em você sem mais, nem menos.

A francesa suspirou.

— Vocês preternaturais são tão sensatos e práticos, que chega a ser enlouquecedor.

— O meu marido também reclama disso. Quer dizer que já conheceu outro preternatural? — Se não conseguisse convencer a inventora a explicar sua presença, talvez ao menos pudesse descobrir mais sobre o passado daquela mulher misteriosa.

— Certa vez, há muito tempo. Acho que posso lhe contar.

— Hum-hum.

— Conheci-o com minha tia. Eu tinha uns oito anos. Era amigo do meu pai, muito bom amigo, disseram-me. Outrora Beatrice é o fantasma da irmã do meu pai. Ele era meio sem-vergonha. Eu não sou exatamente legítima. Quando me deixaram nos degraus da casa dele, ele me deu para a tia Beatrice e morreu logo em seguida. Lembro que um homem veio visitá-lo depois, para então descobrir que somente eu restara. O sujeito me deu uma bala de mel de presente e disse lamentar saber da morte do meu pai.

— Ele era preternatural? — perguntou Lady Maccon, sem se conter.
— Era, e creio que os dois tinham sido "muito íntimos", antes.
— E?
— Entende o que quero dizer com "muito íntimos"?
Lady Maccon anuiu.
— Perfeitamente. Sou, afinal de contas, amiga de Lorde Akeldama.
A inventora assentiu.
— O homem que foi fazer a visita era o seu pai.
A preternatural ficou boquiaberta. Não por aquela informação sobre as preferências de seu pai. Sabia que fora um homem de gostos exóticos e ecléticos. Ao ler seus diários, supôs que fosse, na melhor das hipóteses, um oportunista nas questões do corpo. Não, ficou pasma pela coincidência tão estranha, descobrir que aquela mulher, não muito mais velha que ela, conhecera seu próprio pai, um dia. Sabia como ele era — vivo.
— Eu nunca o conheci. Foi embora antes de eu nascer — revelou ela, sem pensar duas vezes.
— Era um homem bem-apessoado, porém, formal. Eu me recordo de ter pensado que todos os italianos agiam como ele: com frieza. Não podia estar mais enganada, claro, mas essa foi a impressão que ele me causou.
Lady Maccon anuiu.
— Outros já me disseram isso. Obrigada por me contar.
Madame Lefoux mudou de assunto de repente.
— Melhor não contarmos aos nossos acompanhantes todos os detalhes a respeito do incidente de ontem à noite — sugeriu a inventora.
— Não vale a pena preocupá-los, mas terei que contar para o meu marido quando chegarmos.
— Evidentemente.
Com isso, as duas se separaram. A preternatural ficou ponderando sobre a conversa. Sabia por que *ela* queria manter em segredo o incidente, mas por que Madame Lefoux desejava fazê-lo?

Capítulo 8

O Castelo de Kingair

Eles pousaram logo antes do pôr do sol, num campo perto da estação de trem de Glasgow. O dirigível teria descido com a leveza de uma borboleta num ovo, se esse inseto cambaleasse um pouco e adernasse muito e o ovo tivesse as características peculiares da Escócia no inverno: mais úmida e cinza do que se podia imaginar.

Lady Maccon desembarcou com a pompa e circunstância do embarque. Liderou um grupo de damas com anquinhas sacolejantes, como se fossem caracóis de tecido, rumo à terra firme (na verdade, bastante enlameada). As anquinhas predominaram, devido ao alívio geral pela possibilidade de voltar a usá-las e guardar nas malas as saias flutuantes. Ao encalço dos caracóis vinham Tunstell, carregando grande quantidade de caixas de chapéus e outros pacotes, quatro comissários com inúmeros baús e a criada francesa da preternatural.

Ninguém, pensou Lady Maccon, envaidecida, poderia acusá-la de viajar sem a pompa digna da esposa do Conde de Woolsey. Era do tipo que perambulava pela cidade sozinha ou na companhia de somente uma jovem solteira, mas não restavam dúvidas de que *viajava* acompanhada. Infelizmente, o impacto de sua chegada foi sobrepujado pelo fato de o solo continuar a balançar sobre ela, o que a levou a se inclinar para um lado e cair sentada num de seus baús.

Não deixou que Tunstell se preocupasse, mandando-o conseguir um meio de transporte adequado para levá-los à região campestre.

Ivy pôs-se a perambular pelo gramado, para esticar as pernas e procurar flores silvestres. Felicity foi ficar ao lado de Alexia e começou de imediato a reclamar do clima terrível.

— Mas por que o dia tinha que estar tão nublado? Esse tom cinza meio esverdeado não é nada bom para a compleição. E é péssimo viajar de carruagem nesse tempo. Temos que ir de carruagem?

— Bom — começou a responder a irmã, já irritada —, *estamos* no norte. Pare de se queixar dele.

Felicity continuou a reclamar, e Lady Maccon viu, pelo canto dos olhos, o zelador se aproximar de Ivy e cochichar em seu ouvido. A amiga respondeu algo, seu alvoroço evidenciado pela intensa movimentação no alto de sua cabeça. Tunstell se endireitou e continuou a andar.

Ivy foi se sentar ao lado de Alexia, ligeiramente trêmula.

— Eu não faço ideia do que *vi* nesse homem. — Era óbvio que seus nervos estavam em frangalhos.

— Puxa vida, algo aconteceu entre os dois pombinhos? Alguma dificuldade no caminho? — quis saber Felicity.

Como ninguém lhe respondeu, ela caminhou depressa em direção ao zelador, que partia rápido.

— Hum, sr. Tunstell? Gostaria de companhia?

Lady Maccon olhou para a amiga.

— Quer dizer que Tunstell não aceitou bem a sua rejeição? — perguntou, tentando não parecer tão fraca quanto se sentia. Continuava tonta, com a sensação de que o solo se movia, como uma lula nervosa.

— Bom, não, não como tal. Quando eu... — Ela começou a explicar, mas então parou ao ter a atenção desviada por um cachorro grande demais, que corria na direção delas. — Pela madrugada, o que é isso?

O cachorro imenso era, na verdade, um lobo enorme, com um tecido embolado no pescoço. Seu pelo era castanho-escuro, rajado de dourado e creme, os olhos amarelo-claros.

Ao chegar perto delas, o lobo acenou com a cabeça para a srta. Hisselpenny e, em seguida, apoiou a cabeça no colo de Lady Maccon.

— Ah, meu marido — disse a preternatural, afagando-o atrás das orelhas —, supus que me encontraria, mas não tão rápido assim.

Ele deu uma lambida na esposa com a língua longa e rosada, bem-humorado, e inclinou a cabeça na direção de sua amiga.

— Sim, claro — respondeu a preternatural, ante a sugestão tácita, e se virou para a srta. Hisselpenny. — Ivy, minha querida, sugiro que olhe para o outro lado, agora.

— Por quê? — quis saber ela.

— Muitos consideram perturbadora a transformação de um lobisomem e...

— Ah, mas tenho certeza de que não vou ficar nem um pouquinho desconcertada — interrompeu a amiga.

Lady Maccon não se convencera. Ivy era, como demonstrado pelas circunstâncias, chegada a um desmaio. A preternatural continuou a dar sua explicação:

— E Conall ficará nu quando a mudança acabar.

— Oh! — A amiga levou a mão à boca, espantada. — Claro. — E deu as costas depressa.

Não obstante, mesmo sem olhar, era possível ouvir: os estalos úmidos dos ossos partindo e se reconstituindo. Assemelhava-se ao ruído provocado pelo despedaçar de uma galinha morta numa cozinha grande, para um ensopado. Alexia viu Ivy estremecer.

A metamorfose de um lobisomem não era nada agradável. Por esse motivo, muitos lobos da alcateia ainda se referiam a ela como uma maldição, apesar de, naquela era moderna do Iluminismo e do livre-arbítrio, os zeladores poderem *escolher* se a queriam ou não. A mutação requeria uma grande reorganização biológica. Isso, tal qual a reacomodação dos móveis num salão para a realização de uma festa, envolvia a transição de algo organizado para bagunçado e, em seguida, reorganizado. E, como em qualquer redecoração, havia um momento durante o processo em que parecia impossível que tudo voltasse ao normal de forma harmoniosa. No caso dos lobisomens, esse momento envolvia a retração do pelo, que virava cabelo, o rompimento e a reconfiguração dos ossos, bem como carne e músculos deslizando sobre ou sob eles. Alexia vira o marido se transformar diversas vezes, e a mutação sempre lhe parecera a um só tempo tosca e fascinante.

Conall Maccon, Conde de Woolsey, era considerado habilidoso na metamorfose. Ninguém, no entanto, equiparava-se ao professor Lyall no quesito elegância, mas, ao menos, o conde era rápido e eficiente, e não soltava grunhidos como se estivesse numa luta, tal qual os lobinhos costumavam fazer.

Em questão de minutos ele ficou de pé diante da esposa: um homem grandalhão, porém esbelto. Alexia comentou certa vez que, considerando seu apetite, na certa já estaria bem gorducho se envelhecesse como os seres humanos normais. Por sorte, optara pela metamorfose aos trinta e poucos anos, e não chegara a perder a boa forma. Em vez disso, continuara a ser um sujeito bastante musculoso, que precisava fazer sobretudos e botas sob medida e ser lembrado de abaixar ao passar por umbrais.

Ele dirigiu os olhos, somente alguns matizes mais escuros que na forma de lobisomem, para a esposa.

Lady Maccon se levantou para ajudá-lo a colocar o sobretudo, mas teve que se sentar antes de fazê-lo. Continuava zonza.

Lorde Maccon parou antes de sacolejar a vestimenta em questão e se ajoelhou, nu, na frente dela.

— O que houve? — ele quase gritou.

— Hein? — Ivy deu a volta para ver o que aconteceu, vislumbrou o corpo despido, de costas, do conde e se virou depressa, abanando-se com uma das mãos enluvadas.

— Não se exalte, Conall. Está deixando Ivy transtornada — resmungou a esposa.

— A srta. Hisselpenny está sempre transtornada com algo. Mas isso não acontece com *você*. Não *se comporta* assim, esposa. Não é tão feminina assim.

— Ah, sim, que bom! — Lady Maccon se ofendeu.

— Sabe muito bem o que quero dizer. Pare de tentar me distrair. O que houve? — A conclusão que ele tirou foi a totalmente equivocada. — Está adoecendo! É por isso que veio, para me contar que está enferma? — Deu a impressão de que queria sacudi-la, mas não o fez.

Alexia olhou-o nos olhos preocupados e disse, lenta e cuidadosamente:

— Estou ótima. Só estou demorando para me acostumar a andar em terra firme. Sabe como é, depois de uma longa viagem de dirigível ou navio.

Ele se mostrou extremamente aliviado.

— Não se adaptou bem à viagem nas alturas, meu amor?

Ela lhe lançou um olhar recriminador e respondeu, com petulância:

— Não, não me adaptei bem ao aeróstato. — Então, mudou de assunto. — Conall, francamente, sabe que aprecio o espetáculo, mas, coitada da Ivy! Coloque logo o seu sobretudo, ande!

Lorde Maccon deu um largo sorriso, endireitou-se enquanto a esposa o admirava com apreciação e pôs o casaco.

— Como soube que eu estava aqui? — quis saber ela, assim que ele se colocou em condições decentes.

— A exibição lasciva acabou, srta. Hisselpenny. Está a salvo — informou o conde para Ivy, acomodando o corpanzil ao lado da esposa. O baú rangeu sob o peso adicional.

Lady Maccon se aconchegou ao marido, satisfeita.

— Simplesmente soube — murmurou ele, cingindo-a com o braço longo, coberto pelo tecido do sobretudo, e puxando-a para perto. — Este campo fica bem próximo da minha rota para Kingair. Senti seu cheiro há uma hora, e vi o dirigível descer para aterrissar. Achei que seria melhor apurar o que estava acontecendo. Agora é a sua vez, esposa. O que está fazendo na Escócia? Com nada mais nada menos que a srta. Hisselpenny.

— Bom, eu tinha que vir com alguém. A sociedade não aprovaria que eu saísse de dirigível da Inglaterra sozinha.

— Hum. — Lorde Maccon deu uma olhada, os olhos semicerrados, em Ivy, que continuava sobressaltada. Como ela ainda não se acostumara com a ideia de falar com um conde trajando apenas sobretudo, estava parada a curta distância, de costas para os dois.

— Melhor lhe dar um pouco mais de tempo — aconselhou Alexia. — Ivy é sensível, e você provoca um choque no organismo, até mesmo completamente vestido.

O conde sorriu.

— Elogio, esposa? Bastante inusitado, partindo de você. Bom saber que ainda posso desconcertar as pessoas, mesmo na minha idade. Mas pare de tentar evitar o assunto. Por que *veio* aqui?

— Ora, meu querido — começou a responder ela, pestanejando —, vim para Escócia com o intuito de ver *você*, claro. Estava morrendo de saudades.

— Ah, esposa, muito romântico de sua parte — comentou, sem acreditar numa palavra do que dissera. Mas olhou para ela com carinho. Não tão para baixo quanto tinha que fazer com a maioria das mulheres. Sua esposa era grandona. E ele gostava dela exatamente assim. As pequeninas o faziam lembrar aqueles cachorrinhos nanicos e agitados. Então, resmungou com suavidade: — Sua danadinha mentirosa.

Ela se inclinou.

— Vai ter que esperar até mais tarde, quando ninguém mais puder nos ouvir — sussurrou a esposa ao ouvido dele.

— Hum... — Ele se virou para ela e lhe deu um beijo cálido e firme na boca.

— Hum-hum. — Ivy pigarreou.

Lorde Maccon ainda demorou para soltar a esposa.

— Marido — disse Lady Maccon, os olhos brilhantes. — Lembra-se da srta. Hisselpenny?

O conde deu aquela *olhada* para a esposa, em seguida, levantou-se e fez uma reverência, como se ele e a tola amiga da esposa não tivessem se conhecido bem nos últimos três meses, desde o seu casamento.

— Boa tarde, srta. Hisselpenny, como vai?

Ivy fez uma mesura.

— Lorde Maccon, que visita inesperada. Avisaram-lhe que íamos chegar?

— Não.

— Então, como soube?

— É um mecanismo típico de lobisomens, Ivy — explicou Alexia.

— Nem se dê ao trabalho de entender.

E ela não se deu mesmo.

Lady Maccon informou ao marido, com cautela:

— Estou também com a minha irmã e Tunstell, bem como com Angelique, claro.

— Entendo, uma esposa inesperada e reforços. Estamos prevendo algum tipo de batalha, minha querida?

— Se eu estivesse, usaria contra os inimigos as farpas da língua de Felicity, para que os derrotássemos totalmente. Não trouxe todos por vontade própria.

A srta. Hisselpenny agiu como se se sentisse meio culpada, ao ouvir aquilo.

Lorde Maccon lançou um olhar incrédulo para a esposa.

Ela prosseguiu:

— Felicity e Tunstell estão tentando encontrar um meio de transporte agora mesmo.

— Muito atencioso de sua parte, trazer o meu criado.

— Ele anda agindo de um jeito bem irritante.

A srta. Hisselpenny ficou pasma.

Lorde Maccon deu de ombros.

— Ele é assim mesmo. O talento para irritar é um dom que só alguns de nós temos.

A esposa comentou:

— Deve ser assim que os lobisomens selecionam as pessoas para a metamorfose. Seja como for, a presença dele foi necessária. O professor Lyall insistiu que eu viesse com um acompanhante masculino e, como nós estávamos viajando de dirigível, não podíamos trazer um integrante da alcateia.

— Foi melhor mesmo assim, considerando que este território pertence a outra.

Um pigarro educado ressoou naquele momento e, quando os Maccon se viraram, notaram que Madame Lefoux estava ali perto.

— Ah, sim — disse Lady Maccon. — Madame Lefoux também estava no dirigível conosco. Uma *surpresa e tanto*. — Ela enfatizou a última parte da frase para que o marido percebesse sua preocupação com a presença da inventora. — Acho que você e o meu marido já se conhecem?

Madame Lefoux anuiu.

— Como vai, Lorde Maccon?

O conde fez uma leve reverência e, em seguida, apertou a mão da inventora, como faria com um homem. Ele pareceu considerar que, se ela se vestia de forma masculina, queria ser tratada como indivíduo. Atitude interessante. Ou talvez o conde soubesse de algo de que a esposa não sabia.

Lady Maccon disse para o marido:

— Aliás, muito obrigada pela linda sombrinha. Com certeza me será muito útil.

— Nunca duvidei disso. Estou surpreso que não tenha sido usada ainda.

— E quem disse que não foi?

— Eis minha dócil e obediente esposa.

Ivy comentou, surpresa:

— Ah, mas ela não é dócil, não.

A preternatural limitou-se a dar um largo sorriso.

O conde se mostrou, de fato, satisfeito por ver a inventora.

— Um prazer, Madame Lefoux. Veio tratar de negócios em Glasgow?

A inventora inclinou a cabeça.

— Será que eu conseguiria convencê-la a visitar Kingair? Acabei de ficar sabendo, na cidade, que o transmissor etereográfico, comprado há pouco de segunda mão, está apresentando problemas para a alcateia.

— Puxa vida, marido. Será que todos têm um, menos nós?

Lorde Maccon a fitou com argúcia.

— Por quê? Quem mais adquiriu um recentemente?

— Lorde Akeldama, imagine, e comprou o modelo mais moderno. Você ficaria bravo se eu dissesse que gostaria muito de ter um também?

O conde pôs-se a ponderar sobre sua atual situação na vida, em que ganhara uma esposa que não dava a mínima para os vestidos da moda parisiense, mas se queixava de não ter um transmissor etereográfico. Bom, pelo menos ambas eram fixações comparáveis, no que dizia respeito a custos.

— Bom, minha querida esposa intelectual, sei que o aniversário de alguém está chegando.

Os olhos de Lady Maccon brilharam.

— Ah, que maravilha!

Lorde Maccon lhe deu um beijo suave na testa e, em seguida, virou-se para Madame Lefoux.

— E, então, posso convencê-la a passar alguns dias em Kingair, para averiguar se poderia ajudar de alguma forma?

A preternatural beliscou o marido, aborrecida. Quando é que ele aprenderia a consultá-la antes de fazer convites daquele tipo?

Lorde Maccon pegou a mão da esposa com a manzorra e balançou a cabeça ligeiramente para ela.

Madame Lefoux franziu o cenho, formando uma leve ruga na fronte. Em seguida, como se o vinco jamais tivesse se formado, sorriu, mostrando as covinhas, e aceitou o convite.

Lady Maccon só conseguiu ter uma conversa breve e confidencial com o marido quando estavam empilhando a bagagem nas duas carruagens contratadas.

— Channing contou que os lobisomens não conseguiram se transformar durante toda a viagem de navio até lá.

O marido pestanejou, alarmado.

— É mesmo?

— Ah, e o professor Lyall disse que a praga está vindo para o Norte. Acha que chegou à Escócia antes de nós.

O conde franziu o cenho.

— Ele crê que tem algo a ver com a Alcateia de Kingair, não é mesmo?

Lady Maccon anuiu.

Por incrível que parecesse, o marido sorriu.

— Ótimo, isso me dá uma desculpa.

— Para quê?

— Dar as caras lá. Eles nunca me deixariam ir, de outro modo.

— Hein? — sussurrou ela, aborrecida. — Por quê? — Mas ambos foram interrompidos pelo retorno de Tunstell e sua empolgação sem igual ao ver Lorde Maccon.

As carruagens de aluguel sacolejaram a caminho de Kingair, a escuridão cada vez maior. Lady Maccon se limitou a ficar calada ou conversar sobre futilidades, por causa da presença de Ivy e Madame Lefoux na carruagem deles. Estava muito escuro e chuvoso para que se visse algo pela janela, um fato que aborreceu Ivy.

— Puxa, eu queria tanto *ver* a Região Montanhosa — comentou ela, como se houvesse algum tipo de linha, desenhada no chão, indicando a transição de uma área da Escócia para a outra. A srta. Hisselpenny já comentara que a Escócia parecia a Inglaterra, num tom de voz que sugeria se tratar de um grave erro no que dizia respeito à paisagem.

Inexplicavelmente cansada, a preternatural cochilou, a maçã do rosto apoiada no ombro largo do marido.

Felicity, Tunstell e Angelique tinham ido na outra carruagem, e dela saíram com expressão animada e íntima, o que confundiu Lady Maccon e atormentou a srta. Hisselpenny. Felicity flertava descaradamente com ele, e o zelador nada fazia para desencorajá-la. Mas a visão do Castelo de Kingair foi um banho de água fria em seus espíritos. Para completar, assim que tiraram a bagagem e saíram das carruagens, começou a cair um aguaceiro.

O Castelo de Kingair parecia saído de um romance gótico. Tinha como base uma rocha imensa, que sobressaía de um lago escuro. Era bem mais imponente que o Castelo de Woolsey. O lugar parecia ser mesmo de idos tempos, e Lady Maccon podia apostar que era uma construção fria e bastante antiquada.

Antes, no entanto, eles teriam que passar pela criatura fria e bastante antiquada, postada ao lado de fora.

— Ah — exclamou Lorde Maccon ao ver o comitê de recepção, que consistia em uma só pessoa, em pé e de braços cruzados, diante dos portões frontais do castelo. — Prepare-se fisicamente para o combate, minha querida.

A esposa olhou para ele, o penteado elaborado desmanchando, expondo mechas de cabelos.

— Não acho que devia se referir ao meu físico agora, marido — disse ela, bem-humorada.

A srta. Hisselpenny, Felicity e Madame Lefoux se aproximaram dos dois, tremendo na chuva, enquanto Tunstell e Angelique começaram a organizar a bagagem.

— Quem é aquele? — quis saber Ivy.

O personagem estava coberto por um manto longo e sem forma, xadrez, a face ensombrecida sob um chapéu de cocheiro de couro impermeável, que já vira dias melhores e mal sobrevivera a eles.

— Melhor perguntar, em vez disso, *o que* é aquilo? — corrigiu Felicity, retorcendo o nariz de repulsa, brandindo inutilmente sua sombrinha contra o dilúvio.

A mulher — pois, quando se examinava melhor, via-se que a personagem parecia ser, até certo ponto, do sexo feminino — não se moveu para saudá-los. Tampouco lhes ofereceu abrigo. Ficou ali parada, olhando-os com ferocidade. Mas seu olhar, sem dúvida alguma, concentrava-se em Lorde Maccon.

O grupo foi se aproximando com cautela.

Então ela disse, com forte sotaque escocês:

— Não é bem-vindo nestas bandas, Conall Maccon, sabe disso! — gritou ela, muito antes de eles estarem a uma distância razoável, que permitisse a conversa. — Melhor que retroceda agora mesmo, antes que tenha que lutar contra todos os integrantes restantes de nossa alcateia.

Sob a sombra do chapéu, ela aparentava ser uma pessoa de meia-idade, bem-apessoada, porém não bonita, com traços marcantes, cabelos grossos e toscos, tendendo ao grisalho. Agia com a hostilidade típica de uma governanta particularmente rigorosa. Tratava-se do tipo de mulher que tomava chá-preto, fumava charuto após a meia-noite, jogava cartas como ninguém e mantinha uma matilha de cãezinhos repulsivos.

A preternatural simpatizou com ela na mesma hora.

A mulher ostentava um rifle com muita habilidade e apontou-o para o conde.

Lady Maccon já não simpatizou tanto com ela.

— E nem pense em se transformar agora. Faz meses que a alcateia se livrou da maldição de lobisomem, desde que atravessamos o oceano.

— Motivo pelo qual estou aqui, Sidheag. — Lorde Maccon continuou a avançar. O marido sabia mentir bem, pensou a esposa, cheia de orgulho.

— Por acaso duvida de que estes projéteis são de prata?

— E que diferença faz, se sou tão mortal quanto a senhorita?

— Hum, sempre teve a língua afiada.

— Nós viemos ajudar, Sidheag.

— E quem disse que precisamos de ajuda? Você não é bem-vindo aqui. Saiam já do território de Kingair, todos vocês.

Lorde Maccon soltou um longo suspiro.

— Trata-se de assunto do DAS, e o comportamento de sua alcateia me fez vir até aqui, quer vocês queiram quer não. Não considere que venho como Alfa de Woolsey. Não estou aqui nem para atuar como mediador, por causa da ausência do seu Alfa. Vim como notívago. O que esperava?

A mulher recuou e, ao mesmo tempo, abaixou o rifle.

— Ah, sim, já entendi. Não veio por se importar com o que acontece com a alcateia, *seu* antigo bando, mas por estar seguindo a vontade da rainha. Você não passa de um covarde, Conall Maccon.

O conde quase chegara perto dela, àquela altura. Somente Lady Maccon continuava no seu encalço, pois os demais haviam parado ao ver a arma da mulher. A preternatural olhou de esguelha por sobre o ombro, e observou Ivy e Felicity ficarem bem juntinho de Tunstell, que estava apontando com firmeza uma pequena pistola para Sidheag. Madame Lefoux também se encontrava ao lado dele, o pulso mantido num ângulo que levava a supor que portava algum tipo de arma de fogo exótica pronta para disparar, porém escondida sob a manga do sobretudo.

Lady Maccon, com a sombrinha a postos, andou rumo ao marido e à estranha. Ele falava baixo, de modo que o grupo atrás deles não os escutasse, por causa da chuva.

— O que eles aprontaram no ultramar, Sidheag? Em que confusão se meteram lá, depois que Niall morreu?

— E isso é lá da sua conta? Você nos abandonou.

— Não tive escolha. — A voz do conde se mostrou fatigada, ao trazer à tona a antiga discussão.

— Balela, Conall Maccon. Você foi embora, pura e simplesmente, e nós dois sabemos disso. Por acaso vai dar um jeito na bagunça que deixou há vinte anos, agora que voltou?

A preternatural observou o marido, curiosa. Talvez ela obtivesse a resposta para algo que sempre a intrigara. Por que um Alfa abdicaria de uma alcateia, só para procurar outra e lutar para dominá-la?

Lorde Maccon permaneceu calado.

A mulher inclinou o chapéu velho e gasto para trás da cabeça, a fim de fitar o conde. Era alta, quase tanto quanto ele, de forma que não precisava levantar muito a cabeça. Tampouco podia ser considerada magricela. Dava para notar músculos poderosos movendo-se sob o manto enorme. Lady Maccon ficou impressionada.

Os olhos dela tinham um tom terrivelmente familiar, castanho-amarelado.

Lorde Maccon disse:

— Deixe-nos entrar e sair desta chuva, e pensarei no assunto.

— Hum! — exclamou Sidheag. Em seguida, pôs-se a subir o caminho de pedra batida rumo à fortaleza.

Lady Maccon olhou para o marido.

— Mulher interessante.

— Nem comece — resmungou ele. Então, virou-se para o resto do grupo. — Esse é o tipo de convite que receberemos aqui. Entrem. Deixem a bagagem. Sidheag mandará alguém buscá-la.

— Tem certeza de que ela não vai mandar que joguem tudo no lago, Lorde Maccon? — quis saber Felicity, segurando a bolsa protetoramente.

O conde resfolegou.

— Não há garantias.

Na mesma hora, Lady Maccon saiu do lado dele e pegou sua pasta de documentos na pilha de baús e malas.

— Isto funciona como guarda-chuva? — perguntou a preternatural à inventora ao voltar, agitando a sombrinha.

Madame Lefoux ficou sem graça.

— Eu me esqueci desse detalhe.

Lady Maccon suspirou e semicerrou os olhos ao levantar o rosto em direção à chuva.

— Ah, que ótimo. Aqui estou eu, prestes a conhecer os temíveis parentes do meu marido, e mais parecendo uma rata afogada.

— Seja mais precisa, irmã — contradisse Felicity. — Mais parecendo um tucano afogado.

E, depois disso, o pequeno grupo ingressou no Castelo de Kingair.

★ ★ ★

Seu interior era tão antiquado e gelado quanto sua fachada sugeria. *Abandonado* seria um bom termo para ele. Os tapetes eram de tom verde-acinzentado, relíquias da época do Rei Jorge. Na entrada, havia um lustre de *velas*, dentre todas as formas ridículas de iluminação e, nas paredes, tapeçarias medievais penduradas. Lady Maccon, que era bastante exigente, passou o dedo enluvado no corrimão da escadaria e fez um muxoxo ao ver a poeira.

A tal de Sidheag viu quando o fez.

— Não está à altura dos seus padrões londrinos pomposos, moçoila?

— Opa — exclamou Ivy.

— Não esta à altura dos padrões normais de uma casa normal — retrucou Lady Maccon. — Ouvi dizer que os escoceses eram selvagens, mas isto é ridículo. — Ela esfregou os dedos, levantando uma pequena nuvem de poeira cinza.

— Não estou impedindo que a senhora saia e volte para a chuva.

A preternatural inclinou a cabeça para o lado.

— Sim, mas me impediria de tirar o pó? Ou é muito apegada à sujeira?

A mulher deu uma risadinha.

Lorde Maccon disse:

— Sidheag, essa é a minha esposa, Alexia Maccon. Esposa, essa é Sidheag Maccon, Lady Kingair. Minha tataraneta.

A preternatural ficou surpresa. Teria até pensado que fosse sobrinha-neta ou algo assim, mas não uma descendente direta. Conall tinha se casado antes da transformação? E *por que* não lhe contara?

— Mas — começou a protestar a srta. Hisselpenny — ela parece mais velha que Alexia. — Uma pausa. — Mais velha que o senhor, Lorde Maccon.

— Eu não tentaria entender se fosse a senhorita — consolou Madame Lefoux, mostrando de leve as covinhas, ante a aflição da amiga de Alexia.

— Tenho quase quarenta anos — informou Lady Kingair, sem a menor vergonha de revelar a idade para estranhos e na companhia de pessoas refinadas.

Francamente, aquela parte do país era tão primitiva quanto Floote dissera. A preternatural estremeceu um pouco e segurou com mais firmeza a sombrinha, preparada para qualquer eventualidade.

A tataraneta lançou um olhar significativo para o conde.

— Quase velha demais — acrescentou, com o forte sotaque escocês.

Felicity torceu o nariz.

— Nossa, isso chega a ser revoltante, de tão peculiar. Por que *teve* que se meter no círculo sobrenatural, Alexia?

Lady Maccon simplesmente arqueou a sobrancelha.

A irmã respondeu à própria pergunta:

— Ah, sim, já lembrei: ninguém mais quis ficar com você.

A preternatural ignorou o comentário e olhou com interesse para o marido.

— Nunca me contou que teve uma família *antes* de se tornar lobisomem.

Lorde Maccon deu de ombros.

— Você nunca me perguntou. — Ele se virou para apresentar o restante do grupo. — Essa é a srta. Hisselpenny, amiga de minha esposa. Srta. Loontwill, irmã de Alexia. Tunstell, meu zelador principal. E Madame Lefoux, que teria satisfação em dar uma examinada no seu etereógrafo quebrado.

Lady Kingair indagou:

— E como soube que o nosso...? Melhor deixar para lá. Sempre foi insuperável nessa questão de ficar a par de tudo. E com o seu trabalho no DAS, só vai ter mais acesso às informações, para intranquilidade de alguns. Bom, temos aqui uma convidada bem-vinda. Um prazer conhecê-la, Madame Lefoux. Já ouvi, claro, falar no seu trabalho. Temos um zelador que conhece suas teorias e se arvora em inventor amador. — Em seguida, ela fitou o tataravô. — Suponho que vai querer ver o resto da alcateia?

O conde inclinou a cabeça.

Lady Kingair estendeu o braço rumo à lateral da escadaria escura e tocou uma espécie de campainha, cujo som era algo entre um mugido e uma locomotiva a vapor freando repentinamente e, de súbito, o corredor ficou cheio de homens grandalhões, quase todos de saia.

— Pela madrugada — exclamou Felicity —, o que é que eles *estão* vestindo?

— Kilts — explicou Lady Maccon, divertindo-se com o desconforto da irmã.

— Saias — rebateu Felicity, muito ofendida — e, além disso, curtas, como se eles fossem bailarinos de ópera.

A preternatural conteve uma risadinha. Aquela sim era uma imagem engraçada.

A srta. Hisselpenny não parecia saber para onde olhar. Por fim, resolveu fitar o candelabro, horrorizada.

— Alexia — sussurrou ela —, tem joelhos à mostra em toda parte. O que é que eu faço?

Lady Maccon concentrou a atenção nos rostos dos homens ao seu redor, não nas regiões censuradas de suas pernas. Ao que tudo indicava, havia um misto equilibrado de desgosto e empolgação ante a visão de Lorde Maccon.

O conde apresentou a esposa aos que conhecia. O Beta da Alcateia de Kingair, nominalmente a cargo do grupo, era um dos insatisfeitos, ao passo que o Gama, um dos felizes em ver Lorde Maccon. Os outros quatro integrantes se mostravam divididos: dois a favor e dois contra, e se agrupavam de acordo, como se a qualquer momento uma luta corporal fosse ocorrer. A alcateia de Kingair era menor que a de Woolsey, e menos unida. Lady Maccon se perguntou que tipo de homem o Alfa pós-Conall fora, para liderar aquele bando briguento.

Então, com uma rapidez fora do normal, Lorde Maccon agarrou o Beta mal-humorado, que atendia sem entusiasmo ao nome de Dubh, e o arrastou até uma sala privativa, deixando que a esposa tentasse aliviar a atmosfera tensa que deixou para trás.

Lady Maccon estava à altura da tarefa. Ninguém com sua personalidade forte, requerida desde que era pequena para supervisionar primeiro a sra. Loontwill e depois duas irmãs igualmente impossíveis, haveria de estar despreparada para lidar com circunstâncias tão difíceis quanto um grupo de lobisomens enormes trajando saiote.

— Ouvimos falar da senhora — comentou o Gama, cujo nome parecia algo escorregadio, relacionado a pântanos. — Sabia que aquele velho aristocrata tinha feito a besteira de se meter com uma quebradora de maldição. — Ele circundou Lady Maccon, caminhando devagar, como se examinasse seus defeitos. Ela considerou a atitude bem canina. Estava preparada para dar um salto para trás, se ele levantasse a perna.

Por sorte, o que ele falou foi mal-interpretado tanto por Ivy quanto por Felicity. Nenhuma das duas *sabia* de sua condição de preternatural, e Lady Maccon preferia que continuassem não sabendo. Pelo visto, ambas supuseram que *quebradora de maldição* fosse algum regionalismo escocês inusitado para esposa.

Felicity perguntou, olhando com escárnio para o grandalhão à sua frente:

— Francamente, sabe falar o idioma direito?

A preternatural interveio rápido, ignorando a irmã:

— O senhor está levando vantagem, então. Nada sei ao seu respeito.

— Como eram enormes aqueles sujeitos. Ela não estava acostumada a se sentir tão pequenina.

O rosto amplo do Gama se contraiu, quando ele franziu o cenho.

— Ele foi o mestre desta alcateia por mais de um século, e não mencionou nada a nosso respeito para a senhora? — perguntou, no acentuado sotaque.

— Pode ser que não quisesse que *eu* soubesse dos senhores, e não que não desejasse conversar a respeito de sua ex-alcateia — sugeriu a preternatural.

O lobisomem fitou-a longamente, avaliando-a.

— Acho que ele não quis falar de nós, não é mesmo?

Sidheag os interrompeu.

— Já chega de intriga. Vamos levá-los até seus quartos. Rapazes, vão chamar os ajudantes: os danados dos ingleses não conseguem viajar com pouca bagagem.

Os quartos no andar de cima, bem como suas acomodações, pareciam em melhor estado que o restante do castelo, com cores neutras e cheiro de mofo. Os aposentos oferecidos ao casal Maccon estava razoavelmente limpo, porém bolorento, com decorações em tom castanho-avermelhado, fora de moda há no mínimo alguns séculos. Havia uma cama grande, dois

pequenos guarda-roupas, uma penteadeira para a preternatural e um toucador para seu marido. O padrão das cores e o aspecto em geral do ambiente levaram Lady Maccon a pensar em um esquilo úmido e insatisfeito.

Ela procurou um lugar seguro no quarto, para esconder a pasta de documentos, mas não achou. Como não parecia haver nenhum razoavelmente discreto ali, a preternatural resolveu ir até o terceiro cômodo após o seu, onde a srta. Hisselpenny tinha sido acomodada.

Ao passar por um dos aposentos, ela ouviu Felicity perguntar, com voz rouca:

— Oh, sr. Tunstell, crê que estarei em segurança no quarto ao lado do seu?

Instantes depois, viu o zelador, o pânico evidente em cada uma das sardas, sair do cômodo de sua irmã e se meter no refúgio da pequena alcova para criados, ao lado do toucador de Lorde Maccon.

Ivy estava ocupada tirando as roupas do baú, quando Alexia bateu com suavidade à porta e entrou.

— Puxa, ainda bem, Alexia. Eu estava só pensando, acha que tem fantasmas aqui? Ou pior, abantesmas? Por favor, não pense que tenho preconceito contra o círculo sobrenatural, mas não vou conseguir suportar uma quantidade excessiva de fantasmas, ainda mais os que estiverem no estágio final de disanimus. Ouvi falar que ficam meio perturbados da cabeça e que flutuam por aí perdendo pedaços de seus eus incorpóreos. Daí quando a gente dá a volta no corredor, depara com uma sobrancelha desencarnada adejando entre o teto e a palmeira de vaso. — Ela estremeceu ao empilhar com cuidado suas doze caixas de chapéus perto do guarda-roupa.

A preternatural pensou no que o marido dissera. Se os lobisomens dali não estavam conseguindo se transformar, então a praga de humanização devia estar infectando o Castelo de Kingair. E, nesse caso, o lugar estaria totalmente exorcizado.

— Tenho a estranha sensação de que não haverá fantasmas aqui — disse, com confiança.

A amiga não se convenceu.

— Mas, Alexia, sério mesmo, tem que admitir que este castelo parece ser do tipo que *deve* tê-los.

Lady Maccon deu um muxoxo, exasperada.

— Ah, Ivy, não seja ridícula. As aparências nada têm a ver com isso, já devia saber. Só nos romances góticos os fantasmas são ligados a elas, e nós duas sabemos como a ficção anda totalmente absurda nos últimos tempos. Os autores jamais conseguem entender *direito* os sobrenaturais. Então, o último que eu li afirmava que a metamorfose tinha a ver com *magia*, quando todo mundo sabe que há explicações científicas e médicas válidas para o excesso de alma. Ora, outro dia mesmo, li que...

A amiga a interrompeu depressa, antes que ela prosseguisse:

— Está bom, não precisa me perturbar com explicações intelectuais e documentos da Real Sociedade. Acredito em você. A que horas Lady Kingair disse que o jantar seria servido?

— Às nove, acho.

Outra expressão de pânico no rosto de Ivy.

— Será que eles vão servir — ela engoliu em seco — *haggis*, aquele prato típico escocês, com miúdos de carneiro?

Alexia fez uma careta.

— Com certeza, não na nossa primeira refeição. Mas melhor se preparar; nunca se sabe. — Conall já descrevera a desastrosa comida com injustificado deleite, ao longo da viagem na carruagem. As senhoras andavam apavoradas, desde aquele momento.

Ivy suspirou.

— Muito bem. Melhor nos vestirmos, então. Acha o meu vestido de tafetá violeta-claro apropriado para a ocasião?

— Para o *haggis*?

— Não, sua boba, para o jantar.

— Tem um chapéu que combine com ele?

Ivy parou de organizar a pilha de caixas de chapéus e olhou para a amiga, indignada.

— Alexia, não diga besteiras. É um vestido de *jantar*.

— Então, acho que ficará ótimo. Posso lhe pedir um favor? Tenho um presente para o meu marido nesta pasta. Se importa se eu a esconder aqui no seu quarto por enquanto, para que ele não o encontre sem querer? Gostaria de fazer uma surpresa.

Os olhos da srta. Hisselpenny brilharam.

— Oh, puxa vida! Que atitude mais adorável e amorosa. Nunca imaginei que você fosse romântica.

A preternatural fez uma careta.

— O que é? — quis saber Ivy.

Alexia quebrou a cabeça em busca de uma resposta. O que uma mulher poderia ter comprado para um homem e escondido numa pasta de documentos?

— Hã. Meias.

A amiga ficou desapontada.

— Só meias? Mal posso acreditar que elas requeiram tamanho sigilo.

— São especiais, para dar sorte.

A explicação não pareceu de todo implausível para Ivy, que encaixou a pasta de documentos atrás da pilha de caixas de chapéu.

— Posso precisar usá-la de vez em quando — informou Alexia.

Ivy ficou confusa.

— Por quê?

— Para, hum, verificar as condições, hum, das meias.

— Alexia, está se sentindo bem?

Lady Maccon comentou na hora, para despistar a amiga:

— Sabe, acabei de cruzar com Tunstell, que estava saindo dos aposentos de Felicity.

Ivy ficou boquiaberta.

— Não! — No mesmo instante, ela começou a ajeitar com furor os acessórios para o jantar, jogando as luvas, as joias e a touca de cabelo rendada em cima do vestido, que já estava estendido na cama.

— Alexia, não quero ser grosseira, mas realmente acho que a sua irmã é uma idiota.

— Ah, não tem o menor problema, minha querida. Eu mesma não a tolero. — Então Lady Maccon acrescentou, sentindo-se culpada por ter contado que vira Tunstell: — Quer que Angelique faça o seu penteado hoje? A chuva já arruinou o meu, e não creio que possa ser ajeitado, então seria um desperdício de esforço.

— Sério mesmo? Obrigada, seria ótimo. — Ela se animou na mesma hora.

Com isso, a preternatural foi para o próprio quarto, a fim de se trocar.

— Angelique? — A criada estava ocupada tirando as roupas dos baús, quando Lady Maccon entrou. — Eu disse a Ivy que você poderia se encarregar do penteado dela hoje. Nada pode ser feito para ajeitar o meu, a essa altura. — Os cachos escuros dela tinham se encrespado por completo em reação ao desagradável clima escocês. — Vou simplesmente colocar uma daquelas toucas rendadas horrendas de matronas, que você sempre tenta me fazer usar.

— Como queirra, milady. — Angelique fez uma mesura e foi seguir as ordens de sua senhora. Parou na entrada e se virou para fitar Lady Maccon. — Porr favorr, porr que Madame Lefoux ainda está conosco?

— Você não gosta mesmo dela, gosta?

A típica encolhida de ombros dos franceses foi dada, em reação à pergunta.

— Foi ideia de Conall, lamento dizer. Tampouco confio nela. Mas sabe como é o meu marido. Ao que tudo indica, o transmissor etereográfico não está funcionando direito. Eu sei, entendo sua expressão de surpresa. Quem diria que um fim de mundo como estes teria algo tão moderno? Mas, pelo visto, tem, e anda apresentando defeitos. Máquinas de segunda mão. Bom, o que se haveria de esperar? Seja como for, Conall trouxe Madame Lefoux para que ela pudesse dar uma olhada no dispositivo. Não pude fazer nada para impedi-lo.

Angelique ficou pálida ao ouvir isso, fez uma rápida mesura e foi se dedicar a Ivy.

A preternatural pôs-se a ponderar sobre a roupa que a criada lhe escolhera. E, então, considerando que não podia contar com o próprio senso de estilo para se sair melhor, acabou decidindo colocá-la.

Lorde Maccon entrou na hora em que a esposa lutava para fechar os botões do corpete do vestido.

— Ah, bom, aí está você. Pode fechar aqui para mim, por favor?

Ignorando por completo o pedido, o conde caminhou até ela, dando três passos ágeis, e afundou o rosto na lateral de seu pescoço.

A esposa soltou um suspiro exasperado, ao mesmo tempo se virando parcialmente para abraçar o pescoço dele.

— Querido, isso está ajudando muito. Já percebeu que temos um compromisso...

Ele a beijou.

Quando acabou tendo que respirar, Lorde Maccon disse:

— Olhe, querida, fiquei com vontade de fazer isso durante toda a viagem até aqui. — O conde levou a manzorra até o traseiro dela e pressionou seu corpo contra o corpanzil rígido.

— E eu que pensei que tinha passado a maior parte da jornada refletindo sobre questões políticas, pois estava com o cenho bastante franzido — comentou a esposa, com um sorriso.

— Bom, isso, também. *Posso* fazer duas coisas ao mesmo tempo. Por exemplo, agora estou conversando com você e pensando numa forma de tirar esse seu vestido.

— Marido, não pode tirá-lo de mim. Acabei de colocá-lo.

Pelo visto, ele não concordou com ela, pois passou a se concentrar em desfazer o trabalho cuidadoso dela e a jogar o vestido para o lado.

— Você gostou mesmo da sombrinha que lhe dei? — perguntou ele, com encantadora hesitação, passando as pontas dos dedos na parte superior das costas e nos ombros, agora nus, dela.

— Ah, Conall, que presente incrível, com emissor de interferência magnética, dardos venenosos e tudo o mais. Muita consideração de sua parte. Fiquei feliz em saber que não a tinha perdido durante a queda.

Ele parou bruscamente de acariciá-la.

— Queda? Que queda?

Ela conhecia muito bem aquele rugido explosivo. Colou mais ainda o corpo no dele, numa tentativa de distraí-lo.

— Hum — disfarçou.

Lorde Maccon a afastou ligeiramente, segurando-a pelos ombros.

Lady Maccon o afagou no peito da melhor forma possível.

— Ah, não foi nada, querido, só uma quedinha.

— Uma quedinha! Uma quedinha de onde, esposa?

Ela desviou os olhos, voltando-os para baixo, e tentou murmurar. Como sua voz era naturalmente enérgica, não deu muito certo.

— De um dirigível.

— De um dirigível. — O tom dele se mostrou duro e enfático. — E ele estava flutuando no ar, naquele momento?

— Hum, quer dizer, possivelmente, não bem no ar... mais na zona do, bem, éter...

Um olhar severo.

Lady Maccon inclinou a cabeça e o observou, sob os cílios.

Ele guiou a esposa, como se fosse um barco a remo difícil de controlar, para trás, rumo à cama, e a obrigou a se sentar nela. Em seguida, deixou-se cair ao seu lado.

— Quero saber de tudo desde o início.

— Está se referindo à noite em que acordei e descobri que você tinha vindo para a Escócia sem nem conversar comigo sobre a viagem?

O marido soltou um suspiro.

— Era um assunto sério, de família.

— E o que é que eu sou, uma conhecida superficial?

Ele teve a delicadeza de se mostrar um pouco envergonhado.

— Precisa me dar um pouco mais de tempo para me acostumar com a ideia de ter uma esposa.

— Quer dizer que não se habituou a isso, na última vez que se casou?

Lorde Maccon franziu o cenho.

— *Isso* foi há muito tempo.

— Assim espero.

— Antes da minha transformação. E foi por obrigação. Naquela época, ninguém virava lobisomem sem deixar um herdeiro. Eu seria proprietário de terras e não podia me tornar sobrenatural sem assegurar, primeiro, a prosperidade do clã.

Lady Maccon não o deixaria escapar impune por não lhe ter revelado esses detalhes, embora compreendesse seus motivos.

— Foi o que tinha deduzido, pelo fato de já ter tido um filho. O que eu questiono é ter tomado a decisão, por algum motivo, de não me dizer que ainda tinha descendentes vivos.

Lorde Maccon resfolegou, pegou a mão da esposa e acariciou o pulso dela com as mãos calosas.

— Você conheceu Sidheag. Gostaria de reivindicar seu parentesco?

A esposa suspirou e apoiou-se no ombro largo.

— Ela parece ser uma mulher boa e honrada.

— É uma tremenda rabugenta.

Lady Maccon sorriu, ainda apoiada no ombro dele.

— Bom, não restam dúvidas sobre que lado da família ela puxou. — A esposa mudou de tática. — Vai me contar algo importante sobre essa sua outra família? Quem era sua esposa? Quantos filhos tiveram? É provável que eu encontre outros Maccons importantes espalhados por aí? — Ela se levantou e continuou a se preparar para o jantar, tentando não demonstrar o quanto se importava com as respostas dele. Claro que sabia que ele tivera outras amantes; com dois séculos, ficaria preocupada se não tivesse tido, e quase todas as noites se sentia grata por aquela experiência. Mas esposas? Nisso ela não tinha pensado.

Lorde Maccon se deitou de costas na cama, cruzou os braços atrás da cabeça e observou-a com olhos predatórios. Não havia como negar — seu marido podia ser um homem impossível, mas era também uma fera incrivelmente sexy.

— E *você* vai me contar sobre a queda do dirigível? — contra-atacou ele.

Alexia colocou os brincos nas orelhas.

— E *você* vai *me* contar por que veio tão rápido para a Escócia, sem seu criado, deixando-me enfrentar o major Channing à mesa de jantar, Ivy comprando chapéus e metade de Londres ainda se recuperando de um grave surto de humanização? Sem falar no fato de eu ter que viajar por toda a Inglaterra *sozinha*.

Eles escutaram a voz estridente da srta. Hisselpenny no corredor e, em seguida, uma conversa com outras vozes, Felicity, talvez, e Tunstell.

O conde, ainda deitado poeticamente na cama, torceu o nariz.

— Está bem, então, viajar por toda a Inglaterra acompanhada de Ivy e da minha irmã, o que na certa é ainda pior, e por culpa sua.

Lorde Maccon se levantou, aproximou-se e abotoou a parte de trás do vestido dela. Alexia só ficou um pouco decepcionada. Eles estavam atrasados para o jantar, e ela, faminta.

— Por que veio até aqui, esposa? — quis saber ele, abruptamente.

Lady Maccon se inclinou para trás, exasperada. Os dois não estavam conseguindo chegar a lugar algum, com aquela conversa.

— Conall, diga-me uma coisa: conseguiu se transformar, desde que chegamos a Kingair?

O conde franziu a testa.

— Nem pensei em tentar.

Ela lhe lançou um olhar desconcertado pelo espelho, e ele a soltou e deu alguns passos para trás. Lady Maccon ficou observando, as mãos em geral inquietas dele, agora imóveis. Nada aconteceu.

Lorde Maccon balançou a cabeça e voltou a se aproximar.

— Impossível! Tive a sensação de estar em contato com você, tentando me transformar em lobisomem. Nada difícil, nem ilusório, simplesmente indisponível. Essa parte minha, a de lobisomem, desapareceu.

Ela se virou para ele.

— Vim porque sou muhjah, e essa imutabilidade está relacionada à Alcateia de Kingair. Vi você sumir de vista para conversar com o Beta. Faz meses que os membros desta alcateia não conseguem fazer a mutação, não é mesmo? Há quanto tempo exatamente isso está acontecendo? Desde que embarcaram no *Spanker* e voltaram para casa? Ou antes? Onde eles encontraram a arma? Na Índia? No Egito? Ou será algum tipo de peste que trouxeram para cá? O que aconteceu com eles no além-mar?

Lorde Maccon fitou a esposa pelo espelho, as manzorras nos ombros dela.

— Eles não vão me contar. Já não sou Alfa aqui. Não me devem nenhuma explicação.

— Mas você é o notívago-chefe do DAS.

— Estamos na Escócia, e o DAS não exerce muita influência aqui. Além disso, esses indivíduos fizeram parte da minha alcateia por gerações. Embora eu não queira mais liderá-los, tampouco desejo matá-los. E eles sabem disso. Só quero saber o que está acontecendo aqui.

— Você e eu, meu amor. Não se importa se eu quiser interrogar seus confrades a respeito disso?

— Não vejo como poderá se sair melhor que eu. Eles não sabem que você é muhjah, e é melhor mesmo que não revele esse fato. A Rainha Vitória não é adorada nesta região do planeta.

— Vou ser discreta. — As sobrancelhas do marido ergueram-se rumo aos céus, com isso. — Está bom, tão reservada quanto possível, no meu caso.

— Mal não fará — disse ele, mas, em seguida, pensou melhor. Tratava-se de Alexia, no fim das contas. — Desde que você evite usar essa sombrinha.

Sua esposa deu um sorriso malicioso.

— Vou ser direta, mas não tanto assim.

— Por que não acredito em você? Bom, tome cuidado com Dubh, ele pode ser difícil de lidar.

— Digamos que está aquém do talento do professor Lyall como Beta?

— Hum, não sou eu que devo julgar. Dubh nunca foi meu Beta, nem mesmo Gama.

Essa *era* uma novidade interessante.

— Mas o tal Niall, o que foi morto num combate ultramar, tampouco era o seu Beta?

— Não. O meu morreu — respondeu Lorde Maccon em poucas palavras, num tom de voz que deixava claro que não queria mais falar naquele assunto. — Sua vez. A tal queda do dirigível, esposa?

Alexia se levantou, já tendo acabado de se lavar.

— Alguém mais está no encalço: algum espião ou outro agente, um integrante do Clube Hypocras, talvez. Enquanto Madame Lefoux e eu passeávamos no convés de observação, alguém tentou nos empurrar para fora. Caí, e ela lutou com alguém. Consegui evitar a queda e voltei à segurança do dirigível. Não foi nada, na verdade, só que quase perdi a sombrinha. E já não gosto tanto da viagem em aeróstato.

— Imagino que não. Bom, esposa, tente evitar que a assassinem por pelo menos alguns dias.

— Você vai me contar a verdadeira razão que o levou a vir para a Escócia? Não pense que conseguiu me despistar com facilidade.

— Nunca duvidei de você, minha doce e tímida Alexinha.

Lady Maccon lhe lançou o olhar mais bravo de seu repertório e, então, eles desceram para jantar.

Capítulo 9

Em que suspiros são despedaçados

Lady Maccon usou um vestido de jantar preto com bainhas pregueadas brancas e laços de cetim desse mesmo tom, no decote e nas mangas. Teria lhe emprestado um ar manso e digno, só que, após a longa conversa com o marido, ela se esquecera por completo de prender o cabelo sob uma touca. Seus cachos escuros se mostravam revoltos, só parcialmente presos pelo penteado matinal, um paraíso de mechas eriçadas e encrespadas. Lorde Maccon adorou. Achou que ela parecia uma cigana exótica e se perguntou se ela apreciaria a ideia de usar argolas de ouro e dançar com uma saia vermelha rodada e os seios à mostra em seus aposentos. Todos os demais se sentiram ultrajados — imagine só a esposa de um conde comparecer a um jantar com os cabelos crespos. Nem mesmo na Escócia se fazia isso.

O restante do grupo já se encontrava na sala de jantar quando eles chegaram. Ivy desistiu de pôr o vestido violeta, optando, em vez disso, por uma verdadeira aberração de cor marrom-arroxeada, com inúmeros tufos franzidos, como aquelas saias balonê de tafetá, bem como uma faixa larga vermelho-escura na cintura, amarrada com um laço enorme sobre a anquinha. Felicity escolhera um atípico vestido rendado, nos tons de branco e verde-claro, que a fazia parecer enganosamente recatada.

A conversa já fluía bem. Madame Lefoux trocava ideias com um dos zeladores de Kingair, um jovem de óculos com sobrancelhas arqueadas, que lhe emprestavam uma eterna expressão de pânico e curiosidade. Ao que tudo indicava, conversavam sobre o defeito do etereógrafo e traçavam planos de examiná-lo após a refeição.

O Beta, o Gama e outros quatro integrantes da alcateia de Kingair pareciam desanimados e desinteressados do mundo ao redor, mas conversavam de forma descontraída o bastante com Ivy e Felicity sobre futilidades, tais quais o espantoso clima escocês e a espantosa comida escocesa. E as damas em questão procuraram dar a impressão de que gostavam mais do que de fato gostavam de ambos, ao passo que os cavalheiros procuraram dar a impressão de que gostavam menos do que era o caso.

Lady Kingair estava em bom estado de ânimo, agindo com vigor e petulância à cabeceira da mesa. Ela parou de gesticular de forma severa para os criados, a fim de fulminar com os olhos o tataravô distante e sua nova esposa, em virtude de seu atraso imperdoável.

Lorde Maccon hesitou ao entrar na sala, como se não soubesse ao certo onde se sentar. Na última vez em que estivera na residência, acomodara-se à outra cabeceira da mesa, um lugar ostensivamente vazio. Como convidado na antiga moradia, seu posicionamento tornou-se incerto. Um conde se sentaria numa cadeira, um parente noutra e um representante do DAS numa terceira. Algo em sua expressão dava a entender que comer com sua ex-alcateia já era um fardo grande o bastante. O que será que tinham feito, perguntou-se Lady Maccon, para deixá-lo tão indignado assim e se tornarem alvo de seu desprezo? Ou teria sido algo que seu marido fizera?

Lady Kingair percebeu a hesitação.

— Não consegue escolher? Não é bem típico da sua pessoa? Melhor pegar logo a cadeira de Alfa, vô, o que não seria nada de mais.

O Beta de Kingair interrompeu a conversa com Felicity (é verdade, moçoila, a Escócia é verde como ela só) e ergueu os olhos ao ouvir a sugestão.

— Ele não é Alfa aqui! Enlouqueceu?

A mulher se levantou.

— Cale a boca, Dubh. Alguém tem que lutar com os desafiadores, e você vira a barriga para cima diante do primeiro homem capaz de adotar a Forma de Anúbis.

— Não sou covarde!
— Diga isso para o Niall.
— Eu dei cobertura. Ele não percebeu os sinais nem farejou nada. Devia ter se dado conta de que iam armar uma emboscada.

A conversa foi morrendo naquele momento. Até mesmo Madame Lefoux e o sr. Sobrancelhas Espantadas interromperam sua disputa pela superioridade científica conforme a tensão se espalhava à mesa de jantar. A srta. Loontwill parou de flertar com o sr. Tunstell, que, por sua vez, parou de olhar esperançoso para a srta. Hisselpenny.

Numa tentativa desesperada de restabelecer a conversa civilizada e as boas maneiras, Ivy disse, em alto e bom som:

— Vejo que estão trazendo o peixe. Que surpresa agradável. Adoro pescado. Também gosta senhor, hã, Dubh? É tão, hum, salgado.

O Beta voltou a se sentar, atônito. Lady Maccon se compadeceu dele. Que comentário fazer ante àquele? O cavalheiro — pois ainda podia ser considerado um, apesar do temperamento explosivo e das tendências lupinas — respondeu, exatamente como mandava o figurino:

— Eu também gosto muito de peixe, srta. Hisselpenny.

Alguns filósofos ousados afirmaram que os bons modos da era moderna foram se desenvolvendo para manter os lobisomens calmos e bem-comportados em público. De acordo com essa teoria, a etiqueta de certo modo transformava a alta sociedade numa espécie de alcateia. Alexia nunca dera muito crédito a essa visão, mas ver Ivy, por meio do simples uso de uma pergunta fútil sobre peixes, domar um sujeito como aquele, era bastante notável. Talvez a hipótese tivesse lá seu fundo de verdade.

— De qual o senhor gosta mais? — insistiu a srta. Hisselpenny, com voz insinuante. — Os peixes de carne rosada, branca ou os maiores, meio acinzentados?

Lady Maccon e Lorde Maccon se entreolharam, e ela tentou não rir. A preternatural se sentou à esquerda do marido e, com isso, o peixe em questão foi servido e o jantar prosseguiu.

— Eu gosto de peixe — estridulou Tunstell.

Felicity procurou atrair de imediato a atenção dele para si.

— É mesmo, sr. Tunstell? Qual é seu tipo favorito?

— Bom — o zelador hesitou —, sabe, os, hã, os que — ele fez um movimento oscilante com ambas as mãos —, hã, nadam.

— Esposa, o que é que sua irmã está aprontando? — perguntou num sussurro o conde para Lady Maccon.

— Ela só está flertando com Tunstell porque Ivy o quer.

— E por que a srta. Hisselpenny haveria de ter algum interesse pelo meu criado e ator?

— Exatamente! — exclamou Lady Maccon, com entusiasmo. — Que bom que concordamos nessa questão: uma união muito inadequada.

— Mulheres — disse o marido, perplexo, inclinando-se para pegar uma porção de peixe, de carne branca.

A conversa não chegou a melhorar muito depois disso. A preternatural lamentava profundamente estar longe demais de Madame Lefoux e seu acompanhante com inclinação científica para travar um diálogo intelectual. Não que pudesse ter contribuído: os dois tinham passado a tratar de transmogrificação etereomagnética, o que ia muito além de seu próprio conhecimento superficial. De todo modo, ali pelo menos havia uma conversa, ao contrário de seu lado da mesa. Seu marido se concentrava em comer como se fizesse dias que não se alimentasse, e esse devia ser mesmo o caso. Lady Kingair parecia incapaz de pronunciar frases multissilábicas que não fossem crassas ou autoritárias, e Ivy continuou a fazer comentários sobre peixes, chegando a um ponto que Alexia não toleraria, se fosse o alvo deles. Nesse caso o principal problema é que a srta. Hisselpenny não sabia nada sobre peixe — um fato essencial, que, pelo visto, ela não notara.

Por fim, já desesperada, Lady Maccon tomou as rédeas da conversa e perguntou, casualmente, se a alcateia estava desfrutando de suas férias da maldição dos lobisomens.

Lorde Maccon revirou os olhos. Não imaginara que sua esposa indomável confrontaria a alcateia de forma tão direta, em grupo, e durante o jantar. Achou que ao menos lidaria com os integrantes individualmente. Mas, claro, a sutileza nunca fora seu forte.

O comentário da preternatural interrompeu até a conversa sobre peixes da srta. Hisselpenny.

— Oh, não, os senhores também foram afetados? — indagou Ivy, olhando compassiva para os seis lobisomens sentados à mesa. — Eu tinha ouvido falar que integrantes do círculo sobrenatural estavam, hã, indispostos na semana passada. Minha tia disse que todos os vampiros se refugiaram nas suas colmeias, e a maioria dos zangões foram chamados. Ela ia a um concerto, mas ele foi cancelado por causa da ausência de um pianista da Colmeia de Westminster. Toda Londres ficou em polvorosa. Sim, porque não há muitos... — ela fez uma pausa, ao perceber que falara mais do que devia — ... bem, não existem muitos indivíduos do *grupo dos sobrenaturais* em Londres, mas, sem sombra de dúvida, há um *rebuliço* quando não podem sair de suas casas. Claro que sabíamos que os lobisomens deviam ter sido afetados também, mas Alexia não chegou a fazer comentário algum sobre isso para mim, chegou? Ora, eu até me encontrei com você, no dia seguinte, e não mencionou nada a respeito. Os integrantes de Woolsey não foram afetados?

Lady Maccon nem se deu ao trabalho de responder à amiga. Em vez disso, dirigiu os olhos castanhos perspicazes para a Alcateia de Kingair sentada à mesa. Seis escoceses grandalhões, com expressões culpadas, que, ao que tudo indicava, nada tinham a dizer em benefício próprio.

Os integrantes da alcateia se entreolharam. É evidente que supuseram que Lorde Maccon já contara à esposa que eles estavam imutáveis, mas acharam um tanto inoportuno, para não dizer direto demais, da parte dela, trazer o assunto à baila em público, durante o jantar.

Por fim, o Gama comentou, sem jeito:

— Esses últimos meses têm sido interessantes. Claro que Dubh e eu somos sobrenaturais há tempo suficiente para enfrentarmos com segurança a luz do dia, com poucas das, hum, dificuldades associadas a ela, pelo menos durante a lua nova. Mas os demais vêm desfrutando destas férias.

— Faz apenas algumas décadas que sou lobisomem, mas não tinha me dado conta do quanto sentia falta do sol — comentou um dos integrantes mais jovens da alcateia, que falou pela primeira vez.

— Lachlan anda cantando de novo: não se pode ficar bravo com isso.

— Mas já está começando a incomodar — disse um terceiro. — A humanidade, não a cantoria — acrescentou rapidamente.

O primeiro deu um largo sorriso.

— É, imagine só, no início sentimos falta da luz do dia, agora sentimos falta da maldição. Quando a gente se acostuma a ser lobo durante boa parte do tempo, é difícil não poder mais ser.

O Beta lhe lançou um olhar de advertência.

— Ser mortal é muito inconveniente — reclamou mais um integrante, ignorando o Beta.

— Ultimamente, até um cortezinho bobo leva séculos para sarar. E a gente se sente fraco demais, sem a força sobrenatural. Antes, eu levantava a parte de trás de uma carruagem, mas, agora, só de carregar as caixas de chapéus da srta. Hisselpenny fiquei com taquicardia.

Lady Maccon deu uma risadinha.

— Imagine só se visse os chapéus que estão dentro.

— Eu tinha me esquecido de como fazer a barba — prosseguiu o primeiro, rindo.

Felicity ficou boquiaberta, e Ivy enrubesceu. Falar da toalete masculina à mesa — onde já se vira tamanha indiscrição?

— Lobinhos — repreendeu Lady Kingair —, já chega desse assunto.

— Sim, milady — disseram os três integrantes, fazendo uma mesura. Todos tinham o dobro, talvez o triplo, da idade dela. Provavelmente a tinham visto crescer.

Fez-se silêncio.

— Então, todos os senhores continuam a *envelhecer*? — quis saber Lady Maccon. Era direta, o que, na verdade, fazia parte de seu charme. O conde olhou para sua tataraneta. Sidheag devia estar furiosa por não poder mandar a preternatural, uma convidada, calar a boca.

Ninguém respondeu à pergunta. Mas a expressão preocupada da alcateia dizia tudo. Eles tinham voltado à total condição de seres humanos — ou ao estado mais próximo dela que criaturas que tinham parcialmente morrido no passado podiam chegar. *Mortais* talvez fosse a palavra mais adequada. Significava que eles podiam acabar de morrer agora, tal como qualquer outro mortal. Claro que Lorde Maccon se encontrava na mesma situação.

Lady Maccon mastigou uma pequena porção de lebre.

— Parabéns por não entrarem em pânico. Mas estou curiosa: por que não procuraram assistência médica em Londres? Ou talvez o DAS,

para se informarem melhor? Afinal de contas, fizeram escala lá, junto com os demais regimentos.

A alcateia olhou para o marido dela, pedindo que os salvasse de sua esposa. Mas a expressão do conde dizia tudo: eles estavam à mercê dela, pois ele apreciava a carnificina. Não obstante, ela não precisava ter perguntado. Sabia muito bem que a maior parte das criaturas sobrenaturais não confiava nos médicos modernos, e aquela alcateia dificilmente teria pedido auxílio ao DAS londrino, com Lorde Maccon no comando. Claro que quiseram sair de Londres o mais rápido possível, buscando refúgio na segurança de suas covas e escondendo a vergonha, com o rabo entre as pernas — só uma maneira de falar, evidentemente, pois isso já não era mais possível. Não havia rabos à vista.

Para alívio da alcateia, o prato seguinte chegou, vitela e torta de presunto acompanhada de purê de couve-flor e beterraba. Lady Maccon agitou o garfo, de forma expressiva, e perguntou:

— E, então, como foi que aconteceu? Comeram algum curry contaminado quando estavam na Índia?

— Perdoem a minha esposa — comentou Lorde Maccon, com um largo sorriso. — Gesticula bastante, com todo o sangue italiano que tem.

O silêncio constrangedor persistiu.

— Todos os senhores estão doentes? Conall acha que são vítimas de uma praga. Será que vão contaminar o meu marido, além de sua própria alcateia? — A preternatural se virou para olhar de maneira enfática para o conde, sentado ao seu lado. — Não sei bem o que eu sentiria em relação a isso.

— Obrigado pela preocupação, esposa.

O Gama (como era mesmo que o marido o havia chamado? Ah, sim, Lachlan) disse, brincando:

— Pode tirar o cavalinho da chuva, Conall. Não espere contar com a solidariedade de uma quebradora de maldição, mesmo tendo se casado com ela.

— Ouvi falar nesse fenômeno — comentou de repente Madame Lefoux, dirigindo a atenção à conversa. — Como não chegou ao meu bairro, não o vivenciei em primeira mão; seja como for, estou convencida de que deve haver uma explicação científica lógica.

— Cientistas! — sussurrou Dubh. Dois de seus companheiros de alcateia anuíram.

— Por que ficam chamando Alexia de quebradora de maldição? — indagou Ivy.

— Exato. Ela não é simplesmente uma maldição? — disse Felicity, sem ajudar.

— Irmã, você faz os comentários mais amáveis possíveis — retrucou Lady Maccon.

O Gama da alcateia de Kingair aproveitou a oportunidade para mudar de assunto.

— Por falar nisso, achei que o nome de solteira de Lady Maccon fosse Tarabotti, mas a senhorita é Loontwill.

— Oh — Felicity deu um sorriso gracioso —, temos pais diferentes.

— Ah, *entendo*. — O Gama franziu o cenho. — *Aquele* Tarabotti. — O lobisomem olhou para a preternatural com súbito interesse. — Eu nunca imaginei que *ele* fosse se casar.

O Beta também olhou para Lady Maccon com curiosidade.

— É verdade. E ter filhos. Dever cívico, suponho.

— Conheceram meu pai? — Ela ficou, de repente, intrigada e, verdade seja dita, acabou se distraindo da linha de investigação.

Os dois lobisomens se entreolharam.

— Não pessoalmente. Sabíamos *dele*, claro. Um viajante e tanto.

Felicity comentou, torcendo o nariz:

— Mamãe sempre disse que nunca se lembrava do motivo que a levou a se casar com um italiano. Alegou que foi um casamento por conveniência, embora, pelo que sei, ele fosse um homem muito charmoso. Não durou, claro. Ele morreu logo depois que Alexia nasceu. Imagine que coisa mais constrangedora, simplesmente bater as botas desse jeito. Demonstra que não dá para confiar nos italianos. Mamãe ficou bem sem ele. Ela se casou com papai logo depois.

Lady Maccon se virou para o marido.

— *Você* conheceu meu pai também? — perguntou baixinho, para manter o tema em segredo.

— Não como tal.

— Em algum momento, meu caro marido, eu e você vamos ter uma conversinha sobre os métodos adequados para a transmissão completa de informações. Estou farta de me sentir por fora o tempo todo.

— Acontece, esposa, que tenho dois séculos a mais que você. Não dá para lhe contar tudo o que aprendi e listar todas as pessoas que conheci ao longo desses anos.

— Não me venha com desculpas esfarrapadas — sussurrou ela.

Enquanto os dois discutiam, a conversa travada durante o jantar prosseguiu sem ambos. Madame Lefoux começou a explicar que achava que a corrente magnética da válvula cristalina do ressonador do transmissor etereográfico devia estar fora de alinhamento. O que se agravava, claro, pelo nível de improbabilidade de transferência durante o clima rigoroso.

Ninguém, exceto o zelador de óculos, conseguiu entender uma palavra de sua explicação, mas todos anuíram sabiamente, como se houvessem compreendido. Até mesmo Ivy, que estava com uma expressão de rato silvestre tomado de certo pânico, fingiu interesse.

Tunstell passou, solícito, a bandeja de bolinhos de batata para a srta. Hisselpenny, mas ela o ignorou.

— Ah, obrigada, sr. Tunstell — disse Felicity, estendendo o braço para pegar um, como se ele os tivesse oferecido a ela.

Ivy ficou indignada.

O zelador, ao que tudo indicava frustrado com a rejeição contínua da srta. Hisselpenny, virou-se na direção da srta. Loontwill e começou a conversar com ela sobre a recente chegada de instrumentos para curvar os cílios, importados de Portugal.

A amiga de Alexia ficou ainda mais aborrecida com isso e desviou o rosto do ruivo, para participar do debate dos lobisomens a respeito da possibilidade de irem caçar na manhã seguinte. Não que soubesse qualquer coisa sobre armas e caçadas, mas a falta de conhecimento sobre um assunto nunca a impedira de tratar dele de forma poética.

— Acho que o estrondo da maioria das armas tem grande alcance — comentou a srta. Hisselpenny, sabiamente.

— Hã... — Os cavalheiros ao seu lado pararam de falar, aturdidos.

Ah, Ivy, pensou Alexia, feliz, *espalhando uma névoa verbal aonde quer que vá.*

— Já que podemos caçar durante o dia, melhor aproveitarmos para ir ao amanhecer, em nome dos velhos tempos — comentou Dubh, ignorando o comentário da srta. Hisselpenny.

— Dubh é o nome ou o sobrenome dele? — perguntou Lady Maccon ao marido.

— Boa pergunta. Nos cento e cinquenta anos em que tive que aguentar aquele sujeito, ele nunca chegou a me contar. Não sei muito a respeito do passado dele antes de Kingair. Chegou como lobo solitário, no início do século XVIII. É meio encrenqueiro.

— Ah, e você não sabe nada sobre sigilo e encrenca, não é mesmo, marido?

— Touché, esposa.

O jantar terminou e, por fim, as damas deixaram os cavalheiros, para que eles fossem tomar suas bebidas.

Lady Maccon nunca apoiou a tradição, originada pelos vampiros, da separação dos sexos após o jantar. Afinal de contas, o que tinha começado como uma homenagem à superioridade da rainha da colmeia e sua necessidade de privacidade, parecia um menosprezo da capacidade feminina de consumir bebidas de qualidade. Não obstante, Alexia aproveitou aquela oportunidade para tentar confraternizar com Lady Kingair.

— A senhorita é totalmente humana, mas dá a impressão de agir como fêmea Alfa. Como é possível? — perguntou a preternatural, acomodando-se no canapé empoeirado e tomando um golinho de xerez.

— Eles estão sem líder, e sou a única que resta. — A escocesa era tão direta, que chegava a ser grosseira.

— Gosta de liderar? — A preternatural estava, de fato, curiosa.

— Creio que a situação funcionaria um pouco melhor se eu fosse um lobisomem de verdade.

Lady Maccon ficou surpresa.

— Mas gostaria mesmo de tentar? O risco é muito grande para o sexo mais frágil.

— Gostaria, mas o seu marido ignorou a minha vontade. — Ela não precisou dizer que a opinião de Lorde Maccon era a única que importava. Só o Alfa que conseguia adotar a Forma de Anúbis podia criar outros lobisomens. A preternatural nunca testemunhara uma metamorfose inicial, mas já lera trabalhos científicos a respeito dela. Algo sobre o resgate da alma necessitando de ambas as formas ao mesmo tempo.

— Ele acha que a senhorita morreria durante a tentativa. E seria nas mãos dele. Bom, nas suas presas.

A mulher sorveu o próprio xerez e anuiu. De repente, pareceu ter cada um de seus quarenta anos, talvez até mais.

— E sendo eu a última da linhagem mortal dele — ressaltou Sidheag Maccon.

— Ah, entendo — Lady Maccon assentiu. — E ele teria que lhe dar a mordida completa. É um fardo pesado que lhe pede, acabar com sua descendência mortal. Foi por isso que ele deixou a alcateia?

— Acha que eu o levei a fazer isso de tanto ficar pedindo? Não está a par do que realmente aconteceu?

— Claro que não.

— Então, não cabe a mim contar. Casou-se com o sujeito, pergunte a ele, então.

— Acha que não tentei?

— Uma raposa velha, meu tataravô, sem sombra de dúvida. Diga para mim, por que *realmente* se uniu a ele? Pelo título que detém no condado? Por ele dirigir o DAS, órgão que vigia o seu tipo? O que alguém como a senhora ganharia com essa união?

O que Lady Kingair pensava era óbvio. Via a preternatural como uma pária, que se casara com Lorde Maccon por cobiçar sua posição social ou econômica.

— Sabe, eu me faço essa pergunta todos os dias — respondeu ela, sem cair na armadilha.

— Não é natural uma união como essa.

Lady Maccon observou ao redor, para ver se as outras damas podiam ouvi-la. Madame Lefoux e a srta. Hisselpenny tinham começado a se queixar um pouco das viagens de longa distância, com a ligeireza típica dos que adoraram a experiência. Felicity se acomodara no lado mais distante da sala, de onde observava a noite chuvosa.

— Claro que não é natural. Como poderia ser, se nenhum de nós é? — comentou a preternatural, com desdém.

— Não consigo decifrá-la, quebradora de maldição — retrucou Sidheag.

— Na verdade, é muito simples. Eu sou como a senhorita, sendo que sem alma.

A outra se inclinou para frente. Os familiares olhos castanho-amarelados dela sob um cenho franzido igualmente familiar.

— Fui criada pela *alcateia*, moçoila. A intenção sempre foi a de que eu me tornasse Alfa fêmea e os liderasse, com ou sem a transformação por parte do meu tataravô. Já a senhora simplesmente está nessa posição por ter se casado com ele — disse ela, com o forte sotaque.

— E, nisso, a senhorita leva vantagem em relação a mim. No entanto, em vez de me adaptar, eu estou treinando a *minha* alcateia para que aceite minha maneira de agir.

Um meio sorriso surgiu na face austera da escocesa.

— Aposto que o major Channing deve ter enlouquecido com a sua presença.

Lady Maccon riu.

Quando finalmente sentia que começava a conquistar a confiança de Lady Kingair, um grande baque reverberou na parede mais próxima da sala de jantar.

As mulheres se entreolharam, assustadas. Madame Lefoux e Lady Maccon se levantaram de imediato e se dirigiram rápido para a sala em que tinham ceado. Lady Kingair fora no encalço, apenas alguns passos atrás, e as três irromperam no ambiente e encontraram Lorde Maccon e Dubh, o Beta de Kingair, numa luta corporal em cima da mesa enorme, rolando sobre as sobras do que havia sido um conhaque excelente e uma bandeja com suspiros puxa-puxa. Os demais integrantes da alcateia, os zeladores de Kingair ali presentes e Tunstell, tinham se afastado, e assistiam ao combate como espectadores de uma corrida.

Tunstell comentava:

— Ah, muito bom esse gancho de Lorde Maccon e, hã, opa, Dubh deu um *chute*? Péssima forma, na verdade, terrível, terrível.

A preternatural fez uma pausa, olhando para os dois escoceses enormes rolando em cima dos farelos grudentos dos suspiros despedaçados.

— Lachlan, dê-me notícias! — vociferou Lady Kingair, por sobre a barulheira. — O que está acontecendo?

O Gama, que Lady Maccon considerara receptivo até aquele momento, deu de ombros.

— A questão tem que vir à tona, mestra. Sabe como ajustamos contas.

A tataraneta meneou a cabeça, a trança grisalha balançando de um lado para outro.

— Ajustamos contas com unhas e presas, não em carne e ossos. Não é assim que agimos. Isso não faz parte do protocolo da alcateia!

Lachlan deu de ombros de novo.

— Como não dá para usar as presas, essa é a melhor alternativa. Não pode impedir que lutem, mestra, pois foi feito o desafio. Todos nós testemunhamos quando ocorreu.

Os outros integrantes da alcateia anuíram, com expressão séria.

Dubh acertou um soco de direita no queixo de Lorde Maccon, que o lançou para trás.

Lady Kingair deu um passo para o lado às pressas, para desviar de uma bandeja de prata que deslizou pela mesa em sua direção.

— Por Júpiter! — exclamou a srta. Hisselpenny, à entrada. — Acho que eles estão brigando de verdade!

Tunstell entrou em ação na hora.

— Não é o tipo de cena que uma dama deveria presenciar, srta. Hisselpenny — disse ele, indo rápido até ela e conduzindo-a para fora da sala.

— Mas... — protestava ela.

A preternatural sorriu, orgulhosa porque o zelador não se preocupara com suas suscetibilidades. Madame Lefoux, observando que Felicity ainda assistia à luta com olhos arregalados e interessados, olhou para Lady Maccon e saiu da sala, levando a irmã de Alexia a reboque.

Lorde Maccon deu uma cabeçada na barriga de Dubh, impelindo o Beta para trás, rumo à parede. A sala inteira estremeceu com o impacto.

Agora, pensou a preternatural, com malícia, *Kingair vai ter que se reestruturar*.

— Pelo menos, vão brigar lá fora! — bradou Lady Kingair.

Havia sangue por toda parte, além de conhaque derramado, cacos de vidro e suspiros despedaçados.

— Pela madrugada — começou a dizer Lady Maccon, exasperada —, não vê que, como seres humanos, eles podem se machucar gravemente se continuarem a se engalfinhar desse jeito? Eles não têm a força sobrenatural nem para receber esses golpes nem o poder de cura sobre-humano para se recuperar deles.

Ambos os homens rolaram para a lateral da mesa e caíram com um baque surdo.

Puxa vida, pensou a preternatural, vendo que o marido sangrava muito pelo nariz, *espero que Conall tenha trazido um plastrom extra*.

Não estava muito preocupada, pois depositava muita confiança nas habilidades pugilísticas do marido. Ele lutava boxe com frequência no Whites, e fora o parceiro que *ela* escolhera. Claro que ganharia a luta, mas a contenda entre cavalheiros era inaceitável. Não se podia permitir que o combate prosseguisse por muito mais tempo. Imagine só, os coitados dos criados de Kingair, tendo que limpar aquela tremenda bagunça.

Com isso em mente, Lady Maccon deu a volta e foi pegar com determinação a sombrinha.

Nem precisava ter se incomodado. Quando voltou, com os dardos soníferos carregados e a sombrinha pronta para lançá-los, os dois homens já estavam caídos em cantos opostos da sala. Dubh agarrava a cabeça e dava umas tossidas ofegantes e dolorosas, e Lorde Maccon se encontrava inclinado para o lado, o sangue escorrendo do nariz e um dos olhos já quase fechado, de tão inchado.

— Bom, que bela cena — comentou ela, apoiando a sombrinha na parede e se agachando para examinar o rosto de Conall com delicadeza.

— Nada que um pouco de vinagre não resolva. — Lady Maccon se dirigiu a um dos zeladores. — Vá depressa pegar vinagre de cidra, meu bom rapaz. — Lorde Maccon a observava por sobre o plastrom, que pressionava contra o nariz. Ah, não restava nada a fazer, a gravata já fora arruinada, de qualquer forma.

— Não sabia que se importava, esposa — resmungou ele, embora se inclinasse na direção do toque suave dela.

Para não parecer compassiva demais, ela começou a remover os farelos de suspiro do smoking dele.

Ao mesmo tempo, fitou o Beta de Kingair e perguntou:

— Ajustaram as contas para satisfação mútua dos senhores?

Dubh observou-a com frieza, deixando transparecer certo desgosto profundo com a existência dela e, portanto, mais ainda com sua pergunta. Lady Maccon limitou-se a menear a cabeça diante de tamanha petulância.

O zelador de Kingair voltou com um frasco de vinagre de cidra. A preternatural começou a passá-lo no rosto e no pescoço do marido.

— Ai! Vá com calma, isso arde!

Dubh se levantou.

No mesmo instante, Lorde Maccon fez o mesmo. Não poderia deixar de fazê-lo, supôs a esposa, para manter a dominância. Ou talvez fosse por estar tentando escapar das atenções avinagradas da esposa.

— Eu sei que arde. Não é nada bom ter que sarar da forma tradicional, não é mesmo, meu corajoso guerreiro de poltrona? Talvez assim pare para pensar na próxima vez que quiser começar uma briga num espaço fechado. Francamente, dê uma olhada nesta sala. — Ela deu um muxoxo. — Os dois deviam ter vergonha de si mesmos.

— Nenhuma conta foi ajustada — ressaltou Dubh, voltando depressa para sua posição curvada no piso atapetado. Ao que tudo indicava, apanhara mais. Um dos braços parecia quebrado, e havia um talho profundo no lado esquerdo da maçã do rosto.

Não obstante, a aplicação enérgica de vinagre da preternatural, pelo visto, rompeu a inércia dos demais, que começaram a se alvoroçar em torno do Beta caído, imobilizando o braço dele e cuidando das feridas.

— Você nos abandonou. — O Beta de Kingair parecia uma criança insolente.

— Todos vocês sabem *exatamente* por que fui embora — resmungou Lorde Maccon.

— Hum — disse Lady Maccon com timidez, levantando a mão —, eu não.

Os presentes a ignoraram.

— Não conseguiu controlar a alcateia — acusou Dubh.

Todos ficaram boquiabertos. Exceto a preternatural, que não compreendia a gravidade do insulto e estava ocupada, tentando tirar os últimos restos de suspiro do smoking do marido.

— Isso não é justo — disse Lachlan, sem sair do lugar. Sem saber ao certo a quem apoiar, o Gama se manteve longe tanto de Conall quanto de Dubh.

— *Vocês me* traíram. — Lorde Maccon não gritou, mas as palavras ressoaram, pois, embora ele não pudesse se transformar em lobisomem, elas continham toda a sua ira de lobo.

— E você nos dá o troco na mesma moeda? O vazio que deixou considera justo?

— Não há nada de justo no protocolo da alcateia. Nós dois sabemos disso, há apenas o protocolo, e nada mais. E não havia elemento algum respaldando o que fizeram. Foi totalmente inédito. Então, eu me vi aflito, com a dúbia satisfação de ter que inventar um por conta própria. O abandono parecia a melhor solução, já que eu não queria passar outra noite na presença de vocês.

A preternatural olhou para Lachlan. Ele estava com os olhos marejados.

— Além do mais — o tom de voz do conde se suavizou —, Niall era uma alternativa muito boa para Alfa. Soube que os liderou bem. Casou-se com uma descendente minha. Ele conseguiu domá-los o bastante por décadas, quando os chefiou.

Lady Kingair por fim falou, com voz estranhamente doce:

— Niall foi meu parceiro, e eu o amava. Era um excelente estrategista e ótimo soldado, mas não um Alfa de verdade.

— Está dizendo que não foi dominante o bastante? Nunca ouvi nada a respeito de falta de disciplina. Sempre que eu fazia uma vistoria em Kingair, todos vocês pareciam satisfeitos. — A voz de Conall continuava suave.

— Ah, quer dizer que acabou dando umas espiadas em nós, seu lobo velho? — Lady Kingair pareceu mais magoada que aliviada.

— Claro que sim. Vocês *foram* minha alcateia, antes.

O Beta ergueu os olhos, do ponto em que ainda se encontrava, no chão.

— Você nos deixou enfraquecidos, Conall, e sabia disso. Niall não conseguia se transmutar na Forma de Anúbis, e a alcateia não podia procriar. Por isso, os zeladores nos abandonaram e os lobos solitários da região se rebelaram, pois não tínhamos um Alfa lutando pela nossa integridade.

Lady Maccon olhou de esguelha para o marido. A expressão dele se mostrava tão impassível quanto inflexível. Ao menos, o pouco que ela conseguia ver por trás do olho inchado e do plastrom ensanguentado lhe dera essa impressão.

— Você nos traiu — repetiu o Gama, como se isso desse um basta no assunto. O que, no mundo de Lorde Maccon, provavelmente dava. Havia poucas coisas que ele valorizava mais que lealdade.

A preternatural resolveu deixar clara a sua presença.

— Que diferença fazem essas recriminações? Não há nada que possa ser feito agora, já que nenhum dos senhores pode se transformar em nada, nem em Anúbis ou no que quer que seja. Não se podem criar lobos novos, nem encontrar outros Alfas, nem travar lutas de desafio. Por que ficar discutindo sobre a situação anterior, quando estamos imersos numa periclitante?

Lorde Maccon a fitou.

— Salve minha Alexia, sempre prática. Agora entendem por que me casei com ela?

— Uma tentativa de controle desesperada, porém vã? — quis saber Lady Kingair, com sarcasmo.

— Hum, ela tem garras. Tem certeza de que nunca a mordeu para transformá-la, marido? Ela demonstra ter o temperamento de um lobisomem. — A preternatural podia ser tão sarcástica quanto qualquer um.

O Gama deu um passo à frente, olhando para Lady Maccon.

— Peço desculpas, milady, sendo a senhora uma convidada recém-chegada. Devemos estar parecendo os bárbaros que os ingleses acham que somos. É que a ausência de um Alfa por tantas luas está nos deixando nervosos.

— Ah, e eu pensando que se comportavam assim por causa dessa situação difícil de não poderem mudar de forma — retrucou a preternatural, depressa.

Ele deu um largo sorriso.

— Bom, isso também.

— Lobisomens sem Alfas costumam se meter em confusão? — quis saber ela.

Ninguém respondeu.

— Não creio que vão nos contar que percalços tiveram no alémmar? — Lady Maccon tentou deixar transparecer que não estava muito interessada, pegando com naturalidade o braço do marido.

Silêncio.

— Bom, acho que todos nós já tivemos suficiente comoção por uma noite. Já que têm se mantido na forma humana nos últimos meses, suponho que estão ficando acordados durante o dia?

Lady Kingair anuiu.

— Nesse caso, Conall e eu lhes desejamos boa noite — disse a preternatural, ajeitando o vestido.

— Nós desejamos? — perguntou Lorde Maccon, hesitante.

— Boa noite — repetiu a esposa com firmeza para a alcateia e os zeladores. Pegando a sombrinha com uma das mãos e o braço do marido com a outra, ela quase o arrastou da sala.

O conde a seguiu, obediente, em passos pesados.

No ambiente que deixaram para trás, ficaram expressões entre pensativas e divertidas.

— O que está tentando fazer, esposa? — perguntou Lorde Maccon assim que chegaram ao andar de cima, onde ninguém poderia ouvi-los.

Alexia grudou o corpo no dele e o beijou apaixonadamente.

— Ai — exclamou ele, quando os dois se afastaram, embora tivesse participado com prazer. — Boca machucada.

— Oh, veja o que fez com o meu vestido! — A preternatural olhou para o sangue que passara a decorar o acabamento em cetim branco.

Lorde Maccon absteve-se de salientar que fora ela que iniciara o beijo.

— Você é mesmo impossível! — prosseguiu ela, dando um tapinha num dos poucos pontos sem machucados do corpo dele. — Poderia ter morrido numa briga assim, sabia?

— Ah, balela. — O conde agitou a mão no ar, desconsiderando a ideia. — Para um Beta, Dubh não é bom lutador nem quando está transformado em lobisomem. Mal tem a capacidade de combate de um ser humano.

— *Ainda assim*, é um soldado treinado. — Ela não ia deixar o assunto morrer.

— Já se esqueceu, esposa, de que eu também sou?

— Mas *você* não tem treinado. Faz anos que o Alfa da Alcateia de Woolsey não participa de operações militares.

— Está dizendo que estou envelhecendo? Vou lhe mostrar quem está velho. — Ele a pegou no colo como um amante latino exagerado e a carregou até o quarto.

Angelique, que estivera concentrada numa espécie de arrumação do guarda-roupa, foi embora depressa.

— Pare de tentar me distrair — disse Lady Maccon, alguns instantes depois. Nesse ínterim, seu marido conseguira fazê-la tirar boa parte da roupa.

— Eu, distraí-la? Foi você que me arrastou até aqui justo quando a situação estava ficando interessante.

— Eles não vão nos contar o que está acontecendo, por mais que tentemos pressioná-los — observou Alexia, desabotoando a camisa dele e assobiando, consternada, ao ver a quantidade de grandes marcas vermelhas, destinadas a se tornarem hematomas espetaculares na manhã seguinte. — Nós simplesmente vamos ter que descobrir por conta própria.

Lorde Maccon parou de beijar uma pequena vereda em sua clavícula e a olhou desconfiado.

— Você tem um plano.

— Tenho sim, e a primeira parte dele requer que você me conte exatamente o que aconteceu há vinte anos, para ter partido. Não. — Ela impediu que ele continuasse a acariciá-la. — Pare com isso. E a segunda parte, requer que vá dormir. Vai sentir dor em lugares que sua almazinha sobrenatural se esqueceu de que podiam doer.

O conde se recostou nos travesseiros. Não havia como dissuadir a esposa quando ela ficava daquele jeito.

— E a terceira parte?

— É algo que eu tenho que saber, e você não.

Ele deixou escapar um forte suspiro.

— Detesto quando age assim.

A preternatural fez que não com o indicador, como se ele fosse um garotinho.

— Não, não, marido, tática errada. Eu estou com a faca e o queijo na mão, agora.

O conde deu um largo sorriso.

— É assim que funciona?

— Você já foi casado antes, lembra? Devia saber.

Ele se virou de lado, na direção dela, fazendo uma careta por causa da dor que o movimento causou. A esposa estava recostada nos travesseiros, e o marido passou a mão grande por sua barriga e peito.

— Tem toda razão, claro, é exatamente assim que funciona.

Então, Lorde Maccon abriu bem os olhos castanho-amarelados e pestanejou para ela, suplicante. Alexia aprendera aquela expressão com Ivy, e a empregara de forma eficiente com o marido, durante a sua — à falta de palavra melhor — corte. Mal sabia como podia ser aplicada de forma persuasiva pelo sexo oposto.

— Você vai ao menos resolver a situação comigo? — sussurrou ele, mordiscando o pescoço dela, o tom de voz premente.

— Pode ser que me convença. Você teria, claro, que ser muito bonzinho comigo.

Ele concordou em sê-lo, na melhor forma não verbal possível.

Depois, o conde ficou deitado, fitando o teto, e lhe contou por que deixara a Alcateia de Kingair. Deu todos os detalhes, desde como eram as condições para eles, lobisomens e escoceses, no início do reinado da Rainha

Vitória, até a tentativa de assassinato da rainha, planejado sem o conhecimento de Lorde Maccon pelo Beta de Kingair da época, um velho amigo dele, em quem confiava.

Ele não olhou para ela nem uma vez enquanto falava. Em vez disso, os olhos continuaram fixos nas manchas de velhice e mofo espalhadas no teto.

— Todos eles estavam envolvidos. Desde os integrantes da alcateia aos zeladores. E nenhum deles me contou. Ah, mas não por eu ser tão leal assim à rainha; certamente a esta altura você conhece os bandos e as colmeias o bastante para saber disso. Nossa lealdade em relação a um soberano mortal nunca é irrestrita. Não, eles mentiram para mim porque eu era leal à causa, sempre fui.

— Que causa? — quis saber a esposa. A preternatural segurava com as duas mãos a manzorra dele, deitada encolhida na direção do marido, mas, afora isso, não o tocava.

— A aceitação. Pode imaginar o que teria acontecido se eles tivessem conseguido? Uma alcateia escocesa, aliada a um dos melhores regimentos da Região Montanhosa, que participou de inúmeras operações militares no Exército britânico, assassinando a Rainha Vitória. Teria destruído todo o governo e não só isso, teria nos jogado de novo na Idade Média. Aqueles mortais conservadores, que sempre foram contra a integração, diriam se tratar de uma conspiração apoiada em âmbito nacional pelos sobrenaturais, a Igreja reconquistaria sua posição segura no solo britânico e voltaríamos à Inquisição mais rápido que se pode abanar o rabo.

— Marido — Lady Maccon estava meio surpresa, mas isso porque nunca chegara a refletir muito sobre as visões políticas do marido —, você é um progressista!

— Pode ter certeza! Eu não pude acreditar que *minha alcateia* colocaria todos os lobisomens nessa posição. E por quê? Velhos ressentimentos e orgulho escocês? Uma aliança frágil com dissidentes irlandeses? E o pior foi que ninguém me disse nada sobre a conspiração. Nem mesmo Lachlan.

— Então, como foi que descobriu, no fim das contas?

Ele resfolegou, aborrecido.

— Eu os peguei preparando o veneno. Veneno, imagine! Algo que não deve ser usado nas terras da alcateia nem em seus negócios. Não é uma forma honesta de matar ninguém, quem dirá uma soberana.

Lady Maccon conteve um sorriso. Pelo visto, aquele foi o aspecto da conspiração que mais o irritou.

— Nós, lobisomens, não somos conhecidos por nossa sutileza. Eu tinha me dado conta de que eles estavam em conluio havia semanas. Quando achei o veneno, obriguei Lachlan a confessar.

— E você acabou tendo de lutar e matar seu próprio Beta por causa disso. E então, fez o quê? Simplesmente foi para Londres, deixando-os sem líder?

Ele finalmente se virou e olhou para ela, apoiando-se no cotovelo. Ao ver nos olhos da esposa que ela não o julgava nem acusava, relaxou um pouco.

— Os protocolos da alcateia não tratam desse tipo de ocorrência. A rebelião em larga escala contra um Alfa, sem motivo justo e um substituto disponível. Liderada pelo meu próprio Beta. — A expressão em seus olhos se mostrava torturada. — Meu *Beta*! Todos mereciam ficar sem metamorfose. Eu podia ter matado todos eles, sem que ninguém objetasse, muito menos o primeiro-ministro regional, pois eles não estavam conspirando contra mim, mas contra a rainha mortal.

Lorde Maccon a fitou com olhos tristes.

Ela tentou destilar o essencial, num resumo acessível.

— Então, sua saída foi uma questão de orgulho, honra e ideias políticas.

— Em suma.

— Acho que poderia ter sido pior. — Ela conseguiu fazer com que ele parasse de franzir o cenho.

— Eles poderiam ter conseguido — ressaltou o marido.

— Você sabe que, como muhjah, sou obrigada a lhe perguntar: acha que eles vão tentar de novo? Depois de duas décadas? Isso poderia explicar a arma misteriosa?

— Os lobisomens têm uma ótima memória.

— Pensando na segurança da Rainha Vitória, temos como dar alguma garantia de que isso não voltará a acontecer?

Ele deixou escapar um leve suspiro.

— Eu não sei.

— Foi por isso que você voltou? Se for verdade, vai ter que matar todos eles, não vai, notívago?

Ele se virou para o outro lado ante essas perguntas, as costas rígidas, mas não negou nada.

Capítulo 10

Transmissões etéreas

Com a informação fornecida por Lorde Akeldama e a assistência de um jovem bem-apessoado, a quem o vampiro chamava de Biffy, o professor Lyall montou uma operação. "Ambrose tem se encontrado com diversos soldados dos regimentos que estão chegando", informara Lorde Akeldama ao Beta, enquanto sorviam um uísque envelhecido, com a lareira acesa aquecendo o ambiente e a gata gorda e malhada no colo do vampiro. "No início, achei que eram *apenas* opiatos ou algum outro tipo de comércio ilegal, mas agora creio se tratar de algo mais sinistro. A colmeia não só está usando seus contatos vampiros, como contatando qualquer soldado, até mesmo os malvestidos. É *terrível*." O vampiro estremeceu de leve. "Não consegui desvendar o que tanto estão comprando. Quer descobrir o que Westminster anda aprontando? Procure suas conexões no meio dos lobisomens militares, *querido*, e faça uma oferta. Biffy pode levá-lo ao local mais adequado."

E foi assim que, com base nas informações fornecidas por um vampiro errante, o professor Lyall se encontrava, naquele momento, sentado num pub bastante sórdido, acompanhado de um zangão espetacularmente vestido e do major Channing. A algumas mesas vacilantes deles, estava um dos soldados mais leais do major, segurando diversos pacotes suspeitos e aparentando nervosismo.

O Beta se curvou e bebericou a cerveja. Odiava essa bebida, vulgar e abominável.

O major Channing se mostrava irrequieto. Moveu as longas pernas, esbarrando na mesa e fazendo as bebidas derramarem.

— Pare com isso — ordenou o professor Lyall. — Não chegou ninguém ainda. Tenha paciência.

O major se limitou a olhar para ele, aborrecido.

Biffy lhes ofereceu um pouco de rapé. Ambos os lobisomens recusaram, com indisfarçada expressão de desgosto. Imagine só, ficar alterando o olfato! Uma afetação bem típica dos vampiros, mesmo.

Algum tempo depois, com o professor Lyall mal tocando na cerveja e o major Channing já no terceiro caneco de meio litro, o vampiro entrou no pub.

Era alto, extremamente atraente, do jeito exato como uma escritora descreveria um vampiro — sinistro e sombrio, com nariz aquilino e olhos imperscrutáveis. O Beta tomou um gole de cerveja, como forma de saudação. Era preciso reconhecer o talento de Lorde Ambrose — o sujeito de fato deu um show. Nota alta em talento dramático.

Lorde Ambrose foi direto até a mesa do soldado e se sentou na cadeira, sem introduções. O burburinho no estabelecimento estava alto o bastante para que se dispensasse o interruptor de ressonância auditiva, e até mesmo o professor Lyall e o major Channing, com suas audições sobrenaturais, conseguiram escutar apenas uma entre dez palavras.

O diálogo foi bastante rápido e culminou com o soldado mostrando ao vampiro as mercadorias. Lorde Ambrose deu uma olhada em cada um dos itens e, em seguida, meneou com veemência a cabeça e se levantou para ir embora.

O soldado ficou de pé também e se inclinou para frente, a fim de fazer uma pergunta.

É evidente que o vampiro se ofendeu, pois atacou em velocidade sobrenatural, golpeando o rosto do rapaz com tanta rapidez, que até os reflexos de um soldado deixaram a desejar.

O major Channing se levantou no mesmo instante, a cadeira caindo para trás e batendo no piso conforme ele fez menção de ir até eles. O professor Lyall agarrou seu pulso, refreando-lhe o instinto protetor. O major considerava, com excessiva frequência, seus soldados como parte de uma alcateia.

O vampiro virou a cabeça e se concentrou no pequeno grupo deles. Sibilou por entre os dentes, as pontas de ambas as presas visíveis sobre os lábios finos. Então, girando o longo sobretudo cor de vinho, saiu rápida e majestosamente do pub.

O professor Lyall, que nunca fizera nada majestoso na vida, ficou com certa inveja do sujeito.

O jovem soldado foi até eles, já com um hematoma vermelho perto do canto da boca.

— Eu vou matar aquele canalha covarde — jurou o major Channing, prestes a seguir o vampiro até lá fora.

— Pare. — A mão do Beta apertou ainda mais o braço do Gama. — O Burt está bem, não está?

O rapaz cuspiu um pouco de sangue, mas anuiu.

— Já lidei com coisa pior no mar.

Biffy pegou a caixa de rapé da mesa e a meteu no bolso do paletó.

— E então — começou a indagar ele, fazendo um gesto para que o soldado pegasse uma cadeira e se juntasse aos três —, o que Lorde Ambrose disse? O que estão procurando?

— Algo estranhíssimo. Artefatos.

— Hein?

Burt mordiscou o lábio inferior.

— Artefatos do *Egito*. Mas não objetos, como poderíamos ter suposto. E não uma arma propriamente dita. Por isso ficou tão furioso com o que lhe ofereci. Eles estão procurando pergaminhos. Com uma imagem específica.

— Um hieróglifo?

O soldado assentiu.

— Qual, ele chegou a dizer?

— Parece que estão bem desesperados, porque foi uma tremenda indiscrição ele me contar, mas foi o que fez, mesmo. Uma tal cruz ansata, mas a querem partida. Sabe, no desenho, como se o símbolo tivesse sido cortado no meio.

O professor Lyall e Biffy se entreolharam.

— Interessante — disseram ao mesmo tempo.

— Aposto que os guardiões do estatuto têm algum tipo de registro do símbolo. — Biffy, evidentemente, possuía certo conhecimento a respeito das fontes de informações dos vampiros.

— O que significa — começou a dizer o Beta, pensativo — que isso já aconteceu antes.

Lady Maccon deixou o marido dormindo profundamente. Depois de séculos como imortal, ele se esquecera de como um corpo mortal buscava alívio no sono quando tinha que lidar com lesões. Apesar da comoção, a noite era uma criança e a maioria dos habitantes do castelo continuava acordada.

Ela quase topou com Ivy, que andava a passos rápidos no corredor. O rosto normalmente simpático da amiga se mostrava carrancudo.

— Puxa vida, Ivy, que cara tão feia! — A preternatural se apoiou de forma casual na sombrinha. Considerando o andar da carruagem naquela noite, ela não queria ficar sem o acessório.

— Ah, Alexia. Não quero ser petulante, mas preciso confessar: simplesmente odeio o sr. Tunstell.

— Ivy!

— Bom, quer dizer, olhe só, francamente! Ele é impossível. Eu tinha entendido que o amor que sentia por mim era inabalável. Bastou uma objeçãozinha, e ele já começou a agir com desdém, sem o menor comprometimento. Acho que se pode até chamá-lo de volúvel! Ficar de chamego com outra mulher tão rápido, depois que não medi esforços para partir o coração dele. Ele mais parece uma borboleta vacilante, que não sabe nem onde pousar.

Lady Maccon parou para tentar imaginar uma borboleta namoradeira.

— Achei que você ainda estava bastante apaixonada por ele, apesar de ter negado sua corte.

— Como *poderia* achar isso? Eu o odeio. Concordo plenamente comigo mesma nesse aspecto. Ele não passa de um chameguento *vacilador*! E não quero me envolver com uma pessoa de personalidade tão fraca.

A preternatural não sabia como conversar com a amiga, quando ela estava nesse estado. Estava acostumada com a Ivy-ultrajada e com a Ivy-tagarela, mas a Ivy-furiosa era uma criatura nova. Decidiu escapar pela tangente.

— É óbvio que está precisando de uma boa xícara de chá, minha querida. Vamos ver se conseguimos uma? Até mesmo os escoceses devem guardar algum tipo de bebida.

Ivy respirou fundo.

— Acho que tem razão, sim. Ótima ideia.

Lady Maccon conduziu a amiga pela escadaria, rumo a uma das salas menores, onde encontraram dois zeladores. Os jovens se mostraram mais que atenciosos na busca do chá solicitado e na atenção a todos os caprichos da srta. Hisselpenny, tentando mostrar às damas que as boas maneiras não tinham sumido da Região Montanhosa junto com todas as suas calças. Assim sendo, Ivy perdoou-os por estarem de kilt. Lady Maccon deixou a amiga lidando com os sotaques estimulantes e recebendo seus cuidados e foi procurar Madame Lefoux e o etereógrafo quebrado, esperando dar uma olhada em suas peças funcionais.

Ela levou algum tempo para encontrar o enorme aparelho. O Castelo de Kingair era um espécime genuíno, sem as noções práticas de conservação de espaço e a estrutura hexagonal do Castelo de Woolsey. Tratava-se de um lugar enorme e confuso, com quartos adicionais, torres e escadarias desnecessárias. Lady Maccon usou a lógica em sua busca (o que pode ter sido seu erro). Supôs que o etereógrafo devia estar instalado numa das inúmeras torres do castelo, mas o problema foi descobrir em *qual*. Havia sem dúvida uma quantidade excessiva delas. Os escoceses se preocupavam muito com sua defesa. A preternatural levou bastante tempo para subir as escadas sinuosas de cada torre. No entanto, soube que chegara à área correta quando ouviu as imprecações. Em francês, claro, palavras com as quais não tinha familiaridade, evidentemente, embora não tivesse dúvidas de sua natureza profana. Pelo visto, Madame Lefoux lidava com algum tipo de inconveniência.

Quando por fim entrou na sala, Lady Maccon se viu cara a cara, melhor dizendo, cara a traseiro, com outro bom motivo para a inventora usar calça. A francesa estava de costas, parcialmente enfiada no aparelho, com apenas as pernas e o traseiro visíveis. Se estivesse de saia, teria sido uma posição bastante indelicada.

O transmissor etereográfico não fora instalado diretamente no piso de pedra do castelo, pois contava com uns pezinhos. O ambiente estava bem

iluminado, com candeeiros, posto que a alcateia não poupara gastos naquela área. Também se mostrava limpo.

A preternatural esticou o pescoço rumo ao interior escuro da câmara em que Madame Lefoux trabalhava. Ao que tudo indicava, eram as peças de transmissão que apresentavam problemas. A inventora tinha ao seu lado uma caixa de chapéus que, na verdade, era uma caixa de ferramentas muito bem disfarçada. Lady Maccon desejou ter uma na mesma hora — bem menos *óbvia* que uma pasta de documentos.

O zelador de óculos, com a eterna expressão de pânico, agachou-se ali perto e começou a passar para a inventora, uma após a outra, inúmeras ferramentas de aspecto empolgante.

— O regulador de modulação do magnetômetro, por favor — pediu Madame Lefoux, e o sujeito lhe passou um objeto longo, semelhante a um bastão, com uma espiral de cobre num lado e um tubo de vidro cheio de um líquido iluminado no outro. Em seguida, ela praguejou de novo, devolveu o instrumento ao zelador e pediu outro.

— Puxa vida — exclamou Lady Maccon. — O que *está* fazendo?

Um baque surdo ressoou, as pernas da inventora se moveram bruscamente, e ela soltou outra imprecação. Instantes depois, saiu se contorcendo, endireitou-se e coçou o rosto. A ação só acrescentou mais uma mancha de graxa às diversas que já cobriam sua face.

— Ah, Lady Maccon, que bom. Andava imaginando quando nos encontraria.

— Acabei não conseguindo evitar o atraso, por causa do meu marido e de Ivy.

— Fatos que, infelizmente, acontecem quando se está casada e se tem amigas. — A inventora se mostrou solidária.

A preternatural se inclinou para frente e, apoiando-se na sombrinha, tentou examinar a parte inferior do dispositivo. Como o seu corpete tornava a ação quase impraticável, ela se virou para a francesa.

— Já descobriu a natureza do problema?

— Bom, sem dúvida alguma é a câmara de transmissão que não está funcionando direito. Ao que tudo indica, a câmara de recepção não apresenta problemas. Difícil dizer, sem algum tipo de transmissão real.

Lady Maccon olhou para o zelador, em busca de confirmação, e o jovem anuiu. Não parecia ter comentários a fazer, embora se mostrasse prestativo. Gente assim é ótima, considerou ela.

— Bom, que horas são? — perguntou a preternatural.

O zelador pegou um reloginho de bolso do colete e o abriu.

— Dez e meia.

Lady Maccon se virou para Madame Lefoux.

— Se conseguir deixá-lo pronto até as onze, podemos tentar nos comunicar com Lorde Akeldama, por meio do etereógrafo dele. Lembre-se de que ele me deu os códigos, uma válvula frequensora *e* o horário de onze para uma transmissão por varredura.

— Mas, se ele não souber qual é a nossa sintonia, que diferença vai fazer? Não receberá a mensagem. — O zelador fechou o reloginho bruscamente e voltou a colocá-lo no bolso do colete.

— Ah — começou a dizer Madame Lefoux —, Lorde Akeldama tem um modelo multiadaptável que não funciona com protocolo de compatibilidade *cristalina*. Só precisa fazer uma varredura em busca de uma transmissão na frequência dele naquele horário. E nós podemos receber a resposta porque Lady Maccon *tem* a válvula compatível.

O zelador pareceu mais surpreso que de costume.

— Pelo que sei são muito bons amigos — acrescentou a inventora, talvez achando que isso explicasse tudo.

A preternatural sorriu.

— Na tarde do meu casamento, segurei a mão dele para que pudesse ver o pôr do sol.

O zelador pareceu confuso. Quer dizer, mais confuso que de praxe (seus traços dificultavam a expressão do leque completo de emoções humanas).

Madame Lefoux explicou:

— Lorde Akeldama é um vampiro.

O jovem ficou boquiaberto.

— E colocou a própria vida nas suas mãos?

A preternatural anuiu.

— Então o fato de ele ter confiado em mim a ponto de me dar a válvula cristalina, por mais vital que ela seja na esfera tecnológica, não é nada muito especial, em comparação.

A inventora deu de ombros.

— Não sei não, milady. Sabe, a vida da pessoa é uma coisa, já a tecnologia que tem em mãos, outra totalmente diferente.

— Seja como for, posso ajudá-los a testar o funcionamento deste etereógrafo assim que ele for consertado.

O zelador olhava para ela com respeito crescente.

— É uma mulher eficiente, não é mesmo, Lady Maccon?

Como a preternatural ficou na dúvida se deveria se sentir satisfeita ou ofendida com o comentário, resolveu ignorá-lo.

— Bem, melhor eu voltar a me concentrar no conserto, não? — A inventora se virou e se meteu de novo debaixo do transmissor, tentando ajeitá-lo.

Palavras abafadas surgiram instantes depois.

— O que foi que disse?

A cabeça de Madame Lefoux voltou a aparecer.

— Eu perguntei se gostaria de gravar uma mensagem para Lorde Akeldama enquanto espera?

— Ótima ideia. — A preternatural se virou para o zelador. — Se importaria de ir buscar um rolo de metal virgem, um buril e um pouco de água-forte?

O jovem foi buscar o material. Enquanto Lady Maccon aguardava, ficou examinando a máquina, procurando o arquivo da válvula frequensora da alcateia. Com quem seus integrantes se comunicavam? Por que tinham se dado ao trabalho de investir num etereógrafo? Ela encontrou as válvulas cristalinas numas gavetinhas destrancadas de uma das laterais. Havia apenas três, mas todas estavam sem etiqueta e sem qualquer identificação.

— O que está fazendo, Lady Maccon? — O zelador se aproximou por trás dela, com semblante desconfiado (uma expressão totalmente inadequada para seu rosto).

— Só estou me perguntando por que uma alcateia escocesa precisaria de um etereógrafo — respondeu ela, que nunca fora do tipo que gostava de disfarçar, quando a franqueza podia pegar as pessoas desprevenidas.

— Hum — fez o zelador, evasivo. Ele lhe entregou um rolo de metal, um frasquinho de água-forte e um buril.

Lady Maccon se acomodou num canto da sala, a ponta da língua ligeiramente à mostra, ao tentar gravar com o maior capricho possível, cada letra em cada quadro do rolo. Sua caligrafia nunca lhe rendera prêmios no colégio, e ela queria escrever as letras com a maior clareza possível.

A mensagem foi a seguinte: "Testador escocês. Por favor, responda."

Ela pegou a válvula cristalina de Lorde Akeldama do bolsinho secreto da sombrinha, usando as inúmeras saias para ocultar seus movimentos e evitar que o zelador visse onde a peça estava escondida.

Como Madame Lefoux continuava a remexer na máquina, Lady Maccon pôs-se a investigar a câmara de recepção, a parte do etereógrafo na qual a inventora não estava trabalhando. Ela testou a própria memória em relação aos componentes. Eram, em geral, maiores e menos avançados que os do transmissor do vampiro, mas estavam nos mesmos lugares: filtro para eliminar ruídos de fundo, botão para amplificação dos sinais recebidos e duas peças de vidro com matéria escura granulosa entre elas.

A inventora surpreendeu a preternatural ao lhe tocar com delicadeza o braço.

— Estamos quase prontos. Faltam cinco para as onze. Vamos programar o aparelho para a transmissão?

— Eu vou poder ver?

— Claro.

Os três se espremeram na diminuta câmara de transmissão, que, tal como na de recepção, estava cheia de mecanismos parecidos com os de Lorde Akeldama — embora os mecanismos dali fossem mais intrincados, algo que a preternatural não julgava possível, e houvesse mais botões e interruptores.

Madame Lefoux abriu e encaixou o rolo de metal de Lady Maccon na moldura especial. A preternatural colocou a válvula do vampiro na base do ressonador. Depois de confirmar a hora, a inventora abaixou uma alavanca grande, com puxador na ponta, e acionou o convector etéreo, ativando a

substância química. As letras gravadas começaram a fosforescer. Os dois pequenos motores hidráulicos começaram a funcionar, gerando impulsos etereoelétricos e fazendo com que duas agulhas se movessem rápido pela chapa. Em meio a muitas faíscas, lançadas sempre que ambas as agulhas travavam contato através das letras, a transmissão começou. Lady Maccon se preocupou com a possibilidade de a chuva provocar algum atraso, mas acreditava que a tecnologia avançada de Lorde Akeldama possibilitaria uma recepção melhor e conseguiria superar a interferência climática.

"Testador... escocês. Por favor... responda", transmitiu-se a mensagem, de forma célere.

E a léguas dali, ao sul, no alto de uma residência elegante na cidade, um zangão de vampiro bem treinado, com roupa de textura semelhante a uma casca de laranja cristalizada e expressão de quem tinha como maior preocupação a questão de se os plastrons de inverno podiam ou não ser de lã escocesa com estampas de arabescos e cores vivas, sentou-se ereto e começou a gravar a mensagem que chegava. A fonte era desconhecida, mas ele recebera instruções de fazer uma varredura abrangente de transmissões às onze horas, durante várias noites seguidas. O zangão anotou a mensagem, as coordenadas da frequência de transmissão e a hora, e foi correndo se encontrar com o mestre.

— É difícil saber ao certo, mas acho que a mensagem foi transmitida sem complicações. — Madame Lefoux desligou o transmissor, e os pequenos motores hidráulicos foram parando de girar em silêncio. — Claro que só vamos confirmar se conseguimos nos comunicar quando recebermos uma transmissão em resposta.

O zelador explicou:

— Seu contato terá que averiguar a frequência certa da mensagem recebida para que possa discá-la de sua região, sem a respectiva válvula frequensora. Quanto tempo será que levará para conseguir isso?

— Não dá para saber — respondeu a inventora. — Pode ser rápido. Melhor já deixarmos a câmara de recepção preparada.

Então, os três entraram lá e ligaram a máquina a vapor pequena e silenciosa sob o painel de instrumentos. Em seguida, ficaram por longos quinze minutos aguardando, sem fazer barulho, apenas à espera.

— Acho que só vamos aguardar mais alguns instantes — sussurrou Madame Lefoux. Até mesmo seu murmúrio fez as bobinas do ressonador magnético vibrarem um pouco.

O zelador franziu o cenho para ela e foi ressintonizar a peça de filtragem do ruído de fundo.

Mas, então, sem mais nem menos, a mensagem de Lorde Akeldama começou a aparecer aos poucos entre as duas peças de vidro, no receptor. O pequeno braço hidráulico com ímã na extremidade começou a se mover meticulosamente para cima e para baixo, deslocando os grânulos magnéticos, uma letra de cada vez.

O zelador, cujo nome Lady Maccon ainda desconhecia, começou a anotar, com cuidado e em silêncio, as letras recebidas numa tela macia, pré-lavada, com um estilógrafo. A preternatural e a inventora prenderam a respiração e tentaram não se mover. O silêncio podia ser considerado vital. Assim que cada letra era traçada, o braço hidráulico reiniciava, e o vidro estremecia um pouco, apagando a letra anterior e preparando a próxima.

Por fim, o braço parou de se mover. Eles aguardaram mais alguns minutos e, quando Lady Maccon fez menção de falar, o zelador ergueu a mão, de forma autoritária. Só quando o jovem tinha desligado tudo finalmente meneou a cabeça, permitindo que conversassem. A preternatural percebeu por que ele estava a cargo do etereógrafo. Os escoceses eram um povo austero e calado, mas o jovem parecia ser o que menos tinha a dizer, dentre todos eles.

— E então? Leia a mensagem — exigiu a preternatural.

O zelador pigarreou e, enrubescendo ligeiramente, leu:

— "Entendi. Escocês é tentador?"

Lady Maccon riu. Lorde Akeldama devia ter entendido mal a mensagem. Em vez de "testador escocês" ele entendeu "tentador escocês".

— Independentemente da resposta, sabemos que este transmissor está funcionando. E posso fofocar com o meu amigo vampiro.

O jovem se mostrou ofendido.

— O etereógrafo não foi projetado para transmitir *fofocas*, Lady Maccon!

— Diga isso para Lorde Akeldama.

Madame Lefoux sorriu, mostrando as covinhas.

— Será que podemos enviar outra mensagem para ele, só para termos certeza de que a câmara de transmissão está funcionando bem? — perguntou a preternatural, esperançosa.

O zelador suspirou. Relutou em aceitar, mas, pelo visto, não quis negar o pedido de uma convidada.

Lady Maccon escreveu: "Espião aqui?"

Se não lhe falhava a memória, o modelo avançado do vampiro podia captar secretamente outras transmissões, se soubesse onde buscar.

Minutos depois, na outra câmara, chegou a resposta.

— "Meus não. Na certa, morcegos tagarelas."

Enquanto os outros dois ficaram aturdidos, a preternatural se limitou a anuir. Lorde Akeldama achava que quaisquer espiões pertenceriam ao círculo de vampiros. Conhecendo o amigo, ela sabia que ele se encarregaria de começar a monitorar a Colmeia de Westminster e os errantes das cercanias. Podia até visualizá-lo esfregando as mãos enluvadas de rosa, empolgado com o desafio. Com um sorriso, ela tirou a válvula de Lorde Akeldama e, quando o zelador não estava olhando, meteu-a de novo na confiável sombrinha.

Lady Maccon estava exausta quando finalmente foi se deitar. Não era uma cama pequena, de forma alguma, mas o marido parecia ocupar quase todo o espaço. Ele tinha se esparramado e roncava com suavidade, enrolado num cobertor surrado e bastante maltratado (obviamente durante sua vida longa e não muito bem-sucedida).

A preternatural subiu na cama e usou uma técnica consagrada, que desenvolvera nos últimos meses. Segurou-se na cabeceira da cama e usou as pernas para empurrar Conall o máximo possível para o lado, abrindo espaço suficiente para ir serpenteando até ele, antes que o marido se esparramasse de novo. Supunha que o conde passara décadas, talvez até séculos, dormindo sozinho e levaria algum tempo para voltar a treiná-lo. Nesse ínterim, já estava desenvolvendo uma boa musculatura nas coxas, por causa do seu ritual noturno. O conde não era nem um pouco leve.

Conall resmungou baixinho, mas pareceu satisfeito o bastante ao encontrá-la ao seu lado, assim que ela se aninhou perto de seu corpo. Virou na direção dela, afagou com o nariz a nuca da esposa e cingiu com o braço pesado sua cintura.

Alexia puxou com força o cobertor, que não saiu do lugar, e resolveu se contentar com o braço do marido ao seu redor, em vez da peça de lã. Como criatura sobrenatural, Conall devia estar gelado a maior parte do tempo, mas Alexia nunca se dera conta disso. Sempre que o tocava, ele se tornava mortal, e o corpo dele parecia ter temperaturas similares a uma sofisticada caldeira de vapor. Era bom poder dormir tocando-o, sem se preocupar, pelo menos daquela vez, com a possibilidade de estar fazendo-o envelhecer.

Após esse pensamento, ela pegou no sono.

Acordou ainda quentinha. Mas a afeição do marido, ou melhor, suas tendências homicidas tácitas, tinham-na empurrado tanto para a beirada da cama, que parte de seu corpo estava suspensa no ar. Não fosse o braço dele cingindo sua cintura, na certa já teria despencado. Alexia estava, claro, sem a camisola. Como é que o marido sempre conseguia fazer isso? Os afagos na sua nuca tinham virado mordiscos.

Ela abriu um dos olhos: estavam quase no crepúsculo, ou na versão dele em meio ao inverno cinzento e deprimente da Região Montanhosa. Kingair anunciava o dia com um fiapo de luz melancólico e relutante, que de forma alguma encorajava as pessoas a pularem rápido da cama e irem saltitar no orvalho. Não que Alexia fosse do tipo que em geral pulasse nem saltitasse assim que acordava.

Os mordiscos de Conall viraram mordidas mais insistentes. Ele adorava mordê-la aqui e ali. Às vezes Alexia se perguntava, caso não fosse uma preternatural, se o marido não arrancaria um pedaço seu, de vez em quando. Havia algo na forma como os olhos dele ficavam amarelos e famintos, quando ele entrava naquele estado de ânimo sensual. Ela parara de lutar contra o fato de que amava Conall, mas isso não a impedia de encarar com realismo suas exigências. Afinal de contas, instintos básicos eram instintos básicos e, sem o toque dela, ele continuava sendo lobisomem. Em ocasiões como aquela, a preternatural ficava feliz por seus próprios poderes manterem os dentes deles bem retos. Claro que, da forma como andava a situação no Castelo de Kingair, mesmo que ela tivesse total posse de uma alma, não teria que se preocupar.

O marido passou a dedicar a atenção à sua orelha.

— Pare com isso. Angelique vai chegar já, já para me vestir.

— Ah, ela que vá passear.

— Por favor, Conall. Não ofenda sua suscetibilidade.

— Sua criada é uma puritana — resmungou o conde, sem deixar de lado as atenções românticas. Então, ele moveu o braço para facilitar melhor sua noção de atividade matinal aceitável. Infelizmente, não tinha se dado conta de que só seu braço mantinha a esposa na cama.

Com um grito pouco digno, Alexia se estatelou no chão.

— Pela madrugada, esposa, por que fez *isso*? — perguntou ele, totalmente confuso.

Lady Maccon se apalpou para ver se não tinha quebrado nada no corpo e, em seguida, levantou-se, mais enfurecida que uma vespa. Estava a ponto de dar uma ferroada mortal no marido, com a ponta mais afiada da língua já afiada, quando se lembrou de que estava nua. Na mesma hora, deu-se conta de como um castelo de pedra podia ficar gelado durante o inverno na Região Montanhosa. Xingando o marido, ela puxou a coberta e se jogou em cima dele, enterrando-se em seu calor.

Vendo como o ato colocara o corpo nu da esposa em cima do seu, Lorde Maccon não objetou. A questão era que ela continuava brava, acordada por completo e irrequieta, e o corpo do conde continuava terrivelmente dolorido, por causa da luta na noite anterior.

— Vou descobrir o que anda acontecendo com essa sua alcateia ainda hoje, mesmo que seja a última coisa que eu faça — comentou ela, dando tapas nas mãos dele quando tentaram percorrer seu corpo. — Quanto mais ficar relaxando na cama, menos tempo terei para investigar.

— Não estava planejando relaxar — queixou-se ele.

Lady Maccon concluiu que, para poupar tempo, teria que enfrentar o frio ou o marido ficaria ali com ela por horas. Quando ele metia algo na cabeça, gostava de fazê-lo do jeito certo.

— Vai ter que esperar até hoje à noite — disse ela, afastando-se do abraço. Num movimento ágil, saiu de cima dele girando para o lado e enrolando o cobertor no corpo. Então, meio que saiu rolando, meio que saltou da beirada da cama, ficando de pé e se arrastando para pegar sua peliça, o que deixou o coitado do conde pelado, na cama atrás de si. Ele nem se incomodou com o frio, pois só se apoiou num travesseiro, cruzando os braços atrás da cabeça e observando a esposa por trás das pálpebras pesadas.

E foi com esse cenário que Angelique deparou — sua senhora envolta num cobertor, como uma linguiça enrolada em massa folhada, na vertical, e seu senhor esparramado e pelado, para o mundo inteirinho ver. Ela já vivia com lobisomens e o casal Maccon por tempo o bastante para não se afetar demasiadamente. Deu um gritinho, estremeceu, desviou os olhos e levou a bacia de água até a base de madeira.

A preternatural ocultou um sorriso. Coitada da Angelique. Sair do mundo das colmeias e ingressar na vida caótica das alcateias devia ser desconcertante. Afinal de contas, ninguém era mais civilizado que os vampiros, e ninguém menos civilizado que os lobisomens. Lady Maccon se perguntou se os vampiros eram chegados aos esportes da cama, pois se preocupavam tanto em ser educados uns com os outros. Pelo menos os lobisomens viviam em grande estilo: barulhentos e bagunceiros, mas também grandes na forma de ser.

Ela agradeceu à criada, compadeceu-se dela e mandou-a buscar chá. Em seguida, deixou a coberta cair para se lavar.

Conall saiu pesadamente da cama e se aproximou para ver se podia "ajudar" na ablução. Seu auxílio provocou umas risadinhas, muito líquido espirrado e certa umidade que não necessariamente tinha a ver com a água. Mas Alexia conseguiu se cobrir em segurança com a peliça e mandá-lo até o toucador, para que Tunstell o ajudasse a escolher um colete, antes que Angelique voltasse.

A preternatural ficou sorvendo seu chá enquanto a criada escolhia um vestido diurno de lã prático e suas roupas de baixo. Colocou-os num silêncio contrito, sem nem uma queixa simbólica, concluindo que já haviam ferido demais os sentimentos da coitada naquela manhã.

Ela ofegou um pouco ao colocar o corpete. Angelique foi implacável. Dali a pouco Lady Maccon já estava sentada, dócil e vestida, enquanto a criada lhe fazia um penteado.

A francesa perguntou:

— Querr dizerr que a máquina foi conserrtada?

Sua senhora a observou com desconfiança pelo espelho.

— Achamos que sim. Mas eu não me empolgaria muito; Madame Lefoux não parece querer partir logo.

A outra ficou calada.

A preternatural estava morrendo de curiosidade para saber o que ocorrera entre as duas, mas se resignou ante o fato de que a precaução dos franceses superava a teimosia dos ingleses, ao menos nesse aspecto. Assim sendo, ficou ali sentada, quieta, aguardando a criada terminar o trabalho.

— Diga para ele que isso já basta — vociferou Lorde Maccon.

Lady Maccon se levantou e se virou.

O marido entrou caminhando a passos largos, seguido do resignado Tunstell.

A esposa lhe lançou um olhar crítico.

— Sua camisa está para fora, seu plastrom, desfeito, e seu colarinho, torto. — Ela pôs-se a ajeitar a roupa desorganizada.

— Nem sei por que me aborreço, você sempre fica do lado dele. — O marido permitiu com relutância que o ajeitasse.

— Sabia que seu sotaque escocês está mais forte desde que chegamos aqui?

O conde a fitou, sério. A preternatural revirou os olhos para Tunstell por sobre o ombro de Conall e fez um gesto com a cabeça, indicando que ele podia se retirar.

— *Nós* não chegamos à Escócia. *Eu* cheguei, *você* veio atrás de mim. — Ele meteu o dedo sob o colarinho alto.

— Pare com isso, vai sujar o tecido branco.

— Já mencionei ultimamente o quanto abomino a moda atual?

— Vá pedir satisfações aos vampiros, são eles que lançam as tendências.

— Isso explica o colarinho alto — resmungou ele. — Acontece que eu e os meus semelhantes não precisamos esconder os pescoços.

— Não, só as suas personalidades. — Ela deu um passo para trás, e limpou com umas batidinhas a lapela do colete dele. — Pronto. Muito charmoso.

Seu marido grandalhão e sobrenatural ficou tímido ao receber o elogio.

— Acha mesmo?

— Pare de tentar ganhar elogios e vá pegar o paletó. Estou faminta.
Ele a puxou para si e lhe deu um beijo longo, profundo e perturbador.
— Você sempre está esfomeada, esposa.
— Hum. — Ela não podia ficar ressentida por causa de um comentário verdadeiro. — Você também, só que por outras coisas.
Os dois só se atrasaram um pouco para o café da manhã.

A maior parte dos demais não se levantara ainda. Lady Kingair estava lá — Lady Maccon ficou imaginando se ela dormia —, bem como dois zeladores, mas nenhum outro integrante da alcateia. Claro que Ivy e Felicity tampouco tinham acordado. Continuavam com o horário londrino, mesmo na Região Montanhosa, e não se podia esperar que aparecessem antes da metade da manhã. Tunstell acabaria se ocupando com algo até que ambas descessem, pensou Lady Maccon.

Até que o café da manhã era razoável, para um lugar no meio do nada. Havia frios sortidos, de porco, cervo e galinhola; patê de camarão; cogumelo selvagem refogado; pera fatiada; ovos cozidos com torrada, além de ótimas opções de geleia. A preternatural se serviu e, então, sentou-se para se empanzinar.

Lady Kingair, que comia mingau sem especiarias e uma torrada sem nada, olhou de um jeito significativo para o prato cheio da visitante. Lady Maccon, que nunca se incomodara muito com as opiniões dos outros, sobretudo no que dizia respeito à comida, limitou-se a mastigar ruidosamente, com muito prazer.

O marido meneou a cabeça ante aquela atitude dela, mas, como ele mesmo estava com um prato cuja pilha de alimentos era duas vezes maior que a da esposa, não podia criticá-la.

— Se você voltou à condição de ser humano — comentou Lady Maccon após uma pausa —, vai ficar obeso, comendo desse jeito.

— Bom, vou ter que praticar algum esporte agressivo e brutal.

— Podia optar pela caça — sugeriu a esposa. — Dar gritos de caçador e atiçar os cães.

Os lobisomens, em geral, não gostavam de andar a cavalo. Poucos equinos se mostravam dispostos a deixar um lobo montar em suas costas, mesmo que na condição temporária de ser humano. Conduzir uma parelha era o máximo que os lobisomens conseguiam fazer. Mas, como na forma de lobo conseguiam correr mais que um cavalo, esse detalhe não chegava a inquietar muito as alcateias. Exceto, claro, os sujeitos que tinham gostado de montar antes da metamorfose.

Lorde Maccon não podia ser incluído entre eles.

— Caçar raposas? Não creio — disse ele, mordendo um pedaço de porco. — Elas são praticamente primas, e a família não veria com bons olhos, se entende o que quero dizer.

— Ah, mas como você ia ficar elegante com botas lustrosas e uma daquelas jaquetas vermelhas.

— Pensei em lutar boxe ou jogar tênis.

Lady Maccon conteve um sorriso, enchendo a boca com um garfo repleto de cogumelos. Imagine ver o *seu* marido cabriolando, todo de branco, com uma raquetezinha na mão. Ela engoliu em seco.

— Parecem boas ideias, querido — comentou a esposa, com rosto inexpressivo, os olhos brilhantes e vivazes. — Já pensou em golfe? Muito adequado à sua cultura e ao seu estilo.

Conall a fuzilou com os olhos, embora mantivesse um leve sorriso nos lábios.

— Ora, vamos, esposa, não há motivo para tamanho insulto.

Ela não sabia ao certo se o insultava por sugerir golfe ou se insultava esse esporte por sugerir que ele seria um participante ideal.

Lady Kingair observou com um misto de fascinação e repugnância aquela ação secundária.

— Puxa, eu tinha ouvido falar que o seu casamento foi por amor, mas não achei que fosse possível.

Lady Maccon perguntou, aborrecida:

— E por que outro motivo alguém se casaria com ele?

— Ou com ela? — secundou-a Lorde Maccon.

A preternatural viu algo, com o canto de um dos olhos, que lhe chamou a atenção. Curiosa, levantou-se, parando a conversa à mesa, e foi investigar.

Ao examinar de perto, Lady Maccon deu um grito da maneira mais atípica possível e deu um salto para trás, horrorizada. O marido foi ajudá-la.

A preternatural olhou para a neta, tataraneta, fosse lá o que fosse.

— Baratas! — acusou, deixando de lado qualquer polidez que a impedisse de mencionar a sujeira da residência. — Por que o seu castelo tem *baratas*?

Lorde Maccon, com grande presença de espírito, tirou o sapato e foi matar o inseto ofensivo. Antes, fez uma pausa, examinou a barata por um instante e, em seguida, esmagou-a.

Lady Kingair se virou para um dos zeladores.

— Como é que ela veio parar aqui?

— Não conseguimos controlá-las, milady. Parecem estar se reproduzindo.

— Então chamem um fumigador.

O jovem olhou de relance na direção do casal Maccon.

— Mas ele saberia lidar com... esse tipo específico?

— Só há uma maneira de descobrir. Vá já para a cidade.

— Agora mesmo, senhora.

Quando Lady Maccon voltou para a mesa, já perdera o apetite. Teve que se levantar logo depois.

Lorde Maccon deu mais algumas mordidas e foi atrás da esposa, alcançando-a no corredor.

— Não era uma barata, era? — perguntou ela.

— Acertou. Não era.

— E então?

Ele deu de ombros, abrindo as manzorras, confuso.

— Tinha cores estranhas, brilhosas.

— Ah, muitíssimo obrigada por isso.

— Por que se preocupar agora? O bicho já está morto.

— Entendi, marido. Bom, quais são os planos para hoje?

Lorde Maccon mordiscou a ponta do dedo, pensativo.

— Sabe, pensei que podíamos determinar exatamente por que o poder sobrenatural não está funcionando direito aqui.

— Nossa, querido, mas que ideia tão original e incrível.

O conde fez uma pausa. A questão da praga de humanização não parecia estar em primeiro lugar na sua mente.

— Jaqueta vermelha e botas lustrosas, foi o que disse?

A preternatural fitou o marido, meio confusa. Aonde ele queria chegar com aquela linha de raciocínio?

— As botas estão causando a doença...?

— Não — respondeu, com acanhamento. — Para eu usar?

— Ah! — Ela deu um largo sorriso. — Acho que cheguei a mencionar alguma coisa nesse sentido.

— Algo mais?

Lady Maccon sorriu mais ainda.

— Na verdade, eu tinha imaginado jaqueta, botas e nada mais. Hum, talvez só o calçado.

Lorde Maccon engoliu em seco, nervoso.

Ela se virou para ele, aumentando a chance de isso ocorrer.

— Se você levasse adiante esse desfile de moda, talvez eu me dispusesse a negociar qual de nós iria montar.

O conde, lobisomem havia cerca de duzentos anos, ficou escarlate ante a sugestão.

— Sou eternamente grato por você não se dedicar à jogatina, minha querida.

A preternatural se aconchegou a ele e ergueu os lábios para ser beijada.

— Dê-me um tempinho...

Capítulo 11

Notívago-chefe

Naquela tarde, o casal Maccon resolveu sair para passear. A chuva dera uma trégua, e tudo indicava que seria um dia passável, se não exatamente agradável. Como estava no campo, Lady Maccon decidiu não se preocupar muito com as convenções e, por isso, não foi colocar um vestido de passeio, optando por apenas trocar o sapato por um mais confortável.

Para o desgosto de ambos, a srta. Loontwill e a srta. Hisselpenny decidiram acompanhá-los. Por causa disso, tiveram de esperar enquanto elas se trocavam, o que as duas fizeram sem competir muito, algo que não teria acontecido se Tunstell estivesse lá. Lady Maccon começava a achar que eles não conseguiriam sair de casa antes da hora do chá, mas, por fim, ambas apareceram, usando para-sóis e chapéus amarrados sob o queixo. Ao vê-las, a preternatural se lembrou de pegar a própria sombrinha, atrasando o grupo um pouco mais. A bem da verdade, teria sido mais fácil mobilizar uma frota inteira para uma grande batalha naval.

O grupo finalmente partiu, mas, assim que chegou ao bosque na parte sul da propriedade, deparou com Lachlan, o Gama de Kingair, que travava uma discussão acalorada, por entre os dentes, com Dubh, o Beta.

— Com mil diabos — dizia o Gama, com forte sotaque escocês. — Não podemos continuar a viver assim.

— Não até que saibamos para que e por quê.

Os dois notaram a presença do grupo e se calaram.

Os bons modos ditavam que ambos precisavam se unir aos outros e, com ajuda da srta. Loontwill e da srta. Hisselpenny, Lady Maccon conseguira dar início a uma troca de ideias relativamente educada. O Gama e o Beta não estavam muito dispostos a conversar, demonstrando que os integrantes da alcateia haviam recebido ordens de silêncio. Mas essas regras não consideravam que, quando se recorria à determinação irredutível e à frivolidade, era possível fazer com que as pessoas soltassem a língua.

— Soube que os senhores lutaram na linha de frente na Índia. Devem ser muito corajosos para combater aqueles primitivos dessa forma. — A srta. Hisselpenny arregalou os olhos e encarou os dois, esperando ouvir histórias de bravura heroica.

— Não chegaram a ocorrer muitos combates naquele período. Só mesmo a simples pacificação dos nativos — retrucou Lorde Maccon.

Dubh lhe lançou um olhar aborrecido.

— E como poderia saber?

— Mas, então, como é que foi lá na Índia? — indagou a srta. Hisselpenny. — Lemos as notícias nos jornais de vez em quando, mas não dá para saber direito como é o lugar.

— Mais quente que a...

A srta. Hisselpenny ficou boquiaberta, já pressentindo o tom degenerado da conversa.

Dubh recobrou a compostura.

— Bom, quente.

— E a comida não é muito boa — acrescentou Lachlan, com seu sotaque.

— É mesmo? — Alexia ficou logo interessada. Comida sempre chamava sua atenção. — Mas que terrível.

— Até a do Egito era melhor.

— Oh — exclamou a srta. Hisselpenny, de olhos arregalados. — Também foram ao Egito?

— Claro que estiveram no Egito — retrucou Felicity, maliciosa. — Todo mundo sabe que é um dos principais portos do império hoje em dia. Eu me interesso muito pelas forças armadas, sabiam? Já ouvi dizer que a maioria dos regimentos tem que passar por lá.

— Sério? — Ivy pestanejou, tentando entender os aspectos geográficos do assunto.

— E o que achou do Egito? — perguntou a preternatural, educadamente.

— Quente também — retrucou Dubh.

— Creio que, em comparação com a Escócia, a maioria dos lugares o é — retrucou Lady Maccon.

— *A senhora* escolheu vir *nos* visitar — lembrou-lhe o Beta.

— E o senhor optou por ir ao Egito. — A preternatural não era do tipo que recuava nos bate-bocas.

— Não exatamente. A alcateia é obrigada a prestar serviços para a Rainha Vitória. — A conversa se tornava tensa.

— Mas não necessariamente militares.

— Não somos lobos solitários para ficarmos circulando de forma sorrateira na terra natal, com o rabo metido entre as pernas. — Dubh fitou Lorde Maccon, como se pedisse ajuda para lidar com aquela esposa irascível dele. O conde se limitou a retribuir o olhar.

A ajuda veio de onde menos se esperava.

— Ouvi dizer que no Egito tem muitas coisas velhas — Ivy estava tentando manter a civilidade da conversa.

— Antiguidades — esclareceu Felicity, orgulhosa de si mesma por conhecer a palavra.

Numa tentativa desesperada de evitar que Lady Maccon e o Beta se trucidassem, Lachlan disse:

— Fizemos uma coleção e tanto enquanto estávamos lá.

Dubh rosnou para o outro membro de sua alcateia.

— Mas isso não é ilegal? — questionou Lorde Maccon, usando seu tom de voz suave do DAS. Ninguém prestou atenção, a não ser a esposa, que lhe deu um beliscão.

Ela perguntou:

— É mesmo? Mas que tipo de antiguidades?

— Algumas joias e estátuas para colocar na galeria da alcateia, além das múmias, claro.

A srta. Hisselpenny ficou boquiaberta.

— Múmias vivas?
A srta. Loontwill comentou, com desdém:
— Espero sinceramente que não estejam! — Mas até mesmo ela pareceu entusiasmada com a ideia de sua presença ali. Lady Maccon concluiu que, no universo da irmã, essas relíquias eram consideradas glamorosas.
Tirando proveito do rumo da conversa, a preternatural sugeriu:
— Podíamos organizar uma festa de desenfaixamento de múmia. É a última moda em Londres.
— Bom, não podemos ficar para trás — comentou Lady Kingair, com sua voz estridente. Ela chegara despercebida, com expressão sombria e séria. Lorde Maccon, Lachlan e Dubh se sobressaltaram ao ouvi-la. Antes, seu olfato sobrenatural já os teria prevenido da aproximação de alguém, por mais furtiva que fosse a pessoa.
Sidheag se virou para o Gama.
— Lachlan, pode mandar os zeladores providenciarem o evento.
— Tem certeza, milady? — indagou ele.
— Um pouco de diversão não vai nos fazer mal. Não vamos desapontar as damas que estão nos visitando, vamos? Como as múmias estão em nosso poder, podemos muito bem tirar as bandagens delas. Queremos mesmo procurar amuletos.
— Oh, que emocionante — exclamou a srta. Hisselpenny, quase saltitando, de tão entusiasmada.
— Qual das múmias, milady? — indagou Lachlan.
— A menor, com as faixas que não dão ideia de sua classe.
— A senhora é quem manda. — O Gama saiu às pressas para cuidar dos preparativos para a festa.
— Ah, vai ser bem divertido — exultou Felicity. — Na semana passada Elsie Flinders-Pooke estava se vangloriando de ter ido a um desenfaixamento. Imaginem só o que vai dizer quando souber que eu participei de um evento desses num castelo mal-assombrado, na Região Montanhosa da Escócia.
— Como sabe que Kingair é mal-assombrado?
— Sei porque, obviamente, *tem* que ser. Ninguém poderia me convencer do contrário. Nenhum fantasma apareceu desde que chegamos,

mas isso não prova nada — argumentou Felicity, defendendo a história fantasiosa que decerto iria contar.

— É um prazer poder lhe oferecer um feito social significativo — disse Lady Kingair, com desprezo.

— Ah, sem dúvida alguma, o prazer é todo seu mesmo — disse Felicity.

— Minha irmã compreende mal as coisas — disse Alexia, desculpando-se.

— E quanto à senhora? — questionou Sidheag.

— Ah, eu só me comporto mal.

— E eu aqui pensando que a senhora fosse a irmã que compreendesse tudo.

— Ainda não. Mas me dê algum tempo.

O grupo deu a volta para retornar ao castelo. Lorde Maccon andou mais devagar, ficando para trás de propósito para trocar ideias em particular com a esposa.

— Você acredita que alguma daquelas antiguidades seja a arma de humanização?

Ela assentiu com a cabeça.

— Mas como vamos descobrir qual delas?

— Talvez você tenha que atuar como agente do DAS na Alcateia de Kingair e confiscar todas as antiguidades que tenham trazido, sob a alegação de importação ilegal.

— E o que mais? Mandar incinerar todas?

Lady Maccon franziu o cenho. Considerava-se uma pessoa razoavelmente culta e não era a favor de destruições injustificadas.

— Não tinha pensado em ir tão longe.

— Seria terrível ter que destruir raridades, o que me leva a ser contra a ideia, a não ser que possamos deixar esses objetos circularem no império. E o que aconteceria se caíssem nas mãos erradas?

— E se fossem parar no Clube Hypocras? — Lady Maccon estremeceu ante a ideia.

— Ou nas mãos dos vampiros. — A despeito do quanto eles e os lobisomens já tivessem se integrado à sociedade civilizada, nunca confiariam uns nos outros.

De repente, Lady Maccon parou. O marido dera quatro passadas grandes antes de perceber que a esposa ficara para trás. Ela olhava pensativa para o éter, girando a sombrinha mortal em cima da cabeça.

— Acabei de me lembrar de um detalhe importante — comentou a preternatural, assim que ele voltou para o seu lado.

— Ah, isso explica tudo. Como fui tolo em pensar que você poderia caminhar e se recordar de algo ao mesmo tempo.

Alexia mostrou a língua para ele e tomou novamente o rumo da casa. O marido foi mais devagar, para acompanhar o ritmo dela.

— O inseto, aquele que me assustou no café da manhã. Na verdade não era uma barata, mas um escaravelho. Do Egito. Deve ter algo a ver com os artigos que trouxeram de lá.

Lorde Maccon fez uma careta.

— Eca!

Os dois tinham ficado a certa distância do restante do grupo. Os outros já entravam no castelo, quando alguém apareceu. Houve uma pausa enquanto todos se cumprimentavam educadamente e, em seguida, a pessoa seguiu na direção do casal Maccon.

A recém-chegada logo revelou ser Madame Lefoux.

Lorde Maccon fez um gesto com a cabeça para cumprimentar a inventora, que trajava um elegante sobretudo matinal em tom cinza-claro, calça listrada, colete preto de cetim e echarpe azul-escura. Era uma bela imagem, o Castelo de Kingair — envolto em neblina e cinzento no plano de fundo — e a mulher atraente, apesar da roupa pouco apropriada, rumando depressa até os dois. Foi somente quando ela se aproximou o bastante que ambos notaram que portava algo mais: uma expressão preocupada.

— Que bom encontrrrá-los. — O sotaque da francesa estava bem mais acentuado que o normal. Sua pronúncia se mostrava quase tão forte quanto a de Angelique. — Aconteceu algo extrraorrdinárrio, Lady Maccon. Eu justamente a estava prrocurrando parra contarr: fomos verrificarr o eterreógrrafo e, então, vi…

Um grande estampido ressoou no ambiente. A preternatural teve até a sensação de ver a neblina tremer com o estrondo. A preocupação de Madame Lefoux se transformou em susto, ela parou de falar e de andar e começou a cair para frente, tão mole quanto macarrão cozido demais. Uma mancha vermelha surgiu na lapela cinza imaculada.

Lorde Maccon amparou a inventora antes que ela se estatelasse no chão e, com cuidado, acomodou-a nele. Então, levou a mão à boca da francesa, para verificar se ainda respirava.

— Ainda está viva.

A esposa tirou depressa o xale dos ombros e o entregou ao marido, para que o usasse como bandagem. Não havia motivo para ele estragar o único plastrom bom que tinha.

A preternatural ergueu os olhos rumo ao castelo e procurou nas ameias um possível reflexo de cano de arma, mas havia inúmeras delas e pouco sol. O franco-atirador, quem quer que houvesse sido, estava fora do alcance da visão.

— Abaixe-se agora mesmo, mulher — ordenou o marido, puxando-a por um dos babados da saia e arrastando-a para perto da inventora desfalecida. O babado rasgou. — Não sabemos quem exatamente o atirador tentou atingir, se a ela ou a nós — resmungou ele.

— E cadê a sua preciosa alcateia? Eles não deveriam vir nos ajudar?

— Como sabe que não são eles que estão atirando? — especulou Lorde Maccon.

— Tem razão. — Lady Maccon colocou a sombrinha aberta em uma posição defensiva, de modo a lhes dar a melhor cobertura possível em relação ao castelo.

Outro tiro ressoou. O projétil atingiu o chão perto deles, esparramando tufos de grama e seixos.

— Da próxima vez — queixou-se o conde — vou pagar uma taxa extra para mandar colocar uma blindagem metálica nessa geringonça.

— Ah, o que vai ser mesmo muito útil nas tardes quentes de verão. Vamos, precisamos nos proteger — disse a esposa, contrariada. — Vou deixar a sombrinha escorada aqui para desviar a atenção.

— Vamos até aquela sebe? — sugeriu Conall, olhando à direita para uma passagem estreita, coberta de rosas selvagens, que aparentava ser a versão de Kingair de uma cerca viva tradicional.

A preternatural assentiu.

Lorde Maccon colocou a inventora com facilidade por sobre um dos ombros. Mesmo sem a força sobrenatural, era muito forte.

Eles correram em direção à passagem.

Houve mais um disparo.

Então, ouviram gritos. Lady Maccon tentou espiar por entre os arbustos. Alguns integrantes da alcateia saíram do castelo e olharam ao redor, à procura da origem dos tiros. Vários começaram a berrar e a apontar para cima. Os zeladores e a alcateia voltaram correndo para o castelo.

O casal Maccon continuou escondido até se certificar de que ninguém mais atirava neles. Em seguida, saíram de trás dos arbustos. O conde foi carregando Madame Lefoux, enquanto Lady Maccon recuperava a sombrinha.

Ao chegar ao castelo, constataram que a francesa não corria risco imediato de morte e que desmaiara em virtude do ferimento de bala no ombro, que penetrara bastante ali.

Ivy apareceu.

— Céus, aconteceu alguma desgraça? Todos parecem tão alvoroçados. — Ao ver Madame Lefoux desacordada, perguntou: — Ela perdeu o senso? — Mas perdeu o fôlego ao avistar o sangue e quase desmaiou. Ainda assim, seguiu o grupo até a sala dos fundos, tentando inutilmente oferecer ajuda e questionando, enquanto os outros acomodavam Madame Lefoux no canapé: — Não está ligeiramente morta, está?

— O que foi que aconteceu? — perguntou Lady Kingair, ignorando a srta. Hisselpenny e a srta. Loontwill, que acabara de entrar na sala.

— Ao que tudo indica, alguém decidiu se livrar de Madame Lefoux — respondeu Lady Maccon, enquanto pedia, movendo-se para um lado e para outro, bandagens e vinagre de cidra. Acreditava que uma boa dose daquele líquido curava quase todos os males, com exceção, é claro, das doenças provocadas por bactérias, que requeriam bicarbonato de sódio.

A srta. Loontwill resolveu se distanciar, evitando qualquer risco colateral resultante da proximidade com Madame Lefoux. O que não foi má ideia, pois assim ficou afastada também dos outros.

Só Lady Kingair conseguiu perguntar:

— Puxa vida, mas por quê? Ela não passa de uma reles inventora francesa.

Lady Maccon teve a impressão de ver o rosto de Madame Lefoux se crispar um pouco ante o comentário. Será que ela estava fingindo? A preternatural se inclinou sob o pretexto de verificar as ataduras. Sentiu um perfume suave de baunilha, mesclado com o cheiro cúprico de sangue, em vez do de óleo de máquina que sentira antes. A inventora continuou completamente imóvel, apesar dos cuidados amáveis de Lady Maccon. Nem mesmo suas pálpebras se moviam. Se estava fingindo, sabia fazê-lo muito bem.

A preternatural olhou de esguelha para a porta e julgou ter visto, de relance, o traje preto de uma criada. Angelique observava a cena sob o umbral, com o semblante pálido e apavorado. Antes que sua senhora pudesse chamá-la, no entanto, ela desapareceu.

— Uma ótima pergunta. Talvez ela nos faça a gentileza de responder, assim que recobrar os sentidos — observou Lady Maccon, fixando os olhos mais uma vez em Madame Lefoux. A outra não reagiu à insinuação.

Para decepção de todos os curiosos, Madame Lefoux não acordou, ou não se deixou acordar, no resto da tarde. Manteve os olhos fechados com firmeza, apesar dos esforços contínuos do casal Maccon, de metade da alcateia e de vários zeladores.

Lady Maccon tomou chá ali mesmo, na esperança de despertar a inventora com o aroma dos quitutes. Mas apenas Lady Kingair se uniu a ela. Alexia chegara à conclusão de que não simpatizava com a tataraneta do marido, mas não permitiria que nada a perturbasse enquanto saboreava os petiscos do chá.

— A nossa paciente já acordou? — indagou Lady Kingair.

— Continua deitada. — Lady Maccon franziu o cenho, enquanto sorvia o líquido. — Espero que nada de grave tenha lhe acontecido. Não acha melhor chamarmos um médico?

— Já atendi a pessoas em estado bem pior no campo de batalha.

— Viaja junto com o regimento?

— Posso não ser uma licantropa, mas sou a fêmea Alfa desta alcateia. Meu lugar é com eles, mesmo que não participe do combate.

A preternatural pegou um bolinho na bandeja de chá e passou bastante nata e geleia em cima.

— Ficou do lado da alcateia quando ela traiu o meu marido? — perguntou, com falsa naturalidade.

— Ele lhe contou tudo.

Ela anuiu, enquanto dava uma mordida no bolinho.

— Só tinha dezesseis anos quando ele partiu, e eu estava longe, na escola particular de aperfeiçoamento para moças. Ainda não participava das escolhas da alcateia.

— E agora?

— Agora? Sei que todos se comportaram feito uns tolos. Não se deve mijar contra o vento.

Alexia ficou chocada com a vulgaridade da expressão.

Sidheag sorveu o chá, apreciando o efeito que o linguajar do acampamento causara na hóspede.

— Pode ser que a Rainha Vitória não fique correndo atrás dos interesses dos lobisomens, mas tampouco se sujeita às presas dos vampiros. Não chega a ser uma Elizabeth ou um Henrique para apoiar por completo a causa dos sobrenaturais, mas não está sendo tão ruim quanto imaginávamos. É possível que não acompanhe as atividades dos cientistas com o devido cuidado e, na certa, vigia de perto o que fazemos, mas não é a pior soberana que poderíamos ter.

Lady Maccon ficou imaginando se Sidheag estava tentando garantir a segurança da alcateia ou se falava a verdade.

— A senhorita se considera, então, uma progressista como o meu marido?

— O que estou tentando dizer é que todos lidaram mal com o incidente. Para um Alfa, abandonar o bando é algo inaceitável. Conall devia ter eliminado todos os cabeças, não apenas o Beta e, depois, fazer uma reestruturação. Eu adoro essa alcateia, e se tivesse que deixá-la sem um líder e ir me juntar a um bando de *Londres* seria pior do que a morte. O que o seu marido fez foi uma vergonha nacional. — Lady Kingair se inclinou para frente, os olhos faiscando. Aproximou-se tanto, que Alexia percebeu que o seu cabelo grisalho, trançado atrás com severidade, ficara meio espetado, por causa da umidade do ar.

— Meu marido não tinha deixado Niall a cargo da alcateia?

— Não. Eu trouxe Niall comigo. Era apenas um lobo solitário que conheci no exterior. Charmoso e espirituoso, ele tinha tudo o que uma colegial podia esperar de um marido. Achei que poderia trazê-lo para casa, apresentá-lo ao bando e ao tataravô, obter a permissão e fazer o proclama, mas, quando cheguei, o velho lobo tinha partido e deixado a alcateia de pernas para o ar.

— Começou a liderá-la, então?

Sidheag sorveu o chá.

— Niall foi um ótimo soldado e um bom marido, mas teria sido melhor como Beta. Assumiu como Alfa por minha causa. — Ela esfregou os olhos com dois dedos. — Bom homem e bom lobo, fez o melhor que pôde. Não vou falar mal dele.

Lady Maccon conhecia bem seu potencial, e sabia que não teria conseguido assumir a liderança tão jovem, embora se considerasse uma mulher capaz. Não era de admirar que Sidheag fosse tão amargurada.

— E agora?

— Agora nossa situação é pior ainda. Niall morreu em combate, na guerra, e não há ninguém apto a assumir o papel de Alfa, muito menos a ser um de verdade. Tenho plena consciência de que o tataravô não vai mais voltar para cá. O casamento com a senhora reforçou isso. Nós o perdemos para sempre.

Lady Maccon deu um suspiro.

— Apesar de tudo, precisa confiar no seu tataravô. Revelar suas preocupações e desabafar com ele. Conall vai ser razoável. Tenho certeza disso. E vai ajudá-la a encontrar uma solução.

Lady Kingair bateu a xícara no pires com estrépito.

— Só há uma solução. E o tataravô não vai aceitá-la. Tenho escrito para ele, todos os anos, durante a última década, para fazer o pedido, e o tempo está se esgotando.

— E qual é ele?

— Quero que me transforme.

Lady Maccon se recostou e expirou de forma ruidosa.

— Mas isso é muito perigoso. Não estou com as estatísticas aqui, contudo, não há grandes probabilidades de uma mulher sobreviver à mordida da metamorfose, não é mesmo?

Lady Kingair encolheu os ombros.

— Faz séculos que ninguém tenta fazer isso. Foi dessa forma que as alcateias superaram as colmeias. Pelo menos não precisamos de fêmeas para nos sustentar.

— É verdade, mas os vampiros ainda conseguem viver por mais tempo, pois brigam menos. E, mesmo que sobreviva à mordida, estará assumindo a função de Alfa pelo resto da vida.

— Para os diabos com o perigo! — exclamou Sidheag Maccon, quase aos gritos. A preternatural achou-a mais parecida com Conall que nunca. Os olhos dela também ficavam amarelados quando se deixava levar pela emoção.

— E quer que Conall faça isso pela senhorita? Que corra o risco de tirar a vida de sua última parente viva?

— Por mim, pela alcateia. Não posso mais ter filhotes, na minha idade. Os Maccon não terão continuidade através de mim. Mas meu tataravô deve dar algum tipo de redenção a Kingair.

— A senhorita pode morrer. — Lady Maccon se serviu de mais um pouquinho de chá. — Tem conseguido manter a alcateia unida na condição de humana.

— E o que vai acontecer quando eu morrer de velhice? É melhor correr o risco agora.

Alexia ficou calada. Por fim, comentou:

— Por mais estranho que pareça, concordo com o que disse.

Lady Kingair parou de tomar o chá e ficou segurando o pires com força por um longo momento, até as pontas dos dedos ficarem brancas, com a compressão.

— Conversaria com ele, por mim?

— Quer que eu me envolva nos problemas de Kingair? Acha que é sensato? Não poderia simplesmente procurar o Alfa de outra alcateia para que lhe desse a mordida?

— Jamais!

Lá estava o grande orgulho dos lobisomens, ou seria a altivez escocesa? Às vezes, era difícil dizer.

A preternatural suspirou.

— Vou discutir o assunto com ele, mas a questão é espinhosa: Conall não pode dar a mordida da transformação nem na senhorita nem em ninguém, já que não consegue assumir a Forma de Anúbis. Até descobrirmos por que esta alcateia está impossibilitada de fazer a mutação, nada poderá acontecer. Nem desafios de Alfa, nem metamorfose.

Lady Kingair anuiu e relaxou a mão o bastante para sorver o chá de novo.

Lady Maccon notou que ela não levantava o dedinho de modo apropriado. Para que tipo de escola de aperfeiçoamento ela fora levada, em que não ensinavam os fundamentos de como segurar direito uma xícara? Ela ergueu a cabeça.

— Será que essa praga de humanização é alguma espécie de autoflagelação idiota? Vai querer que toda a alcateia compartilhe a mortalidade com a senhorita porque o meu marido não vai lhe dar a mordida da metamorfose?

Lady Kingair semicerrou os olhos castanho-amarelados, tão parecidos com os de Conall.

— Não é minha culpa — retrucou ela, quase vociferando. — Será que ainda não entendeu? Nós não podemos lhe contar, porque não sabemos por que isso aconteceu conosco. Eu não faço a menor ideia. Nenhum de nós faz. Não sabemos o que está provocando tudo isso!

— Então posso contar com sua ajuda para tentar descobrir? — indagou a preternatural.

— Por que tanto interesse, Lady Maccon?

Ela disfarçou, depressa:

— É que incentivo o meu marido a cuidar dos assuntos do DAS, o que o mantém distante das questões domésticas. Além do mais, eu me interesso por esse tipo de situação, como a nova Alfa de minha própria alcateia. Se esta alcateia pegou uma doença perigosa, preciso entendê-la por completo para impedir que se espalhe.

— Se ele concordar em fazer a minha metamorfose, eu me comprometo a ajudá-la.

Mesmo sabendo que não poderia fazer uma promessa daquelas em nome do marido, Lady Maccon disse:

— Combinado! E, então, vamos terminar o chá?

As duas acabaram de lanchar em meio a um debate amigável sobre a União Social e Política das Mulheres, cuja postura ambas apoiavam, mas cujas táticas e raízes operárias as levavam a não querer declarar seu apoio publicamente. Lady Maccon não contou que, por conhecer o temperamento da Rainha Vitória na intimidade, podia quase garantir que a soberana não via com bons olhos o movimento. No entanto, não tinha como fazer esse tipo de comentário sem revelar a própria posição política. Nem mesmo a esposa de um conde teria tanta intimidade com a rainha, e ela não queria que Lady Kingair soubesse que era muhjah. Não ainda.

Alguém bateu à porta, interrompendo a conversa agradável.

Após receber a permissão de Lady Kingair, Tunstell entrou, com suas incontáveis sardas e o semblante sombrio.

— Lorde Maccon me enviou para ficar com a paciente, Lady Maccon.

A preternatural anuiu. Preocupado e sem saber em quem confiar, o conde enviara Tunstell para se assegurar de que ninguém mais atentaria contra a vida de Madame Lefoux. No fundo, o marido estava recorrendo ao treino que Tunstell tivera como zelador. O rapaz até podia parecer um desvairado, mas sabia lidar com lobisomens no transe da lua cheia. Claro que, com a presença dele, tanto a srta. Hisselpenny quanto a srta. Loontwill acabariam se transferindo para aquele cômodo. Pobre Tunstell. A srta. Hisselpenny estava convencida, por um lado, de que não o queria e, por outro, de que precisava protegê-lo das malvadezas de Felicity. Lady Maccon concluiu que a presença das duas mulheres acabaria por dar mais proteção ainda à inventora. Seria difícil aprontar algo sob a supervisão entusiasmada das duas solteironas eternamente entediadas.

A certa altura, no entanto, todos, exceto Tunstell, precisaram deixar Madame Lefoux ainda inconsciente para se arrumar para o jantar.

Ao chegar ao seu quarto, Lady Maccon tomou o segundo maior susto do dia. Ainda bem que era uma mulher forte. Alguém vasculhara os seus aposentos. De novo. Na certa à cata da pasta de documentos. Sapatos e chinelos tinham sido espalhados por todos os lados, a cama fora destroçada e até o colchão levara navalhadas. Havia plumas encobrindo as superfícies como se fossem flocos de neve. Caixas de chapéus tinham sido arrebentadas, copas e abas, viradas pelo avesso e as roupas que ela colocara no armário, jogadas no chão (uma situação familiar apenas para as camisolas).

A preternatural apoiou a sombrinha com firmeza numa lateral e tentou avaliar a situação. O caos ali era bem maior que o ocorrido a bordo do dirigível, e a crise acabou se agravando em seguida, quando Lorde Maccon deu de cara com a bagunça.

— Mas que ultraje! Primeiro atiram na nossa direção e, depois, pilham os nossos aposentos — bradou.

— Esse tipo de coisa sempre acontece quando uma alcateia está sem Alfa? — questionou Lady Maccon, vistoriando tudo para ver se faltava algo significativo.

O conde resmungou:

— Alcateias sem líderes são um grande transtorno.

— E uma verdadeira baderna. — Lady Maccon caminhava com cuidado no recinto. — Eu me pergunto se foi isso que Madame Lefoux quis contar, antes de ter sido atingida pelo tiro. Ela disse algo sobre estar tentando me encontrar para falar a respeito do etereógrafo. Talvez tenha pegado os criminosos em flagrante, quando foi me procurar. — Ela começou a fazer três pilhas: objetos irrecuperáveis, itens para Angelique consertar e artigos intactos.

— Mas por que alguém atiraria nela?

— Pode ser que tenha visto os rostos deles.

O conde franziu os lábios bem-feitos.

— É possível. Mas, vamos lá, chega de lidar com isso. A campainha da ceia está prestes a tocar, e estou com fome. Arrumamos tudo depois.

— Seu mandão metido — tornou a esposa, fazendo, entretanto o que ele mandara. Não valia a pena começar uma briga com o marido de barriga vazia.

O conde a ajudou a desabotoar o vestido, mas estava tão concentrado nos acontecimentos do dia, que só beijou as costas da esposa, sem mordiscá-la.

— O que acha que procuravam? Sua pasta de documentos, de novo?

— É difícil de saber. Pode ter sido outra pessoa. Ou seja, talvez não o canalha do dirigível. — Alexia estava confusa. A princípio, suspeitara de Madame Lefoux a bordo do aeróstato, mas ela estivera dormindo ou na companhia de alguém o tempo todo. A menos que a inventora tivesse armado tudo antes de ser baleada, aquele caos fora provocado por outra pessoa. Outro espião com motivos escusos? A situação se complicava cada vez mais.

— Que outra coisa poderiam buscar? Trouxe algo especial que eu deva saber, marido?

Lorde Maccon não respondeu, mas, quando Alexia se virou e o encarou com o olhar de esposa desconfiada, ele parecia um cachorro com o rabo entre as pernas. Parou de desabotoar o vestido e foi até a janela. Abriu a persiana, pôs a cabeça bem para fora, esticou o braço, pegou algo e voltou aliviado para perto dela, com um pacotinho embrulhado em couro impermeável.

— Conall, *o que* é isso?

Ele desembrulhou o pacote e lhe mostrou: um revólver pequeno e rotundo, de coronha quadrada. Abriu o tambor para lhe mostrar a munição: projéteis de madeira de lei, revestidos de prata em padrão gradeado, encapsulados para suportar a carga explosiva. A preternatural não entendia de armas, mas tinha suficiente conhecimento de mecânica para saber que um invento daqueles era caro de se fabricar e empregava a tecnologia mais moderna, podendo matar tanto vampiros quanto lobisomens.

— Um revólver Tue Tue, da Galand. Esse é o modelo dos notívagos — explicou ele.

Lady Maccon segurou o rosto do marido. A pele dele estava áspera com a barba de um dia, e ela teria que lembrá-lo de fazê-la, pois estava na condição de humano o tempo todo.

— Você não veio aqui para matar alguém, veio, marido? Odiaria saber que estamos trabalhando com objetivos conflitantes.

— É só por pura cautela, meu amor, eu lhe garanto.

Ela não se deu por vencida. Os dedos da preternatural apertaram o maxilar do marido.

— E desde quando você carrega a arma sobrenatural mais perigosa do império, só por *precaução*?

— O professor Lyall pediu que Tunstell a trouxesse para mim. Presumiu que eu seria mortal enquanto estivesse aqui e achou que gostaria de contar com mais segurança.

Lady Maccon soltou o rosto dele e ficou observando-o reembrulhar o pequeno dispositivo mortal e colocá-lo de novo no esconderijo, do lado de fora da janela.

— É fácil de usar? — indagou ela, como quem não quer nada.

— Pode tirar o cavalinho da chuva, esposa. Já tem aquela sua sombrinha.

Ela fez um beicinho.

— Você não é nem um pouco divertido como mortal.

— E, então — disse ele, mudando de assunto de propósito —, onde você escondeu sua pasta de documentos?

Ela deu um sorriso, satisfeita por ele não achar que fosse ingênua a ponto de deixá-la onde pudesse ser roubada.

— No lugar menos provável, claro.

— Claro. E vai me dizer qual é?

Ela arregalou os grandes olhos castanhos para o marido e pestanejou, mostrando os cílios longos, tentando fazer um olhar inocente.

— E o que há nela que tanto interessaria a outras pessoas?

— Isso é o que é estranho. Não faço a menor ideia. Peguei os objetos menores e escondi na sombrinha. Pelo que sei, não restou nada de muito valor: o selo real; minhas anotações e papeladas a respeito da praga de humanização, com exceção da minha agenda pessoal, que foi roubada; os códigos de vários etereógrafos; um estoque emergencial de chá e um pacotinho de bolachas de gengibre.

O marido deu a sua versão do *olhar*.

Lady Maccon se defendeu:

— Você nem imagina como essas reuniões do Conselho Paralelo costumam se estender e, como o primeiro-ministro regional e o potentado são sobrenaturais, nem se dão conta da hora do chá.

— Bem, duvido muito que alguém esteja revirando nossos aposentos na tentativa desesperada de encontrar bolachas de gengibre.

— Elas são *deliciosas*.
— Não estariam à procura de outra coisa além da pasta?

Lady Maccon deu de ombros.

— Por enquanto, não adianta especular. Venha me ajudar com isso, por favor. Cadê Angelique?

Diante da ausência da criada, Lorde Maccon abotoou o vestido de jantar da esposa. Era um traje de festa cinza e creme, plissado na frente, de cima a baixo, com um babado bastante discreto na bainha. Lady Maccon gostava do modelo, exceto pelo laço ao estilo plastrom na altura do pescoço, pois não apoiava a tal da nova moda de incorporar elementos masculinos ao vestuário feminino. Não obstante, Madame Lefoux se saía bem nisso.

O que a levou a se lembrar de que, como Tunstell fora destacado para vigiar a inventora francesa, ela teria que ajudar o marido a se vestir, o que acabou demonstrando ser desastroso: o plastrom ficou torto e o colarinho, irregular. Mas a preternatural não se deixou abater. Afinal de contas, fora uma encalhada a maior parte de sua vida, e não se requeria das solteironas a habilidade de dar nós em plastrons.

— Marido — disse ela, quando terminaram de se arrumar e rumaram para baixo, com o intuito de cear —, já considerou a possibilidade de dar a mordida da transformação em sua tataraneta?

Lorde Maccon parou abruptamente no alto da escadaria e resmungou:

— Pela madrugada, como foi que aquela danada a convenceu a defender sua causa?

Lady Maccon suspirou.

— É que faz sentido, além de ser uma solução harmoniosa para os atuais problemas de Kingair. Ela já atua como Alfa, por que, então, não oficializar isso?

— Não é tão simples assim, esposa, você sabe muito bem disso. E as chances dela de sobreviver...

— São mínimas. Estou ciente disso.

— Não apenas mínimas, como também sem possibilidade de resgate. Em suma, está insinuando que devo eliminar o último representante vivo da linhagem Maccon.

— Mas se ela sobrevivesse...
— Se.
Lady Maccon inclinou a cabeça.
— Não cabe a ela assumir o risco?
Ele ficou calado enquanto descia a imponente escadaria.
— Deveria pensar a respeito, Conall, ao menos, como agente do DAS. É a atitude mais sensata a se tomar.
Ele continuou andando. Alexia notou algo estranho na postura dos ombros do marido.
— Espere aí. — De repente, ela ficou desconfiada. — Foi por isso que veio até aqui, não foi? O problema familiar. Pretende reorganizar a alcateia de Kingair? Mesmo depois da traição.
Ele encolheu os ombros.
— Você queria ver como Sidheag estava se saindo. E então?
— Agora há essa questão da impossibilidade de mutação — tergiversou ele.
Alexia deu um largo sorriso.
— Bom, afora isso. É obrigado a reconhecer que tenho razão.
O conde se virou para ela e franziu o cenho.
— Odeio quando você tem razão.
Ela desceu a escadaria até que pudesse ficar cara a cara com o marido. Precisou permanecer no degrau acima dele, para isso. Beijou-o com suavidade.
— Eu sei. Mas eu sou muito boa nisso.

Capítulo 12

O incrível desenfaixamento

Eles decidiram desenfaixar a múmia logo após a ceia, para satisfação das mulheres. Lady Maccon não se convencera de que seria uma boa ideia. Conhecendo o temperamento de Ivy, se a múmia fosse repulsiva demais, a ceia acabaria voltando à cena. Porém, acreditava-se que a penumbra e a luz das velas eram apropriadas para um evento tão nobre.

Nenhuma das damas ali presentes estivera antes numa festa de desenfaixamento de múmia. Lady Maccon ficou meio decepcionada por Madame Lefoux e Tunstell não presenciarem o acontecimento. Como Lorde Maccon não tinha muito interesse nisso, ofereceu-se para liberar o zelador, permitindo que, ao menos, o criado participasse do acontecimento. Tunstell, como todos sabiam, adorava um drama.

Alexia olhou atentamente para Ivy, mas a amiga mantinha a compostura e se mostrava imperturbável diante da possibilidade de compartilhar o mesmo recinto que um ator ruivo e uma múmia exposta. Felicity lambia os lábios de tanta expectativa; a preternatural decidiu preparar o espírito para o inevitável melodrama. Mas era ela, não a amiga nem a irmã, que se sentia menos à vontade na presença da criatura milenar.

Para falar a verdade, o aspecto da múmia a entristecia. Ela jazia num esquife retangular, não muito grande, decorado com parcos hieróglifos. Quando foi retirada de lá, viu-se que havia poucas pinturas nas bandagens, sempre com o mesmo motivo: ao que tudo indicava, uma cruz ansata partida ao meio. Os cadáveres em si não perturbavam nem assustavam Lady Maccon, que já vira outros em vários museus, sem problemas. Mas havia algo naquela múmia, em especial, que simplesmente lhe causou repulsa.

Como Lady Maccon não era chegada a crises emocionais, concluiu que a sua reação não tinha cunho sentimental. Não mesmo, pois estava sendo literalmente repelida, no sentido científico da palavra. Era como se tanto ela quanto a múmia tivessem algum tipo de campo magnético, com a mesma carga elétrica e forças que se repeliam violentamente.

O desenfaixamento da múmia propriamente dito durou uma eternidade. Quem poderia imaginar que havia tantas bandagens? E, além disso, as ataduras partiam o tempo todo. Toda vez que se encontrava um amuleto, a operação era interrompida, e os presentes deixavam escapar exclamações maravilhadas. À medida que a múmia ia sendo cada vez mais descoberta, Lady Maccon começou a recuar instintivamente em direção à porta da sala, até ficar à margem do grupo e na ponta dos pés, para acompanhar os procedimentos.

Por ser preternatural, nunca dera muito atenção à morte. Afinal de contas, representava o fim de tudo para criaturas como ela — não havia nada que pudesse esperar. Nas caixas-fortes com documentos especiais do DAS, um folheto da inquisição lamentava o fato de os preternaturais, únicas armas realmente eficazes contra a ameaça sobrenatural, serem também os únicos seres humanos que não podiam ser salvos. Na maior parte do tempo, Lady Maccon sentia indiferença quanto à própria mortalidade. O que era fruto de um senso prático típico de sua condição. Mas havia algo naquela múmia que a perturbava mais que lhe provocava repulsa: a criatura patética, encarquilhada.

Por fim, chegaram à cabeça da figura e começaram a expor um crânio bem conservado, com pele marrom-escura e alguns tufos de cabelo ainda presos. Tiraram amuletos das orelhas, do nariz, do pescoço e dos olhos, deixando à mostra as cavidades vazias e a boca meio escancarada. Vários escaravelhos saíram dos orifícios expostos e começaram a se espalhar rápido no chão. Foi quando Felicity e Ivy, que até aquele momento tinham se mantido só um pouco histéricas, acabaram desmaiando.

Tunstell amparou a srta. Hisselpenny, levando a cabeça da moça ao peito e chamando-a pelo primeiro nome, consternado. Lachlan segurou a srta. Loontwill, mas nem de longe foi tão afetuoso. As dispendiosas saias das duas mulheres formaram pregas de um jeito artístico, numa profusão de ondas. E ambos os peitos arfaram, os corações batendo forte, aflitos.

O evento da noite foi considerado um sucesso total.

Os cavalheiros, convocados à ação pelos brados de Lady Kingair, levaram as duas moças até uma sala de estar mais adiante. Ali, foram reanimadas com sais e estimuladas com um pouco de água de rosas nas testas.

Lady Maccon ficou sozinha com a lastimável múmia, que provocara involuntariamente todo aquele alvoroço. Até mesmo os escaravelhos tinham debandado. Ergueu a cabeça, tentando resistir à contínua força repulsiva, que parecia ter piorado assim que as duas ficaram a sós. Era como se o próprio ar no aposento tentasse expulsá-la dali. A preternatural estreitou os olhos e fitou a múmia, sentindo, no fundo, que algo a incomodava. Porém, não conseguiu identificar o quê. Então, ainda concentrada, dirigiu-se até a outra sala.

Acabou dando de cara com Tunstell aos beijos com Ivy, que, além de bem desperta, interagia de muito bom grado. Bem ali, na frente de todo mundo.

— Ora, vejam só isso! — exclamou Lady Maccon. Não imaginava que Ivy tivesse tanta iniciativa. Ao que tudo indicava, a amiga estava achando os beijos de Tunstell menos úmidos que antes.

Felicity recobrou a consciência, provavelmente louca para saber o que desviara a atenção de todos e os levara a abandoná-la por completo. Então, viu o abraço dos dois e suspirou, fazendo coro com a irmã espantada.

— Ora, ora, sr. Tunstell, mas o que é que *o senhor* está fazendo?

— Isso deveria ser óbvio, até mesmo para alguém como a senhorita — disparou Lady Kingair, não tão escandalizada quanto deveria.

— Bom — disse a preternatural —, suponho, então, que entendeu melhor o espírito da coisa?

Não houve resposta. Ivy continuava ocupada, beijando Tunstell. Ao que tudo indicava, já havia até o uso de línguas. E Felicity acompanhava tudo com o interesse bem-humorado de um ganso rabugento.

A cena comovente foi interrompida pelo estrondoso berro de Lorde Maccon, oriundo da sala de visitas frontal, do andar de baixo. Não se tratara de um de seus urros furiosos, pois Lady Maccon não teria se sobressaltado se fosse esse o caso. Não, aquele grito parecera ter sido de dor.

A preternatural saiu correndo e desceu a escadaria em disparada, sem nem se importar com o perigo iminente ao seu traje, sacudindo desvairadamente a sombrinha.

Seu avanço foi detido pela porta da sala de visitas, que não queria abrir. Algo pesado a bloqueava. Ela a empurrou com todas as suas forças e, por fim, conseguiu abri-la um pouco e descobriu que o corpo caído do marido bloqueara a passagem.

Lady Maccon se curvou sobre ele para verificar se havia ferimentos. Como não encontrou nada nas costas dele, virou-o com grande esforço e examinou-o de frente. O marido respirava devagar e com dificuldade, como se tivesse sido drogado.

A preternatural fez uma pausa e franziu o cenho, enquanto olhava desconfiada para a sombrinha estendida ao seu lado, pronta para a ação. "Essa ponta abre e lança um dardo envenenado, com uma substância sonífera", as palavras de Madame Lefoux lhe vieram à mente. Será que era fácil produzir uma substância sonífera? Ela olhou depressa ao redor e constatou que a inventora estava inconsciente, porém ilesa.

Lady Kingair, Dubh e Lachlan apareceram à porta, mas a preternatural ergueu a mão, deixando claro que não queria ser interrompida, e tirou a camisa do marido, examinando-o de perto, procurando não um ferimento, porém uma... ah-ha!

— Aqui está. — Havia uma pequena marca de perfuração logo abaixo do ombro esquerdo.

Ela abriu passagem em meio ao grupo que se encontrava à porta e gritou para cima:

— Tunstell, seu idiota! — No Castelo de Woolsey, aquela expressão significava que ele devia vir de imediato e armado. Fora ideia de Lorde Maccon.

A preternatural voltou à sala e foi até a figura inerte de Madame Lefoux.

— Se isso for culpa sua — disse ela, sussurrando, à mulher aparentemente inconsciente —, vou me certificar de que seja enforcada como espiã, pode ter certeza disso. — Sem se preocupar com os outros, que escutavam atentamente, acrescentou: — E sabe muito bem que tenho poder para isso.

Madame Lefoux continuou rígida como um defunto.

Tunstell forçou caminho para entrar, agachou-se ao lado do mestre e se inclinou para verificar se respirava.

— Está vivo.

— Mal e mal — retrucou Lady Maccon. — Onde é que você...

— O que foi que aconteceu? — indagou Lady Kingair, interrompendo os dois, com impaciência.

— Envenenaram o meu marido com algum tipo de dardo. Tintura de valeriana, talvez — explicou Lady Maccon, sem erguer os olhos.

— Nossa, que impressionante.

— Uma arma feminina, o veneno — comentou Dubh, enquanto farejava.

— Ora, faça-me o favor! — retrucou Lady Maccon. — Retire o que disse ou sentirá a força da *minha* arma preferida, que, posso lhe assegurar, não é veneno.

Dubh teve a inteligência de bater em retirada, evitando ofendê-la ainda mais.

— Por ora vai ter que parar de ministrar seus afetuosos cuidados à combalida srta. Hisselpenny, Tunstell. — Lady Maccon se levantou e se dirigiu, resoluta, à porta. — Com licença — disse à Alcateia de Kingair, ali aglomerada e, então, bateu a porta, deixando o bando do lado de fora da própria sala. O que foi bastante grosseiro, claro, mas, em certas ocasiões, as circunstâncias requeriam esse tipo de atitude, e não havia nada que se pudesse fazer. Felizmente, em tais circunstâncias, Alexia Maccon sempre correspondia às expectativas.

Em seguida, deu início a mais um ato imperdoavelmente ofensivo. Deixou que Tunstell acomodasse melhor Lorde Maccon — o que o zelador fez ao arrastar a figura corpulenta do conde até um pequeno sofá, imprensá-lo ali e cobri-lo com um grande cobertor xadrez — e se aproximou de Madame Lefoux, começando a despi-la.

Tunstell não perguntou nada, simplesmente desviou o rosto e tentou não olhar.

Lady Maccon despiu a inventora com cuidado, apalpando e verificando peça por peça, em busca de algum dispositivo escondido ou de uma possível arma. A francesa sequer se mexeu, embora a preternatural fosse capaz de jurar que a outra começara a respirar mais rápido. No final, Lady Maccon juntara uma pilha de objetos, alguns dos quais já conhecia: um par de lunóticos, um transponder etéreo e uma válvula encefálica; já outros não lhe eram familiares. Sabia que Madame Lefoux costumava trazer consigo um lançador de dardos, porque dissera tê-lo usado durante a briga a bordo do dirigível. Mas nenhum dos itens da pilha parecia ser o tal dispositivo, nem mesmo camuflado. Será que fora roubado? Ou a inventora o usara para atingir Conall e tratara de escondê-lo em algum lugar?

Lady Maccon passou as mãos sob a mulher adormecida. E nada. Então, procurou nas frestas do sofá atrás de Madame Lefoux. Nada ainda. Em seguida, procurou debaixo e atrás do sofá. Se a inventora o escondera, soubera ocultá-lo muito bem.

Com um suspiro, começou a vestir Madame Lefoux de novo. Era estranho, mas nunca antes vira outra mulher nua em pelo. Precisava reconhecer que a inventora tinha belas formas. Obviamente, não tão fartas quanto as dela, mas elegantes e harmoniosas, com seios pequenos e bonitos. Os trajes masculinos de Madame Lefoux acabaram facilitando o trabalho de Lady Maccon. Assim que a preternatural terminou a tarefa, percebeu que as mãos estavam levemente trêmulas — de vergonha, claro.

— Fique de olho nela, Tunstell. Já volto. — Em seguida, ela se levantou e saiu da sala, fechando a porta e ignorando por completo a Alcateia de Kingair, que ainda perambulava de um lado para outro no corredor. Foi direto para o andar de cima e entrou nos seus aposentos. Angelique já se encontrava lá, esquadrinhando tudo.

— Saia — ordenou ela à criada.

Angelique fez uma reverência e saiu às pressas.

Lady Maccon correu até a janela, ficou na ponta dos pés e se esticou para pegar o precioso embrulho em couro impermeável, pertencente a Conall. Estava fora de alcance, escondido sobre um tijolo meio deslocado.

Impaciente, ela se equilibrou de maneira precária no parapeito, lamentando-se pelo excesso de saias, o que a levou a amassar as anquinhas na parede, debaixo da janela. Apesar da posição complicada, conseguiu pegar o pacote sem maiores contratempos.

Desembrulhou a pequena arma, escondeu-a sob a ridícula touca de renda, prendendo-a nos cabelos volumosos e cacheados e, em seguida, foi ao quarto de Ivy buscar a pasta de documentos.

A amiga estava deitada, ao mesmo tempo abatida e alvoroçada.

— Oh, Alexia, ainda bem que chegou. O que é que eu devo fazer? Que crise terrível, de dimensões ápices. Estou com o coração batendo acelerado. Você viu? Ah, claro que sim. Ele me beijou, bem ali, em público. Estou *arruinada*! — Ela se sentou. — Mas eu amo Tunstell. — Em seguida, desabou de novo. — Ainda assim, estou arruinada. Ai de mim.

— Você acabou mesmo de dizer "ai de mim"? Bom, hum, preciso dar uma olhada nessas meias.

Nada desviava a atenção da srta. Hisselpenny dos seus gigantescos problemas. Ela nem notou quando a amiga pegou a pasta de documentos, com expressão determinada.

— Ele disse que me amaria para sempre.

Lady Maccon revirou várias pilhas de documentos e rolos de pergaminho dentro da pasta, à procura de sua carta branca de muhjah. Onde enfiara o bendito documento?

— Ele disse que o nosso amor era o único puro e verdadeiro.

Lady Maccon deu um breve resmungo evasivo. O que mais se podia dizer diante de tamanho contrassenso?

Sem se preocupar com a ausência de comentários, a srta. Hisselpenny continuou a se queixar do destino.

— E eu o amo. De verdade e muito. Você nunca poderia entender esse sentimento, Alexia. Não o do verdadeiro amor, como o nosso. Os casamentos por questões de dinheiro são simples e tranquilos, mas a relação entre nós... seria para valer.

Lady Maccon inclinou a cabeça, fingindo surpresa.

— E foi isso que eu fiz?

Ivy ignorou a pergunta.

— Mas não podemos simplesmente nos casar.

Alexia continuou sua busca.

— Hum, não, isso eu entendo.

Ivy se empertigou ao ouvir o comentário e fuzilou a amiga com os olhos.

— Francamente, Alexia, você não está ajudando nem um pouquinho.

Lady Maccon se lembrou de que havia guardado os documentos mais importantes na sombrinha, logo após a primeira invasão e, então, fechou a pasta, trancou-a e recolocou-a atrás das caixas de chapéus de Ivy.

— Ivy, minha querida, você conta com toda a minha solidariedade nessa situação. Conta mesmo. Mas precisa me dar licença. Tenho assuntos urgentes para tratar lá embaixo.

A amiga se deixou cair na cama e levou a mão à cabeça.

— Oh, que tipo de amiga você é, Alexia Maccon? Cá estou, passando por uma crise, sofrendo horrores. Sabia que este é o pior dia da minha vida? E *você* só se preocupa com as meias da sorte do seu marido! — Ela se virou com um movimento brusco e enfiou a cara no travesseiro.

Alexia saiu do quarto antes que Ivy a brindasse com outra atuação teatral.

A maioria da alcateia ainda estava reunida à entrada da sala de visitas, com expressão aturdida. Alexia deu sua melhor encarada em todos e, depois de entrar, bateu a porta na cara deles, de novo.

Entregou a arma a Tunstell, que a pegou, mas engoliu em seco.

— Sabe o que é isso?

Ele anuiu.

— Um revólver Tue Tue, modelo dos Notívagos. Mas por que eu precisaria de um? Não tem vampiros aqui, nem lobisomens, por sinal. Não na atual conjuntura.

— Esta situação não perdurará por muito tempo, não se eu conseguir o que penso. Os venenos não têm a mesma eficácia em lobisomens, e espero ver meu marido completamente acordado mais rápido do que um ser humano levaria com um troço desses, seja lá o que for, circulando no organismo. Além do mais, essa pequena arma letal também funciona com mortais. Tem autorização para usá-la?

Tunstell fez que não com a cabeça. As sardas se evidenciaram mais no rosto alvo.

— Bom, agora tem.

A expressão do zelador deixou claro que ele não tinha tanta certeza assim. Os notívagos respondiam ao DAS. Em teoria, a muhjah não tinha poder de decisão naquele quesito. Mas a patroa estava com uma expressão incrivelmente beligerante, e ele não tinha a menor intenção de testar a paciência dela.

Ela ergueu o dedo em riste, de modo autoritário.

— Ninguém pode entrar nem sair daqui. *Ninguém*, Tunstell. Nenhum criado, nenhum integrante da alcateia, nenhum zelador, nem mesmo a srta. Hisselpenny. E, por falar nela, insisto que evite abraçá-la em público. É muito constrangedor ficar assistindo à cena. — Lady Maccon torceu de leve o nariz.

Tunstell enrubesceu tanto que as sardas sumiram sob a vermelhidão, mas ele foi direto ao assunto mais importante.

— O que vai fazer agora, milady?

A preternatural olhou de relance para o relógio de pé, cujo tique-taque ressoava alto no canto da sala.

— Enviar um etereograma já. A situação está escapando totalmente do controle.

— Para quem?

Ela balançou a cabeça, os cabelos caindo no rosto, já que retirara a touca.

— Simplesmente faça o seu trabalho, Tunstell, e deixe que eu faça o meu. Quero ser informada de imediato se um dos dois piorar ou acordar. Estamos entendidos?

O ruivo anuiu.

Lady Maccon juntou os inúmeros apetrechos de Madame Lefoux e os meteu na touca de renda, usando-a como bolsa. Embora as mechas lhe caíssem no rosto, ela sabia que às vezes era preciso sacrificar a aparência para lidar melhor com a situação. Levando numa das mãos a touca com os itens da inventora e, na outra, a sombrinha, ela deixou o recinto e fechou a porta com firmeza, com o pé.

— Lamento ter que informar, Lady Kingair, que ninguém pode entrar ou sair desta sala, nem mesmo a senhorita, por enquanto. Tunstell está armado, com a minha autorização, e recebeu instruções claras de atirar em qualquer um que tente passar. Não vai querer testar a lealdade dele à minha pessoa agora, vai?

— Com que autoridade tomou essas providências? A do conde? — Lady Kingair estava chocada.

— Meu marido está — Alexia fez uma pausa — temporariamente inabilitado. Então, essa questão não diz mais respeito ao DAS. Eu coloquei o assunto sob a minha própria responsabilidade. Já aturei a sua embromação por tempo demais. Ajudei-a o quanto pude com seus problemas com a alcateia e respeitei seus costumes, mas *agora* a situação passou dos limites. Quero acabar com essa praga de humanização, e quero fazer isso já. Não admito que ninguém mais seja alvejado nem atacado nem vigiado, tampouco que tenha os aposentos revirados. Tudo escapou ao controle, e não tolero este caos.

— Controle-se, Lady Maccon, controle-se — advertiu Lady Kingair.

A preternatural semicerrou os olhos.

— E por que haveríamos de obedecer-lhe? — questionou Dubh, com agressividade.

Lady Maccon exibiu a carta branca de muhjah bem na frente do rosto do Beta. Ele parou de resmungar, e uma expressão estranha surgiu no seu rosto largo e aborrecido.

Lady Kingair tomou o documento da preternatural e o segurou sob a luz tênue de um candeeiro. Satisfeita, passou-o para Lachlan, que se mostrou pouco surpreso com o conteúdo.

— Posso deduzir que não foi informada da minha nomeação?

Sidheag encarou Lady Maccon com severidade.

— Posso deduzir que não se casou com Lorde Maccon por puro amor?

— Ah, posso lhe garantir que o cargo político foi uma agradável surpresa.

— E logo o cargo que não seria concedido a uma solteirona.

— Quer dizer que conhece as tendências da rainha a ponto de saber disso? — Lady Maccon tomou a carta branca e meteu-a na parte frontal do corpete. Era melhor que a alcateia não ficasse sabendo dos compartimentos secretos de sua sombrinha.

— O cargo de muhjah estava desocupado havia várias gerações. Por que a senhora? Por que agora? — Dubh parecia menos aborrecido e mais pensativo, de um jeito que Lady Maccon nunca vira antes. Talvez houvesse alguma massa encefálica por trás de toda aquela força bruta.

— *Ela* ofereceu o cargo ao seu pai — observou Lachlan.

— Ouvi algo a respeito. Pelo que sei, ele o rejeitou.

— Ah, não, não — retrucou Lachlan, com um meio sorriso. — Nós colocamos em prática uma política obstrucionista.

— Os lobisomens?

— Os lobisomens e os vampiros, além de alguns fantasmas.

— Mas *por que* todos vocês implicavam tanto com o meu pai?

Dubh soltou um grunhido.

— Quanto tempo lhe resta?

Na sala em que Tunstell cuidava da inventora e do conde inconscientes, o relógio de pé tocou as badaladas, indicando que faltava um quarto para a próxima hora.

— Pelo visto, não muito. Posso considerar, então, que reconhecem a autenticidade da minha carta branca?

Lady Kingair observou a preternatural como se diversas de suas perguntas anteriores sobre uma tal Lady Maccon não tivessem sido respondidas.

— Vamos reconhecê-la, sim, e, além disso, obedeceremos à sua ordem. — Ela fez um gesto rumo à porta fechada da sala. — Por enquanto — acrescentou, para não perder a moral diante da alcateia.

Lady Maccon sabia que era o máximo que conseguiria, portanto, como lhe era característico, aceitou e pediu mais.

— Muito bem. Agora, preciso escrever e enviar uma mensagem pelo seu etereógrafo. Enquanto me encarrego disso, gostaria que colocassem todos os artefatos que trouxeram do Egito num só recinto. Quero examiná-los assim que tiver enviado minha mensagem. Se não conseguir determinar qual dispositivo é o provável causador do problema de humanização, vou transferir meu marido para Glasgow, onde poderá voltar a ser sobrenatural e se recuperar por completo. — Em seguida, ela se dirigiu à torre do castelo em que ficava o etereógrafo.

Ao chegar, tomou um grandessíssimo susto. Deparou com o corpo inerte do zelador de expressão espantada, responsável pelo aparelho, estatelado no piso da sala e todas as válvulas frequensoras de Kingair estilhaçadas. O lugar estava coberto de cacos cristalinos reluzentes.

— Puxa vida, eu sabia que deviam ter sido guardados num local seguro. — Lady Maccon examinou o zelador, que respirava, mas dormia profundamente, como o marido dela e, então, passou pelos fragmentos.

O aparelho propriamente dito estava intacto, o que levou a preternatural a se perguntar: se tinham estraçalhado as válvulas frequensoras para evitar a comunicação externa, por que não haviam destruído o próprio instrumento? Afinal de contas, era um dispositivo frágil, que podia ser facilmente desativado. Por que, em vez disso, quebraram todas as válvulas? A não ser, é claro, que o criminoso quisesse manter o livre acesso ao equipamento.

Lady Maccon entrou depressa na câmara de transmissão, torcendo para que o zelador tivesse interceptado o vândalo em flagrante. Tudo indicava que sim, pois encontrou na base emissora uma chapa de metal desenrolada, contendo uma mensagem gravada com água-forte claramente visível. E *não* era a mensagem que ela enviara para Lorde Akeldama na noite anterior. Essa não, a mensagem estava em francês!

Como não era muito boa na leitura daquele idioma, perdeu alguns momentos preciosos na tradução da chapa gravada.

"Arma aqui mas desconhecida", estava escrito.

Lady Maccon ficou decepcionada, pois o maldito texto não continha os termos das tradicionais cartas de papel escritas à tinta, como "prezados fulano e sicrano" e "atenciosamente, fulano e sicrano", o que lhe revelaria tudo, com a maior facilidade. Para quem Madame Lefoux teria enviado a mensagem? Quando a teria enviado — logo antes de ter sido alvejada ou mais cedo? Teria sido também a inventora que arruinara as válvulas frequensoras? Lady Maccon não podia acreditar que Madame Lefoux fosse capaz de destruir deliberadamente artigos tecnológicos. A mulher adorava todo tipo de parafernália e, na certa, seria contra seus princípios arruiná-la daquela forma. E, ademais, o que ela *tentara* dizer a Lady Maccon e ao seu marido antes de ser alvejada?

Com um sobressalto, a preternatural se deu conta de que já eram quase onze horas e que devia gravar logo a mensagem e preparar seu envio imediato. Naquele momento, a única ação concreta que lhe ocorria era fazer contato com Lorde Akeldama. Como não tinha as válvulas para se comunicar com a Coroa ou com o DAS, teria que se virar com o escandaloso vampiro.

Sua mensagem dizia simplesmente: "Floote verificar biblioteca: Egito, arma humanização? DAS enviar agentes Kingair."

Embora o texto fosse um pouco longo para um etereógrafo, era o mais curto que pudera formular. Lady Maccon esperava poder se lembrar dos procedimentos do jovem zelador na noite anterior. Em geral, tinha jeito para aquele tipo de coisa, mas talvez tivesse se esquecido de algum botão. Porém, não lhe restava outra opção, exceto tentar.

A minúscula câmara de transmissão parecia mais espaçosa com uma só pessoa. Ela pegou a válvula de Lorde Akeldama no bolsinho da sombrinha e a encaixou com cuidado na base do ressonador. Inseriu a placa de metal gravado na moldura e ligou o interruptor que acionava o convector etéreo e a substância química. As letras foram sendo gravadas à água-forte, e os motores hidráulicos se ativaram. Era mais fácil do que ela pensara. O diretor do transmissor etereográfico da Coroa tinha lhe dito que era preciso ter um treinamento especial e um certificado para se operar o complicado aparelho — um mentiroso.

As duas agulhas percorriam com rapidez a chapa metálica, faiscando quando se tocavam. Lady Maccon ficou imóvel durante toda a transmissão e, quando ela terminou, tirou a placa da base. Não queria ser tão descuidada quanto o espião fora.

Ela entrou com pressa na outra câmara, que demonstrou ser bem mais difícil de operar. Por mais que girasse os botões e as rodas dentadas, não conseguia reduzir a interferência sonora o bastante para receptar sinais. Felizmente, Lorde Akeldama levou uma eternidade para responder. Lady Maccon demorou quase meia hora para silenciar a câmara receptora. Embora não tivesse conseguido reduzir os ruídos tão bem quanto o zelador, no fim das contas, o resultado foi satisfatório.

A resposta do amigo vampiro começou a se formar com os grânulos escuros magnetizados entre as duas placas de vidro, uma letra de cada vez.

Respirando o mais silenciosamente possível, Lady Maccon copiou a mensagem. Era curta, enigmática e totalmente inútil. "Preternaturais sempre cremados", foi tudo o que disse. Em seguida, surgiu uma imagem, um círculo sobre uma cruz. Algum tipo de código? Puxa, muito esclarecedor mesmo! Maldito Lorde Akeldama por ser tão reticente numa hora daquelas!

Ela esperou outra meia hora, até depois da meia-noite, por qualquer outro comunicado e, como mais nada apareceu, desligou o etereógrafo e saiu, mal-humorada.

A casa estava em rebuliço. Na sala de estar principal, na frente daquela em que Tunstell se encontrava com suas duas incumbências, o fogo crepitava na lareira e criadas e lacaios iam e viam, levando artefatos.

— Minha nossa, os senhores fizeram mesmo umas comprinhas na Alexandria, não fizeram?

Lady Kingair ergueu os olhos, deixando de se concentrar na pequena múmia, que tentava acomodar com cuidado num console. Parecia se tratar de algum tipo de animal, talvez um felino?

— Fazemos o que é necessário. O soldo do regimento não é suficiente para arcar com a manutenção de Kingair. Por que não haveríamos de colecionar objetos?

Lady Maccon começou a examinar os artigos, sem saber exatamente pelo que procurava. Havia estatuetas de madeira representando pessoas, colares de turquesa e lápis-lazúli, estranhos vasos de pedra com tampas em formato de cabeças de animais, além de amuletos. Todos relativamente pequenos, exceto pelas duas múmias, ainda devidamente enfaixadas. Essas eram mais impressionantes que a que eles tinham desenrolado. Estavam acomodadas em esquifes curvilíneos, belamente pintados, com as superfícies cobertas de imagens coloridas e hieróglifos. Lady Maccon se aproximou delas com cautela, mas não sentiu repulsa significativa. Nenhum dos artefatos, nem mesmo as múmias, parecia diferente dos que já vira em exposição nas galerias da Real Sociedade ou até no Museu de Antiguidades.

Olhou com desconfiança para Lady Kingair.

— Não tem mais nada?

— Só a múmia que desenrolamos no evento, que ficou lá em cima.

Lady Maccon franziu o cenho.
— Todas foram adquiridas do mesmo vendedor? Todas pilhadas da mesma tumba? Ele chegou a mencionar algo?
Lady Kingair se mostrou ofendida.
— Elas são *todas* legítimas. Tenho os documentos.
A preternatural respirou fundo.
— Tenho certeza disso. Mas sei muito bem como funciona o comércio de antiguidades no Egito, atualmente.
Pareceu que Sidheag se ofenderia com o comentário, mas Lady Maccon prosseguiu:
— Seja como for, qual é a procedência delas?
Franzindo o cenho, Lady Kingair respondeu:
— De vários lugares.
Lady Maccon suspirou.
— Quero ver a outra múmia daqui a pouco, mas antes... — O estômago dela se embrulhou, só de pensar. Era por demais incômodo ficar no mesmo recinto que aquele troço. Ela se virou para encarar o resto da Alcateia de Kingair, pois os brutamontes de saias perambulavam de um lado para outro, inseguros, com aparência desleixada, parecendo desnorteados. A preternatural se comoveu, por um instante. Em seguida, lembrou-se do marido desacordado na outra sala.
— Alguém comprou algo pessoal, que não está mencionando para mim? Se algum integrante da alcateia fizer isso, vai se dar mal — ela olhou diretamente para Dubh —, pois vou acabar descobrindo.
Ninguém se manifestou.
Lady Maccon tornou a olhar para Sidheag.
— Pois bem, então, vou examinar mais uma vez aquela múmia. Com licença.
Lady Kingair subiu na frente a escadaria, mas, quando ela entrou na sala no andar de cima, não foi seguida por Lady Maccon. A preternatural parou à porta e ficou observando atentamente a criatura. A força de repulsão da múmia era tão intensa, que ela teve vontade de dar a volta e sair correndo. Mas resistiu e continuou examinando a pele seca e marrom-escura, quase negra, que se encolhera toda para cobrir os ossos velhos.

A boca da criatura estava levemente aberta, com os dentes inferiores aparecendo, acinzentados e gastos. Lady Maccon podia até mesmo ver as pálpebras entreabertas, sobre as órbitas vazias dos olhos. Os braços estavam cruzados sobre o tórax, como se a múmia tentasse se proteger da morte, enclausurando sua alma no interior.

Sua alma.

— Mas é claro — disse Lady Maccon, ofegante. — Como pude ser tão cega?

Lady Kingair olhou para ela, séria.

— Fiquei achando o tempo todo que fosse uma arma moderna, e Conall, que a sua alcateia tivesse trazido alguma praga contraída no Egito. Mas, não, é simplesmente *essa* múmia.

— O quê? Como uma múmia poderia fazer algo assim?

Enfrentando a terrível força repulsiva, Lady Maccon entrou na sala, pegou um pedaço da bandagem descartada da múmia e apontou para a imagem ali representada. Uma cruz ansata partida ao meio. Como o círculo na mensagem etereográfica de Lorde Akeldama, só que fragmentado.

— Esse não é o símbolo da morte, tampouco do além. É o nome — ela fez uma pausa — ou talvez o título que a pessoa mumificada tinha em vida. Não entende? A cruz ansata é o símbolo da vida eterna e, aqui, está partido. Só uma criatura é capaz de pôr fim à vida eterna.

Sidheag arquejou, levou uma das mãos à boca e abaixou-a em seguida, para apontá-la para Lady Maccon.

— Um quebrador de maldição. Como a senhora.

Lady Maccon deu um sorriso tenso e olhou para a múmia com tristeza.

— Um ancestral muito remoto, talvez? — Mesmo contra a vontade, ela sentiu uma repulsa que a fez recuar, a própria atmosfera ao redor da criatura a repelia.

Ela olhou para Lady Kingair, já sabendo a resposta à pergunta.

— Está sentindo isso?

— Sentindo o quê, Lady Maccon?

— Bem que eu desconfiava. Só *eu* poderia notar. — Ela franziu o cenho, com a mente trabalhando rápido. — Lady Kingair, sabe algo sobre os preternaturais?

— Apenas o fundamental. Saberia mais se fosse uma licantropa, pois os uivadores me contariam histórias que eu não tenho autorização de ouvir na condição humana.

Lady Maccon ignorou a amargura na voz da mulher.

— Então, quem é o membro mais antigo da Alcateia de Kingair? — A preternatural nunca sentira tanta falta do professor Lyall. Ele teria a resposta. Com certeza, teria. Provavelmente tinha sido ele que informara Lorde Akeldama.

— Lachlan — respondeu Lady Kingair, prontamente.

— Preciso falar com ele agora mesmo. — Lady Maccon deu a volta e saiu, quase dando de encontro com a criada, que parara atrás dela no corredor.

— Madame. — Os olhos de Angelique estavam arregalados e suas maçãs do rosto, coradas. — O que foi que aconteceu no quarrto da senhorra?

— Ah, outra vez, essa não!

A preternatural foi depressa para seu quarto, mas ele já estava da mesma forma que o deixara.

— Ah, não foi nada, Angelique. Só me esqueci de lhe contar a respeito. Por favor, trate de organizar tudo.

A criada ficou ali parada, meio perdida em meio à bagunça, e observou a patroa descer às pressas ao andar de baixo. Lady Kingair a seguiu placidamente.

— Sr. Lachlan — chamou Lady Maccon, e o cavalheiro sério surgiu no vestíbulo, com o semblante preocupado. — Gostaria de dar uma palavrinha em particular com o senhor, se não se importa.

Ela atravessou o corredor, seguida pelo Gama e por Lady Kingair, até um recanto afastado dos outros integrantes da alcateia.

— A pergunta que vou lhe fazer pode parecer estranha, mas, por favor, responda a ela com toda sinceridade.

— Pois não, Lady Maccon. Seu desejo é uma ordem.

— Eu sou muhjah. — Ela sorriu. — O que ordeno é a sua ordem.

— Certo. — Ele inclinou a cabeça.

— O que acontece conosco quando morremos?

— Uma conversa filosófica, Lady Maccon? Acha que é o momento apropriado para isso?

Ela meneou a cabeça com impaciência.

— Não me refiro a nós, aqui, mas aos preternaturais. O que acontece conosco quando morremos?

Lachlan franziu o cenho.

— Não cheguei a conhecer muitos da sua espécie, já que, felizmente, são tão raros.

Lady Maccon mordeu o lábio. Lorde Akeldama dissera na mensagem que preternaturais eram cremados. E o que aconteceria se um deles não fosse? O que aconteceria se o corpo nunca pudesse entrar em putrefação? A própria natureza dos fantasmas deixava claro que o excesso de alma ficava acorrentado ao corpo. Se este fosse preservado, o fantasma ficava por perto — não morto, porém cada vez mais insano, e sempre nas imediações. Será que os antigos egípcios tinham descoberto esse detalhe, por meio do processo de mumificação? Talvez fosse até por isso que embalsamassem? Será que algum aspecto da *ausência* de alma estaria também associado ao corpo? Quiçá as habilidades dos sugadores de alma tinham algo a ver com a pele do preternatural? Afinal de contas, era através do toque que Lady Maccon conseguia neutralizar poderes sobrenaturais.

Ela arquejou e, pela primeira vez na sua vida de conduta destemida, realmente quase chegou a desmaiar. As implicações eram assustadoras e intermináveis. Os cadáveres de preternaturais poderiam ser transformados em armas contra os sobrenaturais. Uma múmia sobrenatural, como aquela lá embaixo, poderia ser retalhada e espalhada por todo o império, ou até mesmo ser pulverizada e transformada em veneno! Um veneno de *humanização*. Ela franziu o cenho. Esse tipo de substância seria eliminada pelo corpo após a digestão, mas, ainda assim, um lobisomem ou vampiro se tornaria mortal por certo tempo.

Lachlan e Lady Kingair continuaram em silêncio, encarando Lady Maccon. Era quase como se pudessem ver as engrenagens se movendo na sua mente. Uma pergunta ainda precisava ser respondida: por que ela estava sendo repelida pela múmia?

— O que acontece quando dois preternaturais se encontram? — perguntou ela a Lachlan.

— Ah, isso não acontece. Nem mesmo com os próprios filhos deles. Não chegou a conhecer seu pai? — Lachlan fez uma pausa. — Claro, ele não era do tipo. Mas, seja como for, eles simplesmente nunca se encontram. Os preternaturais não conseguem compartilhar a mesma atmosfera. Não é nada pessoal, simplesmente intolerável, o que os leva a procurar outros círculos sociais. — Ele fez uma pausa. — Quer dizer que aquela múmia lá está causando isso tudo, de alguma forma?

— Talvez a morte amplie nossas habilidades de sem alma, a ponto de tornar o toque desnecessário. Assim como o excesso de alma de um fantasma pode se afastar do corpo dele até onde sua corrente deixar. — Lady Maccon olhou para os dois. — Isso explicaria por que o exorcismo em massa só funciona num espaço limitado.

— E por que a alcateia não consegue fazer a transformação — acrescentou Lady Kingair, anuindo.

— Uma quebra de maldição em massa. — Lachlan franziu o cenho.

Eles ouviram um burburinho atrás da porta trancada, próximo a eles. Então, ela se abriu, e Tunstell meteu a cabeça ruiva para dentro, sobressaltando-se um pouco ao ver aqueles três reunidos tão perto.

— Senhora — disse ele —, Madame Lefoux acordou.

Lady Maccon o seguiu até a sala e se dirigiu a Lady Kingair e Lachlan antes de fechar a porta:

— Nem preciso lhes dizer o quanto é perigosa a informação que acabamos de descobrir.

A expressão de ambos era adequadamente grave. Por trás deles, o restante da alcateia surgiu da sala dos artefatos, curiosos com a saída de Tunstell do recinto.

— Por favor, não contem nada para os demais integrantes da alcateia — pediu Lady Maccon, mas em tom de voz autoritário.

Eles anuíram, e ela fechou a porta.

Capítulo 13

A última moda na França

Tunstell estava inclinado sobre a inventora, ajudando-a a se sentar ereta no pequeno canapé, quando Lady Maccon entrou. Madame Lefoux parecia grogue, mas seus olhos se mostravam bem abertos. Eles fixaram a preternatural, quando ela entrou, e a francesa deu um sorriso moroso — lá estavam as covinhas.

— O meu marido melhorou também? — Ela foi ficar ao lado de Conall, um homenzarrão no diminuto sofá. Ao que tudo indicava, os pés curvos do móvel estavam empenando sob o peso dele. A esposa estendeu a mão para baixo, a fim de tocar no rosto do marido: os pelos começavam a crescer. Ela lhe *dissera* que precisava fazer a barba. Mas os olhos dele continuavam fechados, os cílios incrivelmente longos paralelos à maçã do rosto. Que desperdício de belos cílios. A esposa comentara ainda no mês anterior como se ressentia por causa deles. O marido rira e lhe fizera cócegas na nuca com eles.

Suas lembranças foram interrompidas não pela voz de Tunstell respondendo à sua pergunta, mas pela voz musical, com leve sotaque, de Madame Lefoux. Uma voz que se mostrava um pouco seca e rouca pela falta de água.

— Infelizmente, ainda vai demorar um tempo até que ele recobre os sentidos. Sobretudo se foi atingido por um dos dardos com soníferos novos.

Lady Maccon foi até ela.

— O que houve, Madame Lefoux? Pode contar o que aconteceu e quis nos contar esta manhã? Quem lançou dardos em você? — Seu tom de voz se tornou frio. — Quem os lançou no meu marido? — Tinha certeza de saber a resposta à pergunta, mas queria que a inventora lhe dissesse. Chegara a hora de ela escolher um lado.

A francesa engoliu em seco.

— Por favor, não fique brava com ela, Lady Maccon. Não faz isso de propósito, entende? Estou convencida de que não. É só meio inconsequente, nada mais. Tem bom coração, no fundo. Sei que tem. Encontrei o etereógrafo com todas aquelas lindas válvulas esmagadas e fragmentadas. Como ela pôde fazer isso? Como alguém pode agir assim? — Àquela altura, lágrimas escorriam dos olhos verdes da inventora. — Ela foi longe demais nesse aspecto e, quando fui lhe contar, achei-a vasculhando seu quarto. Foi quando eu soube que tudo havia escapado do controle. Ela devia estar procurando sua válvula cristalina, a que sabia que você tinha, a do transmissor de Lorde Akeldama. Para despedaçá-la também. Tanta destruição. Nunca pensei que ela fosse capaz. Empurrar alguém de um dirigível é uma coisa, mas destruir algo tão belo e útil quanto uma válvula frequensora cristalina, que tipo de monstro faz isso?

Bom, sem sombra de dúvida a pergunta deixou claro para Lady Maccon quais eram as prioridades da inventora.

— Para quem Angelique está trabalhando? Para os vampiros?

Como Madame Lefoux já falara muito, apenas anuiu.

Lady Maccon praguejou, usando termos que teriam enchido de orgulho o marido.

Tunstell ficou chocado. E enrubesceu.

— Eu suspeitava de que era espiã, claro, mas não achava que se tornaria uma agente ativa. Fazia uns penteados tão lindos nos meus cabelos.

A inventora inclinou a cabeça, como se entendesse perfeitamente.

— O que ela está buscando? Por que tem feito isso?

Madame Lefoux balançou a cabeça. Sem a cartola e com o plastrom desamarrado, parecia quase feminina, bem diferente do normal. Mais afável. Só que Lady Maccon não sabia ao certo se gostava daquele lado dela.

— Só posso pensar que é o mesmo dispositivo que você procura, muhjah. A arma de humanização.

A preternatural praguejou outra vez.

— Claro, Angelique estava parada lá. Bem atrás de mim, no corredor, quando descobri o que era.

A inventora arregalou os olhos.

Mas foi Tunstell que perguntou, em tom pasmo:

— A senhora descobriu o que era?

— Óbvio que descobri. Onde é que você andava? — Lady Maccon se dirigiu, na mesma hora, até a porta. — Tunstell, minhas ordens ainda estão valendo.

— Mas, senhora, precisa...

— Estão valendo!

— Não creio que ela queira matar outra pessoa além de mim — vociferou a inventora para a preternatural. — Não mesmo. Por favor, milady, não faça nada... fatal.

Lady Maccon se virou à porta e arreganhou os dentes, parecendo meio licantropa.

— Ela lançou dardos no meu marido, madame — disse.

Do lado de fora, onde a Alcateia de Kingair ainda deveria estar, reinava o silêncio. Isso e um aglomerado confuso de corpanzis adormecidos de saia escocesa xadrez — um colapso em larga escala.

Lady Maccon fechou os olhos e respirou fundo, aborrecida. Francamente, será que tinha que fazer tudo sozinha?

Segurando a sombrinha com firmeza, armou o pino com substância sonífera, o dedo pairando sobre o botão de lançamento de dardo, e subiu rápido a escadaria rumo à sala das múmias. Se não estivesse enganada, Angelique tentaria tirar a criatura dali e levá-la por terra, na certa de carruagem, até os seus superiores.

Estava enganada. Assim que abriu a porta da sala, ficou óbvio que a múmia continuava ali, e Angelique não.

A preternatural franziu o cenho.

— Como!?

Ficou batendo a ponta da sombrinha no chão, aborrecida. Claro! A prioridade de uma espiã de vampiro seria a passagem de informações. Era o que eles mais valorizavam. Lady Maccon posicionou o para-sol adiante e subiu demasiadas escadas para alguém que estava de corpete, o que a levou a chegar esbaforida à sala do transmissor etereográfico.

Sem se dar ao trabalho de checar se estava sendo usado, puxou a pétala de lótus apropriada na ponteira, ativando o emissor de interferência magnética. Por um instante, tudo parou.

Então, a preternatural seguiu adiante e entrou na câmara de transmissão do aparelho.

Angelique já se levantava. Os pequenos braços hidráulicos do desencadeador de faíscas pararam no meio da mensagem. A criada olhou para sua senhora e se lançou na sua direção.

Lady Maccon desviou do ataque, mas a intenção da outra não fora agredi-la, pois simplesmente a empurrou para o lado e saiu de um salto dali. A preternatural, batendo de costas num amontoado de dispositivos na parede da sala, perdeu o equilíbrio e caiu no chão, de lado.

Então, debateu-se em meio a saias, anquinhas e anáguas, para se levantar. Assim que o fez, foi depressa até a base do transmissor e arrancou o rolo de metal. Somente três quartos haviam sido gravados. Teria sido suficiente? Será que seu emissor interrompera a transmissão ou os vampiros tinham tido acesso à informação mais perigosa sobre e para os preternaturais?

Sem tempo de verificar, ela jogou a chapa para o lado, deu a volta e foi correndo atrás de Angelique, convencida, naquele momento, de que ela iria atrás da múmia.

Daquela vez, acertara em cheio.

— Angelique, pare!

Lady Maccon a viu do patamar de cima, lutando para puxar o cadáver do preternatural há muito falecido, meio que o carregando, meio que arrastando o troço horripilante nos primeiros degraus da escadaria, rumo à entrada frontal do castelo.

— Alexia? O que está acontecendo? — Ivy surgiu do quarto, as maçãs do rosto manchadas e úmidas de lágrimas.

A preternatural apontou a sombrinha entre os balaústres do corrimão e atirou um dardo com sonífero na criada.

Angelique se virou, e colocou a múmia na sua frente, como escudo. O dardo atingiu a pele amarronzada e enrugada de milhares de anos, penetrando parcialmente e ficando pendurado. Lady Maccon desceu pesadamente o próximo lanço.

A criada começou a carregar a múmia nas costas, para que a criatura a protegesse enquanto corria, mas não conseguiu progredir muito, justamente pelo estorvo de carregá-la.

A preternatural parou na escadaria e apontou a sombrinha de novo.

A srta. Hisselpenny surgiu no campo de visão de Lady Maccon, parada no patamar do primeiro andar, observando Angelique e impedindo por completo o segundo lançamento da preternatural.

— Ivy, saia daí!

— Puxa vida, Alexia, o que é que a sua criada anda aprontando? Está *vestindo* uma múmia?

— Hum-hum. É a última moda em Paris, não sabia? — respondeu a amiga, antes de empurrá-la sem a menor cerimônia e tirá-la do caminho. Ivy gritou, ultrajada.

Lady Maccon apontou e lançou o dardo de novo. Daquela vez, errou por completo. Praguejou. Teria de praticar tiro ao alvo, se quisesse continuar naquela linha de trabalho. Como na sombrinha só havia dois dardos, ela apertou o passo e recorreu à opção tradicional.

— Francamente, Alexia, que linguajar! Parece mais a esposa de um peixeiro! — disse a srta. Hisselpenny. — O que é que está acontecendo? *Saiu* um troço da sua sombrinha? Mas que impertinente da parte dela! Eu devo estar vendo coisas. Talvez o meu profundo amor pelo sr. Tunstell esteja obscurecendo a minha visão.

Lady Maccon ignorou por completo a amiga. Apesar do poder da múmia de repeli-la, desceu rápido a escadaria, a sombrinha a postos.

— Fique fora do caminho, Ivy — ordenou.

Angelique topou com o corpo caído de um dos integrantes da alcateia.

— Pare aí mesmo — gritou a preternatural, em seu melhor tom de voz de muhjah.

A criada e a múmia tinham quase chegado à porta, quando Lady Maccon atacou, espetando a fugitiva com a ponta da sombrinha.

Angelique parou e se virou para a ex-senhora. Seus olhos cor de violeta estavam arregalados.

Lady Maccon deu um sorriso tenso para ela.

— Bom, minha querida, um calombo ou dois?

Antes que a criada pudesse responder, levou o braço para trás e golpeou-a com toda força na cabeça.

Tanto Angelique quanto a múmia caíram.

— Pelo visto, só um bastará.

No patamar do primeiro andar, a srta. Hisselpenny deixou escapar um grito alarmado e, em seguida, levou a mão à boca.

— Alexia, que atitude tão violenta foi essa? Com uma sombrinha! Na sua própria criada. Não se pode disciplinar os serviçais dessa forma tão bárbara! Sabe, eu sempre achei que os seus penteados estavam bem-feitos!

A amiga a ignorou de novo e chutou a múmia, tirando-a do caminho.

Ivy ficou pasma.

— O que é que está fazendo? É um objeto antigo! E você adora velharias!

A preternatural teria dispensado de bom grado o comentário. Estava sem tempo de ter escrúpulos em relação às antiguidades. A infeliz da múmia estava causando problemas demais e, se permanecesse intacta, logo se tornaria um pesadelo logístico. Não se poderia, em hipótese alguma, permitir que continuasse a existir. Que se danassem as consequências científicas.

Ela verificou a respiração de Angelique. A espiã continuava viva.

O melhor a fazer, concluiu Lady Maccon, era eliminar a múmia. Depois poderia lidar com o restante.

Resistindo à repulsa que lhe implorava para ficar o mais longe possível daquela criatura asquerosa, ela arrastou a múmia até os degraus de pedra na entrada do castelo. Não havia motivo para colocar outras pessoas em perigo.

Madame Lefoux projetara a sombrinha para que não emitisse qualquer substância tóxica para os preternaturais — se é que havia uma —, mas Lady Maccon estava convencida de que a quantidade suficiente de ácido destruiria quase tudo.

Então, abriu o para-sol, virou-o e segurou-o pela ponta. Só por garantia, girou o botão em cima do emissor de interferência magnética até ouvir o terceiro clique. As seis varetas da sombrinha abriram, e um vapor tênue caiu em cima da múmia, encharcando a pele desidratada e os ossos antigos. A preternatural agitou o para-sol de um lado para outro, para se certificar de que o líquido cobria o corpo inteiro, em seguida, apoiou-o no tronco da múmia e se afastou, deixando os dois juntos. O cheiro forte da ação do ácido impregnou o ar, levando-a a se afastar ainda mais. Depois, veio um que ela nunca sentira antes: o da total desintegração de ossos antigos, uma mistura de sótão úmido e sangue cúprico.

O sentimento de repulsa no tocante à múmia começou a esvaecer. A criatura em si continuava a se desintegrar, transformando-se numa poça grumosa, gosmenta e amarronzada, com fragmentos irregulares de ossos e pele aparecendo aqui e ali. Já não era um ser humano reconhecível.

A sombrinha ainda lançava o vapor, e os restos da criatura manchavam os degraus de pedra.

Atrás de Lady Maccon, dentro do Castelo de Kingair, no alto da escadaria, a srta. Hisselpenny deu outro grito.

Do outro lado da ilha britânica, numa carruagem de aluguel sem identificação, diante do que aparentava ser uma residência urbana bastante inconspícua, embora custosa, num bairro de elegância discreta perto de Regent's Park, encontravam-se sentados o professor Lyall e o major Channing Channing, dos Channings de Chesterfield, esperando. Era um lugar perigoso para dois lobisomens, bem na frente da Colmeia de Westminster. Na verdade, duas vezes mais arriscado, considerando que não estavam em missão oficial. Se os demais agentes do DAS ficassem sabendo daquilo, o Beta tinha quase certeza de que perderia o emprego e de que o major seria expulso.

Os dois quase morreram de susto, ficando com os pelos eriçados — uma situação não de todo incomum para lobisomens — quando a porta da carruagem se abriu e alguém se jogou para dentro.

— Vamos!

O major Channing deu umas batidas no teto da carruagem com a pistola, e o veículo começou a avançar. Era forte o estrépito dos cascos do cavalo na atmosfera noturna de Londres.

— E então? — perguntou o major, impaciente.

O professor Lyall se inclinou para ajudar o rapaz a se endireitar e recuperar a dignidade.

Biffy jogou para trás a capa de veludo preto que caíra para frente durante sua corrida desesperada rumo à segurança. O Beta não entendera bem de que modo tal indumentária ajudaria na hora do arrombamento, mas o rapaz insistira. "A roupa apropriada para a ocasião *jamais* é opcional", ressaltara.

O professor Lyall deu um largo sorriso para o cavalheiro, que era mesmo muito bonito. O que quer que se dissesse de Lorde Akeldama — e havia muito o que dizer —, ele tinha muito bom gosto no tocante aos zangões.

— Conte-nos, como é que foi?

— Ah, eles têm um, sim. Bem perto do telhado. Um modelo um pouco mais velho do que o do meu mestre, mas aparentava estar funcionando bem.

Um cavalheiro bonito e *eficiente*.

— E? — O Beta arqueou a sobrancelha.

— Digamos apenas, por hora, que muito provavelmente o aparato já não é mais tão útil quanto era umas horas atrás.

O major Channing olhou com desconfiança para Biffy.

— O que foi que fez?

— Bom, sabe, havia um bule de chá bem perto... — Ele foi parando de falar.

— Muito útil mesmo, o chá — comentou o professor Lyall, pensativo.

Biffy deu um largo sorriso para ele.

Não era um dos costumeiros gritos guturais, de quem está prestes a desmaiar, de Ivy. Mas um de verdadeiro terror, que levou Lady Maccon a largar a sombrinha ali, em seu trabalho acidífero, e entrar correndo, sozinha.

A veemência do berro atraíra a atenção de outros, também. Tunstell e Madame Lefoux, com expressão abatida, saíram da sala do térreo, contrariando as ordens de Lady Maccon.

— O que estão fazendo? — bradou ela para os dois. — Voltem já para dentro!

Mas a atenção de ambos se concentrava por completo em outro lugar. Fixara-se no alto das escadas, onde Angelique estava parada atrás da srta. Hisselpenny, com uma faca de aspecto mortal ao pescoço da jovem.

— Srta. Hisselpenny! — gritou Tunstell, o semblante apavorado. E, em seguida, deixando de lado toda a decência e o decoro: — Ivy!

Ao mesmo tempo, Madame Lefoux vociferou:

— Angelique, não!

Todos começaram a subir depressa a escadaria. A criada foi arrastando Ivy consigo, rumo à sala em que estivera a múmia.

— Mantenham-se afastados ou ela morre — avisou Angelique em sua língua materna, a mão firme e o olhar implacável.

Tunstell, sem entender, pegou o revólver Tue Tue e o apontou para ela. A inventora abaixou o braço dele, parecendo surpreendentemente forte, para alguém ferida há tão pouco tempo.

— Vai acertar na refém.

— Angelique, isso é loucura — afirmou Lady Maccon, tentando ser razoável. — Já destruí a prova. Em breve a alcateia vai acordar e se recuperar. Seja qual tenha sido a droga que lhes deu, não vai durar quando recobrarem o estado sobrenatural. E não deve demorar muito, agora. Você não vai conseguir fugir.

A criada continuou a andar para trás, levando junto a infeliz refém.

— Então, não tenho nada a perrderr, não é mesmo?

Ela deu prosseguimento à trajetória.

Assim que ficou fora de vista, a preternatural e Tunstell subiram a escadaria a toda, atrás dela. Madame Lefoux tentou fazer o mesmo, mas ia bem mais devagar. Agarrava o ombro atingido e respirava com dificuldade.

— Eu preciso dela viva — ressaltou Lady Maccon para o zelador. — Tenho perguntas.

Tunstell meteu o revólver Tue Tue na calça e assentiu.

Eles chegaram à sala ao mesmo tempo. Encontraram Angelique, ainda armada, mandando Ivy abrir as persianas da janela mais distante. Lady Maccon lastimou não estar com a sombrinha. Francamente, teria que andar com o maldito acessório acorrentado ao seu lado. Sempre que não estava com ela, precisava desesperadamente dos seus serviços. Antes que a criada os visse, Tunstell se agachou e inclinou o corpo para o lado, usando os diversos móveis do ambiente para evitar que a criada notasse sua presença.

Enquanto se aproximava secretamente, de um jeito cauteloso, a preternatural pôs-se a distrair a espiã. Não foi nada fácil, pois o zelador não era do tipo sutil. Seus cabelos ruivos chamativos apareciam a cada passo ostensivo e enfático, como se ele fosse um vilão gótico encapotado, insinuando-se por um palco. Um tolo melodramático. Ainda bem que a sala estava na penumbra, iluminada apenas por um candeeiro num canto distante.

— Angelique — chamou Lady Maccon.

A criada se virou e puxou a srta. Hisselpenny de forma brusca com a mão livre, a outra ainda segurando a faca de aspecto ameaçador ao pescoço da moça.

— Venha logo — resmungou ela para a solteirona. — Você — ela fez um gesto com o queixo —, fique longe e mostre suas mãos.

Lady Maccon agitou as mãos vazias, e a criada anuiu, satisfeita com a ausência de armas. No fundo, implorava que Ivy desmaiasse. Facilitaria tudo. Mas a amiga se mantinha teimosamente consciente e aterrorizada. Ela nunca desmaiava quando realmente tinha um motivo.

— Por quê, Angelique? — quis saber a preternatural, de fato curiosa, além de ansiosa para evitar que a criada visse a cabeça nem um pouco discreta de Tunstell.

A criada sorriu, o rosto ainda mais lindo. Os olhos brilhavam à luz do candeeiro.

— Porque ela me pediu. E me prrometeu que ia tentarr.

— Ela. *Ela* quem?

— Quem você acha? — questionou Angelique, quase a repreendendo.

Lady Maccon sentiu um leve aroma de baunilha e, em seguida, uma voz suave falou ao seu lado. Madame Lefoux se apoiou, com fraqueza, no umbral da porta.

— A Condessa Nadasdy.

A preternatural franziu o cenho e mordeu o lábio, confusa. Continuou a conversar com Angelique, apenas vislumbrando a presença da inventora.

— Mas achei que seu ex-mestre fosse um errante. Pensei que mal a tolerassem na Colmeia de Westminster.

A criada deu uma espetada em Ivy, daquela vez com a ponta da faca. A amiga de Alexia gritou e manuseou atabalhoadamente o trincho das persianas, até conseguir, por fim, atirá-las para trás. O castelo era velho, sem vidro nas janelas. O ar noturno frio e úmido penetrou na sala.

— Pensou demais, milady — zombou a espiã.

Tunstell, que finalmente percorrera o cômodo, jogou-se adiante naquele momento, atirando-se em cima da criada. Pela primeira vez desde que o conhecera, a preternatural sentiu que ele mostrava a graça e a agilidade esperada de alguém que se tornaria lobisomem em breve. Claro que podia estar apenas atuando, mas era impressionante, ainda assim.

A srta. Hisselpenny, vendo quem fora salvá-la, deu um grito e desmaiou, caindo ao lado da janela aberta.

Já não era sem tempo, pensou Lady Maccon.

Angelique deu meia-volta, empunhando a faca.

Então, começou a lutar com o zelador. Atacou o rapaz, usando a faca com destreza, deixando claro o treinamento e a prática por trás do golpe. Ele se abaixou, desviando do objeto cortante com um movimento do ombro. Um talho profundo surgiu na carne, na parte superior do braço.

Lady Maccon fez menção bruscamente de ir ajudar Tunstell, mas Madame Lefoux a conteve. Quando firmou o pé no chão, escutou o ruído de algo sendo esmagado e desviou o olhar da briga para ver o que o provocara. *Eca!* O piso estava repleto de escaravelhos mortos.

Como era de esperar, o zelador se mostrou mais forte que Angelique. A criada tinha constituição delicada, ao passo que ele, bem mais robusto, o biotipo preferido tanto por lobisomens quanto por diretores de palco. O que faltava em técnica ao zelador, ele compensava em força bruta. O rapaz começou a se inclinar e a girar o corpo para empurrar com o ombro intacto a barriga da moça. Com um grito de raiva, a mulher caiu para trás, na janela aberta. Com certeza não fora a intenção dela, quando a abrira, tal como indicava a escada de corda ali colocada. Ela deixou escapar um berro longo e alto, que acabou num baque surdo.

Madame Lefoux também deu um berro e parou de conter Lady Maccon. As duas foram depressa olhar à janela.

Lá embaixo, encontrava-se Angelique, formando um montículo descaído. Tampouco a aterrissagem que ela imaginara.

— Você não ouviu a parte em que eu disse que precisava dela viva?

Tunstell estava com o rosto pálido.
— Então ela não está? Eu a matei.
— Não, imagine, ela saiu voando pelo éter. Claro que a matou, seu...
O zelador evitou a ira de sua senhora ao desmaiar, formando um montículo sardento.
A preternatural dirigiu a ira à inventora, que continuava fitando, também lívida, a criada estatelada.
— Por que me segurou?
Madame Lefoux abriu a boca para responder, mas uma debandada, semelhante a de uma manada de elefantes, interrompeu o que quer que fosse dizer.
Os integrantes da Alcateia de Kingair surgiram à porta aberta. Estavam sem os acompanhantes humanos, pois tanto os zeladores quanto Lady Kingair continuavam sob os efeitos do sonífero. O fato de eles terem se levantado e movimentado indicava que a múmia devia ter-se dissolvido por completo.
— Saiam da frente, seus vira-latas — resmungou alguém em tom de voz contundente. Tal como havia aparecido, a alcateia sumiu de vista, e Lorde Conall Maccon entrou depressa na sala.
— Ah, ótimo, acordou. Por que levou tanto tempo? — quis saber a esposa.
— Olá, querida. O que aprontou agora?
— Por que não me faz o favor de parar de me insultar e vai ver como estão Ivy e Tunstell, por favor? Ambos precisam de vinagre. Ah, e fique de olho em Madame Lefoux. Preciso dar uma olhada num corpo.
Observando a atitude e a expressão de Alexia, o conde não questionou suas ordens.
— Suponho que seja o corpo de sua criada?
— Como é que sabia? — Não era à toa que se irritara. Afinal de contas, acabara de descobrir que Angelique era uma espiã. Como o marido ousava estar um passo à frente?
— Ela lançou o dardo em mim, lembra? — respondeu ele, com um muxoxo.
— Certo, bem, melhor eu ir conferir.

— Estamos esperando que esteja viva ou morta?

Lady Maccon suspirou.

— Hum, se estiver morta, teremos menos papelada. Mas, se estiver viva, deixará menos perguntas pendentes.

Ele fez um gesto impertinente.

— Prossiga, minha querida.

— Ora, francamente, Conall. Como se tivesse sido ideia sua — resmungou a esposa, já saindo do recinto.

— E eu que escolhi me casar com essa daí — comentou o marido para o grupo de lobisomens, com carinho resignado.

A preternatural desceu a escadaria depressa. Sem dúvida estava fazendo exercício naquele dia. Passou com cuidado pelos zeladores ainda letárgicos e saiu. Aproveitou a oportunidade para dar uma olhada na múmia, que virara uma gororoba marrom. A sombrinha já não lançava seu vapor letal, obviamente por já ter gastado todo o seu estoque. Lady Maccon teria que mandar fazer uma revisão, pois usara quase todos os seus acessórios adicionais. Fechou-a com um *puf* e levou-a consigo rumo à lateral do castelo e ao ponto em que estava o corpo caído da criada, que se mantinha imóvel no gramado.

Lady Maccon deu uma cutucada nela com a ponta da sombrinha, a certa distância. Ao notar que a outra não esboçou reação, inclinou-se para examiná-la mais de perto. Sem sombra de dúvida, aquele corpo não poderia ser tratado com aplicações de vinagre — a cabeça dela se inclinara para o lado, pois o pescoço quebrara com a queda.

A preternatural soltou um suspiro, levantou-se e estava prestes a ir embora, quando o ar em cima do cadáver estremeceu, como o calor forma ondas na atmosfera sobre uma fogueira.

Ela nunca antes testemunhara um desnascimento. Como no caso de nascimentos normais, em geral eram considerados meio toscos e tabu na alta sociedade, porém não restava dúvida do que ocorria com Angelique, uma vez que ali, diante da preternatural, surgiu a imagem tênue e bruxuleante da criada morta.

— Então, poderia ter sobrevivido à mordida da Condessa Nadasdy, no fim das contas.

A forma fantasmagórica a observou por um longo momento, como se estivesse se acostumando com o novo estado de existência — ou inexistência, por assim dizer. O resto da alma de Angelique simplesmente ficou flutuando ali.

— Semprre soube que eu podia terr sido muito mais — disse Outrora Angelique —, mas a senhorra tinha que me impedirr. Eles me disserram que Lady Maccon erra perrigosa. Achei que tinha sido porrque a temiam e porrque tinham medo do que erra e do que podia fazerr. Mas agorra perrcebo que receavam também a *senhorra* mesma. Sua falta de alma afetou sua perrsonalidade. Não só é prreterrnaturral, como também pensa diferrente como resultado.

— Pode ser que sim. Mas é difícil para eu saber ao certo, uma vez que só lido com os meus próprios pensamentos.

O fantasma flutuava, adejando sobre o corpo. Por algum tempo estaria acorrentada perto dele, sem conseguir estender seu alcance até a carne começar a se putrefazer. Só então, condenada à deterioração à medida que a conexão com o corpo fosse enfraquecendo cada vez mais, poderia se afastar, ao mesmo tempo entrando no estágio de abantesma e loucura. Não era uma forma agradável de ingressar no além.

A francesa olhou para a ex-senhora.

— Conserrvarrá o meu corpo, deixarrá que eu enlouqueça ou irrá me exorrcizarr agorra?

— Escolhas, escolhas — respondeu Lady Maccon, com brusquidão. — Qual *você* escolheria?

O fantasma não hesitou.

— Gostarria de parrtirr agorra. O DAS vai tentarr me convencerr a espionarr, e eu não querria trrabalharr contrra minha colmeia nem contrra meu país. E não tolerrarria enlouquecerr.

— Ah, então tem alguns escrúpulos.

Não dava para dizer ao certo, mas o espectro pareceu sorrir ante o comentário. Os fantasmas não passavam de estados sólidos efêmeros: uma hipótese científica era de que se tratava da representação física da própria lembrança da pessoa.

— Mais do que pensa — retrucou Outrora Angelique.

— E se eu a exorcizar, o que me dará em troca?

Outrora Angelique suspirou, embora já não tivesse mais pulmões para inspirar nem expirar nem emitir sons. Lady Maccon imaginou por um momento como os fantasmas conseguiam falar.

— Está curriosa, suponho. Façamos um acorrdo. Vou rresponderr a dez perrguntas suas da forrma mais honesta possível e, em trroca, a senhorra me deixa morrer.

— Por que fez tudo isso? — quis saber a preternatural de imediato e sem hesitar: a pergunta mais fácil e importante primeiro.

Outrora Angelique ergueu os dez dedos fantasmagóricos e abaixou um.

— Porrque a condessa me oferreceu a morrdida. Quem não querr a vida eterrna? — Uma pausa. — Aforra Genevieve.

— Por que tentou me matar?

— Nunca tentei matá-la. Perrseguia Genevieve. Mas não me saí bem. A queda, no arr, e os tirros forram parra ela. A senhorra foi apenas um inconveniente, ela é que reprresenta o perrigo.

— E o veneno?

Outrora Angelique já estava com três dedos curvados.

— Não fui eu. Acho, milady, que outrra pessoa a querr morta. E a quarrta perrgunta?

— Crê que essa pessoa é Madame Lefoux?

— Não, mas é difícil dizerr com Genevieve. Ela é, como se diz, a inteligente. Mas, se quisesse vê-la morrta, serria o seu cadáverr aqui, não o meu.

— Então por que *você* queria matar nossa pequena inventora?

— Sua quinta perrgunta, milady, e a desperrdiça com Genevieve? Ela está com algo meu. Insistiu em me devolverr ou em contarr parra todos.

— O que seria tão terrível assim?

— Terria acabado com a minha vida. A condessa insiste na questão de não se terr família. Ela se recusa a morrderr parra fazerr a metarrmofose se houverr crrianças, o que faz parrte do estatuto vampirresco. Uma norrma insignificante, mas a condessa semprre seguiu à risca as dirretrrizes da colmeia. E vendo como Lady Kingair complica a vida do seu marrido, começo a entenderr porr que essa regrra foi estipulada.

Lady Maccon somou dois e dois. Sabia que aqueles olhos violeta lhe pareceram familiares.

— O filho de Madame Lefoux, Quesnel. Não é mesmo dela, certo? É seu.

— Um erro que já não imporrta mais. — Ela dobrou outro dedo. Restavam três perguntas.

— Madame Lefoux foi ao dirigível atrás de você, não de mim! Ela a estava chantageando?

— Estava: ou bem eu assumia minhas obrrigações materrnais, ou ela contarria parra a condessa. O que eu não podia admitirr, entende? Ainda mais depois de terr me esforrçado tanto parra obterr a imorrtalidade.

A preternatural enrubesceu, ficando grata pelo frio noturno.

— Vocês duas eram...

Outrora Angelique meio que encolheu os ombros, o gesto ainda bastante casual, apesar da forma de espectro.

— Clarro, por muitos anos.

Lady Maccon sentiu a face esquentar ainda mais, as imagens eróticas surgindo em sua mente: a cabeça morena da inventora perto da loura de Angelique. As duas deviam ter formado uma imagem bonita, saída de um cartão-postal travesso.

— Bom, quão extraordinariamente francês!

O fantasma riu.

— Na verrdade, não. Como acha que desperrtei o interresse da Condessa Nadasdy? Posso lhe assegurrarr que não porr minhas habilidades de cabeleirreirra, milady.

Lady Maccon vira algo a respeito na coleção de livros do pai, mas nunca imaginara que se baseara em nada além de desejo masculino ou de atuações para estimular o gosto de certos sujeitos. Nunca imaginara que duas mulheres podiam agir daquele jeito uma com a outra e com certo grau de amor romântico. Seria possível?

Ela não percebeu que fizera a última pergunta em voz alta.

Outrora Angelique respondeu:

— Só posso lhe dizerr que tenho cerrteza de que ela me amou, em deterrminado perríodo.

A preternatural começou a se dar conta de detalhes nas ações e nos comentários da inventora que, a princípio, tinham passado despercebidos.

— Você é uma mulher bem durona, não é mesmo, Angelique?

— Que desperrdício de última perrgunta, milady. Nós virramos o que nos ensinam a serr. A senhorra não é tão durrona quanto gostarria, cerrto? O que o seu marrido vai dizer, quando descobrirr?

— Descobrir o quê?

— Ah, não sabe mesmo? Achei que só estava fingindo. — O fantasma riu com vontade, de um jeito hostil, divertindo-se com o atordoamento e o futuro tormento da ex-senhora.

— O quê? O que preciso saber?

— Acontece que já cumprri minha parrte do acordo. Dez perrguntas, respondidas com sincerridade.

Lady Maccon deixou escapar um suspiro. Era verdade. Ela se inclinou para frente, para fazer seu primeiro exorcismo. Estranho que o governo tivesse tido ciência de sua condição de preternatural durante toda a sua vida, chegando a registrá-la em seus Arquivos Sigilosos e Significativos como a única de seu tipo em toda Londres, mas jamais tivesse usado a habilidade mais típica dos de sua condição: a de conduzir exorcismos. Pareceu-lhe também inusitado ela recorrer a essa característica a pedido de um fantasma, na Região Montanhosa da Escócia. E ainda mais fora do normal ser tão fácil.

Ela simplesmente descansou a mão no corpo desbaratado de Angelique, aplicando literalmente a expressão *descanse em paz*. Num instante, a forma espectral desapareceu, a corrente se rompeu, pondo fim ao excesso de alma. Sem nenhum corpo vivo para chamá-la de volta quando Lady Maccon ergueu as mãos, partira para sempre: total disanimus. A alma jamais voltaria, como acontecia com lobisomens e vampiros. Com o corpo morto, um retorno desse tipo seria fatal. Coitada de Angelique, poderia ter se tornado imortal, se tivesse feito outras escolhas.

A preternatural deparou com um cenário inusitado quando voltou para o castelo e foi até a sala da múmia. Tunstell estava acordado, o ombro e a parte superior do braço enfaixados com um lenço xadrez vermelho, pertencente à srta. Hisselpenny, e tomava uma boa dose de um excelente conhaque, como medicamento paliativo. Ivy estava ajoelhada ao seu lado, conversando amorosamente, sem ajudá-lo, mas já recuperada, ao menos o bastante para estar desperta, embora não esperta, naturalmente.

— Oh, sr. Tunstell, como agiu com incrível coragem, indo me salvar daquela forma. Uma atitude tão heroica — dizia ela. — Imagine se se divulgasse que eu tinha sido esfaqueada por uma criada, ainda por cima, uma criada *francesa*? Se eu tivesse morrido, *jamais* me esqueceria disso! Como posso lhe agradecer?

Madame Lefoux estava ao lado de Lorde Maccon, parecendo recomposta, embora ainda se entrevisse a tensão nos olhos e na boca, e as covinhas estivessem escondidas, por enquanto. Lady Maccon não conseguiu interpretar de todo aquela expressão. Ainda não tinha certeza da integridade da inventora. Madame Lefoux agira com interesses velados desde o início. Sem falar naquela tatuagem suspeita de polvo. No mínimo, a experiência de Lady Maccon com os cientistas endiabrados do Clube Hypocras a ensinara a não confiar em polvos.

Ela caminhou até a inventora e disse:

— Angelique chegou a fazer algumas revelações. Está na hora, Madame Lefoux, de fazer o mesmo. O que de fato queria, apenas Angelique ou algo mais? Quem tentou me envenenar a bordo do dirigível? — Sem esperar, ela se virou para Tunstell e observou sua lesão. — Ele já passou vinagre?

— Chegou a fazer? — perguntou a inventora, atendo-se, pelo visto, a apenas três palavras dentre as muitas ditas pela preternatural. — Você disse *chegou a fazer*? Ela morreu?

— Angelique?

Com os dentes mordendo com ansiedade o lábio inferior, Madame Lefoux anuiu.

— Sim.

A inventora agiu da forma mais inesperada. Arregalou os olhos verdes, como se estivesse surpresa. E, então, quando isso não pareceu ajudar, virou a cabeça morena para o lado e começou a chorar.

A preternatural ficou com inveja de sua capacidade de chorar com altivez. Ela mesma ficava com o rosto todo manchado, mas, pelo visto, Madame Lefoux conseguia lidar com aquele estado emocional com muito autocontrole: sem engolir em seco, nem fungar, somente lágrimas silenciosas

escorrendo pelas maçãs do rosto e pelo queixo. Transmitia uma tristeza ainda maior, imersa naquela silêncio fora do comum.

Lady Maccon, que não se sentia tocada com sentimentalismos, ergueu as mãos para o alto.

— Ó céus, mais essa agora.

— Acho, esposa, que chegou a hora de todos nós sermos um pouco mais sinceros uns com os outros — comentou Lorde Maccon, cujo coração era mais mole, tratando de tirar tanto Lady Maccon quanto Madame Lefoux do cenário da luta (e de Ivy e Tunstell, que faziam ridículos barulhos de beijo um para o outro) e conduzindo-as à outra parte da sala.

— Puxa vida — exclamou a preternatural, fuzilando o marido com os olhos —, você disse "todos nós". Também estava envolvido, meu querido marido? Será que andou sendo menos sincero do que deveria com sua amada esposa?

Ele soltou um suspiro.

— Por que sempre tem que ser tão difícil, mulher?

Ela não respondeu, limitando-se a cruzar os braços diante dos seios fartos e a lhe lançar um olhar significativo.

— Madame Lefoux estava trabalhando para mim — admitiu, a voz tão baixa que quase era um murmúrio. — Pedi que ficasse de olho em você, enquanto eu estivesse fora.

— E não me contou?

— Bom, você sabe como reage.

— Sei mesmo. Francamente, Conall, imagine só, mandar uma agente do DAS ficar atrás de mim, como se eu fosse a raposa de uma caçada. É o cúmulo! Como pôde?

— Ah, ela não é agente do DAS. Nós nos conhecemos há muito tempo. Pedi como amigo, não como chefe.

Lady Maccon franziu o cenho. Não sabia ao certo o que sentia a respeito *disso*.

— Há quanto tempo e quão amigos?

Madame Lefoux deu um leve sorriso.

O conde se mostrou genuinamente surpreso.

— Francamente, mulher, não costuma ter atitudes estúpidas. Eu não fazia parte das preferências da inventora.

— Ah, como eu não fazia parte das de Lorde Akeldama?

Lorde Maccon, que tendia a sentir certo ciúme do vampiro afetado e se ressentia da relação íntima do sujeito com Alexia, anuiu.

— Está bem, entendi seu ponto de vista, esposa.

— Bom — interferiu Madame Lefoux, a voz suave e carregada de lágrimas —, eu também queria entrar em contato com Angelique, que *era* a criada de Lady Maccon.

— Tinha seus próprios planos — acusou o conde, olhando com desconfiança para a inventora.

— E quem não tem? — questionou Lady Maccon. — Angelique me contou que vocês duas costumavam manter relações íntimas e que Quesnel é filho dela, não seu.

— Quando lhe disse isso, antes de morrer? — perguntou Lorde Maccon.

A esposa deu uns tapinhas no braço dele.

— Não, querido, depois.

Madame Lefoux se animou bastante.

— Virou fantasma?

A preternatural agitou as pontas dos dedos.

— Não mais.

A inventora soltou uma exclamação, e seu semblante, que antes mostrara certa esperança, voltou a ficar triste.

— Você a exorcizou? Quanta crueldade.

— Ela pediu, e nós fizemos um acordo. Sinto muito. Não pensei em levar em conta seus sentimentos.

— Hoje em dia, ninguém parece fazer isso. — Madame Lefoux demonstrou sua amargura.

— Não precisa ficar se sentindo infeliz — retrucou Lady Maccon, que não gostava de autocomiseração.

— Francamente, Alexia, por que está sendo tão dura com ela, que está transtornada?

A preternatural observou mais de perto o rosto de Madame Lefoux.

— Acho que há motivos. A sua tristeza não é tanto pela perda de um amor, e sim por causa de um passado perdido, não é?

A expressão da inventora ficou só um pouquinho menos pesarosa e os olhos se estreitaram, fixos em Lady Maccon.

— Ficamos juntas por muito tempo, tem razão. Eu não a queria de volta: na verdade, não para mim, mas para Quesnel. Pensei que talvez um filho a manteria no mundo diurno. Ela mudou muito depois que se tornou zangão. Eles se aproveitaram da insensibilidade que eu e Quesnel, antes, tínhamos conseguido mitigar.

A preternatural anuiu.

— Foi o que imaginei.

Lorde Maccon olhou para a esposa com admiração.

— Pela madrugada, mulher, como poderia saber disso?

Ela sorriu com malícia.

— Bom, Madame Lefoux foi um tanto coquete comigo, quando estávamos viajando. Não creio que estivesse fingindo de todo.

A inventora sorriu, de repente.

— Nem imaginei que tivesse se dado conta disso.

A preternatural ergueu as sobrancelhas.

— Não até recentemente, mas as lembranças podem ser bem esclarecedoras.

Lorde Maccon lançou um olhar ferino para a inventora.

— Andou flertando com a *minha esposa*? — vociferou.

Madame Lefoux endireitou o corpo e o fitou.

— Não precisa ficar bravo nem territorial, lobo velho. Se a acha atraente, por que eu não haveria de achar?

Ele deixou escapar uns resmungos.

— Não aconteceu nada — corroborou Lady Maccon, com um largo sorriso.

A inventora acrescentou:

— Não que eu não tivesse gostado...

O conde rosnou e se assomou de forma ainda mais ameaçadora na direção de Madame Lefoux, que se limitou a revirar os olhos ante aquela atitude.

A preternatural arreganhou mais os dentes. Era raro ter alguém ao redor corajoso o bastante para provocar o conde. Ela olhou de esguelha para a inventora. Ao menos, achava que estavam brincando. Mas, só por segurança, mudou de assunto depressa.

— Tudo isso é muito lisonjeiro, mas podemos voltar ao tema em questão? Se Madame Lefoux embarcou no dirigível para ficar de olho em mim e chantagear Angelique, de maneira que cumprisse suas obrigações maternais, então não foi ela que tentou me envenenar e acabou fazendo-o com Tunstell. E, agora, sei que tampouco foi Angelique.

— Veneno! Você não tinha me contado nada sobre envenenamento, esposa! Só falou da queda. — Lorde Maccon começou a estremecer, por causa da raiva contida. Seus olhos se tornaram ferozes, bem amarelos, em vez de castanho-amarelados. Olhos de lobo.

— Sim, bom, a queda *foi* Angelique.

— Não mude de assunto, sua danada!

A preternatural começou a se defender:

— Acontece que achei que Tunstell lhe contaria. Afinal de contas, ele foi o maior prejudicado com o incidente. E é seu zelador. Costuma lhe detalhar tudo. Seja como for — ela se virou para Madame Lefoux —, você estava em busca da arma de humanização, não estava?

A inventora sorriu de novo.

— Como adivinhou?

— Alguém não para de tentar arrombar ou roubar minha pasta de documentos. Como você sabia da sombrinha e de todos os bolsinhos secretos, imaginei que tinha que ser você, não Angelique. E o que mais poderia querer, além das minhas anotações de muhjah e as descobertas do potentado e do primeiro-ministro regional? — Ela fez uma pausa, inclinando a cabeça para o lado. — Daria para você parar agora? É realmente desagradável. Não há nada importante na pasta, sabe?

— Mas ainda gostaria de saber onde a escondeu.

— Hum, pergunte a Ivy sobre meias da sorte especiais.

Lorde Maccon lançou um olhar curioso à esposa.

Madame Lefoux ignorou aquele comentário bizarro e prosseguiu:

— Você acabou descobrindo, não acabou? A fonte da humanização? Deve tê-lo feito sim, porque — a inventora fez um gesto em direção aos olhos de lobo do conde — ela parece ter sido anulada.

— Claro que sim — respondeu a preternatural, anuindo.

— Foi o que pensei. Eis o verdadeiro motivo que me levou a segui-la.

Lorde Maccon suspirou.

— Francamente, Madame Lefoux. Por que não esperar que o DAS resolvesse a situação, para, então, perguntar o que acontecera?

A inventora o olhou com severidade.

— Desde quando o DAS ou a Coroa, por sinal, compartilham abertamente esse tipo de informação com alguém? Ainda mais com uma cientista francesa? Nem mesmo como amigo você me diria a verdade a respeito dela.

A expressão do conde deixou claro que ele preferia não fazer comentários.

— Você, tal como Angelique, estava sendo paga pelos vampiros de Westminster para descobrir esse tipo de informação? — quis saber ele, parecendo resignado.

Madame Lefoux tampouco respondeu à pergunta.

Naquele momento, Lady Maccon se sentiu bastante satisfeita consigo mesma. Raramente conseguia passar a perna no marido.

— Conall, quer dizer que não sabia? Madame Lefoux não está de fato trabalhando para você, tampouco para as colmeias, e sim para o Clube Hypocras.

— Hein?! Impossível!

— Ah, é possível, sim. Eu vi a tatuagem.

— Não é, não — disseram a inventora e o conde ao mesmo tempo.

— Pode ter certeza, minha querida, nós nos certificamos de que as atividades tivessem cessado por completo — acrescentou o marido.

— É por isso que começou a me tratar com tanta frieza, de repente — disse Madame Lefoux. — Viu a minha tatuagem e tirou conclusões precipitadas.

A preternatural anuiu.

— Tatuagem? Que tatuagem? — resmungou Lorde Maccon, aparentando estar bastante aborrecido.

A inventora puxou o colarinho, o que foi fácil, uma vez que estava sem o plastrom, e expôs a marca reveladora no pescoço.

— Ah, minha querida, entendo o motivo da confusão. — O conde pareceu, de súbito, mais calmo, em vez de furioso por causa do polvo, como a esposa esperava.

Ele envolveu a mão da esposa suavemente com sua manzorra.

— O Hypocras era uma seção militante da OPC. Madame Lefoux é uma integrante de boa reputação. Não é?

A inventora deu um meio sorriso e anuiu.

— E pode me fazer o favor de dizer o que é OPC? — A preternatural tirou a mão do aperto paternalista do marido.

— A Ordem do Polvo de Cobre, uma sociedade secreta de cientistas e inventores.

Lady Maccon olhou para o conde.

— E não pensou em me contar a respeito dela?

Ele deu de ombros.

— Supostamente, devia continuar *secreta*.

— Nós realmente precisamos melhorar a nossa comunicação. Quem sabe se não estivesse tão interessado o tempo todo em outras formas de intimidade, eu conseguisse ter acesso às informações de que preciso para sobreviver com tranquilidade! — Lady Maccon deu uma cutucada nele com o dedo. — Mais conversa, menos atividades na cama.

Lorde Maccon pareceu assustado.

— Está bom, vou reservar um tempo para tratar desses assuntos com você.

Ela semicerrou os olhos.

— Juro.

A preternatural se virou para observar Madame Lefoux, que tentava, sem sucesso, ocultar sua diversão com o mal-estar do conde.

— E quais são as diretrizes dessa tal Ordem do Polvo de Cobre?

— Secretas.

Um olhar duro foi lançado diante dessa resposta.

— Sinceramente, concordamos com o Clube Hypocras até certo ponto: que os sobrenaturais têm de ser monitorados, que deveria haver restrições. Sinto muito, milorde, mas é verdade. Os sobrenaturais continuam a interferir no mundo, sobretudo os vampiros. As criaturas ficam gananciosas. Veja o Império Romano.

Lorde Maccon deu uma resfolegada, mas não chegou a ficar ofendido.

— Como se os mortais tivessem se saído muito melhor: não se esqueça, o seu povo se vangloria da Inquisição.

Madame Lefoux se virou para Lady Maccon, tentando se explicar. Seus olhos verdes se mostravam estranhamente desesperados, como se aquilo, por incrível que parecesse, fosse importantíssimo.

— Você, como preternatural, deve entender. É o exemplo vivo da teoria do contrapeso em ação. Deveria estar do *nosso* lado.

Lady Maccon, de fato, entendia a francesa. Como vinha trabalhando ao lado do potentado e do primeiro-ministro regional havia meses, compreendia aquela necessidade desesperada dos cientistas de monitorar constantemente todos os círculos sobrenaturais. Não sabia ao certo qual dos lados criticar, mas disse com firmeza:

— Sabe que sou leal a Conall? Bem, a ele e à rainha.

A inventora assentiu.

— E agora que sabe a quem me dedico, vai me contar o que causou a negação em massa do sobrenatural? — quis saber a francesa.

— Quer aproveitá-la em algum tipo de invenção, não é mesmo? — perguntou Lady Maccon.

Madame Lefoux fez uma expressão travessa.

— Estou convencida de que há mercado. Que tal, Lorde Maccon? Imagine o que eu poderia fazer para um notívago, com a capacidade de transformar vampiros e lobisomens em mortais. Ou, Lady Maccon, que novo dispositivo eu poderia instalar na sua sombrinha? Imagine o controle que teríamos sobre os sobrenaturais.

O conde olhou longa e severamente para a inventora.

— Eu não sabia que era radical, Madame Lefoux. Quando foi que isso aconteceu?

Lady Maccon decidiu, naquele momento, não contar nada para a francesa sobre a múmia.

— Sinto muito, madame, mas é melhor eu guardar essa informação só para mim. Já eliminei a causa, claro — ela fez um gesto na direção da alcateia, que ainda perambulava esperançosamente à entrada —, com a ajuda da sua ótima sombrinha, mas acho melhor que esse conhecimento fique longe do domínio público.

— É uma mulher durona, Lady Maccon — retrucou Madame Lefoux, franzindo o cenho. — Acontece que, mais cedo ou mais tarde, *nós* descobriremos.

— Não se eu puder impedir. Embora talvez já seja tarde. Acho que nossa espiãzinha conseguiu avisar a Colmeia de Westminster, apesar dos meus esforços — disse a preternatural, recordando-se de súbito do transmissor etereográfico e da mensagem de Angelique.

Ela se virou e começou a dar passadas largas rumo à porta. A francesa e Lorde Maccon a seguiram.

— Não. — Lady Maccon olhou para a inventora. — Sinto muito, Madame Lefoux. Não que não goste de você, mas simplesmente não confio na sua pessoa. Por favor, fique aqui. Ah, e devolva minha agenda.

A outra se mostrou confusa.

— Eu não a peguei.

— Mas achei que tinha dito...

— Procurei a pasta de documentos, mas não fui eu que arrombei a porta da sua cabine no dirigível.

— Então, quem foi?

— Suponho que a mesma pessoa que tentou envenená-la.

Lady Maccon ergueu as mãos.

— Não tenho tempo para isso. — E, assim, saiu apressada, levando o marido junto.

Capítulo 14

Metamorfose

Lorde Maccon deu uma olhada no corredor. Estava vazio, pois a alcateia entrara na sala da múmia ou fora pegar o corpo de Angelique. Vendo que não havia ninguém por perto para tolhê-lo, ele empurrou a esposa contra a parede e pressionou o corpo inteiro contra o dela.

— *Uuuumf* — disse ela. — Agora não.

Ele aninhou o rosto em seu pescoço, beijando-a e lambendo-a com suavidade sob a orelha.

— Só um minutinho. Preciso de um pequeno lembrete de que você está aqui, de que está inteirinha e de que é minha.

— Bem, os dois primeiros itens deviam ser óbvios e, o terceiro, pode ser sempre motivo de discussão — retrucou a preternatural, sem ajudar. Mas cingiu a nuca do marido e colou o corpo no dele, apesar dos protestos.

Ele recorreu, como sempre, às ações em vez de palavras e selou os lábios dela com os seus, impedindo aquela língua ferina de continuar.

A esposa, que até aquele momento conseguira se manter bastante apresentável, apesar de correr de um lado para outro no castelo, acabou perdendo a compostura. Não havia nada a fazer quando Conall entrava naquele estado de ânimo, exceto desfrutar dele. O marido meteu as mãos nos seus cabelos e inclinou sua cabeça no ângulo certo, para seu deleite. Ah, bem, pelo menos era bom naquilo.

Alexia se deixou sacrificar no altar das obrigações conjugais, desfrutando de cada minuto, claro, mas ainda assim decidida a afastá-lo para ir até o etereógrafo. Não obstante, passaram-se longos minutos até ele erguer a cabeça, por fim.

— Pronto — disse ele, como se tivesse acabado de tomar uma bebida refrescante —, podemos prosseguir?

— Hein? — perguntou a esposa, atordoada, tentando se recordar do que iam fazer antes de ele começar a beijá-la.

— O transmissor, está lembrada?

— Ah, sim, sim, claro. — Ela lhe deu um tapinha, por pura força de hábito. — Por que resolveu me distrair desse jeito? Eu estava totalmente concentrada e tudo o mais.

O conde riu.

— Alguém precisa tirá-la do sério, de outro modo, vai acabar tomando conta do império. Ou ao menos ordenando sua vil submissão.

— Ha-ha-ha, muito engraçadinho. — Lady Maccon começou a percorrer rápido o corredor, as anquinhas meneando de forma sugestiva, de um lado para outro. Na metade do caminho, parou e olhou para o marido por sobre o ombro, faceira. — Ah, Conall, comece a se mover, *vamos*.

Lorde Maccon resmungou, mas seguiu-a a passos pesados.

Ela parou outra vez e ergueu a cabeça.

— Que barulheira ridícula é essa?

— Ópera.

— Ah, é mesmo? Eu nunca teria imaginado.

— Acho que Tunstell está fazendo uma serenata para a srta. Hisselpenny.

— Minha nossa! Coitada da Ivy. Bom, paciência. — E recomeçou a andar.

Conforme iam subindo a escada sinuosa rumo à torre mais alta em que estava o etereógrafo, Lady Maccon explicava sua teoria de que a múmia recém-destruída fora um preternatural e que, após a morte, transformara-se numa estranha arma sugadora de almas, de desintegração em massa. E que Angelique, também acreditando nisso, tentara roubar a múmia. Na certa para entregá-la à Colmeia de Westminster e às mascotes cientistas da Condessa Nadasdy.

— Se Angelique conseguiu revelar tudo à colmeia, não vai ser nada bom. Aí será melhor contarmos para Madame Lefoux, pois, ao menos, ela usará o conhecimento para fazer armas em prol do nosso lado.

Lorde Maccon lançou um olhar de estranheza à esposa.

— E há lados?

— Acredito que sim.

Ele suspirou, o rosto fatigado em virtude da preocupação ou talvez até da passagem do tempo. Ela percebeu que estava agarrando com força a mão dele e, portanto, levara-o de volta ao estado mortal. Soltou-o. Era provável que precisasse ser lobisomem naquele momento, para poder usar suas reservas de força sobrenatural.

Lorde Maccon se queixou:

— A última coisa de que precisamos é uma competição por armas baseadas em preternaturais mortos. Vou deixar ordens permanentes para que todos os sem alma sejam cremados após a morte. Secretamente, claro. — Ele olhou para a esposa, pelo menos daquela vez não bravo, mas preocupado. — Eles iriam perseguir você e todos os de sua condição espalhados pelo império. E não só isso, você teria mais valor morta se eles ficassem sabendo que a mumificação acaba conservando o seu poder.

— Por sorte, ninguém sabe como os povos antigos faziam a mumificação. O que nos dá algum tempo. E, além disso, talvez a transmissão não tenha sido concluída. Consegui interromper o etereógrafo com o meu emissor de interferência magnética.

Ela pegou o rolo de metal de Angelique no local em que o deixara. Mas isso não fez com que se sentisse melhor. A mensagem da espiã tinha sido gravada por completo, e as marcas deixadas pelos leitores de grânulos eram evidentes em boa parte dela.

A preternatural praguejou por um bom tempo. O conde a fitou com um misto de desaprovação e respeito.

— Então, Angelique conseguiu enviar a mensagem?

Ela lhe passou a placa. Dizia apenas "Múmia morta é sugadora de almas". Não muitas palavras no fim das contas, mas suficientes para complicar bastante a vida dela no futuro.

— Bom, isso já foi, e agora foi tudo por água abaixo. — Foi a primeira frase convincente de Lady Maccon.

— Como podemos ter certeza de que chegou ao outro lado?

A preternatural pegou uma válvula cristalina facetada, totalmente intacta, na base do ressonador.

— Esta deve ser da Colmeia de Westminster. — Ela meteu-a na sombrinha, no bolsinho ao lado do que abrigava a válvula de Lorde Akeldama.

Em seguida, franzindo o cenho, pensativa, tirou a dele e examinou-a, girando-a de um lado ao outro, com a mão enluvada. Qual fora a mensagem do vampiro, quando estavam testando o conserto de Madame Lefoux? Algo sobre ratos? Não, não, sobre morcegos. A gíria antiga de referência à comunidade vampiresca. Se Lorde Akeldama estivesse vigiando a Colmeia de Westminster, como ela achara na época, será que ele também receberá a mensagem sobre a múmia? E, se a houvesse lido, seria melhor ou pior?

Só havia uma maneira de descobrir. Tentar lhe enviar uma mensagem e ver se ele a respondia.

Já passara bastante do horário de transmissão combinado, claro, mas o aparelho de Lorde Akeldama era do tipo que, se ligado e sintonizado na frequência certa, receberia tudo o que fosse mandado. Se o vampiro *tivesse* interceptado algo significativo, esperaria que Lady Maccon o contatasse.

Pedindo que o marido ficasse o mais quieto possível, com um olhar que indicava sérias consequências se não se comportasse, ela se pôs a trabalhar. Já lidava com o etereógrafo com bastante eficiência. Gravou com água-forte a mensagem o mais rápido possível. Foi bem menos complicado daquela vez encaixar a válvula de Lorde Akeldama na base, colocar a chapa na moldura e, em seguida, ligar a máquina para que fizesse a transmissão. A mensagem consistia em dois itens: "?" e "Alexia".

Assim que a transmissão terminou, ela foi até a câmara de recepção. O marido se limitou a ficar de pé do lado de fora da câmara do etereógrafo, de braços cruzados, observando a figura agitada da esposa. Ela se movia para lá e para cá, manipulando diversos botões e apertando interruptores grandes, de aspecto importante. Ele aprovava suas tendências intelectuais, mas não as entendia. Lá no DAS, eram funcionários que lidavam com o etereógrafo.

Mas, pelo visto, Lady Maccon sabia o que fazia, pois uma mensagem começou a aparecer, letra por letra, por meio dos grânulos magnéticos. O mais silenciosamente possível, ela a copiou. Era bem mais longa que qualquer mensagem recebida antes e demorou bastante para entrar. A preternatural levou um bom tempo para determinar onde estavam as pausas entre as palavras e como o texto deveria ser lido. Quando por fim conseguiu, começou a rir. "Minha *pétala*", o itálico era visível mesmo do outro lado da Inglaterra. "Brinquedo de Westminster teve problemas com chá. Graças a Biffy e Lyall. Adeusinho. A."

— Fantástico! — exclamou Lady Maccon, dando um largo sorriso.

— O quê? — O marido meteu a cabeça no vão da porta da câmara de recepção.

— O meu vampiro favorito, com a ajuda do seu ilustre Beta, conseguiu cravar os caninos no transmissor da Colmeia de Westminster. A última mensagem de Angelique nunca chegou.

Lorde Maccon franziu a testa, sombriamente.

— Randolph estava trabalhando *com* Lorde Akeldama?

A esposa lhe deu uns tapinhas no braço.

— Bom, ele é muito mais aberto que você nesses aspectos.

Ele franziu ainda mais o cenho.

— Obviamente. — Fez uma pausa. — Então, vou... — O marido, que ainda segurava a chapa com a mensagem de Angelique, começou a dobrar e a juntar no meio a placa perigosa, levando seus músculos a se expandirem de um jeito impressionante e, em seguida, amassou-a, até deixar apenas uma bola de metal. — Melhor nós a derretermos também, só para garantir. — Ele olhou para a esposa. — Alguém mais sabe?

— Sobre a múmia? — Ela mordiscou o lábio, pensativa. — Lachlan e Sidheag. Talvez Lorde Akeldama e o professor Lyall. E Ivy, mas só daquele jeito dela de saber das coisas.

— O que equivale a dizer, sem a menor convicção.

— Exato.

Eles sorriram um para o outro e, depois que Lady Maccon desligou a máquina, desceram com tranquilidade.

— A srta. Hisselpenny fugiu para se casar.

Depois do caos geral da noite anterior, todos já tinham ido se deitar. Os que ainda estavam sob os efeitos do sonífero ministrado por Angelique

foram carregados pela alcateia. Em seguida, a maioria deles, tanto os lobisomens movidos de novo pelos instintos contra o sol quanto os movidos pela pura exaustão, dormiram o dia todo.

Quando Lady Maccon desceu para fazer a primeira refeição do dia, na hora do chá, o sol acabara de se pôr. Foi como se seu antigo padrão de vida noturna tivesse se transferido para a Região Montanhosa da Escócia.

A Alcateia de Kingair já estava sentada à mesa, devorando com sofreguidão arenques fritos, os integrantes com aspecto mais vigoroso e animados por poder voltar a assumir a forma peluda de lobisomem. Até mesmo Lady Kingair se mostrava mais empolgada. Sem dúvida apreciou dar a notícia de que Tunstell e Ivy tinham ido a Gretna Green naquela manhã, enquanto todos dormiam.

— Hein? — exclamou Lady Maccon, genuinamente surpresa. Ivy era tola, mas seria tão tola àquele ponto?

Felicity, de quem a preternatural tinha se esquecido por completo, verdade fosse dita, em meio ao caos da noite anterior, ergueu os olhos da comida.

— Isso mesmo, irmã. Ela deixou um bilhete para você, comigo, claro.

— Céus, deixou mesmo? — Lady Maccon arrancou o bilhete rabiscado da mão enluvada da irmã.

Felicity deu um largo sorriso, apreciando a preocupação de Alexia.

— A srta. Hisselpenny estava por demais transtornada quando o escreveu. Vi no mínimo uns dez pontos de exclamação.

— E por que cargas-d'água o deixou com você? — Lady Maccon se sentou e se serviu de uma pequena porção de haggis.

A irmã deu de ombros e mordeu uma cebola em conserva.

— Eu era a única acordada no horário respeitável?

A preternatural desconfiou no mesmo instante.

— Felicity, você os encorajou de alguma forma a tomar essa atitude precipitada?

— Quem, eu? — A outra ficou pestanejando para ela. — De jeito nenhum.

Lady Maccon tinha certeza de que, se Felicity tinha ajudado, fora por pura maldade. Ficou esfregando o rosto com uma das mãos.

— A srta. Hisselpenny vai ficar com a reputação arruinada.

A irmã abriu um sorriso.

— Ah, com certeza, vai ficar sim. Eu sabia que nada de bom viria da ligação dos dois. Jamais gostei do sr. Tunstell. Nunca pensei nem em olhar na direção dele.

A preternatural contraiu o maxilar e abriu o bilhete de Ivy.

Todos sentados à mesa a observaram com olhos fascinados e mastigaram, com maxilares menos fascinados, mais arenque.

Querida Alexia, dizia a mensagem. *Ah, por favor, perdoe essa culpa que já sinto esguichando sobre a minha alma!* Lady Maccon deu uma bufada, tentando não rir. *Meu coração atormentado chora!* Minha nossa, Ivy se tornava grandiloquente. *Meus ossos doem diante do pecado que estou prestes a cometer. Oh, mas por que tenho ossos? Eu me perdi neste amor transplantado. Você não conseguiria entender a sensação! Ainda assim, tente, minha querida Alexia, pois sou como uma flor delicada. O casamento sem amor não tem o menor problema para pessoas como você, mas eu vou murchar e definhar. Preciso de um homem com a alma de um poeta! Simplesmente não sou tão estoica quanto você. Não posso tolerar a ideia de ficar longe dele mais um minuto sequer! O vagão do meu amor descarrilhou e preciso sacrificar tudo em prol do homem que amo! Por favor, não me julgue muito severamente! Foi tudo por amor!* — *Ivy*.

A preternatural passou a mensagem para o conde. Após ler algumas frases, ele começou a gargalhar.

A esposa disse, sem ajudar muito, com os olhos brilhando:

— Marido, esta é uma questão séria. Há vagões descarrilhados a considerar. Você perdeu seu criado pessoal, sem falar num zelador promissor para a Alcateia de Woolsey.

Lorde Maccon enxugou os olhos com as costas da mão.

— Ah, Tunstell, o tapado, nunca foi um zelador muito bom. Eu já tinha minhas dúvidas a respeito dele, de qualquer forma.

A esposa tomou a mensagem do marido.

— Mas devemos nos solidarizar com o pobre capitão Featherstonehaugh.

Lorde Maccon encolheu os ombros.

— Devemos? Ele teve sorte de escapar, se quer saber. Imagine ter que olhar para aqueles chapéus pelo resto da vida.

— Conall. — Lady Maccon deu um tapinha no braço dele, repreendendo-o.

— É isso mesmo — insistiu ele com truculência.

— Já se deu conta, marido, de que isso nos coloca numa posição totalmente constrangedora? Ivy estava sob a minha responsabilidade. Vamos ter que contar aos pais dela sobre essa triste relação.

O conde deu de ombros outra vez.

— Na certa os recém-casados vão voltar para Londres antes de nós.

— Acha que vão para lá depois de Gretna Green?

— Bom, acho difícil que Tunstell deixe de atuar. Além do mais, todos os pertences dele estão em Woolsey.

Lady Maccon suspirou.

— Coitada da Ivy.

— Por que coitada?

— Ah, meu querido, tem que admitir que é uma queda e tanto para ela.

Lorde Maccon ergueu as sobrancelhas.

— Sempre achei que sua amiga tinha uma queda para o drama, *minha querida*.

Ela fez uma careta.

— Acha que Ivy vai passar a atuar, como ele?

O conde deu de ombros.

Felicity, que vinha escutando avidamente a conversa, jogou o garfo no prato vazio, com estrépito.

— Ora essa! Quer dizer que ela não vai ficar com a reputação totalmente arruinada?

Lorde Maccon se limitou a sorrir.

— Sabe, marido — Lady Maccon olhou de esguelha para a irmã —, acho que tem razão. Pode ser que ela se torne uma boa atriz. Com certeza tem beleza para isso.

Felicity se levantou da mesa e saiu a passos largos da sala de jantar.

Lady e Lorde Maccon sorriram um para o outro. E, então, ela julgou que aquele era o momento oportuno.

— Marido — disse, servindo-se, como quem não quer nada, de outra porção de haggis e evitando a todo custo os arenques fritos. Ela ainda sentia certa náusea, pois não se recuperara por completo da maldita experiência no dirigível, mas o corpo precisava de comida.

— Hum? — Conall encheu o prato com pilhas de várias criaturas mortas.

— Nós vamos embora em breve, certo?

— Hum-hum.

— Acho que está na hora de você morder Lady Kingair, então — afirmou ela ousadamente, em meio à mastigação silenciosa à mesa.

A alcateia ficou em polvorosa de imediato, e todos começaram a falar ao mesmo tempo.

— Não pode transformar uma mulher — protestou Dubh.

— Ela é a única Alfa que temos — argumentou Lachlan, como se Alfa fosse uma peça de carne a ser comprada no açougue.

Lady Kingair não disse nada, parecia pálida, porém decidida.

Lady Maccon, ainda mais ousada, tocou o queixo do marido com a mão enluvada, transformando-o em mortal e virando seu rosto para ela.

— Precisa fazer isso, independentemente das normas da sua alcateia e do seu orgulho de lobisomem. Aceite o meu conselho nesta questão: lembre-se de que se casou comigo por causa do meu bom-senso.

Ele resmungou, mas não afastou o rosto.

— Eu me casei com você por causa do seu corpo e para calar essa sua boca. Veja onde é que fui me meter.

— Ah, Conall, que comentário encantador. — Ela revirou os olhos e, em seguida, deu-lhe um selinho, ali mesmo, na frente de todo mundo.

Era a forma mais garantida de calar uma alcateia — escandalizá-la. Até mesmo o marido ficara mudo e boquiaberto.

— Ótimas notícias, Lady Kingair — disse a preternatural. — Meu marido concordou em transformá-la.

O Beta de Kingair riu, rompendo o silêncio estupefato.

— Pelo visto ela *é* uma Alfa adequada, apesar de ter nascido quebradora de maldições. Nunca imaginei que o veria dominado por anáguas, lobo velho.

Lorde Maccon se levantou devagar e se inclinou para frente, encarando Dubh, do outro lado da mesa.

— Quer me pôr à prova de novo, filhote? Posso lhe dar uma surra tão grande na forma de lobo quanto dei na de humano.

Na mesma hora Dubh se virou para o lado e mostrou o pescoço. Ao que tudo indicava, concordava com o conde naquela questão.

Lorde Maccon foi até o ponto em que Lady Kingair estava sentada, imóvel e ereta, à cabeceira da mesa.

— Tem certeza disso, moçoila? Sabe que pode morrer?

— Precisamos de um Alfa, tataravô. — Ela olhou para ele. — Kingair não poderá sobreviver por muito tempo sem um. Eu sou a única opção que resta e, ao menos, sou uma Maccon. Deve isso à alcateia.

O conde ressaltou, com voz profunda e baixa:

— Não devo nada à alcateia. Mas você, moçoila, é a última da minha linhagem. E chegou a hora de eu levar em consideração sua vontade.

Lady Kingair deixou escapar um leve suspiro.

— Finalmente.

Conall anuiu outra vez. Então, transformou-se. Não de todo. Os ossos não começaram a partir, o corpo não começou a se converter em outro e os cabelos não viraram pelos — exceto na cabeça dele. Lorde Maccon só transmudou ali: o nariz se alongou, as orelhas se estenderam para o alto e os olhos passaram de um tom castanho a totalmente amarelo e lupino. O restante de seu corpo continuava humano.

— Pela madrugada! — exclamou Lady Maccon. — Vai fazer isso aqui e agora? — Ela engoliu em seco. — À mesa do jantar?

Ninguém lhe respondeu. Todos pararam de comer — uma questão muito séria, fazer um escocês parar de se alimentar. A alcateia e os zeladores ficaram quietos e atentos, olhando concentrados para o conde. Foi como se, por pura força de vontade, pudessem visualizar a metamorfose se concluindo com sucesso. Ou isso, ou estavam prestes a regurgitar a comida.

Então, Lord Conall Maccon pôs-se a devorar a tataraneta.

Não havia outra maneira de descrevê-lo.

Lady Maccon observou horrorizada o marido, com a cabeça de lobo, começar a morder o pescoço de Lady Kingair e dar uma mordida ruidosa após a outra. Ela nunca imaginara ver semelhante cena.

E ele levava o processo adiante ali mesmo, sem que nem os pratos do jantar tivessem sido retirados. O sangue que escorria do pescoço da tataraneta começou a acumular no colarinho de renda e no corpete de seda do vestido, formando uma mancha escura cada vez maior.

O conde atacou com ferocidade Sidheag Maccon. Ninguém da alcateia se meteu, para salvá-la. A tataraneta se debateu diante da mordida completa. Não poderia evitar que o instinto a levasse a fazê-lo. Ela golpeou e arranhou Lorde Maccon, mas ele continuou a mordê-la sem se abalar e sem se incomodar, a força de lobisomem sobrepujava com facilidade os esforços patéticos da mortal. Ele simplesmente manteve as manzorras — que continuavam sendo mãos, não garras — nos ombros dela, e foi dando suas mordidas. Os longos dentes brancos rasgavam a pele e os músculos, indo até os ossos. O focinho dele ficou coberto de sangue, encharcando o pelo.

A preternatural não conseguiu desgrudar os olhos da cena pavorosa. O sangue parecia ter se espalhado por toda parte, e seu cheiro cuprífero se misturava ao de haggis e arenque frito. Lady Maccon começava a visualizar a parte interna do pescoço de Lady Kingair, como se aquela fosse uma lição assustadora de anatomia à mesa. A tataraneta parou de lutar, os olhos se reviraram para trás, mostrando quase toda a parte branca. A cabeça, que mal continuava ligada ao restante do corpo, pendeu perigosamente para um lado.

Então, numa espécie de zombaria grotesca da morte, Lorde Maccon pôs a língua longa e rosada para fora e, como um cachorro por demais amigável, começou a lamber toda a carne que acabara de estraçalhar. E deu continuidade a esse processo, cobrindo todo o rosto e a boca meio aberta dela, espalhando a saliva lupina pelas feridas abertas da tataraneta.

Nunca mais vou poder cumprir minhas obrigações conjugais com esse homem de novo, pensou a esposa, os olhos arregalados fixos na cena repulsiva. Em seguida, de forma totalmente inesperada e sem saber que estava prestes a fazê-lo, ela desmaiou. Um desmaio daqueles autênticos, bem ali, com o rosto caindo adiante, no haggis parcialmente consumido.

Lady Maccon acordou, pestanejando, e deparou com o semblante preocupado do marido à sua frente.

— Conall, por favor, não me leve a mal, mas essa provavelmente foi a cena mais repulsiva que já vi na vida.

— Já presenciou o nascimento de um bebê de ser humano?

— Não, claro que não. Não seja vulgar.

— Bom, talvez fosse melhor esperar antes de julgar.

— E então? — Ela se inclinou um pouco e olhou ao redor. Ao que tudo indicava, tinham-na levado para uma das salas de estar e a colocado num canapé de brocado bem antigo.

— E então o quê?

— Deu certo? A metamorfose funcionou? Ela vai sobreviver?

Lorde Maccon, que estava agachado, se ajeitou melhor.

— É incrível mesmo, uma fêmea Alfa. Algo raro até mesmo nos nossos relatos orais. Boadiceia foi Alfa, sabia?

— Conall!

A cabeça de um lobo entrou no campo de visão da preternatural. Ela não tinha familiaridade com aquela criatura longilínea, de feições marcantes, com pelos esbranquiçados no focinho, mas musculosa e saudável apesar dos sinais evidentes de envelhecimento. Lady Maccon se esforçou para se erguer mais, nas almofadas.

O pescoço da loba estava coberto de sangue, o pelo emaranhado, formando uma crosta vermelho-escura, mas, afora isso, não demonstrava ter lesão alguma. Como se o sangue não fosse dela. O que, tecnicamente, como ela acabara de se tornar sobrenatural, talvez não fosse mesmo.

Sidheag Maccon estava com a língua de fora. A preternatural se perguntou qual seria sua atitude se ela afagasse a região perto de suas orelhas, mas decidiu, após pensar em sua altivez enquanto mortal, não correr o risco de fazer isso.

Lady Maccon olhou para o marido. Ao menos ele trocara de camisa e lavara o rosto enquanto ela ficara desacordada.

— Quer dizer que deu certo?

Ele deu um imenso sorriso.

— Minha primeira mudança bem-sucedida em anos, e uma fêmea Alfa. Os uivadores vão dar seus uivos ao vento.

— Alguém está orgulhoso de si mesmo.

— Só que eu deveria ter me lembrado de como o processo de metamorfose é penoso para os de fora. Sinto muito, minha querida. Não queria transtorná-la.

— Ah, imagine, não foi isso! Não sou do tipo que se sente mal por causa de um pouco de sangue. Só fiquei meio tonta, mesmo.

O marido se inclinou para frente e acariciou seu rosto com a manzorra.

— Alexia, você perdeu por completo os sentidos por mais de uma hora. Tive que mandar trazer sais aromáticos.

Madame Lefoux contornou o canapé e se agachou também perto de Lady Maccon.

— Você nos deixou preocupados, milady.

— Então, o que aconteceu?

— Você desmaiou — acusou Lorde Maccon, como se ela tivesse cometido um crime grave contra ele, pessoalmente.

— Não, com a metamorfose. O que perdi?

— Bom — começou a responder Madame Lefoux —, tudo foi muito emocionante. Houve um estrondo semelhante ao de um trovão, uma luz azul forte, daí…

— Não seja ridícula — interrompeu o conde. — Desse jeito, parece até um romance.

A inventora suspirou.

— Pois bem, Sidheag entrou em convulsão e, em seguida, caiu no chão, morta. Todo mundo ficou ao redor, olhando para o corpo, até que, de repente, ela começou a se transformar espontaneamente em lobisomem. Gritou muito: pelo que sei, a primeira mutação é a pior. Então nós percebemos que você tinha desmaiado. Lorde Maccon fez um escândalo, e viemos parar aqui.

Lady Maccon lançou um olhar acusador ao marido.

— Não acredito que tenha feito isso, no dia da metamorfose da sua tataraneta!

— Você desmaiou! — repetiu ele, chateado.

— Bobagem! Eu nunca desmaio. — Aos poucos, ela começava a recuperar a antiga cor. Francamente, quem imaginaria que ela ficaria pálida daquele jeito?

— Mas fez isso naquela vez, na biblioteca, quando matou o vampiro.
— Eu estava fingindo, e você sabia muito bem.
— E que me diz daquela ocasião em que visitamos o museu, após o horário de visita, e eu a aprisionei num canto atrás das esculturas gregas?
Lady Maccon revirou os olhos.
— Esse foi um tipo totalmente diferente de desmaio.
O marido, então, alardeou:
— É aí que eu queria chegar! Há pouco, você desmaiou de verdade. E nunca faz isso, pois não é esse tipo de mulher. Então, o que há de errado com você? Está doente? Eu a *proíbo* de adoecer, esposa.
— Ah, é mesmo? Pare de se preocupar. Não há nada de errado comigo. Meu corpo só anda fora do prumo, desde que desembarquei do dirigível. — Ela se esforçou para se sentar ainda mais ereta, tentou ajeitar as saias e ignorar a mão do marido, que continuava a acariciá-la.
— Alguém pode ter envenenado você de novo.
A esposa meneou a cabeça, com firmeza.
— Como não foi Angelique que tentou antes e Madame Lefoux não roubou minha agenda, ambos fatos ocorridos no dirigível, acho que o culpado não chegou a nos seguir até Kingair. Pode chamar de intuição preternatural. Não, não estou sendo envenenada, marido. Só estou meio fraca, e nada mais.
Madame Lefoux deu uma risadinha, olhando para ele e para ela, como se ambos estivessem malucos.
— Ela está é meio grávida, isso sim.
— Hein! — exclamaram os dois. Lady Maccon parou de alisar as saias e Lorde Maccon, de alisar o rosto da esposa.
A inventora os fitou, genuinamente surpresa.
— Vocês não sabiam? Nenhum dos dois?
O conde se afastou da esposa, levantando-se com movimentos bruscos, os braços rígidos ao longo do corpo.
Lady Maccon fuzilou Madame Lefoux com os olhos.
— Não diga tamanho disparate, madame. Não posso estar grávida. Não é cientificamente possível.
A inventora sorriu, mostrando as covinhas.

— Acompanhei a gravidez de Angelique. Você está com todos os sintomas de uma condição delicada: náusea, fraqueza e cintura aumentada.

— O quê? — Ela se mostrou de fato chocada. É verdade que andava meio enjoada, sem vontade de tocar em certas comidas, mas seria mesmo possível? Supôs que estivesse com algum mal-estar. Afinal de contas, os cientistas podiam se equivocar, pois não havia muitas mulheres preternaturais, e nenhuma casada com lobisomem.

Lady Maccon olhou sorridente para o marido.

— Sabe o que isso significa? Não fico indisposta em dirigíveis! Foi por estar grávida que me senti mal a bordo. Incrível.

Mas o conde não estava reagindo da forma esperada. Mostrava-se zangado, mas não com o tipo de ira que o fazia ser agressivo, gritar, transformar-se ou agir da típica forma macconiana. Mantinha-se mudo, pálido e tremendo de raiva. O que era extremamente assustador.

— Como? — perguntou ele à esposa, afastando-se ainda mais dela, como se estivesse contaminada com uma doença terrível.

— Que história é essa de "como"? *Como* devia ser bem óbvio, até mesmo para você, homem impossível! — retrucou ela, começando a ficar brava também. Ele não deveria estar feliz? Sem sombra de dúvida, era um milagre científico, não era?

— Só *chamamos* o estado de "ser humano" quando a toco, por falta de um termo melhor. Continuo morto, ou quase morto. Estou assim há centenas de anos. Nenhuma criatura sobrenatural teve filhos. *Jamais*. É simplesmente impossível.

— Acha que este não pode ser seu filho?

— Ei, espere um minuto aí, milorde, não tire conclusões precipitadas. — Madame Lefoux tentou intervir, colocando a mãozinha no braço do conde.

Ele se desvencilhou dela, com uma rosnada.

— Claro que é seu filho, seu tolo! — Naquele momento, foi a esposa que ficou lívida. Se não continuasse a se sentir tão fraca, teria se levantado e saído da sala. Na condição em que estava, ficou tateando às cegas, em busca da sombrinha. Talvez se lhe desse uma sombrinhada na cabeça, ele recobraria o bom-senso.

— Milhares de anos de história e experiência sugerem que está mentindo, esposa.

Lady Maccon pôs-se a balbuciar, de tão ofendida que ficou. A raiva a deixou sem palavras, uma experiência totalmente nova para ela.

— Quem foi ele? — quis saber o conde. — Com que palerma dependente-da-luz-do-dia teve relações sexuais? Com um dos meus zeladores? Com um dos zangões que se fingem de efeminados de Lorde Akeldama? É por isso que sempre vai visitá-lo? Ou com algum mortal fanfarrão e asqueroso?

Então, ele começou a xingá-la de todas as formas, recorrendo a insultos que Lady Maccon nunca ouvira antes — e de que tampouco fora xingada —, apesar da boa dose de profanidade com que tivera de lidar no último ano. Foram palavras terríveis e cruéis, e ela compreendia o significado da maioria, embora não tivesse familiaridade com a terminologia.

Conall cometera diversos atos violentos em torno de Alexia ao longo do tempo em que estiveram juntos, um deles iniciar o processo de metamorfose da tataraneta à mesa de jantar; não obstante, ela nunca chegara a sentir medo dele antes, o que lhe ocorria naquele exato momento.

Ele não chegou a se mover na direção dela — na verdade, ele se afastara mais, aproximando-se da porta —, mas os punhos se mostravam brancos de tão apertados, os olhos, de um amarelo lupino e os caninos, longos e expostos. A preternatural ficou imensamente grata quando Madame Lefoux se interpôs entre ela e a invectiva do conde. Foi como se, de alguma forma, a francesa pudesse formar uma barreira contra as palavras terríveis dele.

Lorde Maccon ficou ali, no outro lado da sala, gritando com a esposa. Era como se ele tivesse imposto aquela distância não por não querer se aproximar e acabar com ela, mas por achar que assim agiria. Os olhos dele estavam de um tom amarelo-pálido, quase branco. Lady Maccon nunca vira aquela cor antes. E, apesar das imprecações que saíam de sua boca, os olhos se mostravam aflitos e desolados.

— Mas eu não fiz isso — tentou se defender a preternatural. — Nem faria. Jamais agiria assim. Não sou adúltera. Como pode sequer considerar a ideia? Eu nunca faria isso. — Mas seus protestos de inocência pareciam apenas magoar os sentimentos dele. Por fim, o rosto grande e afável dele se mostrou arrasado, os traços marcados pela dor, como se ele fosse chorar. Então, ele saiu a passos largos da sala, batendo com toda força a porta.

O silêncio que deixou era palpável.

Lady Kingair conseguira, em meio ao caos, voltar à forma humana. Ela deu a volta, colocou-se diante do canapé e ficou parada por alguns instantes na frente de Lady Maccon, totalmente nua, coberta apenas pelos longos cabelos castanho grisalhos, espalhados nos ombros e nos seios.

— Creio que entenderá, *Lady* Maccon — disse ela, com os olhos frios —, se lhe pedir que deixe o território de Kingair de imediato. Lorde Maccon pode ter nos abandonado uma vez, mas continua a fazer parte da alcateia. E ela protege os seus.

— Mas — sussurrou a preternatural — é o filho dele. Eu juro. Nunca estive com outro.

Sidheag limitou-se a encará-la, duramente.

— Ora, faça-me o favor, Lady Maccon. Não seria melhor inventar logo uma história melhor que essa? Não é possível. Os lobisomens não podem ter filhos. Nunca fizeram isso e nunca farão. — Em seguida, ela deu a volta e saiu da sala.

A preternatural se virou para Madame Lefoux, o semblante mostrando o quanto estava chocada.

— Ele acha mesmo que fui infiel. — Ela mesma andara refletindo, recentemente, sobre como o marido valorizava a lealdade.

A inventora assentiu.

— Receio que a maioria pensará isso. — Sua expressão era compassiva, e ela pôs a mãozinha no ombro de Lady Maccon, apertando-o.

— Não fui infiel, juro que não.

Madame Lefoux estremeceu.

— Eu acredito, mas serei minoria.

— Por que confiaria em mim, mesmo quando meu marido não o faz? — A preternatural observou a própria barriga e, em seguida, pôs as mãos trêmulas em cima dela.

— Porque sei o quanto sabemos pouco a respeito de preternaturais.

— Está interessada em me estudar, não é, Madame Lefoux?

— É uma criatura notável, Alexia.

Lady Maccon arregalou os olhos, controlando-se para não cair no choro, as palavras de Conall ainda reverberavam na sua mente.

— Então, como é que isso foi acontecer? — Ela pressionou com força a barriga, usando ambas as mãos, como se pedisse que a criaturinha dentro de si se explicasse.

— Acho que é melhor que descubramos. Venha, vamos tirá-la daqui.

A inventora ajudou a preternatural a se levantar, permitindo que a outra se apoiasse nela, e foram até o corredor. Era surpreendentemente forte para uma mulher de aspecto tão frágil, na certa por ficar levantando toda aquela maquinaria pesada.

Elas depararam com Felicity, de semblante bastante sombrio.

— Irmã, aconteceu algo terrível — disse, assim que as viu. — Acho que o seu marido acaba de destruir um console com o punho. — Ela ergueu a cabeça. — *Era* um móvel pavoroso, mas, ainda assim, poderia ter sido doado para algum pobre merecedor, não é?

— Precisamos fazer as malas e partir agora mesmo — informou Madame Lefoux, continuando a apoiar Lady Maccon, cingindo-a pela cintura.

— Meu Deus, mas por quê?

— Sua irmã está grávida, e Lorde Maccon a expulsou.

Felicity franziu o cenho.

— Bom, *isso* não faz sentido.

Madame Lefoux se impacientou.

— Ande, mocinha, vá depressa fazer as malas. Temos que sair daqui agora.

Quarenta e cinco minutos depois, uma carruagem emprestada de Kingair seguia a toda velocidade rumo à ferroviária. Os cavalos, que estavam descansados, fizeram o trajeto em bom tempo, apesar da neve semiderretida e da lama.

Lady Maccon, ainda totalmente chocada, abriu a janelinha sobre a porta da carruagem e meteu o rosto para fora, sentindo o vento forte.

— Irmã, saia daí. Os seus cabelos vão ficar assanhados demais. E, francamente, não precisam disso — censurou Felicity. Como a preternatural a ignorou, ela olhou para a inventora. — O que *é* que ela está fazendo?

Madame Lefoux deu um sorrisinho triste, sem covinhas.
— Tentando escutar.
Em seguida, a francesa pôs a mão com suavidade nas costas de Lady Maccon e a afagou. A preternatural não deu sinal de haver notado.
— O quê?
— Lobos correndo e uivando.
E Lady Maccon continuou a tentar escutar, mas só havia o silêncio da úmida noite escocesa.

Papel: Pólen soft 70g
Tipo: Bembo
www.editoravalentina.com.br